Jérôme Delafosse

Im Blutkreis

Roman

Ins Deutsche übertragen
von Michael von Killisch-Horn

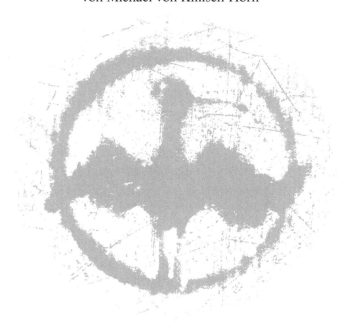

LIMES

Die Originalausgabe erschien 2006 unter dem Titel
»Le Cercle de Sang« bei Éditions Robert Laffont, S.A., Paris.

FSC
Mix
Produktgruppe aus vorbildlich
bewirtschafteten Wäldern und
anderen kontrollierten Herkünften
Zert.-Nr. SGS-COC-1940
www.fsc.org
© 1996 Forest Stewardship Council

Verlagsgruppe Random House FSC-DEU-0100
Das für dieses Buch verwendete FSC-zertifizierte Papier *EOS*
liefert Salzer, St. Pölten.

1. Auflage
Copyright © der Originalausgabe 2006
by Éditions Robert Laffont, S.A., Paris
Copyright © der deutschsprachigen Ausgabe 2006 by Limes Verlag,
in der Verlagsgruppe Random House GmbH, München.
Satz: Uhl+Massopust, Aalen
Druck und Einband: GGP Media GmbH, Pößneck
Printed in Germany
ISBN-10: 3-8090-2525-9
ISBN-13: 978-3-8090-2525-2

www.limes-verlag.de

Für Irina Karlukowska

Prolog

»Clémence...«

Die Nacht. Geflüster, erstickte Schreie, in die sich Weinen mischt, sind zu hören und dringen bis in Juliens Zimmer.

»Clémence, meine Prinzessin...«

Julien rollt sich zusammen, schiebt seinen Kopf unter das Kissen. Es ist Mama... Sie fängt schon wieder an...

Papa redet sanft auf sie ein: »Clémence ist gegangen, mein Liebling. Sie wird nicht mehr wiederkommen.«

»Ich spüre ihre Gegenwart... sie ist hier, draußen...«

Das Jammern dringt durch den dünnen Schild aus Federn in Juliens Bewusstsein. Die Unruhe erstickt ihn. Er murmelt: »Der Tiger... Mama... ich bitte dich... Er wird uns hören. Er wird uns wiederfinden...«

Eine Welle von Schluchzern übermannt ihn.

Stille.

»Clémence? Komm... ich bin da, mein Herz...«

»Verdammt, Isabelle. Deine Tochter ist TOT!«

»NEEEIIIN... DAS IST NICHT WAHR... DU LÜGST, MISTKERL...«

»Hör auf. Du tust dir nur weh. Du tust uns weh. Komm, komm in meine Arme...«

»RÜHR MICH NICHT AN!«

»Das reicht! Du wirst den Kleinen aufwecken...«

Julien erträgt die Dunkelheit nicht mehr. Er verlässt sein Zimmer und geht in den Flur.

Die Zweige knacken vor dem Fenster.

Das Tier schleicht um das Haus. Es ist ganz nah. Er weiß, dass es zurückgekommen ist.

Das Entsetzen presst seinen Schädel zusammen. Er spürt den heißen Atem auf seinem Nacken, leise Schritte gleiten durch den Schatten.
»Er kommt zurück, Mama. Er wird uns alle töten… Beschütze uns… beschütze mich… ich habe Angst…«
Unten an der Treppe schwanken die Schatten auf der Mauer. Papa hält Mamas Arme fest. Sie wehrt sich, weint, fleht ihn an: »HÖR… HÖR DOCH! SIE IST DA… DRAUSSEN, HÖRST DU SIE DENN NICHT?«
»Das ist der Wind. Es ist heute Abend sehr windig…«
»DU WILLST, DASS ICH SIE GANZ ALLEIN IN DER KÄLTE, IN DER DUNKELHEIT LASSE… DRECKSKERL, DRECKSKERL, DRECKSKERL…«
Julien geht die Stufen, die ins Wohnzimmer führen, hinunter. Mama befreit sich. Sie läuft zur Gartentür, drückt den Türgriff.
»ISABELLE, NEIN! Du wirst wieder das ganze Viertel wecken.«
Papa ist wütend.
Julien will schreien. Seine Mutter rufen, sie warnen. Aber nur ein Röcheln kommt aus seiner Kehle. Sie dreht sich zu ihm um, sieht ihn an. Ihre Augen sind traurig, wie verschleiert vor Müdigkeit.
Die Tür wird durch eine plötzliche Druckwelle geöffnet. Die Fensterscheiben zerbersten. Ein Schuss knallt und trifft Mamas Hals – eine Garbe von Fleischfetzen und Knochensplittern. Sie streckt die Hand aus, um sich am Vorhang festzuklammern, dann fällt sie zu Boden. Ihr ganzer Körper zuckt. Ihr braunes Haar vermischt sich mit dem roten Schaum, der aus ihrem Mund quillt.
Papa läuft zu Julien, der flieht.
Er packt ihn, taumelt.
Ein zweiter Schuss reißt ihm den Schädel weg. Er bricht zusammen. Nur sein Gesicht ist noch da, bleich wie Wachs.

Julien sitzt auf dem Boden, die Knöchel zwischen den verkrampften Händen seines Vaters. Er starrt durch die geöffnete Tür in die Finsternis.
Er spürt die Gegenwart.
Das Keuchen wird lauter, der Klang der Schritte hallt in seinem Bewusstsein wider.

In dieser Dezembernacht ist der Tiger zurückgekommen.

I

1

*Hammerfest, Norwegen
6. März 2002*

Grelles Licht stach in seine Augen. Ein Schatten, der die Form eines Gesichts hatte, beugte sich über ihn. Körperlose menschliche Stimmen verloren sich in den Gängen seines erwachenden Bewusstseins. Sie zerplatzten in tausend Kristallsplitter, die in seinem Schädel umhersprangen und dann zu einem leisen Murmeln wurden.

Er schloss die Augen wieder.

»Nathan, hören Sie mich?«

Licht drang unter seine Lider, breitete sich aus und verzweigte sich in seine Adern. Er wollte schreien, aber eine unsichtbare Hand presste seine Lungen zusammen. Erneut verlor er das Bewusstsein.

»Nathan, bitte, bleiben Sie bei uns... Sauerstoff!«

Der Schmerz ließ ihn zurückkehren. Das Reiben der Laken auf seiner Haut brannte wie Gift. Sein Herz raste. Immer wenn er die Lider einen Spalt öffnete, zerfetzten Krallen aus weißem Licht ihm die Augen. Er sah nichts als verbrannte Bilder. Er versuchte, den Kopf zu drehen, zwei schwielige Hände legten sich auf seine Kiefer...

»Bewegen Sie sich nicht, bleiben Sie ruhig, Sie sind schwer verletzt...«

Er war ein Klumpen reinen Schmerzes. Die Unruhe blähte seine Lungen. Er begann, seine Glieder, seinen Nacken wahrzunehmen. Dann bäumte sich sein Körper auf wie eine Klinge, kurz bevor sie bricht, für den Bruchteil einer Sekunde, ein einziges Mal nur. Dann versank er erneut in den Tiefen eines schwarzen und eisigen Ozeans.

Er hatte das Gefühl, noch einmal zu sterben.

Einen Tag, ein Jahr, eine Stunde später kam er wieder zu sich. Seine Welt ähnelte einem Kreis, der sich abwechselnd ausdehnte und wieder zusammenzog, einer Welt voller Sinneseindrücke. Metallisches Klirren der Tragbahren, weiße Kittel, makellose, desinfizierte Wände, die an seinen Augen vorbeizogen.

Er hatte das Gefühl, eine Flüssigkeit zu sein, eine Art Schaum, der floss, sich verbreitete. Dann wieder wurde er zu feinem Sternenstaub, der sich allmählich verflüchtigte.

Man brachte ihn immer wieder in einen anderen Raum. Nebelgestalten beugten sich über ihn, hörten ihn ab. Sie hielten bleiche und feuchte Gewebe in der Hand, die wie Hautfetzen aussahen.

Er erkannte die Umrisse einer blonden Frau, die in regelmäßigen Abständen auftauchte. Jedes Mal wiederholte sie die gleichen Laute, die nach und nach zu Worten wurden: »Der Unfall«... »Nathan«... Und da war noch jemand, eine stumme, massige Gestalt, die eines Mannes vermutlich, die ihn lange beobachtete, ohne dass Nathan wusste, ob sie zu den Lebenden gehörte oder eines der Gespenster seiner Abwesenheit war.

Allmählich fand er sich bereit, Flüssigkeiten zu sich zu nehmen. Die ersten Male fühlte es sich in seinem Mund wie Sand an. Aber er klammerte sich an das Leben.

Er kehrte zurück.

2

Und dann eines Morgens die Wiedergeburt. Er öffnete die Augen und lag reglos da, betrachtete ein paar Sonnenstrahlen, die durch die Rollos auf die weiße Decke fielen.

Wo war er?

Nach und nach begann er zu spüren, wie seine Muskeln sich einer nach dem anderen wie unter Stromstößen zusammenzogen. Als er versuchte, einen Arm zu bewegen, begriff er, dass er mit einem Spanngurt am Bett festgeschnallt war. Er wollte tief einatmen, aber sein Brustkorb war eingeschnürt, ebenfalls gefangen.

Ruhig bleiben, die Situation analysieren.

Sein Körper, bedeckt mit einem blauen Kittel, lag in einem verchromten Bett; zu seiner rechten Hand führte ein Infusionsschlauch, der zu einer Reihe von Spritzen führte, die so eingestellt waren, dass sie rund um die Uhr Mittel injizierten; eine kleine kubische Klemme, die mit einem Monitor verbunden war, auf dem ununterbrochen Ziffernfolgen erschienen, umschloss den Zeigefinger seiner anderen Hand. Er hob leicht den Kopf und ließ seinen Blick durch das Zimmer wandern, von links nach rechts, wobei er versuchte, die Dunkelheit zu durchdringen. Verschlungene Kabel, smaragdgrün schimmernde Monitore maßen seinen Herzrhythmus, seine Hirntätigkeit.

Das war alles, was ihn mit der Welt der Lebenden verband.

Hinter den Milchglaswänden des Zimmers nahm er verstohlenes Murmeln wahr... Das Leben nahm wieder seinen Lauf.

Die Tür seines Zimmers öffnete sich quietschend. Es war die blonde Frau. Er konnte ihre Gesichtszüge nicht erkennen, aber er erkannte ihre Gestalt wieder.

»Guten Tag, Nathan. Ich bin Lisa Larsen, Leiterin der neuropsychiatrischen Abteilung dieses Krankenhauses. Ich gehöre zu dem Team, das Ihre Behandlung übernommen hat, kurz nachdem Sie vor zwei Wochen mit dem Hubschrauber hierher gebracht worden waren. Das Alarmsignal hat mir gemeldet, dass Sie aufgewacht sind.«

Sie sprach Englisch, und er verstand sie ausgezeichnet. Er beobachtete, wie sie hin und her ging. Zum ersten Mal nahmen seine Netzhäute Bilder auf und bewahrten sie. Sie machte ein paar Schritte, das Gesicht noch immer im Dunkeln; dann drehte sie sich langsam um. Sie hatte einen langen, geschmeidigen Körper, weiße Hände, ein schmales, hageres Gesicht und große Augen, deren Farbe Nathan nicht erkennen konnte. Während sie zu ihm kam, fragte sie ihn, ob er wisse, warum er hier sei. Er antwortete nicht, und seine Augen, die voller Fragen waren, füllten sich mit Tränen. Sie sagte, dass es nicht schlimm sei, dass jetzt alles gut werde. Sie kam noch näher und trocknete mit dem Handrücken seine feuchten Wangenknochen.

»Die Spanngurte dienen dazu, Sie zu schützen, Sie hatten mehrere heftige Anfälle. Ich werde Sie jetzt losbinden. Wir werden auch die Schläuche entfernen. Aber Sie müssen brav sein...«

Sie sprach mit sanfter Stimme, sagte ihm, er solle sich nicht bewegen, während sie nacheinander die Ledergurte löste, die ihn einschnürten. Sie fragte ihn, ob er Schmerzen habe, bedeutete ihm, für ein »Ja« die Lider zu schließen. Er behielt sie offen.

Als er erfuhr, dass er sich in einem Krankenhaus in Hammerfest befand, im äußersten Norden Norwegens, wollte er aufstehen, aber sie erklärte ihm, dass er damit noch warten müsse.

Schließlich versuchte er, sich zu erinnern. Aber jedes Mal fiel er ins Leere. Er brauchte Licht. Nein, das wäre zu schmerzhaft. Er klammerte sich an die Worte, die ihn gewiegt hatten.

Der Unfall... Nathan...

Diese Silben hatten keine Bedeutung für ihn. Was hatte Lisa Larsen damit sagen wollen? War das sein Name? Er hatte keine Ahnung. Als erwachte seine benommene Seele aus einem tausendjährigen Schlaf. Er konnte sein Bewusstsein noch so sehr durchwühlen und durchforsten, er erinnerte sich an absolut nichts. Abermals packte ihn die Angst, Krämpfe schüttelten seine Glieder, ein merkwürdiges Röcheln drang aus seiner Kehle, aber die Frau begann erneut, mit ihrer sanften Stimme auf ihn einzureden. Ihr Atem war eine beruhigende Brise. Er spürte kaum die Nadel, die sich in seinen Arm bohrte, die Flüssigkeit, die in seine Haut, die Fasern seiner Muskeln, seinen Geist eindrang. Dann legte sie ihre Hand auf seine Stirn. Die beruhigende Wirkung trat sofort ein.

Lisa Larsen ging zum Fenster und zog das Rollo hoch; eine diffuse Helligkeit durchflutete das Zimmer.

»Ich habe Sie auf Herz und Nieren untersucht, und offen gesagt, ich bin recht zufrieden mit Ihrem körperlichen Gesundheitszustand. Wenn man die Umstände Ihres Unfalls bedenkt, haben Sie, wie man so schön sagt, ›wie durch ein Wunder überlebt‹. Unter streng neurologischem Gesichtspunkt funktioniert Ihr Gehirn einwandfrei. Und doch meine ich in Ihrem Verhalten gewisse Störungen zu erkennen, die einer genaueren Untersuchung bedürfen. Die Tatsache, dass Sie seit Ihrer Einlieferung kein einziges Wort gesagt haben, beunruhigt mich. Sie zeigen Symptome, die einem genau definierten klinischen Befund zu entsprechen scheinen. Bevor ich mich näher äußere, würde ich gern ein paar Punkte mit Ihnen klären.«

Lisa Larsen machte eine Pause und atmete tief durch.

»Immer wenn ich Sie in den letzten Tagen besucht habe, hatte ich das Gefühl, dass Sie durch verschiedene Zeichen mit mir kommunizierten. Können Sie mir bestätigen, dass Sie hören und verstehen, was ich jetzt zu Ihnen sage?«

»Ich verstehe jedes Wort, das Sie sagen.«

Als diese Silben kratzig und heiser aus seinem Mund kamen, sah Nathan, wie das Gesicht seines Schutzengels in einem hübschen Lächeln erstrahlte. Jetzt konnte er auch ihre Augen erkennen: durchsichtig und kristallklar, zwei Opale.

»Das ist wunderbar, Nathan«, fuhr Lisa fort. »Können Sie mir sagen, ob Sie sich an die Umstände Ihres Unfalls erinnern?«

Diese Worte lösten eine neuerliche Panikattacke in ihm aus. Er brach in kalten Schweiß aus, aber es gelang ihm dennoch zu stammeln: »Ich... kann mich... an nichts erinnern... Nicht an den Unfall... mein Gedächtnis...«

»Beruhigen Sie sich, Nathan, es ist alles in Ordnung, ich bin da, um Ihnen zu helfen. Sind Sie sicher, dass Sie sich an nichts erinnern, Bilder oder irgendetwas, das nichts mit dem Unfall zu tun hat, aus der Zeit davor? Ihre Kindheit, Ihre Familie...?«

»Nichts, Doktor... Sie sind meine einzige Erinnerung... Was ist mit mir passiert? Ich weiß nicht einmal, wer ich bin...«

»Sie heißen Falh, Nathan Falh. Sie sind Opfer eines Tauchunfalls in der Arktis geworden, fünf Hubschrauberstunden von hier«, wiederholte Lisa geduldig.

»Wie... ist das passiert?«

»Sie waren an Bord der *Pole Explorer*, eines Eisbrechers, gechartert von Hydra, der Gesellschaft für Unterwasserarbeiten, bei der Sie beschäftigt sind. Das Ziel der Expedition war, eine Ladung Kadmium, ein gefährlicher Schadstoff, aus den Laderäumen eines Wracks zu bergen, das in mindestens siebenundzwanzig Metern Tiefe im Eis eines Eisbergs gefangen ist. Nach dem, was de Wilde, der Schiffsarzt, der Sie im Rettungshubschrauber begleitet hat, erzählte, scheint eine plötzliche Hitzewelle über die Gegend, in der Sie sich befanden, hereingebrochen zu sein, wodurch das Packeis zu schmelzen begann. Der Expeditionsleiter hat die Gefahr unterschätzt. Der Eisberg hat sich wie ein Kiefer über dem Wrack geschlossen, während Sie sich im Innern befanden. Ihr Mannschaftskamerad hat Sie in letzter Minute herausgeholt.«

»Und warum bin ich in dieses Krankenhaus gebracht worden?«

»Jede wissenschaftliche oder militärische Expedition in die Arktis benötigt eine medizinische Betreuung an Land. Wenn es zu einem schweren Unfall kommt, werden die Opfer sofort auf dem Luftweg in das nächstgelegene Krankenhaus gebracht, mit dem der Auftraggeber sich vorher abgesprochen hat. Wir hatten eine Vereinbarung mit der Gesellschaft, die Sie beschäftigt.«

Hydra, Arktis, Kadmium... Wie konnte er derartige Dinge vergessen haben?

Die Psychiaterin setzte sich neben ihn und öffnete einen Aktenordner, der einen Stoß Karteikarten und einen Stapel Fotos in der Größe von Spielkarten enthielt. Nathan starrte ihre zu hellen Augen an, den heftigen Kontrast zwischen der Blässe ihrer Haut und den Sommersprossen, mit denen sie übersät war.

»Ich werde jetzt einen Test mit Ihnen machen, Fragen, auf die Sie spontan, ohne nachzudenken, antworten müssen.«

»Ich bin bereit.«

»Ich sage Ländernamen, und Sie müssen mir die Hauptstädte nennen, okay?«

»Fangen Sie an.«

»Frankreich?«

»Paris.«

»England?«

»London.«

»China?«

»Peking.«

»Norwegen?«

»Oslo.«

»Sehr gut. Und können Sie mir jetzt sagen, wer der gegenwärtige Präsident der USA ist?«

»George W. Bush.«

»Ägypten?«

»Hosni Mubarak.«

»Frankreich?«

»Jacques Chirac.«

»Russland?«

19

»Putin, Wladimir Putin.«

»Ausgezeichnet. Und jetzt möchte ich Ihnen eine Reihe Fotos von Persönlichkeiten zeigen, deren Namen Sie mir sagen müssen.«

Die erste Karte zeigte das Gesicht eines Mannes. Dichtes, braunes Haar, ein buschiger Schnurrbart.

»Stalin.«

Die zweite eine Frau mit strengen Gesichtszügen und grau meliertem, zu einem Knoten gestecktem Haar.

»Golda Meir.«

Danach ein lächelnder Mann mit wuchtigem Kiefer und silbrigem Haar.

»Bill Clinton.«

Anschließend erkannte Nathan noch Elizabeth Taylor in der Rolle der Cleopatra, Alfred Hitchcock, Jassir Arafat, Gandhi, Fidel Castro, Paul McCartney und Picasso.

»Schön, ich denke, wir sind fertig. Das war eine Glanzleistung.« Lisa Larsen stand auf und machte sich ein paar Notizen. Als sie sich wieder zu ihm drehte, traf ihn die Diagnose wie ein Fallbeil.

»Zusätzliche Untersuchungen werden natürlich noch notwendig sein, aber ich bin mir ziemlich sicher, dass Sie unter einer Form von so genannter retrograder Identitätsamnesie psychogenen, nicht neurologischen Ursprungs leiden. Die Tatsache, dass Sie sich nicht an Ihren Namen oder irgendein anderes Element Ihrer Vergangenheit erinnern können, ist ein offenkundiges Symptom für das Syndrom, das man ›Reisender ohne Gepäck‹ nennt.«

Lisa näherte sich ihm und nahm seine Hand. Nathan schien die Schläge einzustecken, ohne eine Miene zu verziehen.

»Wenn das Gehirn betroffen ist«, fuhr sie fort, »ich meine, wenn es sich um eine physische Verletzung handelt, sind die Störungen in der Regel ausgedehnter und chaotischer. Sie könnten sich nicht an Ereignisse erinnern, die seit Ihrem Erwachen geschehen sind, in diesem Fall spricht man von anterograder Amnesie. Aber das scheint bei Ihnen nicht der Fall zu sein. Ihr semantisches Gedächtnis, dasjenige, das Ihr kulturelles Wissen enthält, wäre ebenfalls stark beeinträchtigt oder sogar vollständig ausgelöscht, Sie wären gleichsam ein Computer, der frisch aus der Fabrik kommt. Eine Maschine ohne die geringsten Daten. Zum Glück haben Sie uns gerade das Gegenteil bewiesen.«

»Wie lange werde ich in diesem Zustand bleiben?«

»Darüber kann ich keine Aussage machen. Sie müssen wissen, dass Ihr episodisches Gedächtnis, und damit meine ich das autobiografische Gedächtnis, dasjenige, das die Ereignisse Ihrer Vergangenheit enthält, vermutlich nicht verschwunden ist. Ihre Erinnerungen sind nicht gelöscht, sondern irgendwo versteckt, taub, wie ein Glied, das schlecht durchblutet ist. Aber wenn diese Beeinträchtigung dank der klinischen Daten auch leicht zu diagnostizieren ist, bleibt die Interpretation der psychopathologischen Mechanismen doch äußerst schwierig. Kurz und gut, ich habe keine Ahnung. Die Erinnerung kann in einer Stunde, aber auch erst in zehn Jahren zurückkehren.«

Die Szene kam Nathan fast unwirklich vor, als spräche diese Frau zu jemand anderem.

»Es gibt doch sicher eine Möglichkeit, mich zu behandeln, indem man einen Schock auslöst, irgendetwas, ich weiß nicht?«

»Fälle von Amnesie treten recht selten auf, und leider habe ich wenig Erfahrung auf diesem Gebiet. Ich weiß aber, dass in den letzten zwanzig Jahren mehrere Therapien entwickelt worden sind. Vereine, die Ärzte und Patienten zusammenspannen, sind gegründet worden, um spezielle Ausbildungen für die Therapien von multiplen Persönlichkeitsstörungen zu entwickeln. Statt der psychoanalytischen Methode bevorzugen sie die Hypnose. Der Grundgedanke ist, wie Sie eben selbst angeregt haben, das Trauma zu reaktivieren. Den Spezialisten zufolge sollen die Genesungschancen sehr hoch sein, aber leider ist die Behandlung äußerst langwierig.«

»Wie lange?«
»Im Durchschnitt sechs Jahre... Ich werde Ihnen helfen, eine Gruppe in Paris zu finden. Dort leben Sie nämlich.«
Wenn sie ihm den Weltuntergang hätte ankündigen wollen, hätte die Neurologin sich auch nicht anders verhalten, aber Nathan blieb ungerührt. Er bat: »Ich würde gern mit jemandem aus meiner Familie sprechen.«
»Wir haben sie verständigt, aber es ist noch zu früh. Wir wissen nicht, wie Sie auf eine solche Gegenüberstellung reagieren werden. Der Schlag, den Sie auf den Kopf bekommen haben, hat uns ganz schön Angst gemacht. Je weniger Schläge Sie bekommen, desto besser wird es Ihnen gehen.«
»Wann werde ich mich sehen können?«
»Sofort, wenn Sie wollen. Ich habe schon darauf gewartet, dass Sie darum bitten. Folgen Sie mir.«
Larsen führte ihn ins Badezimmer.
Nathan stellte sich allein vor den großen Spiegel, der neben dem Fenster hing. Die Konturen des Zimmers verschwanden nach und nach hinter den merkwürdigen Kurven, die im Oval des Spiegels Gestalt annahmen.
Wie es aussah, war er einen Meter fünfundachtzig groß. Ein kräftiger Körper mit festen Muskeln, breiten Schultern und langen, dürren Armen, durchzogen von geschwollenen Adern. Blaue Flecke auf seiner Haut wiesen auf seinen Unfall hin. Eine breite gelbliche, von geronnenem Blut gemaserte Narbe prangte auf seinem Becken. Eine weitere violette zog sich quer über seine Brust. Er hatte Mühe, das Bild in seiner Gesamtheit zu betrachten. Deshalb ging er näher heran, um sich auf die Details zu konzentrieren...
Große mandelförmige Augen, die von langen Wimpern noch betont wurden, und dichte, dunkle, wohlgeformte Brauen. Die Iris, merkwürdig honigfarben, war gesprenkelt mit helleren Flecken, die wie winzige Goldpailletten, die darin eingeschlossen waren, seinem Blick einen verwirrenden Glanz verliehen.

Seine Haut... seine Haut war matt, und seine Nase gebogen wie ein Adlerschnabel. Er ließ seinen Blick die glatten Kurven entlanggleiten. Von seinem geschwollenen Mund führte eine alte Narbe schräg bis zur Mitte seiner rechten Wange, was seinem Gesicht einen leicht grinsenden Ausdruck verlieh. Sein schwarzes Haar war sehr kurz geschnitten. Vermutlich der Standardschnitt der neurologischen Abteilung.

Nach und nach fügten seine Gesichtszüge sich zu einem homogenen Bild zusammen. Sein Gesicht war eine ziselierte, reglose Maske, über die zwei warme Tränen liefen, ein unbekannter Reflex, der ihn schwindlig machte. Er spürte, wie er in einen Abgrund stürzte. Lisa Larsen hielt ihn am Arm fest.

Aus dem Nichts war er jemand geworden.

3

An diesem Morgen verließ Nathan zum ersten Mal den Weg, den der Frost gegraben hatte, und wagte sich in den tiefen Schnee, um seinen Körper auf die Probe zu stellen. Von Zeit zu Zeit drehte er sich um, um die Fußabdrücke zu betrachten, die er als einzige Beweise für seine Existenz in der dicken pulvrigen Decke hinterlassen hatte.

Obwohl es ihm dank Doktor Larsen, die ihn im Rhythmus der ewigen Dämmerungen des Hohen Nordens besuchte, etwas besser ging, wusste er noch immer nicht viel mehr über sich.

Seine persönlichen Daten. Nathan, Paul, Marie Falh / Geboren am 2.09.1969. Beruf: Taucher / Ständige Adresse: 6 *bis*, rue Champagne-Première, 75014 Paris, Frankreich. Die Hypothese, die die Psychiaterin, eine überzeugte Freudianerin, vertrat, lautete: Er war das Opfer einer Verdrängung. Doch da keinerlei Informationen über sein Leben oder eine eventuelle

Krankengeschichte verfügbar waren, blieben die Gründe dafür unverständlich. Es war klar, dass das Trauma, das er erlitten hatte, der Auslöser gewesen war, aber die Ursache des Problems lag in ihm, verborgen irgendwo in den Verästelungen seines Geistes. Nur er allein konnte die Krankheit, die ihn befallen hatte, überwinden.

Sehr bald schon hatte man Nathan eine Kopie der Dokumente gegeben, die sich auf seinen Unfall bezogen. Da stand alles, gedruckt in kleinen, gräulichen Buchstaben auf den Formularen, die der Arzt von Hydra bei seiner Aufnahme ausgefüllt hatte. In der Hoffnung, eine Reaktion auszulösen, hatte Nathan den Bericht über die Ereignisse wieder und wieder gelesen: Wie sein Kamerad ihn aus dem Labyrinth aus Blech und Eis herausgeholt hatte, wie man ihn im Senkkasten behandelt, jedes Mittel, das man ihm während des Abtransports im Hubschrauber gespritzt hatte. Vergeblich. All diese Informationen weckten keinerlei Erinnerung in ihm.

Seine persönlichen Habseligkeiten beschränkten sich auf eine Reisetasche aus Segeltuch, Stadtkleidung, Kleidung aus Polarwolle und einen Waschbeutel. Ein kleinerer Rucksack enthielt seinen Pass, einen Impfpass, einen Satz Schlüssel, eine kleine Digitalkamera, auf deren Chip kein Bild gespeichert war, sowie eine Brieftasche, in der sich unter anderem sein französischer Führerschein und zwei Kreditkarten befanden: eine Visa Premier einer französischen Bank, deren Code er nicht kannte, und eine im Vereinigten Königreich Großbritannien ausgestellte American Express Gold. Lisa Larsen hatte ihm gesagt, dass er diese benutzen könne, eine Unterschrift reiche aus. Und er hatte fünftausend Euro in Scheinen. Doch all diese Relikte aus der Zeit »davor« waren stumm geblieben.

Erschöpft von seinem Marsch, blieb Nathan stehen. Weit hinter ihm hoben die Gebäude des Krankenhauses sich vor dem Horizont wie eine im Packeis gefangene Geisterflotte ab. Nur ein dunkler Streifen Vegetation wies auf das Vorhandensein eines Kontinents hin, von festem Land, das unter der dicken Eisschicht begraben war. Er erholte sich. Das Brennen der eisigen Luft in seinen Lungen, der Schmerz der Anstrengung, der sich in seinen Muskeln ausbreitete, waren Zeichen dafür, dass er ins Leben zurückkehrte, aber es gelang ihm nicht, das Gefühl tiefer Unruhe abzuschütteln, das ihn seit seinem Erwachen nicht losließ. Anfangs war es ihm vorgekommen, als überfielen ihn kurze Anfälle von Paranoia wie plötzliche Entladungen… Als Lisa Larsen ihn dann regelmäßig besuchte, hatte er geglaubt, dieses Gefühl wäre nach und nach verschwunden.

Es kehrte jedoch zurück. Die Krankheit verschlimmerte sich. Sie nahm eine andere Form an, die zwar weniger heftig war, ihn aber nicht mehr verließ. Sie war jetzt eine quälende Angst, deren Ursache er nicht zu bestimmen vermochte.

Die Nacht brach herein. Eine kräftige Bö arktischen Windes wirbelte den Schnee auf. Nathan zog an den Schnüren seiner Kapuze, um sich vor den Böen zu schützen, die sein Gesicht peitschten, und beschloss, in sein Zimmer in der neuropsychiatrischen Abteilung zurückzukehren.

Die automatische Tür öffnete sich auf die menschenleere Eingangshalle. Nathan ging zum Lift, besann sich und machte kehrt.

Ein heißer, schwarzer Kaffee. Das würde ihm jetzt gut tun.

Er steuerte auf die Cafeteria zu und nannte einem jungen Angestellten, der den Boden wischte, seinen Wunsch.

Den Becher fest in den Händen, ging Nathan durch den leeren Raum. Cremefarbene Fliesen, Tische aus Metall und Holz. Nur ein Hüne in grünem Kittel, dessen Gesicht er nicht erkennen konnte, saß am großen Fenster und las. Nathan setzte sich in seine Nähe und trank einen ersten Schluck des bitteren Getränks, das ihn sofort erwärmte.

Während er seinen Blick durch die beschlagene Scheibe wandern ließ, erklang eine sanfte und kräftige Stimme hinter ihm.

»Sie scheinen über den Berg zu sein. Das freut mich.« Nathan drehte sich zu dem Hünen um, der ihn in perfektem Französisch angesprochen hatte.

»Wie bitte?«

»Ich sagte, ich freue mich, dass Sie über den Berg sind, junger Mann. Es hatte Sie böse erwischt.«

Nathan schwieg. Er musterte seinen merkwürdigen Gesprächspartner: ein dickes Gesicht, eckig, voller Falten, grob geschnitten. Kurzes, grau meliertes Haar. Kleine Augen, die tief in ihren Höhlen lagen und tiefe graue Ringe hatten.

»Weckt mein Gesicht keine Erinnerungen?«, fragte der Unbekannte, ein seltsames Lächeln auf den Lippen.

Für einen Augenblick kamen die Umrisse der massigen Gestalt Nathan vertraut vor. Doch er verwarf den Gedanken gleich wieder. Nein, der einzige Mann, dem er seit seinem Erwachen begegnet war, war der Krankenpfleger, der im zweiten Stock Bereitschaftsdienst hatte. Diesen Typen kannte er nicht.

»Wer sind Sie? Woher wissen Sie, was mit mir los ist?«

Da war allerdings dieses Licht, das wie eine schwarze Flamme im schrägen Blick des Hünen tanzte. Nathan hatte das Gefühl, dass er diese Begegnung schon einmal erlebt, dass er diesen Mann gekannt hatte. Nein, das war unmöglich, dieses Gefühl rührte wahrscheinlich daher, dass er das verzweifelte Bedürfnis verspürte, sich an irgendetwas zu klammern.

»Entschuldigen Sie, wenn ich ungeschickt gewesen bin. Erlauben Sie, dass ich mich vorstelle. Doktor Erik Strøm. Ich bin Psychiater, ich gehörte dem Team an, das sich um Sie gekümmert hat, als Sie noch im Koma lagen. Sie haben uns große Sorgen gemacht, wissen Sie.«

Das seltsame Licht war jetzt verschwunden und dem Wohlwollen des Arztes gewichen, der den täglichen Umgang mit dem Leiden der anderen gewöhnt war. Nathan wurde sich seiner Unhöflichkeit bewusst.

»Ich bitte Sie um Entschuldigung«, sagte er leise. »Ich danke Ihnen für alles, was Sie und Ihre Kollegen für mich getan haben. Ich weiß nicht, ob ich ohne Sie ins Leben zurückgekehrt wäre.«

»Sie haben eine kräftige Konstitution, Nathan. Sie verdanken Ihre Genesung sich selbst.«

Schweigen. Dann sagte Nathan: »Sie sind der erste Mensch, den ich seit meiner Ankunft Französisch sprechen höre. Ihr Name klingt nicht...«

»Ich bin kein Franzose, aber ich habe das Glück gehabt, in meiner Jugend reisen zu können.«

»Und lieben Sie dieses Land? Es liegt doch am Arsch der Welt.«

»Ich liebe vor allem meinen Beruf, und außerdem bin ich erst vor kurzem hierher gekommen. Das ist ein herrlicher Ort, sehr ruhig. Also, um auf Ihre Frage zu antworten, ja, es gefällt mir hier sehr. Aber Sie scheinen sich hier nicht wohl zu fühlen. Ist alles in Ordnung? Sie wirken etwas verstört...«

»Ich weiß nicht, ob...«

Nathan zögerte, sich diesem Unbekannten anzuvertrauen. Aber plötzlich verstand er dieses Gefühl des Déjà-vu. Er erinnerte sich... Als er nach und nach aus dem Koma erwacht war, hatte dieser Mann ihn besucht, nicht so oft wie Larsen, aber, ja, das war er gewesen. Diese stumme Gestalt... es war die von Strøm gewesen.

»Sie haben bei mir gewacht, nicht wahr? Sie haben stumm an meinem Bett gesessen.«

»Sie wirkten so weit weg, sehr weit, aber ich war sicher, dass Sie meine Gegenwart spürten, Nathan. Ich freue mich, dass ich mich nicht geirrt habe.«

»Es ist sehr verschwommen... Ich hätte damals nicht sagen können, ob Sie Teil der Realität oder meines Deliriums waren.

Ich... Wie es scheint, ist Doktor Larsen nicht sehr optimistisch hinsichtlich meiner Chancen, rasch das Gedächtnis wiederzuerlangen, und ich muss gestehen, dass... sagen wir, es fällt mir sehr schwer, das zu akzeptieren.«

Strøm fuhr sich mit den Händen über das Gesicht, aufmerksam, als wollte er ihn auffordern weiterzusprechen.

Nathan fuhr fort: »Doktor, teilen Sie ihre Ansicht, oder...«

»Ich glaube zu verstehen, was Sie von mir erwarten. So wie die Dinge gegenwärtig liegen, kann ich Ihnen nicht mehr Hoffnung machen als meine Kollegin. Vom klinischen Standpunkt aus ist ihre Diagnose vollkommen korrekt. Allerdings können sich die Mäander der Seele manchmal als sehr viel komplexer erweisen, als wir gedacht hätten.«

Nathan unterbrach ihn abrupt: »Was wollen Sie damit sagen?«

»Sie sind nicht mein Patient, sondern ihrer. Es stimmt, dass ich, wenn ich mich um Sie gekümmert hätte, vielleicht nicht genau dieselben Behandlungsmethoden wie sie gewählt hätte. Eine Frage, junger Mann: Haben Sie Kontakt mit Angehörigen, mit Ihrer Familie gehabt?«

»Doktor Larsen war der Meinung, dass ich noch nicht so weit sei. Dass ich noch warten müsse. Sie fürchtet ein erneutes Trauma. Mir kommt das zu lang und zumindest eigenartig vor.«

»In der Tat... Gewöhnlich geht man schrittweise vor und trifft alle erdenklichen Vorsichtsmaßnahmen, um den Kranken nicht zu beunruhigen, aber man setzt eigentlich darauf, dass die Anwesenheit eines nahen Verwandten so bald wie möglich nach dem Unfall, selbst wenn das Opfer noch im Koma liegt, die Chancen erhöht, Erinnerungen auszulösen. Sind Sie sicher, dass Sie sich an kein Gesicht erinnern – das Ihrer Mutter zum Beispiel?«

»An keines, Doktor. Ihres, als Sie bei mir wachten, und das von Dr. Larsen, das ist alles.«

»Keine Bilder von Leuten, die sich zum Zeitpunkt des Unfalls um Sie gekümmert haben? Keinerlei Empfindungen?«

Ein neuer Schimmer, diesmal der Ungläubigkeit, leuchtete im Blick des Psychiaters auf, aber von einer heftigen Panikattacke gepackt, achtete Nathan nicht darauf. Er nahm seinen Kopf zwischen die Hände und murmelte: »Nichts.«

Er blickte auf und starrte Strøm an.

»Doktor, ich will nach Hause zurück, ich kann diese Nacht, die nicht aufhört, dieses Nichts nicht mehr ertragen. Ich will meine Familie wiedersehen, das Tageslicht... Ich will nach Hause. Ich bin sicher, dass alles in dem Augenblick zurückkommen wird, wenn ich meine Wohnung betrete.«

»Das ist kompliziert, aber vielleicht kann ich Ihnen helfen«, sagte Strøm nach einer Weile.

»Mir helfen? Und wie?«

»Tja, also, ich kann mir Ihre Akte noch einmal vornehmen und mich bemühen, erneut Kontakt zu den Mitgliedern Ihrer Familie aufzunehmen, die Dr. Larsen vielleicht schon zu erreichen versucht hat.«

»*Vielleicht?* Was wollen Sie damit andeuten?«

»Hat Dr. Larsen Ihnen eine Kopie Ihrer Akte ausgehändigt?«

»Ja, natürlich.«

»Haben Sie darin Namen, Orte, Telefonnummern gefunden, die die Ihrer Angehörigen sein könnten?«

»Nein, aber...«

Ein furchtbarer Zweifel befiel Nathan. Was versuchte Strøm ihm da zu sagen? Dass Larsen etwas vor ihm verbarg? Das ergab keinen Sinn... Die Psychiaterin war das einzig beständige, zuverlässige und beruhigende Element in der Leere, die ihn umgab.

Er wiederholte: »Was wollen Sie andeuten?«

»Nichts, junger Mann, es kommt mir vor, als würden Sie mich um Hilfe bitten, und ich biete sie Ihnen an, das ist alles.«

Strøms Ton war schneidend, unwiderruflich.

»Da Dr. Larsen es für gefährlich hält, Sie zu früh mit Ihren Angehörigen zusammenzubringen, biete ich Ihnen lediglich an,

Ihnen die Möglichkeit zu geben, direkt mit ihnen zusammenzukommen. Sie brauchen jetzt Ruhe. Gehen Sie schlafen, ich werde mich wieder bei Ihnen melden, sobald ich Ihnen mitteilen kann, was ich herausgefunden habe.«

Strøm blickte auf seine Uhr und erhob sich abrupt. »Entschuldigen Sie, aber ich muss mich jetzt verabschieden.«

Nathan hatte sich gleichzeitig mit dem Hünen erhoben, der ihn um mehr als einen Kopf überragte. Sie schüttelten sich die Hand.

»Dann also bis später. Versuchen Sie, gut zu schlafen.«

Strøm entfernte sich rasch, ohne ihm Zeit für eine Antwort zu lassen. Nathan spürte, wie ihm eiskalter Schweiß den Rücken hinunterlief. Er hätte nicht sagen können, was es war, aber irgendetwas stimmte nicht im Verhalten des Arztes. Er oder Larsen, einer von beiden log ihn an.

Er kehrte über die Personaltreppe in die neuropsychiatrische Abteilung zurück. Diese Begegnung hinterließ einen bitteren Nachgeschmack, das unerklärliche Gefühl drohender Gefahr.

Er musste nachdenken. Er ging schneller, um sich in sein Zimmer zurückzuziehen. Als er die Tür zum zweiten Stock aufstieß, stand er plötzlich Dr. Larsen gegenüber.

Sie schien erleichtert über das Zusammentreffen.

»Nathan, guten Abend! Wo sind Sie gewesen?«

»Ich bin spazieren gegangen. Etwas weiter als sonst, ich brauchte einfach frische Luft.«

»Ich hatte mir schon Sorgen gemacht.« Ihre hellen Augen blickten ihn fragend an. »Geht es Ihnen nicht besser?«

Er nahm sich die Zeit, sie prüfend anzusehen, bevor er antwortete; er fand nicht das geringste Zeichen von Falschheit in diesen Augen.

»Es wird immer schlimmer, ich weiß nicht, was mit mir los ist. Ich habe das Gefühl, verrückt zu werden.«

»Kommen Sie, ich begleite Sie auf Ihr Zimmer.«

Sie gingen den Korridor entlang. Nach kurzem Nachdenken fragte Larsen: »Was empfinden Sie im Augenblick?«

»Das ist schwer zu erklären, es sind irgendwie nicht genau definierbare Anfälle... die mich innerlich quälen.«

»Und was löst diese Anfälle aus?«

»Eigentlich habe ich sie ständig, aber manche Ereignisse können sie verstärken.«

»Zum Beispiel?«

»Ein unerwartetes Geräusch... Jemand, der mich ohne mein Wissen beobachtet...«

»Jemand, der Sie beobachtet... ohne Ihr Wissen?«

»Ja... na ja, nein... ich weiß auch nicht.«

Nathan schwieg; dann erklärte er: »Ich muss Ihnen etwas sagen...«

»Ja?«

»Also... Ich habe eben mit Dr. Strøm gesprochen, er scheint Ihre Ansicht nicht zu teilen, und ich muss zugeben, dass...«

Lisa unterbrach ihn: »Mit wem haben Sie gesprochen?«

»Mit Dr. Strøm. Ich bin ihm in der Cafeteria begegnet. In Wirklichkeit habe ich mich an ihn erinnert, an seine Gestalt. Er hat mich im Aufwachraum besucht.«

Larsen blickte ihn erstaunt an. »Sind Sie wirklich sicher?«

»Absolut.«

Sie blieb stehen. Ihr Gesicht war bleich geworden. »Was ist das für eine Geschichte, Nathan?«

»Was meinen Sie...?«

»Beruhigen Sie sich, ich mache mir einfach Sorgen um Sie, verstehen Sie.« Sie wirkte plötzlich bekümmert. »Das, was Sie da sagen, beunruhigt mich.«

»Was ist los? Reden Sie, verdammt!«

»Der Zugang zur Intensivstation ist nur eingeschränkt möglich und wird überwacht, Nathan. Niemand außer mir und den Krankenpflegern, die Bereitschaftsdienst hatten, ist an Ihr Bett gekommen. Es gibt keinen Arzt namens Strøm in diesem Krankenhaus und auch keine andere Psychiaterstelle außer meiner...«

»Aber ich versichere Ihnen, dass...«

»Tut mir leid, Nathan, ich fürchte, ich habe mich hinsichtlich meiner Diagnose gründlich geirrt.«

4

Er wachte mitten in der Nacht auf. Kurzatmig und an allen Gliedern zitternd. Sein Nacken und sein Rücken waren schweißnass. Er schleppte sich ins Badezimmer, öffnete den Wasserhahn und bespritzte sich mit eiskaltem Wasser.

Larsen hatte das Wort nicht ausgesprochen, aber die Botschaft war klar gewesen: Sie hielt ihn für schizophren, für einen Paranoiker, der unter Halluzinationen litt. Die Neuroleptika in Form länglicher, perlmutt schimmernder Pillen, die die Krankenschwester ihm vor dem Abendessen gebracht hatte, hatten seinen Verdacht bestätigt. Brav hatte er sie eine nach der anderen in seinen Mund gesteckt und wieder ausgespuckt, nachdem sie das Zimmer verlassen hatte.

Nathan war überzeugt, dass er nicht phantasierte. Dieser Typ... dieser Strøm... existierte. Er war keine Ausgeburt seiner Einbildung, wie die Psychiaterin zu glauben schien. Andererseits war Nathan von Larsens Aufrichtigkeit überzeugt. Zum ersten Mal untermauerte ein konkreter Hinweis das, was seine Intuition ihm eingab.

Er verstand jetzt das Gefühl, das ihn quälte.

Seit seinem Abtransport überwachte man ihn, und er hatte es geahnt. So verrückt es auch scheinen mochte, Erik Strøm war ein Betrüger, der Auskünfte über ihn einholen sollte.

Warum man sich für ihn interessierte, wusste er nicht, aber

sein Instinkt sagte ihm, dass er sich besser aus dem Staub machen sollte. So schnell wie möglich.

Er trocknete sich ab und öffnete den Wandschrank in seinem Zimmer. Er würde abhauen und sich ins Zentrum von Hammerfest begeben. Danach würde er weitersehen.

Nachdem er seine Reisetasche gepackt hatte, zog Nathan sich warm an und steckte die Dokumente von Hydra, die seinen Unfall betrafen, seine Ausweispapiere, seine Kreditkarten und die fünftausend Euro in Scheinen in seine Taschen; dann verließ er leise das Zimmer.

Alles war dunkel. Keine Menschenseele.

Er ging den Korridor entlang bis zum Treppenhaus. Als er die Tür öffnete, stieß er auf einen Mann, der einen Putzlappen in der Hand hielt und die Schirmmütze und die knallorangefarbene Uniform einer Reinigungsfirma trug. Mit einer Handbewegung bedeutete der Mann ihm, zuerst durch die Tür zu gehen.

In diesem Augenblick ging ein heftiger Adrenalinstoß durch Nathans Körper. Ein Fenster im Treppenhaus zeigte ihm das Spiegelbild eines zweiten Mannes, der in einem toten Winkel verborgen war. Ein rascher Blick auf den ersten Mann enthüllte athletische Schultern und einen unsteten Blick.

Eine Falle. Diese Drecksker le waren seinetwegen hier. Er zweifelte keine Sekunde daran.

Ohne eine Miene zu verziehen, ging Nathan weiter. Und dann ging alles sehr schnell.

Der Mann, der sich im Fenster spiegelte, versuchte, ihn im Nacken zu treffen... Nathan schlug als Erster zu und zerquetschte mit der flachen Hand den Nasenrücken seines Angreifers. Es klang, als würde eine Nuss geknackt. Gleich darauf versetzte er ihm einen Fußtritt in den Bauch, so dass er die Treppe hinuntersegelte.

Einen Sekundenbruchteil später drehte er sich zu dem anderen um... zu spät.

Ein heftiger Tritt ins Kreuz schleuderte ihn zu Boden. Er schnappte nach Luft, ließ seine Tasche los und versuchte sich aufzurichten, aber der Typ war bereits über ihm, presste seinen Arm auf seine Kehle und drückte zu. Die Hände nach hinten gestreckt, versuchte Nathan, irgendetwas zu fassen zu kriegen, aber er bekam keine Luft, und sein Blick trübte sich... Er war nahe dran, das Bewusstsein zu verlieren, als er etwas sah, das ihn entsetzte.

Eine Spritze.

Der Typ versuchte, sie ihm in den Hals zu rammen.

Nathan wollte den Arm, der auf ihn niedersauste, abwehren, aber er vermochte ihn lediglich abzubremsen. Die dünne Nadelspitze, von der Flüssigkeit perlte, näherte sich gefährlich seinem Gesicht.

Er wehrte sich. Neeiin... Seine Augen füllten sich mit Tränen. Er hatte diesen Unfall nicht überlebt, er war nicht dem Tod von der Schippe gesprungen, um jetzt auf diese Weise in diesem schmutzigen Treppenhaus zu sterben.

Mit einem wütenden Aufbäumen gelang es Nathan, sich zu befreien, und in diesem Moment bohrte sich die dicke Nadel in den Unterarm seines Gegners. Der Mann wich zurück und brach die Stahlspitze, die in seinem Fleisch steckte, ab. Aber Nathan hatte bis zum Anschlag auf den Stempel gedrückt und den größten Teil der Flüssigkeit injiziert. Der Typ sackte zusammen.

Nathan schnappte sich seine Reisetasche und stürmte die Treppe hinunter, in Richtung Keller. Es war jetzt ausgeschlossen, zu Fuß in die Stadt zu gehen. Er ahnte, dass die beiden Typen nicht allein waren. Ein dritter wartete sicher draußen in einem Wagen auf sie. Wer waren sie? Was wollten sie von ihm? Nathan verdrängte diese Fragen, um sich auf das zu konzentrieren, was jetzt erst mal vorrangig war: von hier wegzukommen.

Im Keller ging er in die Umkleideräume des Personals. Mit

ein paar sicheren Bewegungen montierte er einen Türgriff ab und brach mit seiner Hilfe die Vorhängeschlösser der Spinde auf. In Nummer vier fand er, was er suchte. Einen Wagenschlüssel, der zu einem Landrover gehörte, vor allem aber eine Magnetkarte, ein Sesam-öffne-dich, das ihm erlauben würde, das Krankenhaus unbemerkt zu verlassen.

In der Tiefgarage war niemand, und Nathan lief an den Betonpfeilern entlang. Von den fünfzehn Fahrzeugen, die dort in einer Reihe standen, waren drei Landrover. Zwei weiße und ein khakifarbener. Nathan drückte auf den Knopf der automatischen Entriegelung am Schlüssel. Einer der beiden weißen Wagen reagierte. Nathan sprang hinein und fuhr zur Ausfahrt. Als er draußen war, bremste er ab, um die Umgebung abzusuchen. Alles schien ruhig, nur feiner, aber dichter Schnee wirbelte im Licht der Scheinwerfer. Langsam fuhr er weiter und nahm die weiße, vom Frost rissige Straße, die nach Hammerfest führte.

Er hatte es geschafft. Er konnte es sich nicht erklären, aber sein Körper hatte tadellos reagiert, sein Instinkt hatte ihn gerettet. Es grenzte an ein Wunder.

Doch die quälenden Fragen kehrten zurück: Wer waren seine Angreifer? Was wollten sie von ihm? Hatte das alles mit der Expedition, mit Hydra, mit seinem Unfall, mit seinem Gespräch mit Larsen zu tun, nachdem sie Strøm demaskiert hatte? Wussten sie mehr über ihn als er?

Am ganzen Körper zitternd, näherte Nathan sich dem Tannenwald, der die Straße säumte. Zwischen den Baumstämmen erkannte er eine dunkle Form. Dieser Anblick brachte ihn in die Wirklichkeit zurück.

Ein weiterer Landrover, mit ausgeschalteten Scheinwerfern, versteckt am Waldrand. Der dritte Mann war sicher nicht weit. Auf der Lauer.

Ganz ruhig bleiben. Nur ja nicht auffallen.

Nathan fuhr weiter, ohne langsamer zu werden, und entfernte sich in Richtung Stadt, deren Lichter er in der Ferne sah.

Er war fest entschlossen herauszufinden, welche Geheimnisse seine Vergangenheit verbarg.

5

Paris zeichnete sich schwarz unter einem bläulich schimmernden Himmel ab, der immer dunkler wurde. Nathan betrachtete die ersten Tropfen eines Frühlingsregens, die auf der Windschutzscheibe des Taxis zerplatzten, das ihn mit hoher Geschwindigkeit seiner Vergangenheit entgegenführte.

Achtzehn Stunden. So lange hatte er gebraucht, um nach Frankreich zu kommen. Nachdem er die Option, in Hammerfest das Flugzeug zu nehmen, als zu gefährlich verworfen hatte, war er unbehindert nach Alta, einer Stadt zweihundert Kilometer weiter südlich, gefahren. Dort hatte er den Wagen in der Nähe des Flughafens stehen lassen und den ersten Flug nach Oslo genommen; von dort war er nach Paris weitergeflogen, wo er am späten Nachmittag gelandet war.

Die Limousine bremste ab, um den Boulevard périphérique zu verlassen, und fuhr dann weiter ins Zentrum der Hauptstadt. Nathan drehte nervös den Schlüsselbund zwischen seinen Fingern hin und her.

Warteten seine Angreifer bereits auf ihn?

Vermutlich nicht. Selbst wenn sie seine Adresse kannten, mussten sie sich sagen, dass das der letzte Ort war, den Nathan aufsuchen würde, da er wusste, dass er verfolgt wurde; jedenfalls hoffte er es. Aber wie auch immer, er konnte sich nicht leisten, diese Wohnung zu meiden, die die einzige Verbindung zu seinem früheren Leben war. Die Angst vor dem, was er finden würde, wühlte in seinen Eingeweiden. Wie würde seine Welt aussehen? Vielleicht war es eine einfache Zweitwohnung, wenn er viel reiste. Er versuchte, sich eine Vorstellung zu machen... ein Adressbuch, das ihm erlauben würde, Kontakt zu seiner Familie, zu seinen Freunden aufzunehmen, Möbel, Gegenstände, Bücher und die Musik, die er gern hörte, ein Geruch, der nicht der der neuropsychiatrischen Abteilung war, den er nicht loswurde.

Alles würde plötzlich zurückkommen, wenn er in die Wohnung käme. Davon war er überzeugt.

Aber er musste doppelt vorsichtig sein.

Der Winter schien die von der Kälte erstarrte Stadt noch nicht verlassen zu haben. Menschen gingen über die grauen Avenuen und kniffen die Augen zusammen, um sich vor dem beißend kalten Wind und Regen zu schützen. Er begann die Gesichter eingehend zu mustern. Wer weiß, vielleicht erkannte er ja seinen Vater, einen Freund, seine Lebensgefährtin wieder... Aber vielleicht wohnten sie auch ganz woanders, weit weg.

Nachdem er über den Boulevard Montparnasse gefahren war, bog der Taxifahrer in die rue Champagne-Première und fuhr langsam an seinem Haus vorbei, was ihm erlaubte, die unmittelbare Umgebung zu inspizieren. Da ihm nichts Verdächtiges auffiel, ließ er sich vor der Kreuzung mit dem Boulevard Raspail absetzen und ging zur Nummer 6 *bis* zurück.

Er war da.

Er blickte nach oben. Die höchsten Dachfenster des sechsstöckigen bürgerlichen Wohnhauses schienen die blasslila Nacht zu berühren. Kein Zahlencode. Er drückte die Tür auf und betrat die Eingangshalle, in der automatisch das Licht anging. In welchem Stock wohnte er? Er sah sich die Briefkästen an und suchte seinen Namen unter den anderen. Nichts. Er blickte sich in der Halle um, einen Hausmeister schien es nicht zu geben. Er untersuchte seinen Schlüsselbund. Ein kleines Schlüsseletui aus blauem Plastik verbarg ein Stückchen abgenutzten Karton. Unter seinem fett gedruckten Namen erkannte er eine Reihe verstümmelter Zeichen – fünf rechts; er hatte dieses Detail vergessen. Um unbemerkt zu bleiben, verzichtete Nathan darauf, auf den Lift zu warten, und ging leise die Stufen hinauf. Sein Atem ging regelmäßig. Er fühlte sich besser, seine Ängste hatten sich in Aufregung verwandelt, die in Wellen seinen Körper durchströmte. Er blieb vor einer massiven Eichentür stehen und untersuchte das Schloss. Keine Spuren eines Einbruchs. Er spitzte die Ohren, alles schien ruhig. Sein Herz schlug wie wild in seiner Brust. Er kehrte nach Hause zurück. Er atmete ein letztes Mal tief durch und ließ die Stahlschäfte klirren. Einen Augenblick später öffnete sich die Tür geräuschlos auf die Dunkelheit.

Nathan drückte den ersten Schalter, den er ertasten konnte, ohne Ergebnis. Er musste vor seiner Abreise den Strom abgestellt haben. Während er sich in der Dunkelheit vorwärts bewegte, konnte er das Knarren des Parketts unter seinen Füßen hören. Dem Echo nach zu urteilen, musste die Wohnung größer sein, als er gedacht hatte. Er ließ seine Hände über die glatten Wände gleiten, bis er auf den Schrank mit dem Stromzähler stieß. Er öffnete ihn und setzte seine Suche fort; schließlich berührten seine Finger einen kleinen Bakelithebel, der mit einem metallischen Geräusch kippte.

Grelles Licht blendete ihn.

Nathan schützte seine Augen mit dem Handrücken, bis seine Pupillen sich an das helle Licht gewöhnt hatten.

Irgendetwas stimmte nicht.

Der Flur... Verdammt. Er blickte zum Wohnzimmer.

Alles... alles war leer.

Er stürzte in die anderen Zimmer, machte jede Lampe an. Weiße, unberührte Wände. Nicht ein Möbelstück, kein Gegenstand, kein Foto. Nichts.

NEIN! NEIN! NEIN! Mit Ausnahme einer Matratze und eines Telefons war diese Wohnung ebenso leer wie sein verdammter Schädel.

Er irrte von Zimmer zu Zimmer, auf der Suche nach irgendetwas, einem Zeichen, vergeblich. Eine heftige Übelkeit überfiel ihn, die Wände bedrückten ihn, er hatte das Gefühl, dass sie sich wie eine Zwangsjacke immer enger um ihn schlossen.

Er bekam keine Luft, verstrickte sich in dem Albtraum...

Sein Herumlaufen endete vor einem großen Spiegel, der provozierend über dem Kamin im Wohnzimmer prangte. Er näherte sich der Gestalt, die sich im Gegenlicht spiegelte, und stand einen Augenblick reglos da. Und da begriff er. Ja, ihm wurde jetzt klar, warum Lisa Larsen ihm die Besuche seiner Angehörigen, seiner Familie verweigert hatte. Sie hatte niemanden erreichen können, aber das hatte sie ihm nicht sagen können, ohne zu riskieren, ein erneutes Trauma auszulösen. Das war die einzig vernünftige Erklärung.

Aber wer, wer war er?

Während er sich mit seinen tränenfeuchten Augen betrachtete, hatte er das Gefühl, dass sein Wesen sich auflöste, in Stücke zerbrach wie eine monströse Missgeburt. Plötzlich ließ er seine Faust nach vorn schnellen; sie prallte gegen den Spiegel und zerschmetterte das Spiegelbild des Unbekannten. Seine Hand blutete, und er taumelte, bis sein Körper sich krümmte. Er fiel auf die Knie, eine Hand über dem Bauch verkrampft, die andere auf den Boden gestützt... Heftiger Brechreiz quälte ihn. Bei jedem Krampf spannten die Muskeln seines Körpers sich wie Seile. Sein Magen rebellierte, und schließlich erbrach er klebrigen Schleim und brach auf dem Boden zusammen. Sein Körper verkrampfte sich langsam und rollte sich zusammen, bis er wie ein Fötus dalag. Er wünschte sich nichts sehnlicher, als dorthin zurückzukehren, woher er kam, dorthin, wo ihn nichts mehr würde erreichen können, ins tiefste Koma.

In dieser Nacht hatte er einen Traum.

Ein kleines Kind sitzt zwischen seinen verstreuten Spielsachen. Eine Katze reibt sich an ihm. Wortlos, ohne das geringste

Gefühl zu zeigen, greift das Kind nach einer Klinge und bohrt sie dem Tier mitten in den Kopf. Das erschreckte Miauen schleudert Nathan in die Nacht einer Sandwüste, aus der Kämme schwarzer Felsen auftauchen. Nackte, abgemagerte Frauen und Männer, die glühende Funken in ihren hohlen Händen bergen, blicken ihn stöhnend an, die Gesichter tränenüberströmt, die mageren Finger auf ihn gerichtet. Als er den Blick senkt, bemerkt er, dass schwarze, zuckende Eingeweide aus seinem geöffneten Oberkörper quellen. Aber nicht darauf zeigen die Menschen. Der Wind bläst und wirbelt in einem ockerfarbenen Sturm stoßweise den Sand auf; in hellen Pigmenten zeichnet sich eine verhüllte Gestalt ab, die seinen Namen murmelt. Als er versucht, sie zu erreichen, entzieht sie sich ihm.

Als Nathan aufwachte, flutete das Sonnenlicht durch die Fenster herein und zeichnete helle, schräge Pfeile auf den Boden. Er stand auf und ließ seinen schmerzenden Körper knacken. Es war fast neun. Nathan dachte sofort an die Männer, die ihn verfolgten. Sie konnten jeden Augenblick auftauchen. Die Nacht hier zu verbringen war bereits ein gefährlicher Fehler gewesen, es blieb ihm nur wenig Zeit, um die Wohnung zu durchsuchen, bevor er erneut floh.

Er ging ins Badezimmer und duschte rasch. Nachdem er die oberflächliche Wunde untersucht hatte, die er sich an der Hand zugezogen hatte, holte er saubere Kleidung aus seiner Reisetasche: Jeans, ein langärmliges T-Shirt und Basketballschuhe; dann beschloss er, sich an die Arbeit zu machen.

Über den Daumen gepeilt schätzte er die Wohnung auf hundert Quadratmeter. Fünf weiß getünchte Zimmer, Parkettboden und Kamine aus schwarzem Marmor. Die Wohnung war hell und freundlich.

Fragen schwirrten ihm durch den Kopf. Wo sollte er anfangen?

Das Telefon. Er ging zum Flur. Der Apparat war Telefon, Fax

und Anrufbeantworter in einem. Es gab keine Nachricht. Nathan nahm den Hörer ab und drückte instinktiv auf die Taste für automatische Wahlwiederholung. Sofort erschien eine Nummer auf der Digitalanzeige. Es funktionierte. Nachdem es dreimal geklingelt hatte, meldete sich eine Stimme: »Orkyn Rive Gauche, einen Moment bitte...«

Nathan landete in einer Warteschleife. Während er den Namen auf ein Stück Papier kritzelte, suchte er in seinem Gedächtnis... Das sagte ihm nichts. Aus der Ansage, die an seinem Ohr vorbeirauschte, erfuhr er, dass Orkyn eine Gesellschaft für Luxusdienstleistungen war, die Wohnungen und Häuser vermittelte, Limousinen mit Chauffeur... Er hatte sich vermutlich an sie gewandt, um diese Wohnung zu mieten.

»Guten Tag, mein Name ist Vincent, was kann ich für Sie tun?«

»Ich hätte gerne Informationen über eine Wohnung, die ich zurzeit durch Vermittlung Ihrer Gesellschaft gemietet habe.«

»Gewiss, könnten Sie mir die Adresse nennen?«

»6 *bis*, rue Champagne-Première, im vierzehnten Arrondissement. Mein Name ist Falh.«

»Monsieur Nathan Falh.«

Er hatte einen Volltreffer gelandet.

»Richtig.«

»Und was möchten Sie wissen?«

»Hören Sie, ich glaube, ich habe die Kopie des Mietvertrags verlegt. Könnten Sie mir sagen, wann genau der Mietvertrag abgeschlossen wurde und wie lange er läuft?«

»Tut mir leid, Monsieur, aber derartige Informationen darf ich am Telefon nicht weitergeben. Vielleicht könnten Sie persönlich vorbeikommen?«

»Ich brauche diese Auskünfte jetzt sofort.«

»Aber...«

»Ich bin sicher, dass Sie eine Lösung finden werden.«

»Gut, Monsieur, warten Sie bitte einen Augenblick.«

Erneut die Warteschleife.
»Monsieur Falh?«
»Ja.«
»Ich muss Ihre Identität überprüfen. Ich bitte Sie daher um Datum und Ort Ihrer Geburt, um die Nummer Ihres Passes und den Ort, wo er ausgestellt wurde.«
Nathan holte seine Papiere und gab die entsprechenden Informationen. Er hörte, wie die Finger seines Gesprächspartners nervös über eine Tastatur klapperten.
»Die Suche läuft... Ja, jetzt habe ich Ihre Daten vor mir... Der Mietvertrag trat in Kraft am 1. Januar 2002 und läuft über einen Zeitraum von sechs Monaten, also bis zum 30. Juni 2002.«
»Können Sie mir die genaue Höhe der Miete nennen?«
»Natürlich, wenn kein Irrtum unsererseits vorliegt, wurde der Gesamtbetrag von neunzehntausendzweihundert Euro, das entspricht einer Monatsmiete von dreitausendzweihundert Euro, Ende Dezember von Ihnen persönlich bar bezahlt. Zusätzlich wurde auch ein Vorschuss von tausend Euro für das Telefon bezahlt.«
»Enthält die Datei über mich noch weitere Informationen?«
»Nein, Monsieur.«
»Gut, dann danke ich Ihnen...«
»Auf Wiedersehen, Monsieur Falh, Orkyn Rive Gauche wünscht Ihnen einen angenehmen Aufenthalt in Paris.«
Die Ereignisse nahmen eine eigenartige Wendung. Warum hatte er ein Vermögen in bar für diese Wohnung ausgegeben, wo er doch ein paar Wochen später zu einer Expedition aufgebrochen war?
Erneut nahm er den Hörer ab und wählte die Nummer von Hydra in Antwerpen. Es wurde Zeit, dass er sich einmal mit diesen Leuten unterhielt. Eine junge Frau meldete sich.
»Hydra, Sekretariat von Monsieur Roubaud. Guten Tag.«
»Guten Tag. Jean-Paul Roubaud bitte.«
»Tut mir leid, er ist erst am Mittwoch wieder da.«

»Können Sie mir eine Nummer geben, unter der ich ihn erreichen kann?«

»Wer will ihn sprechen?«

»Nathan Falh. Es ist dringend.«

»Monsieur Roubaud hat mir gesagt, dass Sie eventuell anrufen würden. Es tut mir leid, aber er ist nicht erreichbar.«

Nathan ließ sich nicht abwimmeln: »Vielleicht können Sie ihn bitten, mich zurückzurufen?«

»Was wollen Sie, das so dringend ist, dass es nicht warten kann, Monsieur Falh?«

Die verächtliche Art der Sekretärin ging ihm allmählich auf die Nerven.

»Gewisse Details, die die Mission HCDO2 betreffen.«

»Haben Sie nicht den Bericht an das Ärzteteam gelesen, das Ihre Behandlung übernommen hat?«

»Dieser Bericht bezieht sich nur auf meinen Unfall. Was ich wünsche, ist ein detaillierter Bericht über diese verdammte Expedition«, sagte Nathan wütend. »Denn, sehen Sie, ich bin das Opfer eines schweren…«

»Ich bin über Ihre Situation informiert. Sie sind großzügig entschädigt worden.«

»Entschädigt?«

»Zwanzigtausend Pfund Sterling sind Ihnen auf ein Konto in Großbritannien überwiesen worden. Hat man Sie nicht darüber informiert?«

»Nein.«

»Nun, dann wissen Sie es jetzt. Hören Sie, Monsieur Falh, machen Sie mir keine Schwierigkeiten… Monsieur Roubaud ist ein sehr beschäftigter Mann. Er hat mir vor seiner Abreise ganz klare Anweisungen gegeben. Er wünscht kein Gespräch mit Ihnen. Es ist zwecklos, darauf zu beharren.«

Ein schrilles Pfeifen zerriss Nathan beinahe das Trommelfell. Die Sekretärin hatte aufgelegt.

Benommen legte Nathan den Hörer zurück. Was bedeutete

dieses Verhalten? Hatten Hydra und Roubaud irgendetwas mit dem Entführungsversuch in Hammerfest zu tun? Und die Geschichte mit dieser Überweisung? Nathan versuchte, die Puzzleteilchen, die er aufgesammelt hatte, ineinander zu fügen. Nichts passte zusammen. Er musste Roubauds Rückkehr abwarten. Drei Tage. Das ließ ihm genug Zeit, um eine Möglichkeit zu finden, mit ihm zu sprechen. Die Überweisung auf sein Konto in Großbritannien würde ihm erlauben, in aller Ruhe zu recherchieren.

Jetzt würde er sich erst einmal auf die Wohnung konzentrieren.

Wenn er hier gewohnt hatte, hatte er bestimmt eine Spur hinterlassen, mochte sie auch noch so winzig sein... Er würde die ganze Wohnung genauestens durchkämmen.

Als Erstes durchsuchte er die Küche, in der er nur einen zusammengefalteten, benutzten Teebeutel fand. Auch das Schlafzimmer enthielt nichts weiter als eine neue Matratze, die direkt auf dem Boden lag, eine zusammengefaltete, mandelgrüne Decke und einen Satz weißer Laken.

Ein neuer Gedanke ging ihm durch den Kopf: Wenn er nichts fand, dann bedeutete das vielleicht, dass er irgendetwas versteckt hatte.

Er ging in den Flur und von dort ins Wohnzimmer.
Der Kamin.
Er kniete sich hin, um die Innenseite des Rauchabzugs abzutasten, und ließ seine Finger bis in die hintersten Winkel gleiten. Nichts als Ruß. Die Untersuchung der Kamine in den anderen Zimmern ergab ebenfalls nichts.

Er drehte sich im Kreis.

Er verbrachte noch eine weitere halbe Stunde damit, alles genauestens abzusuchen, um irgendeinen Hinweis zu finden, und sei er noch so dürftig.

Vergeblich.

Erneut packte ihn die Angst, aber er verdrängte sie. Er beugte sich einen Augenblick aus dem Fenster. Der Himmel hatte sich mit durchscheinenden Wolken bedeckt und begann, stahlgrau zu glitzern. Unten eilten bereits Passanten durch die Straßen. Nathans Gedanken gingen zu dem Durcheinander dieser vielen Menschen, die einer präzisen Bahn folgten und wussten, wohin sie gingen und dass andere auf sie warteten. Er beneidete sie, aber eine neue Lebenskraft durchströmte ihn, erhielt ihn am Leben: Er würde hier nicht weggehen, bevor er nicht etwas gefunden hatte.

Es war kurz vor zehn. Nathan setzte sich in den Flur und ging noch einmal den Unfallbericht durch. Eingehend studierte er jede Seite auf der Suche nach einem Hinweis, einem Detail, das ihm weiterhelfen würde. Und schließlich stieß er auf etwas. Unten auf der letzten Seite. Ein Stempel... Er war verwischt, aber die Buchstaben waren noch zu lesen. Ein Name, Jan de Wilde. Der Schiffsarzt, der Mann, der ihn nach Hammerfest gebracht hatte. Nathan konzentrierte sich, und es gelang ihm, seine Adresse in Antwerpen zu entziffern. Er würde bestimmt gesprächiger als Roubauds Assistentin sein. Er nahm den Hörer ab und tippte eine Ziffernfolge. Es klingelte viermal, dann meldete sich ein Anrufbeantworter. Nathan fluchte und knallte den Hörer auf den Apparat, ohne eine Nachricht zu hinterlassen. Er hoffte, dass der Arzt nicht schon wieder auf See war.

Während er seine Gedanken schweifen ließ, musterte er das Faxgerät... Es war ein mittelgroßer, anthrazitfarbener Würfel. Nathan ließ seinen Blick über die Vorderseite des Geräts wandern: Ein kompakter Block von Tasten mit Zahlen wurde durch einen Streifen länglicher Tasten in lebhaften Farben von einem kleinen Bildschirm aus Flüssigkristallen getrennt. Direkt darüber standen die Marke und die Gerätenummer. Etwa fünf Zentimeter weiter oben stach ein roter, durchscheinender Knopf aus der Bedienungstafel hervor. Er richtete sich auf, um die Buchstaben darüber besser lesen zu können: MEMORY.

Wie hatte er das übersehen können?

Er drückte auf das Rechteck, und sofort begann der Bildschirm zu blinken. Die Diode gab kein Lebenszeichen von sich, aber im Speicher befand sich ein Fax. Nathan sprang auf und überprüfte das Papierfach. Leer. Er riss ein leeres Blatt aus seiner medizinischen Akte und schob es in die Maschine, die zu rattern begann. Einen Augenblick später hielt er das bedruckte Blatt in der Hand.

Der Briefkopf zeigte einen Elefanten, um den sich eine Schlange schlang. Darunter stand:

Istituzione Biblioteca Malatestiana.

Eine Bibliothek... Der Adresse war zu entnehmen, dass sie sich in Cesena befand, in Italien. Nathan las die kurze Nachricht auf Französisch, die mitten auf der Seite prangte.

Habe vergeblich versucht, Sie telefonisch zu erreichen. Habe angefangen, an dem Elias-Manuskript zu arbeiten, es ist erstaunlich! Rufen Sie mich an, sobald Sie können.
Ashley Woods

Eine eingehendere Untersuchung ergab, dass das Fax am 19. März abgeschickt worden war. Vor vier Tagen also. Er wählte unverzüglich die Telefonnummer, die im Briefkopf angegeben war. Nachdem es dreimal geklingelt hatte, meldete sich eine männliche Stimme.

»*Pronto?*«

»Guten Tag, sprechen Sie Französisch?«

»Ja, guten Tag, Monsieur, ich höre...«

»Ich würde gern Ashley Woods sprechen.«

»*Signor* Woods ist nicht da. Wenn es dringend ist, kann ich Sie mit seinem Assistenten verbinden.«

»Ja, danke.«

Das Warten kam ihm endlos vor.

»Lello Valente, *si*?«

»Guten Tag, mein Name ist Falh, ich rufe aus Paris an. Ich habe ein Fax von Woods erhalten...«

Der Italiener unterbrach ihn abrupt: »Falh?«

»Ja, es geht um das ›Elias-Manuskript‹, das er...«

»Ach ja, natürlich! Elias, Elias. Entschuldigen Sie, Ihr Name war mir nicht mehr gegenwärtig. Wir sind uns leider nie begegnet, aber Ashley hat mir von Ihnen erzählt. Er versucht, Sie seit Tagen zu erreichen.«

»Deswegen rufe ich an, ich hatte eigentlich vor, ihm einen kurzen Besuch abzustatten. Glauben Sie, dass das möglich wäre?«

»Gewiss, im Augenblick ist er in Rom, aber er dürfte am Abend zurückkommen. Wann möchten Sie kommen?«

»Na ja... sagen wir, ich werde morgen ganz früh da sein.«

»Ausgezeichnet.«

»Wo soll ich hinkommen?«

»Direkt in die Malatestiana, wir wohnen dort. Sie waren schon einmal bei uns, glaube ich.«

»Ja! Natürlich, wo hatte ich nur meinen Kopf?«, log Nathan.

»Wenn Sie ankommen, nehmen Sie die Hintertür, denn im Augenblick ist die Bibliothek geschlossen, weil sie restauriert wird. Sie brauchen nur rechts um das Gebäude herumzugehen. Sie werden sehen, es gibt da ein kleines, steinernes Portal, Sie brauchen nur hindurchzugehen und sind schon da. Machen Sie sich nicht die Mühe, ein Hotelzimmer zu reservieren, Sie können bei uns wohnen.«

»Wunderbar. Danke, Lello. Bis später.«

Sie legten auf.

Nathan dachte einen Augenblick nach. Der Mann kannte ihn nicht, Woods dagegen schon. Endlich hatte er etwas in der Hand! Er rief die Auskunft an und ließ sich mit dem Flughafen Roissy verbinden. Ein Anrufbeantworter schaltete sich ein und leitete ihn zum Schalter der Alitalia weiter, wo sich eine weibliche Stimme meldete.

»Guten Tag, ich möchte noch heute nach Cesena. Welche Flüge können Sie mir anbieten?«

»Cesena, Cesena... Da müssen Sie über Bologna. Es gibt noch einen Flug, der um siebzehn Uhr von Roissy abgeht, warten Sie... ich sehe nach... tut mir leid, er ist ausgebucht. Der nächste geht erst morgen um zwölf Uhr dreißig, da hätte ich noch Plätze... Hallo... hallo?«

Nathan hatte bereits aufgelegt.

6

Aufs Äußerste angespannt, den Blick unverwandt auf die Straße geheftet, brauste Nathan durch die Nacht. Seit Paris, wo er ein schnelles Fahrzeug gemietet hatte, hatte er nur ein einziges Mal angehalten, um voll zu tanken und ein Sandwich zu verschlingen. Dijon, Lyon, Chamonix, bis zum Montblanc-Tunnel, dann Italien, Mailand, Modena, Bologna. Er war fast am Ziel. Vielleicht hätte er doch direkt nach Antwerpen fahren sollen... Durch sein persönliches Erscheinen hätte er bei der Direktionsassistentin gewiss mehr erreichen können. Nein... es war vernünftiger, Roubauds Rückkehr abzuwarten. Und für den Augenblick war dieser Woods die einzige Person, die imstande war, ihm zu helfen.

Draußen zogen die langen Gestalten der Pappeln vorbei, die sich vor einem dunklen Himmel abhoben, der sich kaum vom Asphalt unter den Rädern seines Wagens unterschied. Er warf einen Blick auf die Uhr am Armaturenbrett. Drei Uhr morgens. Im selben Augenblick zeigte ihm ein spiegelndes Schild die Ausfahrt Cesena Nord an. Nathan fuhr noch einen Kilometer, schaltete den Blinker ein und bog auf eine kurvige Straße ab, auf der dichter Nebel herrschte, der ihn zwang, langsamer zu fahren. Die Scheinwerfer seines Wagens durchschnitten die Dunstschleier, die längliche Streifen bildeten, bevor sie sich über ihm schlossen. Auf was steuerte er da zu? Was würde ihn in Cesena erwarten?

Wie die Nebelschleier, durch die er fuhr, schien sein Leben sich mit jedem Atemzug mehr aufzulösen. Seine einzige Verbindung mit der Wirklichkeit war das Steuer, das er fest mit den Händen umklammerte. In der Ferne tauchten die spitzen Umrisse der Paläste der mittelalterlichen Festung aus der Nacht auf. Er war am Ziel.

Der Ort war ein wahres Labyrinth steiler Gässchen und ineinander geschachtelter alter Häuser in grauen, ockergelben und rotbraunen Farbtönen. Er fuhr geradewegs ins Zentrum der schlafenden Stadt, auf der Suche nach der Piazza del Popolo. Endlich fühlte er sich wirklich in Italien. Sein Instinkt sagte ihm, dass er schon einmal hier gewesen war, dass er dieses Land, die Farben, die Gerüche geliebt hatte...

Ein paar Augenblicke später glitt er die Via Zeffirino Re entlang, die von sanften Arkaden gesäumt wurde. Er nutzte die gerade Strecke, um Gas zu geben, und kam zum Palazzo del Ridotto, um den er herumfuhr, bevor er auf einen großen quadratischen Platz kam, die Piazza Buffalini. In ihrer Mitte erhoben sich im Schatten der Straßenlaternen die gebrochenen Linien eines gewaltigen Gebäudes mit dunklen Dachziegeln und rötlichen Mauern, umgeben von riesigen Zypressen. Nathan verriegelte seinen Wagen und ging die letzten Meter, die ihn von der Bibliothek trennten, zu Fuß. Alles war ruhig, nur das Echo seiner Schritte auf dem Pflaster hallte in der Stille wider.

Rechts von der dicken Tür aus geschnitztem Holz stand auf einer in den Stein eingelassenen Kupferplatte: Istituzione Biblioteca Malatestiana. Er erkannte auch die geschwungenen Linien des in das Metall ziselierten Elefanten. Er ging um die

Bibliothek herum und erblickte das Nachtlicht, das den Hintereingang erleuchtete, den Lello erwähnt hatte. Dort drückte er auf den Klingelknopf.

Die Tür wurde geräuschvoll geöffnet, und im schillernden Licht der Eingangshalle erschien eine stämmige Gestalt mit zerzaustem Haar.

»*Si?*«, sagte der Mann, der unsanft aus dem Schlaf gerissen worden war, mit heiserer Stimme.

»Entschuldigen Sie, dass ich Sie geweckt habe, ich bin Nathan Falh, ich komme soeben aus Paris. Sie sind...«

Ein breites Lächeln erhellte das Gesicht des jungen Mannes und offenbarte einen kräftigen Kiefer. Er antwortete Nathan in perfektem Französisch, auch wenn ein leichter italienischer Akzent nicht zu überhören war.

»*Si, si!* Ich bin Lello. Treten Sie ein, treten Sie ein. *Buongiorno*, Monsieur Falh. Hatten Sie eine gute Reise?«

»Ausgezeichnet, ich danke Ihnen«, erwiderte Nathan, während er ins Haus trat.

»Es tut mir sehr leid, aber Ashley ist noch nicht aus Rom zurück. Ich hatte nicht einmal Gelegenheit, ihn von Ihrem Kommen zu verständigen, aber er müsste eigentlich jeden Augenblick hier sein. Kann ich Ihnen etwas anbieten? Tee, Kaffee? Oh! Er wird sich freuen, Sie zu sehen. Ihr Manuskript... Aber vielleicht wollen Sie sich erst einmal ausruhen? Ich kann Ihnen ein gutes Bett anbieten.«

Nathan hatte verstanden.

»Danke für den Tee, aber die Fahrt war lang, und...«

»Folgen Sie mir, ich zeige Ihnen Ihr Zimmer.«

Nathan folgte ihm, und sie gingen durch einen langen Gang, an dessen Ende eine schmale Steintreppe nach oben führte. Oben angekommen, gingen sie einen weiteren Gang entlang, in dessen Wände geschlossene Nischen eingelassen waren. Insgesamt mochten es an die sechzig sein. Während sie die kleinen Holztüren, denen man die Jahrhunderte ansah, öffneten und wieder schlossen, erklärte Lello: »Ursprünglich gehörte die Bibliothek zu einem Kloster. Das hier sind die Zellen der Mönche, darin haben sie gelebt. Oh! Das war sicher nicht immer lustig. Hm? Aber Ashley hat Ihnen das alles sicher schon erzählt! Seien Sie unbesorgt, ich gebe Ihnen dasselbe Zimmer wie das letzte Mal, Sie haben doch im Fürstenzimmer gewohnt, nicht wahr?«

Nathan nickte und versuchte dabei, so selbstsicher wie nur möglich zu wirken. Der Italiener blieb vor einer mächtigen Tür stehen, holte einen Bund mit großen Schlüsseln aus der Tasche und öffnete sie im Handumdrehen.

»Fühlen Sie sich wie zu Hause. Bis später, schlafen Sie gut...«

Der Luxus des Zimmers bildete einen deutlichen Kontrast zu der sonstigen Strenge des Ortes. Große, alte, fast schwarze Möbel warfen ihre Schatten auf die Wandteppiche, die unbekannte italienische Fürsten mit schwarzbraunen Augen und pechschwarzem Haar darstellten und die mit Edelhölzern getäfelten Wände schmückten. In jeder Ecke des Raums verbreiteten kleine Lampen mit Schirmen aus handbemalter Seide gedämpftes Licht über das rote Mahagoni eines großen, mit Allegorien geschmückten Betts.

Er war also schon einmal hier gewesen, er hatte sogar hier geschlafen... Doch er hatte keinerlei Erinnerung daran.

Nathan stellte seine Sachen ab und besichtigte die Räumlichkeiten, wobei er erneut sein Gedächtnis auf die Probe stellte. Er öffnete eine erste Tür, die in ein Arbeitszimmer führte, in dem ein quadratischer Schreibtisch mit Schreibzeug sowie ein mächtiges Bücherregal standen, auf dem sich dicht an dicht Hunderte alter Bücher aneinander reihten. Er würde sie sich später ansehen. Anschließend ging er quer durch das Schlafzimmer auf die andere Seite und öffnete eine zweite Tür. Das Badezimmer. Genau das hatte er gesucht. Er ging in den Raum aus hellem Marmor, vermied es, in den Spiegel zu blicken, und ließ sich ein Bad ein. Kurze Zeit später schlüpfte er in einen Bademantel und warf sich auf das Doppelbett, das ihn verzweifelt zu rufen schien. Nachdem er das Licht gelöscht hatte, erforschte er ein letztes Mal seinen Geist, ließ die Fragen schweifen, auf der Suche nach einem Erinnerungsfetzen – vergeblich. Jedes Mal kehrte er an die Oberfläche zurück, in die Leere seiner Wirklichkeit.

Morgen… nur Geduld…, dachte er. Im selben Augenblick verschleierte sich sein Blick, und ohne sich dagegen zu wehren, schlief er ein.

7

Seine erste Wahrnehmung war der kalte Stahl des Laufs, der gegen seine Stirn gedrückt wurde. Nathan blieb merkwürdig ruhig und reglos. Lang anhaltende Adrenalinstöße gingen durch seinen Körper. Er wusste, bei der geringsten falschen Bewegung würde sein Schädel durch die Wucht einer Neun-Millimeter-Kugel zerschmettert werden. Die zweite Wahrnehmung überfiel ihn, als er die Augen öffnete. Ein Brennen, das er bis tief in seine Netzhäute hinein spürte. Irgendein Drecksskerl blendete ihn mit einer Taschenlampe. Nathan dehnte die Sekunden und versuchte, die Situation zu analysieren, als etwas Eigenartiges mit ihm geschah. Er spürte, wie sein Geist sich von seinem Körper löste und in der Dunkelheit schwebte. Es war, als hätten sein Körper und sein Bewusstsein sich in zwei getrennte Einheiten aufgespalten. Die eine lag weiterhin auf dem Bett, während die andere in der Luft schwebte und auf den kleinsten Fehler des Unbekannten lauerte. Irgendetwas war geschehen, es war ein Gefühl, dass er so noch nie empfunden hatte, als würde jemand anderer in ihm leben. Der Unbekannte brach als Erster das Schweigen.

»Ich denke, wir müssen uns unterhal...«

Irrtum. Nathan reagierte blitzschnell. Mit einer fließenden, perfekten Bewegung packte er den bewaffneten Arm, drückte ihn zur Seite und hätte ihn, indem er ihn nach unten verdrehte, beinahe gebrochen. Gleichzeitig schnellte seine rechte Faust blitzschnell nach vorn und traf den Angreifer am Hals. Der Schlag hatte eine solche Wucht, dass dieser zu Boden geschleudert wurde. Verblüfft und nach Luft schnappend versuchte der Mann, zur Tür zu kriechen. Aber Nathan stürzte wie ein Besessener aus dem Bett und drückte sein Knie auf die Wirbelsäule des Flüchtenden, bis er die Wirbel unter seiner Kniescheibe krachen hörte. Dann schlang er seinen Arm um den Schädel seines Widersachers, bereit, ihm mit einer Drehung das Genick zu brechen.

Was tat er da, verdammt? Er war kurz davor, den Mann zu töten. Mit bloßen Händen. Sein Blut pochte in seinen Adern. Er lockerte seinen Griff, packte den Unbekannten, der immer noch auf dem Bauch lag, an den Haaren, richtete die Taschenlampe auf sein Gesicht und musterte ihn. Aus seiner Lippe quoll dickes, karminrotes Blut. Der Mann war ihm völlig unbekannt.

»Was willst du, wer bist du?«, zischte Nathan.

»Nichts... Böses... ich...«

Nathan zog fester. »Bist du einer von diesen Dreckskerlen aus Hammerfest? Dein Name! Rede!«

»Ich... ich bin Woods, Ashley Woods...«

Verblüfft durchsuchte Nathan den Mann und ließ ihn dann los, bevor er die Waffe an sich nahm, die auf dem Boden lag. Eine Sig P226, eine kleine Faustfeuerwaffe aus Stahl, ein Schweizer Fabrikat. Äußerst zuverlässig. Auch damit kannte er sich also aus. Mit einer mechanischen Bewegung betätigte er ohne jedes Zögern den Hebel am Griff, zog das Magazin und den Verschluss heraus, steckte sie in seine Tasche und legte die Pistole dann in die Schublade des Nachttischs. Keuchend starrten die beiden Männer sich anschließend in der Dunkelheit an.

Nathan war völlig durcheinander.

Wo kam diese Gewalttätigkeit her? Er hatte gespürt, wie eine eigenartige Kraft von ihm Besitz ergriffen hatte, als er seinen Angreifern in Hammerfest entkommen war. Jetzt war klar, dass es kein Zufall gewesen war, dass er das erste Mal davongekommen war: Seine Reflexe waren die eines kampferprobten Mannes... Er betrachtete aufmerksam seine Unterarme, seine Hände. Zum ersten Mal bemerkte er ihre groben Umrisse, ihre Schwielen. Zwei tödliche Fänge...

Er ergriff das Wort, wie man als Erster zuschlägt.

»Was ist das für eine verdammte Geschichte? Sie schicken mir ein Fax, und jetzt versuchen Sie, mich zu töten...«

Woods erholte sich langsam. Er wischte sich mit dem Handrücken das Blut vom Mund und räusperte sich.

»Machen Sie mir doch nichts vor. Sie wissen ganz genau, dass ich Sie im Schlaf hätte töten können, wenn ich gewollt hätte. Geben Sie zu, dass Ihre Manieren eigenartig sind.«

»MEINE Manieren?«

»Was für ein Spiel spielen Sie? Ich komme zurück und finde eine Nachricht meines Assistenten, in dem er mir die Ankunft von Nathan Falh, dem Eigentümer des Elias-Manuskripts, mitteilt.«

»Und?«

»UND? Sie sind es, abgesehen von der unbedeutenden Kleinigkeit, dass Sie das letzte Mal, als Sie hier waren, Huguier hießen, Pierre Huguier!«

Die Worte hallten in Nathans Schädel wider, und das ganze Zimmer schwankte plötzlich. Er glaubte, wahnsinnig zu werden.

8

»MACHEN SIE SICH ÜBER MICH LUSTIG?«

»Ehrlich gesagt, diese Frage stelle ich mir auch, was Sie betrifft.«

Woods, der allmählich wieder zu sich kam, näherte sich langsam.

»Bleiben Sie, wo Sie sind!«

Der Engländer blieb stehen und sah Nathan mit einem Blick an, in dem sich Verblüffung und Neugier mischten.

»Ich wiederhole, dass ich Ihnen nichts tun will. Mein Misstrauen mag Ihnen unangemessen vorkommen, aber ich habe meine Gründe…«

»Was für Gründe?«

»Es gibt hier extrem wertvolle Bücher.«

Nathan glaubte nicht ein Wort von dieser Büchergeschichte. Auch wenn er ziemlich leicht die Oberhand gewonnen hatte, waren Woods Reaktionen nicht die eines Direktors einer verstaubten Bibliothek gewesen, sondern die eines Profis. Mit was für einem Mann hatte er es zu tun?

»Wer sind Sie, Woods?«

»Wir sollten nicht die Rollen tauschen!«

»Warum haben Sie nicht einfach die Polizei gerufen?«

»Ich bin es gewohnt, meine Probleme selbst zu lösen. Belassen wir es dabei, ich denke, nach der Tracht Prügel, die Sie mir da eben versetzt haben, sind wir quitt. Sie können ganz schön zuschlagen… Was ist los mit Ihnen? Erzählen Sie…«

Nathan hörte den Mann nicht mehr, er fühlte sich von seinem Bewusstsein gefangen wie ein Vogel in einem Käfig. Er versuchte, die Stücke wieder zusammenzukleben, rief sich das Fax ins Gedächtnis zurück. Der Empfänger war nicht angegeben. Der Mann sagte vielleicht die Wahrheit. Er musste eine Entscheidung treffen. Rasch.

»Hören Sie, Woods, meine letzten Erinnerungen reichen drei Wochen zurück. Ich habe bei einem Tauchunfall das Gedächtnis verloren. Ich habe Ihr Fax in einer leeren Wohnung gefunden, die ich in Paris gemietet habe. Ich bin hergekommen, weil ich denke, dass Sie mir weiterhelfen könnten. Ich habe keinerlei Erinnerung, weder an Sie noch an irgendetwas anderes, das meine Vergangenheit betrifft.«

Der Bibliothekar hörte ihm aufmerksam zu. Er nahm einen Stuhl, setzte sich ihm gegenüber und forderte ihn auf fortzufahren. Nathan erzählte den Rest.

»Haben Sie denn niemanden? Familie, Freunde?«, fragte Woods.

»Niemanden.«

Der Bibliothekar stand auf und fasste sich an den Hals.

»Kommen Sie, ich denke, wir können einen Kaffee gebrauchen.«

Nathan beobachtete die Vorbereitungen von der Küchentür aus. Woods schüttete braune Bohnen in eine kleine, elektrische Mühle und fügte dann andere, hellgrüne, hinzu, die wie Jadeperlen aussahen. Er stellte den Feinheitsgrad des Mahlvorgangs ein und schaltete die Mühle ein. Ein scharfer Geruch ging von der Mischung aus. Woods füllte sie in den Metallfilter des Espressoautomaten um, wartete schweigend, dass die dicke und erdölschwarze Flüssigkeit dampfend aus der Kaffeemaschine quoll, und goss sie in zwei Henkelgläser, die auf dem Tisch standen. Nathan nahm das heiße Glas und führte es an die Lippen.

»Ich fürchte, mein lieber Pierre, dass...«

»Mir ist Nathan ebenso lieb, wenn es Ihnen nichts ausmacht.«

»Schön, ich fürchte, dass ich Ihnen auch nicht viel mehr sagen kann. Wir haben uns nur ein einziges Mal getroffen. Sie haben mich Anfang Februar besucht, um mir ein altes Manuskript in sehr schlechtem Zustand anzuvertrauen. Ein gebundenes Werk, etwa hundert Seiten, vom Ende des 17. Jahrhunderts. Sie haben mich gebeten, es zu übersetzen und die fehlenden Teile zu rekonstruieren. Ein Bericht über diese Arbeit sollte Ihnen Auskunft über die Position und die Art der Fracht eines Schiffs geben, das zu genau dieser Zeit im Meer versunken ist.«

»Habe ich mich auf irgendjemanden berufen?«

»Nein, Sie haben mich direkt kontaktiert und mir von Ihrem Projekt erzählt, das mich interessiert hat.«

»Haben Sie irgendeine Ahnung, warum ich mich an Sie gewandt habe? Sie leben weit weg von Paris, sind Engländer. Gibt es in Frankreich keine kompetenten Leute für diese Art von Arbeit?«

»Es gibt in Paris zahlreiche Fachleute, die überaus erfahren im Umgang mit solchen Manuskripten sind. Aber das kam für Sie absolut nicht in Frage.«

»Und wissen Sie, warum?«

»Ja, in diesem präzisen Fall erforderte das Studium des Dokuments angesichts der starken Verstümmelung des Textes neben der Interpretation durch einen Literaturwissenschaftler auch den Einsatz von Techniken, die mehr mit Physik und Chemie als mit Literatur zu tun haben. Es gibt in Frankreich derartige Laboratorien, aber sie sind Privatleuten kaum zugänglich. Die Institution, die ich leite, ist eine der renommiertesten in Europa, und ich bin in der glücklichen Lage, hier über technische Hilfsmittel zu verfügen, die bei dieser Art von Untersuchungen hervorragende Dienste leisten, und darüber hinaus über eine gewisse Unabhängigkeit, da ich mich ausschließlich um die Bestände der Bibliothek kümmere. Kurz und gut, Sie haben mich angerufen, und ich habe positiv geantwortet. Sie haben die Gelegenheit beim Schopf gepackt.«

Nathan schwieg ein paar Augenblicke, bevor er fragte: »Haben Sie die Arbeit beendet?«

»Noch nicht. Im Augenblick habe ich lediglich die ersten Seiten transkribiert. Es ist eine gewaltige Arbeit, und das vollständige Studium wird eine Menge Zeit erfordern. Der größte Teil des Manuskripts ist beschädigt worden, und der Text ist praktisch ausgelöscht, aber ich bin trotzdem ganz zuversichtlich.«

»Wovon handelt er?«

»Er ist das Tagebuch eines Edelmanns, Elias de Tanouarn, aus Saint-Malo-en-l'Île, der ehemaligen französischen Freibeuterstadt, und um ganz offen zu sein, es hat ziemlich wenig mit dem zu tun, was Sie mir ursprünglich ankündigten.«

»Inwiefern?«

»Ich würde es vorziehen, dass Sie den Text selbst lesen, Lello ist mit der Transkription fast fertig, es ist ein altes Französisch. Der Ausdruck müsste morgen Abend vorliegen.«

Das erste schüchterne Licht der Morgendämmerung erhellte Woods Gesicht. Der Engländer musste um die fünfzig sein. Ein hageres, bartloses Gesicht, schwarzes Haar, durchzogen von Silberfäden und nach hinten gekämmt. Von Kopf bis Fuß grau gekleidet – Pullover mit V-Ausschnitt, Baumwollhemd, Wollhose, geschnürte Lederschuhe –, strahlte sein geschmeidiger und schlanker Körper eine ungewöhnliche Kraft aus. Seine Hakennase und sein durchdringender Blick verliehen ihm das Aussehen eines Adlers. Eine undurchdringliche Stille herrschte in dem Raum, als stünde die Zeit plötzlich still. Die beiden Männer hatten aufgehört zu reden; etwas Verblüffendes ereignete sich zwischen ihnen. Es war, als würden zwei Menschen sich wortlos erkennen, so wie man einen Bruder erkennt. Eine Osmose, die keiner von beiden hätte erklären können, schien sie immer stärker zu verbinden. Nathan war jetzt sicher, dass auch der Engländer seine Geheimnisse hatte.

»Sagen Sie, Ashley, ist die Sig die Dienstwaffe der Bibliothekare?«

Woods lächelte leicht; ohne zu antworten, forderte er Nathan auf, ihm zu folgen. Erneut gingen sie durch die dunklen Gänge und die Treppen hinunter, bis sie in einen eindrucksvollen Garten kamen, in dem sich zwischen den perfekt beschnittenen Bäumen Blumen, Blätter und Gräser mischten, deren Farben und Düfte ebenso zart wie der Morgen waren. Nathan blickte hoch. Vor ihm erhob sich das Hauptgebäude der mittelalterlichen Bibliothek.

Der große, helle Saal ragte himmelwärts. Auf jeder Seite der grauen Steinmauern fiel durch schmale Öffnungen ein schwaches Ostlicht auf die Pulte aus glatter brauner Eiche, die sich zu beiden Seiten des Mittelgangs ausbreiteten. Vom Boden schossen zwei Reihen schmaler kannelierter Pilaster in die Höhe, die allein das ganze Gewicht des Gebäudes zu tragen schienen. Nathans Stimme zerriss die Stille: »Wo sind wir hier?«

»Im Herzen der Malatestiana... Ihre Geschichte beginnt 1452. Sie hat ihren Namen von Novello Malatesta, Fürst von Cesena. Ein außergewöhnlicher Mann. Als er den Franziskanern dieses Heiligtum schenkte, entwarf er damit eines der ersten Modelle der öffentlichen Bibliothek. Die Farben seiner Waffen schmücken die Kästchen, die die Schreibutensilien enthalten. Sehen Sie nur die Feinheit der Rosette, der gotischen Bögen... Ein architektonisches Juwel. Der Mann, der sie gebaut hat, war Matteo Nuti. Er hat sich von der Bibliothek des Dominikanerklosters San Marco in Florenz inspirieren lassen, die Michelozzo ein paar Jahre zuvor entworfen hatte.«

Während Nathan aufmerksam zuhörte, ging er mit langsamen Schritten über die großen Terrakottafliesen. Die zahlreichen, aus Milchglasscheiben zusammengesetzten Fenster tauchten den Saal in ein reines und diffuses Licht, das sich an den Bögen der Gewölbe brach. Er konnte beinahe das Gemurmel, die Gebete der Mönche hören und den Atem ihres Glaubens auf seiner Haut spüren.

»Die Sammlung ist außergewöhnlich, mehr als vierhunderttausend Bände. Kostbarkeiten von unschätzbarem Wert: Inkunabeln, Kodexe, seltene Manuskripte. Vom *Tractatus in Evangelium Johannis* des Augustinus über Plutarchs *Vitae*, Rusios *Liber Marescalciae* oder absolut seltene Bibelausgaben bis hin zu Ciceros *De Republica*... Es ist alles vorhanden.«

Als Nathan ein prächtiges Buch – eine *Naturalis Historia* von Plinius dem Älteren – das auf einem der Pulte lag, in die Hand nehmen wollte, wurde er von einem metallischen Klirren überrascht. Er begriff, dass jeder der Bände an seinem Platz mit einer Kette befestigt war, damit nichts gestohlen werden konnte.

»Wir befinden uns im Scriptorium, das ebenfalls als Lesesaal diente. Generationen von Mönchen haben hier ihre Augen und ihr Leben ruiniert. Die am besten beleuchteten Plätze waren den Illuminatoren, den Rubrikatoren und den Kopisten vorbehalten, die unermüdlich arbeiteten. Andere kamen nur, um zu lesen oder sich Notizen zu machen. Sehen Sie nur, berühren Sie das patinierte Holz, die vom Abdruck des Göttlichen und des Friedens berührte Materie. Man sieht noch die Spuren, die die Tintenhörner hinterlassen haben, die Kratzer der in die Goldfarbe getauchten Federn und der Bimssteine, die verwendet wurden, um die Pergamentblätter zu glätten. Die berühmtesten Männer, Jean d'Épinal, Francesco da Figline, Annibal Caro, sein Freund Paolo Manuzio, haben diese knorrigen Bänke mit ihrer Inbrunst getränkt.«

Woods schien von diesem Ort besessen. Eine helle Flamme tanzte in ihm. Sein Leben, der Inhalt seines Lebens befand sich zwischen diesen Mauern.

Diesmal würde Nathan ihn nicht so leicht davonkommen lassen: »Und was hat Sie hierher geführt?«

Der Engländer hielt den Atem an, als würde das, was er sagen würde, unwiderruflich die Bahn ihres Schicksals verändern.

9

»Ich bin nicht immer Bibliothekar gewesen, wie Sie zu Recht vermuten. Ich wurde in London geboren. Mein Vater war Offizier der britischen Armee, und meine Mutter kam aus Malta. Ich hatte eine glückliche Kindheit in Cadogan Gardens, nur ein paar Schritte von King's Road entfernt, deren Einzelheiten ich Ihnen erspare. Mit siebzehn bin an die Universität gegangen, ans King's College in Cambridge, wo ich vier Jahre lang Latein, Griechisch und Etruskisch studiert habe. Im September 1968 bin ich einem Mann begegnet, der mein Leben entscheidend verändert hat: John Chadwick, er war mein Griechischprofessor. Ich war ein brillanter Student, und wir haben uns rasch angefreundet. Nach und nach hat er mir die Tore zu seiner Welt geöffnet.

Während des Krieges hatte er als Experte für Kryptoanalysis, die wissenschaftliche Entschlüsselung kodierter Texte, in Bletchley Park gedient, einer militärischen Geheimdiensteinheit, die die Aufgabe hatte, die Codes der feindlichen Streitkräfte abzufangen und zu knacken. Später, 1953, hatte Chadwick zusammen mit seinem jungen Freund, dem Architekten Michael Ventris, das Geheimnis der Linear B gelöst, einer unentzifferbaren kretischen Schrift, die zu Beginn des Jahrhunderts auf Tontäfelchen entdeckt worden war. Gemeinsam hatten sie das gebildet, was Chadwick gern den ›perfekten Kryptologen‹ nannte: die Allianz eines Wissenschaftlers mit einem Gelehrten. Enttäuscht von meinem Vater, der seine Zeit zwischen dem Generalstab und mondänen Abendgesellschaften aufteilte, machte ich John zu meinem Helden.

Ich glaube, der Wunsch, in Geheimnisse einzudringen, ist tief in der menschlichen Seele verankert, selbst der Desinteressierteste gerät in helle Aufregung bei der Vorstellung, über eine Information zu verfügen, die anderen vorenthalten wird.

Bei mir hat diese Neugier sich als krankhaft herausgestellt. Der Kontakt mit Chadwick hat in mir einen Heißhunger auf Geheimcodes und alte Schriften geweckt. Er hat meinem Leben seinen Sinn gegeben.

Er hat mich in die Analyse von Geheimschriften eingeführt. Anfangs hat er mir zur Übung bekannte, aber komplexe historische Texte zum Entziffern gegeben. Ich habe mehrere legendäre Rätsel gelöst, wie den Code, den Maria Stuart bei ihrem Mordkomplott gegen Elizabeth von England benutzt hat, die zusätzlichen Anmerkungen zu Geoffrey Chaucers Abhandlung über das Astrolabium oder Blaise de Vigenères berühmtes Quadrat, das stets als nicht zu knacken gegolten hatte. Meine ersten Erfolge. Ich war infiziert. Im Laufe der Zeit entwickelte sich eine Art Vater-Sohn-Beziehung zwischen Chadwick und mir. Wir haben niemals offen darüber gesprochen, aber ich wusste, dass er in mir wiedergefunden hatte, was er für immer verloren zu haben glaubte. Sein Freund Ventris war bei einem tragischen Unfall ums Leben gekommen, nur ein paar Monate nach ihrer Entdeckung.

Nach und nach begriff ich den Hintergedanken des alten Mannes. Er wollte aus mir diesen berühmten perfekten Kryptologen machen. Ich ganz allein sollte die Summe der Talente des Paars verkörpern, das er mit Ventris gebildet hatte. Eines Tages im Jahr 1970 war er der Meinung, dass meine literarischen und historischen Kenntnisse ausreichend seien. Ich habe also einen radikalen Wendepunkt vollzogen, indem ich mich auf seinen Rat hin auf die Zahlentheorie spezialisierte, eine der reinsten Formen der Mathematik. Während ich studierte, trat ich in den sehr exklusiven Zirkel der Kryptologie ein, mit dem Chadwick in enger Verbindung geblieben war. Er hat mich in das GCHQ, das Government Communications Headquarters, eingeführt, das kurz nach dem Zweiten Weltkrieg auf den Trümmern von Bletchley Park gegründet worden war. Ohne es zu merken, war ich im Begriff, rekrutiert zu werden. Knapp vier Jahre später wurde ich in ein kleines Team innerhalb des GCHQ in Cheltenham aufgenommen. Ich habe glückliche Tage dort verbracht, wir entwickelten Ideen, arbeiteten Prinzipien für die Entwicklung von Verschlüsselungen aus, bis zu dem Tag, an dem eine Enttäuschung alles zunichte machte...«

»Was für eine Art von Enttäuschung kann einen Mann dazu bringen, ein so aufregendes Leben aufzugeben?«

»Wir arbeiteten seit Jahren an einem zentralen Problem, das den Spezialisten seit Jahrhunderten keine Ruhe ließ: dem Austausch zwischen Sendern und Empfängern von Schlüsseln, die ständig vom Feind abgefangen wurden und dazu dienten, die Geheimcodes zu entschlüsseln. Unsere Idee war, ein Verschlüsselungssystem mit bekanntem Schlüssel zu entwickeln, bei dem der für die Verschlüsselung benutzte Schlüssel nicht identisch ist mit dem, der für die Entschlüsselung benutzt wird. Ein revolutionäres Konzept, das allen Systemen widerspricht, die vor den siebziger Jahren in Umlauf waren. Wir hatten die eingleisige mathematische Funktion gefunden, aber es gab damals keinen Computer, der diese Art von Daten analysieren konnte. Wir waren unserer Zeit voraus und unter dem Siegel des Militärgeheimnisses von der Regierung gezwungen worden, unsere Arbeit auf Eis zu legen.«

»Was ist geschehen?«

»Nun, drei Jahre später hat ein Trio amerikanischer Forscher, Rivest, Shamir und Adelman, die mathematische Formel gefunden und sich die Verschlüsselung mit bekanntem Schlüssel unter dem Namen RSA patentieren lassen. Enttäuscht verließ ich das GCHQ und widmete mich rein geheimdienstlichen Aufgaben innerhalb einer Abteilung, die dem Foreign Office nahe stand. Ich wurde ein Mann der Tat, und ein paar Jahre später begann ich, vor Ort die Fernmeldetruppe einer großen Zahl von Handstreichen und Geheimoperationen zu leiten. Ich habe erst später erkannt, wie sehr ich von meinem Weg abgekommen war. Die Jahre mit Chadwick waren weit weg, und obwohl mir dieses Leben im Untergrund ausgesprochen gut gefiel, hatte ich Zweifel. Zweifel an der Legitimität gewisser Aktionen der britischen Regierung, zunächst im Kampf gegen die IRA in Nordirland und dann während des Kriegs um die Falkland-Inseln.

1990 nahm ich wieder Kontakt zu einem meiner alten Freunde in Cambridge auf, der damals einen hohen Posten im italienischen Kulturministerium bekleidete. Er hat mir sofort die Stelle angeboten, die ich jetzt innerhalb der Malatestiana innehabe.«

Nathan sah Woods an und wusste nicht, was er sagen sollte. Er beneidete den Engländer fast um seine Vergangenheit und den Reichtum dieses Lebens, verglichen mit der beklemmenden Leere seines Daseins...

»Da wird Ihnen nicht viel freie Zeit bleiben«, sagte er.

»Wofür?«

»Ich weiß nicht... für Ihre Familie zum Beispiel... Haben Sie nie geheiratet? Haben Sie keine Kinder?«

»Kinder? Nein. Ich habe Affären gehabt, mal mehr, mal weniger ernste, aber diese Art von Aktivitäten zwingt einen zur Verschwiegenheit, dieses Leben ist nichts als eine ständige fatale Lüge. Am Anfang kann man den peinlichen Fragen noch ausweichen, aber dann schwindet das Vertrauen... kurz, nein, ich habe niemanden.«

»Aber jetzt führen Sie doch ein normales Leben...«

»Wenn man allein lebt, neigt man leider dazu, schlechte Gewohnheiten anzunehmen.«

»Bedauern Sie es?«

»Ich glaube nicht. Ich zeige meine Gefühle nicht, ich schließe sie in Schubladen weg. Bis jetzt klappt das ganz gut. Irgendwann wird das alles vermutlich wieder hochkommen und mir den Rest geben. Ich hoffe, dass das möglichst spät der Fall sein wird... auf meinem Totenbett.«

Nathan machte sich Vorwürfe, dass er so indiskret gewesen war. Er spürte, dass Woods ihm nur aus reiner Höflichkeit geantwortet hatte. Er hätte sich gern entschuldigt, doch der Engländer wechselte das Thema und stieß damit die Tür zu seinen Gefühlen zu.

»Meine Arbeit hier besteht darin, mir jedes Buch vorzunehmen und eingehend zu untersuchen. Manche, die wie Ihres stark beschädigt sind, müssen lediglich restauriert werden, damit man sie lesen kann, andere enthalten Verschlüsselungen, die ich knacken muss, um den wirklichen Gehalt zutage zu fördern. Kommen Sie, ich zeige Ihnen meine Werkstatt.«

Für sein Laboratorium hatte Ashley Woods einen riesigen Keller gewählt. Im gedämpften Licht der Deckenlampen standen, durch Abstände getrennt, nebeneinander vier vorbildlich ausgerichtete Schreibtische aus Holz. Auf jedem befanden sich ein Computermonitor und eine kleine Arbeitslampe. Der Boden war mit grauem Linoleum bedeckt, und die Wände waren aus graugrünem Beton. Am Ende des Raums ließ eine Tür aus Edelstahl den Zugang zu einem Tresorraum vermuten.

Der Engländer ging zu ihr und bedeutete Nathan, sich ihm anzuschließen. Er stützte sich auf den Griff, ließ die Tür um ihre Achse kreisen und betrat die Schleuse. Er reichte Nathan einen weißen Schutzanzug und Latexhandschuhe; dann gingen sie durch eine zweite Tür und befanden sich nun in einem langen, weiß gekachelten Saal. Auf beiden Seiten des Raums breitete sich ein eindrucksvolles Sortiment von High-Tech-Geräten aus: hängende Monitore, Tastaturen, die mit gewaltigen Maschinen verbunden waren, Digitalkameras, optische und Elektronenmikroskope, Fotokammern, Ultraviolettlampen… Ein Fenster in der hinteren Wand ging auf ein kleines Labor, in dem sich Geräte aus Glas stapelten: Pipetten, Destillierkolben, Schmelztiegel, Kocher, Behälter für Kulturen, Gefrierschränke – sie dienten vermutlich für die chemischen und biologischen Analysen.

»Die meisten Geräte, die ich hier benutze, sind wissenschaftliche Spitzentechnologie, von der medizinischen Bildherstellung bis hin zu den geologischen Systemen, die benutzt werden, um die Natur der Böden und ihrer Schichten zu bestimmen. Hier haben Sie einen CT-Scanner, einen tomographischen Photonenscanner. Diese kleine Kamera erlaubt dank ihres breiten Farbspektrums, zwei unterschiedliche Schriften zu erkennen. Es ist nicht ungewöhnlich, dass man seltene Texte wiederfindet, die ausgelöscht wurden, damit der Träger wiederverwendet werden konnte; das ist das Prinzip des Palimpsests. Wir setzen auch Schwarzlicht ein, wie Sie es dort hinten sehen. Es bringt die Tinte zum Glänzen und Fluoreszieren.«

Mit einer raschen Bewegung seiner Finger öffnete Woods eine Vitrine, die durch einen Zahlencode verriegelt war und in der – luftdicht verschlossen in kleinen Plastikbeuteln – nebeneinander liegend alte Bücher aufbewahrt wurden. Der Bibliothekar nahm eines heraus, ging zu Nathan und reichte es ihm.

»Hier, das ist das Elias-Manuskript.«

Nathan erstarrte. Allein beim Anblick des Buchs trübte sich sein Blick. Er spürte, wie sein Herz schneller schlug. Er hatte diese Seiten in der Hand gehalten, sie gehörten ihm... das war offensichtlich.

»Nur Mut... nehmen Sie es!«

Nathan nahm das Manuskript in beide Hände und strich mit den Spitzen seiner behandschuhten Finger darüber. Es war ein kleiner kompakter und schwerer Block von der Größe eines Verzeichnisses. Der Einband war im Laufe der Jahrhunderte schrumplig geworden und vollkommen abgewetzt.

»Das ist Velin, das Leder eines tot geborenen Kalbs, das gegerbt und so lange geglättet wurde, bis es dünn und geschmeidig genug war, dass die Feder ungehindert darübergleiten konnte.«

Nathan hob vorsichtig den Einbanddeckel hoch, begierig, Elias' erste Worte zu lesen. Aber im Laufe der Zeit war das

Leder zerfressen und von Mikroorganismen tätowiert worden und hatte Stockflecken bekommen, die sich in konzentrischen bräunlichen Windungen ausbreiteten. Man konnte sogar kleine Gänge erkennen, die die Würmer in die Lederhaut gegraben hatten. Der Text war vollkommen unleserlich. Auf dem Vorsatzblatt erkannte er allerdings die Reste eines mit der Feder skizzierten Gesichts... Vermutlich das von Elias.

»Ich hatte es Ihnen gesagt, die Aufgabe ist gewaltig. Die ersten Analysen haben mir erlaubt, das Alter ziemlich genau zu bestimmen. Die Tinte, die benutzt wurde, ist eine Mischung, Ruß, dem eine fetthaltige Substanz beigemischt wurde, Gummiarabikum. Es sind auch Spuren von Honig feststellbar. Diese Technik war damals gang und gäbe.«

»Und Sie haben diesen Seiten tatsächlich etwas entnehmen können?«

»Ja, aber ich bezweifle, dass ich den gesamten Text werde entziffern können, da manche Passagen vollständig zerstört sind. Er ist heftigen Übergriffen ausgesetzt gewesen. Sehen Sie, manche verkohlte Stellen weisen darauf hin, dass es einen Brand überstanden hat. Lello hat Schimmelproben entnommen, um zu bestimmen, ob sie eine Gefahr für die Instandhaltung darstellen. Zum Glück sind sie nicht mehr aktiv, sondern abgestorben, vollkommen ausgetrocknet. Das Gesamtergebnis der Untersuchung ist positiv, was bedeutet, dass ich einen Großteil des Textes auf ganz normale Weise werde interpretieren können.«

»Wirklich beeindruckend!«

Woods schaltete eine Kamera ein und bat Nathan, das Manuskript geöffnet auf eine Metallplatte zu legen, die von zwei schwarzweißen Linealen gerahmt wurde. Dann verdunkelte er das Laboratorium mit Hilfe einer Fernbedienung. Nur das purpurrote Licht der Videosensoren tanzte in der künstlichen Nacht.

»Der erste Schritt besteht darin, diese Infrarotkamera zum

Einsatz zu bringen. Sie erlaubt es, die Schrift auf dem geschwärzten Velin zu erkennen.«

Während er auf der Tastatur tippte, setzte der Engländer seine Erklärungen fort.

»Ich stelle die Blende auf maximale Öffnung ein... Das Einstellen ist nicht ganz einfach... Etwas mehr Kontrast... Ja, jetzt, so ist es gut!«

Direkt über ihnen baute sich auf dem Monitor ein Negativbild auf, während die Kamera über das Pergament fuhr. Schatten- und Haarstriche, feine Buchstaben erschienen wie von Zauberhand... Nathan las:

...18. Mai... Jahr... 1694

»Der Stil weist darauf hin, dass der Text von einem Mann geschrieben wurde. Leider sind die folgenden Zeilen schwer zu entziffern. Wenn man eine Vorstellung vom Text hat, wenn es sich zum Beispiel um ein altes Testament handelt, dann kann man die Lücken deuten. Hier ist es schwieriger. In der Transkription fehlen ein paar Stellen, Sie werden sehen, ich habe sie durch Auslassungspunkte dargestellt. Es ist ratsamer, nicht zu extrapolieren, denn das könnte uns auf die falsche Fährte führen.«

Woods schaltete die Kamera aus und die Neonleuchten ein, ging zu einem Computer und schob eine CD hinein. Eine Liste von Dateinamen erschien auf dem Bildschirm; er drückte auf »Elias«.

»Jetzt kommt das konfokale Mikroskop zum Einsatz. Es wird häufig in der medizinischen Bildherstellung benutzt, um die Struktur der menschlichen Zellen zu erforschen. Mit seiner Hilfe kann eine plane Fläche in ein 3D-Bild umgewandelt werden. Nachdem jedes Blatt Parzelle für Parzelle fotografiert worden ist, überträgt man die Daten in einen Computer, der alles zusammensetzt und es ermöglicht, durch das Buch zu reisen, wie man durch den menschlichen Körper reist. Man kann jetzt so ungefähr alles machen, vorausgesetzt, der Text ist nicht zu sehr beschädigt worden. Bei diesem Text musste ich lediglich den Kontrast der Tinte verstärken. Bei anderen Passagen, wo die Pigmente getilgt worden sind, ist es möglich, die Narben zu erkennen, die die Feder hinterlassen hat. Auf diese Weise konnte ich die Sätze rekonstruieren.«

Nathan sah auf dem Bildschirm ein dreidimensionales Bild des Manuskripts erscheinen, das sich um sich selbst drehte. Die Velinblätter, die auf den ersten Blick und bei der Berührung so weich schienen, waren jetzt von Verunstaltungen bedeckt. Das Bild wurde größer. Große organische Arabesken breiteten sich über eine Oberfläche aus, über die man hinwegzufliegen schien, bevor man in die verschiedenen Schichten des Materials eintauchte.

Woods Bewegungen waren schnell und präzise.

»Man kann es in jede Richtung manipulieren. Ich habe die ersten dreißig Seiten behandelt. Das Ergebnis ist ziemlich gut. Sehen Sie...«

Er drückte eine Taste, und eine andere Seite erschien, flach und marmoriert von bläulichen Adern, die wie Hämatome aussahen. Erneut erschien der Text. Nathan konnte die geschwungenen Linien erkennen, die Elias geschrieben hatte, aber es war unmöglich, sie zu entziffern. Die Buchstaben sahen merkwürdig aus, zerschrammt, als seien sie mit zitternder Hand geschrieben worden. Nathan fragte: »Finden Sie die Schrift nicht ein wenig...«

»Gequält?«

»Ja, gequält...«

»Ich habe das auch bemerkt. Dafür kann es mehrere Gründe geben. Als der Autor dieses Tagebuch geschrieben hatte, war er vielleicht krank oder von Sorgen geplagt. Hoffen wir, dass die Fortsetzung des Manuskripts uns darüber Aufschluss gibt.«

»Können wir den Text noch näher heranzoomen?«

Der Engländer ließ sich nicht zweimal bitten. Während er den Cursor betätigte, drangen die beiden Männer tief in die Vergangenheit ein.

Ich möchte a... Ereignissen... Zeuge und trauriges Opfer...
Das Gesicht des... Ma... es, das meine un... ckte Feder
auf... der ich war, Elias de Tanouarn, Edel... nn aus Saint-Malo. Seitdem hat meine Seele... blinde Raserei...
Stür... und wenn... oben der Winde... noch immer am...
Rand der Steilküste... gehöre i... Vergangenheit an.

Nathan ließ seinen Geist an den geschwungenen Linien entlangwandern und versuchte, die Stücke zusammenzukitten. Etwas ging mit ihm vor... Empfindungen wurden in ihm geweckt, das Gefühl, dass Sand sein Gesicht peitschte. Dann überfielen ihn die Bilder seines Traums wie ein Sturzbach: das Kind... die Katze... die Umrisse der Wüste, die verhüllte, murmelnde Gestalt... Ihm wurde schwindlig, und er klammerte sich an die Tischplatte. Er spürte noch etwas anderes in sich hochsteigen. Ein Gefühl starker Hitze, ein Brennen... Er wollte sprechen, die Worte sprudelten aus ihm heraus: »SCHALTEN SIE AUS!«

Er hatte geschrien, ohne es zu bemerken. Woods schloss das Programm, und das Bild verschwand ebenso schnell vom Bildschirm, wie es erschienen war.

»Alles in Ordnung?«

»Ja, ich glaube... das Manuskript... es weckt Erinnerungen in mir.«

»Erinnerungen?«

»Nein. Empfindungen, Bilder, aber wenn sie deutlicher werden, verschwindet alles. Als würde mir der Zugang zu diesem Teil meiner selbst verweigert...«

Woods fuhr sich mit der Hand über das Gesicht. Er schien Nathan anzublicken, aber sein Geist war ganz woanders, weit weg.

»Wer sind Sie?«, murmelte er.

»Ich glaube, ich habe Ihnen alles gesagt, was ich weiß.«

»Das ist es nicht. Mir ist da gerade etwas eingefallen. Ich kann Ihnen vielleicht helfen.«

»Haben Sie eine Idee?«

»Ja, bezüglich Ihrer multiplen Identitäten. Ich habe noch ein paar Kontakte aus meinem früheren Leben. Freunde.«

Woods blickte auf seine Uhr.

»Wie spät ist es? Neun, also acht in London... das dürfte passen. Haben Sie Ihre Papiere bei sich?«

Nathan schob behutsam die Hand in die hintere Tasche seiner Jeans und holte den kostbaren granatfarbenen Pass und seine Brieftasche heraus. Tausend Eventualitäten boten sich ihm in diesem Augenblick. Wer war er wirklich? Die wenigen Bruchstücke, die er hatte zusammentragen können, schienen zu beweisen, dass er kein gewöhnlicher Staatsbürger war. Er fühlte sich von einer Welle der Besorgnis emporgehoben.

»Warten Sie! Könnte sich das, was Sie vorhaben, nicht zu meinen Ungunsten auswirken? Stellen Sie sich vor, ich wäre... ich hätte Probleme?«

»Nur keine Panik, mein Kontakt ist ein enger Freund. Glauben Sie mir, wir haben Schlimmeres getan, als einen Verbrecher in Freiheit zu lassen. Es wird alles unter uns bleiben.«

Nathan händigte ihm seine Papiere aus, und sie verließen die Stahlkammer.

Der Engländer setzte sich an seinen Schreibtisch und wählte eine Nummer.

»Hallo? Jack Staël, ja... Ashley Woods möchte ihn sprechen.«

Sein Gesprächspartner ließ ihn ein paar Sekunden warten, dann entspannte ein breites Lächeln seine Gesichtszüge.

»Jack? Grüß dich, alter Säufer... Sehr gut, und dir... wie ist das Wetter in London? Wann besuchst du mich endlich? Genau... Schön, also hör zu, ich würde gern wissen, ob der MI 5 mir diskret einen Gefallen tun könnte... Ja... Eine Identitätsfeststellung...«

10

Sie warteten.

Fingerabdrücke, Scan seines Passes, Kreditkartennummern... Ein paar Stunden zuvor hatte Woods alle Informationen, über die sie verfügten, an den Sitz des MI 5 in Thames House geschickt. Der hohe Beamte, mit dem er verhandelt hatte, hatte versprochen, vor siebzehn Uhr zu antworten. Wie Woods versichert hatte, würde er die gesammelten Hinweise zerstören und nicht die geringste Spur in den Datenbanken des britischen Nachrichten- und Sicherheitsdienstes zurücklassen.

Nathan hatte die Stunden des Wartens genutzt, um ein Nickerchen zu machen. Und er hatte einen Flug nach Brüssel gebucht, von wo aus er am nächsten Tag nach Amsterdam weiterfahren wollte.

Woods saß an seinem Schreibtisch und ordnete mit angespanntem Gesicht Papiere. In der entgegengesetzten Ecke des Raums beendete Lello die Transkription des Elias-Manuskripts. Und Nathan saß schweigend da und versuchte, das nervöse Zittern seiner Gliedmaßen zu verbergen.

In ein paar Minuten würde er wissen, woran er war.

Kurz vor siebzehn Uhr zerriss das Klingeln des Telefons die Stille. Der Engländer nahm den Hörer ab und bedeutete ihm mit einem Blick, dass es Staël war. Woods tauschte ein paar

Sätze mit seinem Gesprächspartner, ansonsten begnügte er sich damit, zuzuhören und sich Notizen zu machen.

Nachdem er aufgelegt hatte, wandte er sich in perfektem Italienisch an seinen Assistenten.

»Lello, würden Sie uns bitte allein lassen?«

Die beiden Männer waren jetzt unter sich.

»Also: Staël hat es vorgezogen, nicht nach Ihren Ausweispapieren suchen zu lassen, das hätte die Behörden misstrauisch gemacht, die diese Art von Anfragen systematisch registrieren. Stattdessen hat er die Datenbanken über die verschwundenen Personen durchforstet. Dort gibt es weder einen Nathan Falh noch einen Pierre Huguier. Ich kann Ihnen bestätigen, dass niemand über Ihre Abwesenheit beunruhigt ist.«

»Die Suche nach meinen Kreditkarten... Hat sie etwas ergeben?«

»Ich komme darauf. Die Visa Premier ist in Paris ausgestellt worden, von der Bank CIC, am 21. Dezember 2001, also gut eine Woche nachdem Sie in einer Filiale am Boulevard du Montparnasse ein Konto eröffnet haben. Die erste Einzahlung belief sich auf fünfundvierzigtausend Euro, teilweise bar, der Rest mit einen Scheck, den Sie selbst ausgestellt haben, als Überweisung von einem Konto in Großbritannien. Sie haben mehrmals größere Summen in bar abgehoben. Der gegenwärtige Haben-Saldo beläuft sich auf fünftausend Euro. Kommen wir zur AmEx. Diese gehört zu einem Konto, das am 7. Januar 2002 in einer Filiale der City Bank in der Regent Street in London eröffnet wurde. Dieses Konto weist einen Saldo von siebenundzwanzigtausendsechshundertvierundachtzig Pfund auf. Der größte Teil dieser Summe entspricht einer Überweisung, die von der Hydra Ltd., die ihren Geschäftssitz in Singapur hat, über ein Schweizer Konto getätigt wurde.«

»Ich weiß Bescheid, das ist die Gesellschaft, die die Expedition organisiert hat...«

»Das dachte ich mir. Mein Kontaktmann empfiehlt, die Überprüfung der Echtheit Ihrer Papiere nicht weiterzuverfolgen, und auch ich glaube, dass das nicht notwendig ist, denn das könnte unangenehm für Sie werden. Ihre Papiere sind vermutlich gestohlen und manipuliert oder vollständig gefälscht. Ich bin sicher, dass sie falsch sind.«

Dem Amnesiekranken wurde mit einem Schlag eiskalt.

»Was veranlasst Sie zu dieser Behauptung?«

»Das ist doch sonnenklar, Nathan. Sie besuchen mich zweimal und präsentieren mir zwei verschiedene Identitäten. Ihre Bankkonten sind erst vor ein paar Monaten eröffnet worden, hohe Summen sind darauf eingezahlt worden, und bei den meisten Kontobewegungen handelt es sich um Barabhebungen von mindestens fünfzehntausend Euro. Sie benutzen Ihre Kreditkarten so wenig wie möglich, als versuchten Sie, möglichst keine Spuren zu hinterlassen. Sie kämpfen wie ein Besessener und können mit Schusswaffen besser als ich umgehen. In der Welt der Geheimdienste gibt es eine Bezeichnung, die haargenau Ihrem Profil entspricht.«

Mit jeder neuen Wahrheit, die Woods ihm wie Faustschläge in die Magengrube versetzte, fühlte Nathan sich ein wenig verlorener, angeschlagener.

»Und die wäre?«

»Sie sind das, was man ein ›Phantom‹ nennt. Ihr Leben ist eine ›Legende‹, jedes Detail ist sorgfältig erfunden worden.«

Ein Phantom ... ja, das entsprach genau dem Gefühl, das von ihm Besitz ergriffen hatte, seit er im Winter von Hammerfest zur Welt gekommen war.

»Staël hat trotzdem Ihre Fingerabdrücke an die zentralen Datenbanken mehrerer europäischer Länder geschickt. Frankreich, Großbritannien, Italien, Griechenland, Spanien, Portugal, Deutschland und Belgien. Alle haben negativ geantwortet, mit Ausnahme von Frankreich und Belgien, die sich mehr Zeit für zusätzliche Nachforschungen ausgebeten haben, ohne allerdings ein genaues Datum anzugeben. Im Augenblick sind Sie nirgends gespeichert.«

Nathan hatte das Gefühl, der Boden würde ihm unter den Füßen weggezogen... Seine Hoffnungen lösten sich eine nach der anderen in Luft auf. Er erfuhr gerade, dass er nicht existierte...

»Haben Sie irgendeine Vorstellung, was für eine Art von Aktivitäten ein Mann ausüben könnte, der sich eine solche Mühe macht, seine Existenz zu verschleiern?«, fragte er.

»Ja, Nathan, habe ich. Sogar mehrere. Wenn ich mit Ihnen zu tun hätte, ohne die Einzelheiten Ihrer Geschichte zu kennen, könnten Sie ebenso gut ein verstörter Regierungsvertreter sein wie ein gut organisierter Verbrecher, der versucht, sich der Justiz zu entziehen. Aber da gibt es eben noch den Kontext: die Polarexpedition; das Elias-Manuskript; die Killer, die im Krankenhaus auf Sie lauerten. Das alles macht jede Hypothese verdammt schwierig. Offen gesagt, ich habe keine Ahnung.«

»Und wie soll ich mich Ihrer Meinung nach verhalten?«

»Ändern Sie Ihre Pläne nicht. Fahren Sie nach Antwerpen, treffen Sie sich mit dem Chef von Hydra, versuchen Sie, so viele Informationen wie möglich über die Expedition, an der Sie teilgenommen haben, aus ihm herauszukitzeln. Sie müssen sehr vorsichtig sein. Sie haben nicht die geringste Ahnung, was Sie erwartet. Was mich betrifft, ich werde Sie nicht im Stich lassen. Wir bleiben in Kontakt. Ich werde Ihnen ein Handy geben und einen Laptop mit einem von mir entwickelten unknackbaren Verschüsselungssystem, so dass unsere E-Mails nicht abgefangen werden können. Ich lege keinen gesteigerten Wert darauf, dass jemand seine Nase in unsere Angelegenheiten steckt. Ich werde Ihnen die Transkription des Elias-Manuskripts portionsweise mailen, immer wenn ein weiterer Abschnitt fertig ist. Es könnte gut sein, dass es eine Rolle in dieser Geschichte spielt.«

»Ihr Vertrauen berührt mich, Ashley. Warum tun Sie das?«

Die Augen des Engländers leuchteten auf. »Sagen wir, ich liebe mein Leben in der Malatestiana, aber die Winter hier sind manchmal etwas lang.«

Sie verbrachten den Abend zusammen, und Nathan konnte sich zum ersten Mal, seit er aus dem Koma erwacht war, entspannen. Ein Restaurant in Cesena, in dem der Engländer Stammgast war, ein einfaches, aber köstliches Abendessen. Woods Unterstützung beruhigte Nathan, sie war für ihn ein Halt, ein Anstoß, den er brauchte, um wieder zu sich zu kommen. Die letzte Nacht, die er im Fürstenzimmer verbrachte, war friedlich. Lello legte letzte Hand an die Transkription der ersten Seiten des Manuskripts, er würde sie ihm am nächsten Morgen aushändigen.

Auch wenn seine Vergangenheit nach wie vor verschlossen blieb, sah Nathan doch einen schwachen Hoffnungsschimmer. Er musste jetzt in die geheime Welt eintauchen, die ihn umgab, jeden Hinweis, jedes Zeichen auf seinem Weg identifizieren und seine gegenwärtige Identität vernichten, um diejenige des Mannes wieder zum Leben zu erwecken, der er vor dem Unfall gewesen war.

Nathan töten, um dem anderen Platz zu machen.

11

Das Flugzeug nach Brüssel flog Punkt dreizehn Uhr vom Mailänder Flughafen Malpensa ab. Nathan öffnete sofort den Reißverschluss der Umhängetasche aus Nylon, holte den Laptop heraus, den Woods ihm mitgegeben hatte, und stellte ihn auf seine Ablageplatte. Er klappte den Bildschirm hoch und schaltete das Gerät ein, das sofort einen Zugangscode von ihm verlangte. Er tippte die sieben mit dem Engländer vereinbarten

Buchstaben: N-O-V-E-L-L-O, der Vorname des Fürsten von Cesena. Ein zweites Passwort war notwendig, um Zugang zu der Datei zu erhalten, die ihn interessierte: C-H-A-D-W-I-C-K. Einen Augenblick später erschien der Text. Das Elias-Manuskript würde seine ersten Geheimnisse preisgeben.

den 18. Mai des Jahres 1694

Ich möchte auf diesen Seiten von den Ereignissen berichten, deren Zeuge und trauriges Opfer ich wurde. Das Gesicht des jungen Mannes, welches meine ungeschickte Feder auf dem Vorsatzblatt dieses Tagebuchs skizziert hat, stellt niemand anderen als denjenigen dar, welcher ich war, Elias de Tanouarn, Edelmann aus Saint-Malo. Seitdem hat meine Seele die blinde Raserei vieler Stürme durchquert, und wenn das Toben der Winde mich auch noch immer am Rand der Steilküste festhält, gehöre ich doch der Vergangenheit an.

Im Jahre des Herrn sechzehnhundertdreiundneunzig riss mich in der Nacht des sechsundzwanzigsten November eine Reihe von Detonationen aus dem Schlaf. Ein Geschosshagel ging über meinem Haus in Puits de la Rivière nieder. Tausend Fenster zerbrachen mit gewaltigem Getöse, und meine liebe Stadt Saint-Malo-en-l'Île wurde bis in die Grundfesten ihrer Wälle erschüttert.

Ich verließ in aller Eile mein Bett, stürzte die Stufen hinunter und fand mich, nur notdürftig bekleidet, auf der Gasse wieder. Die Glocken läuteten Sturm, und die Explosionen gingen erneut und noch heftiger los und ergossen einen Hagel von Nägeln, Haken und Eisenketten über die Stadt. Die Flammen züngelten an den Balken der Häuser empor. Die Luft stank nach Pulver und Asphalt. Der helle Schein des Feuers umhüllte die Stadt. Ich verbarg die unbändige Freude, welche ich empfand, vor meinen Mitmenschen und bahnte mir einen Weg durch das Gedränge des erschreckten Volks und der jaulenden Hunde.

[...] wild schäumendes, eiskaltes Meerwasser schwappte in die Stadt und riss mich um. Aber im Halbdunkel stieß mein Fuß gegen ein Hindernis, und diesmal fiel ich der Länge nach zu Boden. Als ich den Kopf hob, erkannte ich den Grund meines Sturzes. Er trug die Uniform des Feindes. Der Bauch des verfluchten Engländers war aufgerissen, die Eingeweide hingen heraus, und sein Gesicht war weggerissen und nur noch ein schrecklicher Brei aus Knochensplittern, Fleisch und Haar, vermischt mit Blut.

[...] ein unheilvolles Schiff von fünfhundert Registertonnen mit schwarzen Segeln, dessen Laderäume ausreichend gefüllt waren mit Pulver und Geschossen aller Art, um unsere alte Stadt zu versenken. Vom Feind bis an unsere Wälle herangeführt, sollte das makabere Schiff seine verhängnisvolle Mission erfüllen. Aber die Strömung entschied anders, und es lief auf die gefährlichen Klippen, welche das Fort Royal schützen, und explodierte mit seiner Mannschaft in gebührendem Abstand von unseren Mauern, wodurch es, dem Allmächtigen sei Dank, die unschuldigen Leben der Einwohner von Saint-Malo verschonte...

Ich ging im heulenden Wind in die rue d'Entre-les-Deux-Marchés und klopfte an die schwere Tür des Hôtel de la Marzelière, wobei ich wie ein Besessener schrie, man solle mich hineinlassen. Der Spion wurde mit einem lauten Knall zugeschlagen. Eine ziemlich fette Dienstmagd öffnete die Tür einen Spalt und beleuchtete mein Gesicht mit dem Schein ihrer Fackel [...] durchquerte den Hof und ging die Stufen hinauf, welche nach oben führten.

Ich ging durch den großen Salon, dessen Wände holzgetäfelt waren und in dem nur wenige dunkle Möbel standen. An den Eichenwänden hingen Bahnen des kostbarsten Córdoba-Leders und prächtige Wandteppiche aus Wolle, auf denen man die Apostel Christi in Gestalt merkwürdiger Tiere bewundern konnte, ein Hund, eine Schlange und eine Art Vogel mit schmalem, gekrümmtem Schnabel. Kaum hatte meine Hand den kupfernen Knauf berührt, öffnete sich die Tür schon quietschend vor mir. Roch stand im Dunkeln da, von Kopf bis Fuß angekleidet, den Säbel an der Seite und Pistolen im Gürtel. In seinen Pupillen spiegelten sich die Flammen und tanzten wie Glühwürmchen darin.

Kaum hatte ich ihm von meinem Fund berichtet [...] Wir holten einen schweren Handkarren aus den Ställen, verhüllten unsere Gesichter und begaben uns in das Labyrinth der Gässchen.

[...] Wir schoben den Karren auf den nassen Sand. Die Milizen waren noch nicht bis dorthin gekommen, sicher aus Angst, der Feind könnte eine zweite Geschützsalve auf sie abfeuern. Ich dachte an eine andere Bedrohung, die Wachhunde, grimmige Doggen, welche, um die Plünderer von den Schiffen fern zu halten, nach der Sperrstunde vom Einbruch der Nacht bis zum Morgengrauen die Strände der Stadt unsicher machten. Als die Schüsse zu knallen begannen, hatten sie vermutlich das Weite gesucht, aber sie würden nicht lange auf sich warten lassen, angelockt vom widerwärtigen Geruch des Todes.

Wir gingen zwischen den Toten herum und suchten nach welchen, die noch in einigermaßen gutem Zustand waren. Manchen fehlten die Arme, anderen der Kopf. Rochs bestürztes Gesicht leuchtete im Schein der Flammen. Wir trafen unsere Wahl. Ein Offizier, fett wie ein Schwein, welcher wirklich und wahrhaftig tot war; mit heraushängender Zunge und verdrehten Augen lag er da. Wir hoben ihn auf den Karren und sammelten dann in einem Anfall blinder Besessenheit ein weiteres halbes Dutzend ein, die wir übereinander stapelten, bevor wir uns auf den Rückweg zu Rochs Haus machten. [...]
[...]

Wir legten die Körper auf breite, mit Blutflecken übersäte Tische im Keller, einem Raum, welcher direkt in den Fels gegraben worden war und von an den Wänden hängenden Fackeln erhellt wurde. Das Glück war uns hold gewesen, wir hatten den Milizen heldenhaft ein Schnippchen geschlagen, und obwohl die Situation keinerlei Anlass zu Fröhlichkeit gab, überfiel uns eine unbändige Lust zu lachen. Aber die Zeit drängte, wir mussten uns an die Arbeit machen.

Ich band mir eine Lederschürze um und folgte Roch zwischen den Leichen. Der Keller war erfüllt vom Geruch von Blut und noch warmen Körpern. Ich untersuchte sie nacheinander, bevor ich ihnen ihre Uniformen auszog. Roch tat es mir gleich. Für das, was wir vorhatten, brauchten wir einen Körper im bestmöglichen Zustand.

Wir bemühten uns, die ekelhafte klebrige Schicht aus Sand und Blut abzuwaschen, welche sie bedeckte. Ich rieb, presste den triefenden, eiskalten Schwamm auf die Muskeln, das Fett, die Oberkörper, die weggerissenen Gesichter.

Die düsteren Gedanken, welche mich einst gequält hatten, wenn ich auf so brutale Weise mit dem Tod in Berührung kam, hatten mich verlassen. [...] Aber wir waren Männer der Wissenschaft, Ärzte, und nur diese anatomischen Studien erlaubten uns, die Komplexität des menschlichen Körpers zu begreifen und im Labyrinth des Wissens vorwärts zu kommen.

Wir beschlossen, mit einem stattlichen Neger anzufangen, welcher mit einem einfachen Leinenhemd bekleidet und von den Schüssen verschont geblieben war.

Roch nahm den Lederkoffer, in welchem er sein Chirurgenbesteck transportierte, und legte seine Messer in eine Schüssel. Zehn Jahre älter als ich und zweiter Sohn eines reichen Reeders, hatte er zuerst studiert, um ein Mann der Kirche zu werden, aber seine Leidenschaft für die Frauen hatte ihn wiederholte Male über die Mauer des Seminars springen lassen. Da er keine große Neigung für das Geschäftsleben verspürte, war er ein sehr erfahrener Marinechirurg geworden, der sich sein Handwerk durch die Praxis erworben hatte. Er war gerade erst von einem Feldzug an Bord der Furieux, einer Fregatte mit achtzehn Kanonen, zurückgekehrt, welcher ihn und ihre Mannschaft an die Grenzen des Mittelmeers geführt hatte, wo sie in den Kerkern eines orientalischen Fürsten ein geschlagenes Jahr geschmort hatten, bevor sie glücklich befreit worden waren.

Messer, Sägen, Pinzetten, Scheren, Spreizer, alles lag bereit. Ich hatte meinerseits Velin, Federn und Tinte für die Skizzen vorbereitet. Roch schob seine Hand unter den Oberkörper des Negers und schnitt mit dem Skalpell in die zarte Haut des Bauches; dickes, dunkles Blut quoll hervor. Anschließend machte er einen Längsschnitt vom Hals bis zum Brustbein und dann schräg, um ein Y zu bilden. Während er damit beschäftigt war, Knochen und Knorpel durchzusägen und zu zerschneiden, machte ich, über einen Schemel gebeugt, die ersten Skizzen.

Als Roch mit seiner Arbeit fertig war, lächelte er mir komplizenhaft zu, und ich erwiderte sein Lächeln. Dann hob er mit seinen Händen die beiden breiten Haut- und Muskellappen hoch und öffnete die Brust des Negers wie ein Buch aus Fleisch.

In diesem Augenblick bekam er weiche Knie. Er drehte sich um, und ich entdeckte sein Gesicht, welches bleich war, als habe er etwas Furchtbares gesehen. Ich fragte ihn, was er habe, aber die Worte kamen nur mit Mühe aus seinem Mund. Ich stürzte zu der Leiche, um die klaffende Wunde zu untersuchen, ein blutiger Brei, und mich packte das blanke Entsetzen. Die Lungen... die Lungen waren verschwunden.

Satan persönlich war da gewesen.

Ich tauchte meine Hände in die Eingeweide und begriff, dass die Organe herausgeschnitten worden waren. Diese Verstümmelungen waren keineswegs auf den Angriff der Engländer zurückzuführen, sondern mit Sicherheit auf irgendeinen Dämon, welcher geradewegs aus den Flammen der Hölle heraufgestiegen war. Fest entschlossen zu begreifen, drehten wir den Körper um, indem wir ihn über den Tisch rollen ließen. Stämmig und kräftig wie ein Türke, wog der Kerl sicher seine hundertfünfzig Pfund. Sein Gesicht ruhte jetzt auf der Seite, seine deformierten Lippen ließen die Zunge heraustreten. Auf seiner Schulter entdeckten wir eine durch ein Brandeisen hervorgerufene Hautschwellung, das Wappen der Sklaven. Roch ließ die Fackel über den Rücken wandern, um die Oberfläche der Haut besser prüfen zu können. Er führte sie zum Schädel zurück bis zur Mulde des Nackens. Die Haut war an dieser Stelle welk. Er näherte die Flamme, die Kopfhaut schien im Schein des Feuers zu zucken. Plötzlich spürte ich, wie seine Hand sich auf meinem Unterarm verkrampfte.

Der Hinterkopf war ein einziger schwarzer Schlund, umrahmt von schmutzigen Hautflecken. Ein Abgrund des Entsetzens öffnete sich in meinem Bauch, und die Angst summte wie die Flügel von tausend Insekten ohrenbetäubend laut in meinem Kopf. Der Schädel war eingeschlagen worden.

Man hatte auch das Gehirn gestohlen...

12

Angst. Das erste Gefühl, das Nathan überfallen hatte, war eine Angst gewesen, die ihn fast ersticken ließ. Er hatte das Bedürfnis verspürt, die stählerne Kabine des Flugzeugs zu verlassen, das ihn nach Belgien brachte.

Das Blut, die toten Körper, das Grauen...

Warum hatte ein drei Jahrhunderte altes Verbrechen eine solche Wirkung auf ihn? Er hatte beschlossen, sich in den Zweifel zurückzuziehen. Auch wenn er im Grunde spürte, dass diese Ereignisse durchaus real waren, weigerte er sich doch, sie als solche anzusehen. Leichendiebe, ein Sklave... zu Tode verstümmelt, warum? 1694... Die Zeit... Er würde es der Zeit überlassen, ihn vor dem Wahnsinn zu bewahren, in dem er zu versinken glaubte, als er die Zeilen des Manuskripts überflog. Er hatte alles gewissenhaft notiert, in einer eigenen Datei, den Tatsachen Fragen an die Seite gestellt. Später, viel später würde er versuchen, ihnen einen Sinn zu geben, sie zu einem vollständigen Bild zusammenzufügen. Für den Augenblick begnügte er sich damit, die bruchstückhaften Hinweise zu sammeln, die auf dem Weg dieses Wachalbtraums verstreut waren.

Seit knapp einer Stunde war er jetzt in einem gemieteten Wagen unterwegs, als er die Amerikalei, den letzten Abschnitt der Straße, die von Brüssel nach Antwerpen führte, verließ. Bald darauf kam er in die flämische Stadt mit ihren gepflasterten Verkehrsadern und ihren alten Häusern voller Giebel, Mauervorsprüngen und Voluten. Zu sehr damit beschäftigt, seinen Weg in dem Gewirr der engen Straßen zu finden, achtete Nathan kaum auf die Architektur um ihn herum. Unmittelbar bevor er von Mailand abgeflogen war, hatte er bei Hydra angerufen und sich mit Hilfe einer List vergewissert, dass Roubaud auch wirklich in seinem Büro war, das nur wenige Schritte vom Bahnhof entfernt lag. Ein paar Minuten Suche im Internet hatten ihm überdies erlaubt, ein weiteres Problem zu lösen: das der Identifizierung des Mannes, an den er nicht die geringste Erinnerung hatte. Ein Foto von Roubaud auf der Website der Gesellschaft für Unterwasserarbeiten hatte einen etwa sechzigjährigen massigen, grau melierten Mann mit strengem Gesicht und Bürstenhaarschnitt gezeigt. Ein feiner Regen peitschte die Windschutzscheibe seines Wagens, er bremste scharf, um eine junge Frau auf ihrem Fahrrad vorbeizulassen, und fuhr dann hinter ihr her. Nach den zitternden Konturen ihres dunklen Plastikcapes hätte man sie für eine Reiterin halten können, die ihr störrisches Pferd zwingt, einen Schotterweg entlangzugehen. Er folgte der zierlichen Gestalt bis in die unmittelbare

Nähe des Bahnhofs und ließ sie geradeaus weiterfahren, bevor er nach links abbog, wie sein Plan es ihm angab. Ein paar Minuten später bog er in eine elegante Straße fern des städtischen Chaos. Die Offerandestraat. Er war am Ziel.

Das Gebäude, ein moderner Block mit gebrochenen Linien, zeichnete sich im fiebrigen Licht ab, das die Schwärze des Himmels durchdrang. Vor der Fassade erhob sich eine Tafel mit Fotos von Männern in Taucheranzügen, unter Wasser, an Bord von Schiffen, von U-Booten oder auf Bohrinseln, Ikonen des Ruhms von Hydra.

Nathan fuhr zunächst vorbei, ohne anzuhalten, um sich erst einmal genauer umzusehen. Der Firmensitz schien über keinen eigenen Parkplatz zu verfügen. Das würde es einfacher für ihn machen. Er fuhr um den Block herum, um sich zu vergewissern, dass es keinen Nebeneingang gab, und parkte dann etwas abseits vom Eingang des Gebäudes. Der Platz war ideal. Von dort aus würde er das Kommen und Gehen des Personals kontrollieren können.

Er fuhr sich mit den Händen über das Gesicht, als wolle er die Maske der Müdigkeit abstreifen, die es bedeckte, und richtete sich auf längeres Warten ein. Das war die einzige Lösung, um Antworten auf die Fragen zu erhalten, die er sich stellte.

Um Punkt neunzehn Uhr öffnete sich die automatische Tür, und zwei Gestalten kamen heraus. Eine Frau in dunklem Kostüm, in einen weißen Wollschal gehüllt, und ein untersetzter Mann, der einen marineblauen Kaschmirmantel über einem Rollkragenpullover gleicher Farbe trug und der Nathans Aufmerksamkeit weckte. Nathan vergegenwärtigte sich das Foto, das er im Internet entdeckt hatte. Der Mann trug jetzt einen leichten grauen Bart, aber es war dennoch Roubaud.

Der Mann und die Frau wechselten ein paar Worte, dann ging jeder seiner Wege.

Nathan stieg unauffällig aus dem Wagen und folgte dem Präsidenten von Hydra. Er ging sehr schnell in Richtung eines großen Platzes am Ende der Straße, eine Hand am Kragen seines Mantels, um sich vor den Angriffen des Windes zu schützen. Er blieb vor einem schwarzen Mercedes stehen und entriegelte ihn. Als er sich anschickte einzusteigen, hielt Nathan ihn mit einem festen Druck der Hand auf seine Schulter zurück.

Der Mann zuckte unwillkürlich zusammen.

»Was...« Er drehte den Kopf zu Nathan: »Falh?«

»Ich möchte mich mit Ihnen unterhalten.«

»Sie kommen gerade ungelegen, ich muss...«

Nathan schlug die Tür der Limousine zu.

»Sie lassen mir leider keine andere Wahl.«

Roubaud musterte ihn verächtlich. Die Geringschätzigkeit, die aus seinem stahlblauen Blick sprach, verlieh ihm das Aussehen eines Admirals der Roten Armee im Ruhestand.

»Was wollen Sie?«

»Wissen, warum Sie sich so viel Mühe geben, mir aus dem Weg zu gehen.«

»Ich bin äußerst beschäftigt.«

»Kommen Sie, Roubaud, Sie haben sich nicht einmal die Mühe gemacht, mich anzurufen, um zu erfahren, wie es mir geht.«

»Sie irren sich, ich bin sehr betroffen von dem, was Ihnen passiert ist, ich habe mehrmals mit dem Ärzteteam gesprochen, das Sie behandelt hat, sehr kompetente Leute, und ich bin auch informiert über Ihre...«

»Sprechen wir lieber über die Mission HCDO2«, schnitt Nathan ihm das Wort ab.

»Sie haben den Bericht bekommen, nicht wahr?«

Roubauds Handy begann zu vibrieren; er steckte die Hand in die Innentasche seines Mantels und entschuldigte sich: »Einen Augenblick, bitte... Hallo? Ja. Albert... Bestätigung der Hafenmeisterei... Leopolddok. Ja, ich habe darum gebeten... Van den Broke, zwei Männer, die Mechaniker... Die Mannschaft wird um sieben Uhr da sein... Rufen Sie mich morgen wieder an.«

Nathan ließ Roubaud kaum Zeit, die Verbindung zu unterbrechen: »Was Sie da erwähnen, ist der Bericht über meinen Unfall, sonst steht weiter nichts drin.«

»Weil es nichts hinzuzufügen gibt! Die Mannschaft sollte eine Ladung Kadmium bergen, und das hat sie gemacht. Punkt! Was soll ich Ihnen noch sagen?«

»Sie lügen, Roubaud.«

Schweigen.

»Was ist im Eis vorgefallen?«

»Falh, ich warne Sie...«

»Was ist passiert? Versuchen Sie, die Details dieser Expedition zu verschleiern?«

»Was für Details? Ich weiß nicht, wovon Sie sprechen.«

»Details, die zwei Dreckskerle zu dem Versuch veranlassen könnten, mich mitten in der Nacht aus dem Krankenhaus in Hammerfest zu entführen.«

»Hören Sie, ich wollte nicht darüber sprechen, aber jetzt gehen Sie zu weit. Damit Sie es wissen, Dr. Larsen hat mich über die Entwicklung Ihrer angeblichen... Amnesie unterrichtet. Sie hat keinen Zweifel daran gelassen, dass sie sich Sorgen um Sie macht. Die Halluzinationen, die Anfälle von Paranoia und so weiter. Sie sind krank. Niemand wollte Sie entführen. Sie haben die Nacht genutzt, um zu fliehen. Das ist das, was passiert ist. Es reicht jetzt. Ich bitte Sie, mich nicht länger zu belästigen.«

Roubaud stieg in seinen Wagen.

Nathan packte ein heftiges Verlangen, ihn daran zu hindern und ihm auf seine Weise die Zunge zu lösen. Aber das würde alles nur noch komplizierter machen. Das wusste er. Ohne ein weiteres Wort startete Roubaud sein Auto und reihte sich in den fließenden Verkehr ein.

Nathan setzte sich wieder ans Steuer seines Volvos und brauste die Gemeentestraat in Richtung Escaut hinunter. Er platzte fast vor Wut. Nichts. Roubaud hatte nichts ausgespuckt. Aber in gewisser Weise bestärkte diese Haltung Nathan in seiner Überzeugung, dass der Angriff auf ihn in Hammerfest mit der Mission von Hydra zu tun hatte. Aber auf welche Weise? Er hatte keine Ahnung, aber er war sicher, dass Roubaud etwas vor ihm verbarg.

Etwas, das herauszufinden er fest entschlossen war.

Als er das Flussufer erreicht hatte, zog Nathan seinen Plan zu Rate und bog nach rechts ab, wo es zum Vorort Merksem ging. Die Nacht brach über der Stadt herein, und in der Ferne konnte er zwischen den Baumwipfeln bereits die Umrisse der Ladebäume erkennen und die funkelnden Lichter der riesigen Schiffe, die in den dämmrigen Himmel ragten. Er kam in das Hafengebiet.

Eine Idee ging ihm nicht aus dem Kopf. Er war nicht sicher, ob es klappen würde, aber es war einen Versuch wert... Er fuhr noch ein paar Hundert Meter weiter und hielt vor dem beleuchteten Schaufenster einer Seegenossenschaft, wo ein dicker, rothaariger Mann mit rosiger Gesichtsfarbe ihm eine Maglite-Taschenlampe, eine Beißzange, eine Mütze und einen dunklen Pullover überließ; dann fuhr er weiter nach Ekeren. Von dort aus würde er zu den Kais gelangen können. Er fuhr noch etwa zehn Kilometer über endlose Serpentinenstraßen, kam an einem Schild mit der Aufschrift »Multipurpose Port« vorbei und landete auf einem großen Platz mit Kreisverkehr. Flämische und englische Namen waren auf den selbstleuchtenden Schildern des Hafenkomplexes zu lesen: Hansadok, Kanaal Dok, Werde Haven, Churchill Dok, Leopolddok...

Leopolddok.

Das war der Name, den Roubaud am Telefon genannt hatte. Nathan bog nach links und fuhr mit ausgeschalteten Scheinwerfern über eine leere Auffahrt, die von Straßenlaternen gesäumt wurde, die im Nebel erstickten. Nach einer Kurve erblickte er das fahle Licht des Häuschens der Hafenwache. Er hielt und verbarg seinen Wagen hinter einem Haufen Schrott und ausrangierten Holzpaletten. Die Kühle der Seeluft wurde immer spürbarer. Nathan zog seinen Pullover an, setzte die Mütze auf und steckte die Taschenlampe in seinen Rucksack.

Der Zugang zu den Docks wurde durch einen Doppelzaun verwehrt, der oben und unten mit Knäueln aus scharfem Stacheldraht umwickelt war. Drüberzuklettern war zu gefährlich. Nathan ging in die Hocke und durchtrennte die Maschen des Drahtzauns, um direkt über dem Boden eine Öffnung zu schaffen. Als sie ihm groß genug vorkam, drückte er die Arme an seinen Körper und kroch mit Hilfe der Ellbogen hindurch. Als er auf der anderen Seite war, erhob er sich und ging leise in die Nacht hinein.

Er bewegte sich nahezu lautlos zwischen den Containern vorwärts, wobei er darauf achtete, nicht von den Lichtkegeln erfasst zu werden, die in kurzen Abständen von den Halogentürmen herabstürzten. Nur das Ächzen der Frachter war in der Stille zu hören. Er kam an einem schwindelerregend hohen Hangar vorbei, in dessen Schatten sich zwischen den knallgelben Fenwicks, die dort parkten, Haufen von Seilschlingen und Karabinerhaken türmten. Im Vorbeigehen nahm er eine Eisenstange mit, ging um das Gebäude herum und dann zwischen zwei Blechwänden hindurch. Einen Augenblick später tauchte vor dem dunklen Hintergrund des Himmels und des Wassers der Kai vor ihm auf.

Und da sah er sie.

Dunkelrot und funkelnd. Ein paar Meter vor ihm erhob sich der gewaltige Steven des Schiffs. Er brauchte die Buchstaben auf dem stählernen Bauch nicht zu lesen, um zu begreifen, dass er die *Pole Explorer* wiedergefunden hatte.

13

»ACCESS STRICTLY PROHIBITED« stand auf einem Schild, das über der Wasserlinie schwankte. Der Eisbrecher war gut und gerne hundertzwanzig Meter lang. Eine gewaltige schwimmende Masse, gespickt mit Signalbrücken und Aufbauten.

Aus der Ferne, im Schatten der Hangars, suchte Nathan das Ungetüm ab, auf der Suche nach einer Möglichkeit, an Bord zu gelangen. Ohne gesehen zu werden, konnte er die meisten Fenster der drei Decks erkennen. Sie waren dunkel. Diejenigen der Brücke ebenfalls. Abgesehen von einem schwachen Licht, das von dort herkam, wo er die Unterkünfte der Mechaniker vermutete, schien die *Pole Explorer* zu schlafen. Wie er aus Roubauds Telefongespräch wusste, würde die Mannschaft erst am nächsten Morgen kommen, es waren also vermutlich nur ein oder zwei Seeleute an Bord.

Direkt vor ihm peitschte ein Seil die Luft. Es schien an der Steuerbordseite des Stevens festgemacht zu sein und sich einmal um ihn herumzuwickeln, um auf der Kaiseite herabzufallen. Es handelte sich um die Halteleine einer kleinen Reparaturplattform, die aus dem Wasser ragte. Ein zweites Tau verband sie mit dem Kai. Mit ihrer Hilfe würde er gegenüber dem Kanal, geschützt vor den Blicken, an Bord klettern können. Nathan schlich zum Rand des Kais. Ihm blieben nur ein paar Sekunden, um zu handeln.

Geschmeidig ließ er sich an der Kaimauer auf den schwimmenden Ponton hinabgleiten. Anschließend griff er mit einer Hand nach dem Seil, testete es, indem er zweimal kurz und heftig daran zog, und wickelte es dann um sein Bein. Langsam zog er sich an dem Seil hoch. Es kostete ihn enorme Kraft, aber nach ein paar Minuten hatte er fast die Hälfte der Strecke geschafft. Die Leere unter ihm beeindruckte ihn nicht, die zwanzig Meter allerdings, die er noch vor sich hatte, kamen ihm wie reiner Wahnsinn vor. Er klammerte sich ans Seil und zog wie ein Besessener. Nachdem es ihm anfänglich zu seiner großen Überraschung noch relativ leicht gefallen war, sich hochzuziehen, begann er jetzt seinen Körper zu spüren. Die Muskeln seiner Oberarme brannten, er bekam Krämpfe und spürte einen Schmerz in seinen Muskelfasern, der immer bohrender wurde... Nathan verschnaufte einen Augenblick, bevor er seinen Weg nach oben zum Dollbord fortsetzte. Er hatte es fast geschafft... Mit einer Hand klammerte er sich am Rand fest, während er mit der anderen nach einem Halt suchte. Ein Stück Alteisen erlaubte ihm, sich hochzuziehen. Mit letzter Kraft ließ er seinen Körper nach vorn kippen und sank dann ein paar Meter von einer großen Ankerwinde entfernt zusammen.

Keuchend stieg Nathan, immer zwei Stufen auf einmal, die Treppe hinauf, die zur Brücke führte. Dort bestand die größte Aussicht zu finden, was er suchte. Die wasserdichte Tür war mit einem Vorhängeschloss gesichert. Er nahm seine Eisenstange, schob sie in die Verriegelung und drückte kräftig dagegen. Einen Augenblick lang glaubte er, die Stange würde sich verbiegen oder brechen, aber schließlich gab das Vorhängeschloss nach. Er drehte die beiden langen, quietschenden Griffe um die eigene Achse...

Die Brücke war in fahles Mondlicht getaucht. Auf der einen Seite befanden sich die Navigationsinstrumente: Radarschirme, Bordcomputer, GPS – alle ausgeschaltet und durch transparente Plastikplanen geschützt. Auf der anderen Seite öffnete sich ein schmaler Gang, der vermutlich zu den Kabinen der Offiziere führte. Nathan ging ihn entlang. Auch wenn das Schiff keinerlei Erinnerungen in ihm weckte, hatte er doch das Gefühl, sich zurechtzufinden, als habe es sich ihm unauslöschlich eingeprägt.

Ein kleines graviertes Schild auf der Tür der ersten Kabine zeigte an, dass sie dem Zweiten Offizier gehörte. Die nächste war die des Schiffskapitäns. Nathan drehte den Messingknopf, schlüpfte ins Innere und verriegelte die Tür von innen. Er zündete eine kleine Sturmlaterne an, die den Raum in ein bernsteinfarbenes Licht tauchte.

Das Quartier des Kapitäns bestand aus einem großen Schlafzimmer mit einem einfachen Bett, einem Schrank und einem Waschraum. Am Ende öffnete sich eine schmale Tür auf ein Arbeitszimmer. Nathan setzte sich an den Schreibtisch: ein Viereck aus rotem Holz direkt an der Wand und groß genug, um als Kartentisch zu dienen. Darüber hing ein Regal, auf dem Aktenordner und Seefahrtsbücher standen: ein Almanach, ein Abreißkalender und zwei Bücher über die Navigation im Eis. Zwei Säulen aus Schubladen stützten die Tischplatte. Nathan öffnete eine aufs Geratewohl. Ein Stoß Karteikarten. Die erste trug den Titel: *Verzeichnis der Oberflächenströmungen / Barentssee…* Er blätterte den Stapel durch… nichts. Die nächste Schublade war die richtige. Sie enthielt das Logbuch des Jahres 2002. Die Offiziere waren verpflichtet, jedes Vorkommnis darin festzuhalten, ohne auch nur ein Detail auszulassen. Es musste also zwangsläufig einen Bericht über die Expedition enthalten. Nathan nahm das in schwarzes Leder gebundene Heft heraus und öffnete es auf der ersten Seite, der zweiten…

Weiß. Die Seiten waren weiß. Das bedeutete, dass man das Buch ausgetauscht hatte. Nathan legte es zurück, fiebrig, und durchsuchte dann sorgfältig die anderen Schubladen: Karten, Füller, Kompasse, Büromaterial – uninteressant. Hier würde er nichts finden.

Es war klar: Roubauds Verhalten war nicht unschuldig. Es war etwas vorgefallen in der Arktis. Etwas so Schwerwiegendes, dass die Verantwortlichen von Hydra das Risiko eingingen, offizielle Dokumente verschwinden zu lassen. Vermutlich würde er mehr Glück haben, wenn er den Rest des Eisbrechers durchsuchte. Es war vielleicht nicht schwer, die Kabine eines

Offiziers zu säubern, aber Nathan hatte immer noch die Hoffnung, dass ein Hinweis, eine Spur ihrer Wachsamkeit entgangen war.

Die Größe des Schiffes war sein Vorteil.

Von oben gesehen ähnelte die *Pole Explorer* einer von Glühwürmchen bevölkerten Geisterstadt. Deck Nummer drei war menschenleer. Der Wind hatte aufgefrischt, und Nathan konnte jetzt das Plätschern der Schaumkronen gegen den Rumpf hören.

Wo sollte er anfangen?

Die Mannschaftsunterkünfte befanden sich am Heck, das war heikel. Er würde warten, bis die Schiffswache vor dem Fernseher eingeschlafen war oder vor sich hin döste, bevor er sich dorthin begab. Zunächst einmal würde er nacheinander die Frachträume, die Druckkammer und die Werkstätten der Taucher durchsuchen.

Während er zwischen den geschlossenen Luken weiterging und den widerlichen Geruch der mit Benzin überzogenen Pfützen einatmete, erblickte er plötzlich ein paar Meter vor sich eine Falltür, die sich auf eine Wendeltreppe öffnete. Er nahm seine Taschenlampe und stieg in den schwarzen Schacht hinab.

Die Innenwände der Frachträume durchquerten vertikal alle drei Decks. Er durfte sich nicht verraten... Er würde bis zum letzten Augenblick warten, um seine Taschenlampe zu benutzen. Er spürte, wie seine Pupillen sich weiteten, je tiefer er kam, um die Dunkelheit besser durchdringen zu können. Das dumpfe Rauschen des Windes war allmählich verstummt und hatte dem metallischen Stöhnen der Stufen unter seinen Füßen Platz gemacht. Schon bald konnte er den Boden des Laderaums erkennen. Eine riesige Zementplatte. Er hatte Ebene null erreicht.

Nathan durchschnitt die Dunkelheit mit seinem Lichtkegel. Der Bauch der *Pole Explorer* war heruntergekommen, die Farbe blätterte von den Wänden, zerfressen vom Rost und von der Feuchtigkeit. Der Boden war übersät mit Paletten, Kanistern, zusammengerollten Seilen. Er stieg über einen Haufen elektrische Leitungen, die vom Salz zerfressen waren, und entdeckte etwa zehn Meter vor sich eine Leiter. Sie führte zu einer Öffnung ein paar Meter weiter oben. Er klemmte die Taschenlampe zwischen die Zähne und stieg die Sprossen hinauf.

Ein Gang.

Links öffnete sich eine Tür mit einer elektrischen Fassung ohne Birne darüber auf einen Lagerraum. An den Wänden, die in einem besseren Zustand waren, hingen Ablagebehälter und Haken mit allerlei Bergsteigerbedarf: Rollen von rosa, blauen und orangefarbenen Nylonseilen, Sturmriemen, Kletterhaken, Gletscherhaken. Nathan öffnete einen Wandschrank aus Metall, in dem auf einem Regalbrett rote Helme mit Acetylenlampen lagen. Arbeitsanzüge hingen an einer Kleiderstange, darunter große gelbe Druckluftflaschen... Nichts Aufregendes.

Das Brummen eines Gebläses weckte seine Aufmerksamkeit.

Es gab einen Verbindungsgang zwischen den Frachträumen, über den er mit Sicherheit ins Heck gelangen konnte. Nathan verließ das Lager und ging in den Gang hinein, der in einem anderen, kleineren Laderaum endete. Die Wände waren mit knisternden Stromkästen bedeckt. Er ließ den Lichtkegel seiner Taschenlampe durch die Dunkelheit wandern und entdeckte eine dicke Platte aus verchromtem Metall mit einem Rad zum Öffnen. Er blickte nach oben: eine Reihe lumineszierender Dioden zeigte eine Temperatur an: −72 °C. Ein Kühlraum. Er legte seine Lampe auf den Boden und zog mit seinem ganzen Gewicht an dem verklemmten Rad, das sich erst bewegte, als er ihm Fußtritte versetzte. Die Tür öffnete sich mit dem Geräusch von krachendem Eis.

Eine dicke Eisschicht umgab ihn. Er blockierte die Tür, so dass sie sich nicht schließen konnte, und ging in den Kubus hinein. Die von weißem, pulvrigem Reif überzogenen Stahlwände schimmerten perlmuttfarben. Schwaden milchigen Dampfs kamen von der Decke herab und wickelten sich um seine Beine. Nathan fröstelte und ging tiefer in den Raum hinein. Er inspizierte sorgfältig jeden Winkel. Der Raum war leer. Die erstickende Kälte brannte in seinen Lungen, und seine Haut überzog sich bereits mit Eiskristallen, die wie feiner, alabasterfarbener Staub aussahen. Er machte kehrt und stolperte über ein Stück durchsichtiges Plastik, das aus den Dampfschwaden ragte. Als er seine Taschenlampe darauf richtete, um seinen Fuß daraus zu befreien, erregte ein Detail seine Aufmerksamkeit... Da war etwas, ein kleiner, bräunlicher Gegenstand, der am Boden festklebte. Nathan hockte sich hin. Sein erster Gedanke war, dass es ein Stück Gummi war. Er streckte die Hand aus, um es aufzuheben...

In diesem Augenblick hörte er Gemurmel.

Er schaltete seine Taschenlampe aus, drehte sich um sich selbst und bewegte sich, noch immer in der Hocke, auf die Türöffnung zu. Jetzt war es kein Gemurmel mehr, sondern die Stimmen zweier Männer, die näher kamen, er konnte sogar Wortfetzen verstehen...

Man war ihm gefolgt. Das Geflüster kam noch näher, dann verstummte es. Die Männer waren unsichtbar, aber da, verborgen in der Dunkelheit. Er konnte ihre Gegenwart mit Händen greifen.

Nathan dachte sofort an Roubauds Telefongespräch... die Mechaniker. Sie hatten ihn entdeckt.

In der Falle in diesem verdammten Kühlraum würde er sich sofort verraten, wenn er irgendetwas versuchte, und die Typen würden sich auf ihn stürzen, ohne dass er sie kommen sehen würde. Er schwankte und wollte sich mit der Hand an der Wand abstützen, um nicht umzufallen, aber er besann sich gerade noch rechtzeitig, das eiskalte Metall hätte ihm die Haut von der Handfläche gerissen. Er igelte sich ein und wartete, in der Hoffnung, dass sie ihre Position verraten würden.

Die Kälte lähmte nach und nach seine Muskeln, und er zitterte immer stärker. Das war ein gutes Zeichen; durch das Zittern würde der Körper seine Temperatur halten. Aber er kühlte alle zwei oder drei Minuten um ein Grad ab. Nathan wusste, dass er so nur noch zehn oder fünfzehn Minuten würde durchhalten können; danach würden die Zuckungen aufhören, was bedeutete, dass er keine Kraft mehr zum Kämpfen hätte. Er würde ins Koma fallen, und sein Herz würde sehr schnell zu schlagen aufhören. Der Ausgang würde tödlich sein. Und auch die Batterien der Taschenlampe würden bald ihren Geist aufgeben. Nur sein stoßweiser Atem war zu hören. Die Männer hatten sich noch immer nicht bewegt. Sie warteten, bis er umfallen würde, um ihn sich zu schnappen. Noch spürte Nathan, dass er genug Kraft hatte, sie auszuschalten, aber er musste sich beeilen.

Dieses Grab verlassen. Jetzt.

Als er sein Bein nach draußen schob, sah er, dass die Stahlplatte ihm entgegenfiel. Er streckte sein Bein aus, trat mit aller Kraft dagegen und schleuderte sie in die entgegengesetzte Richtung.

Die Taschenlampe in der Hand schoss er aus dem Kühlraum hinaus. Einer der Typen lag leblos am Boden, mit blutverschmiertem Gesicht.

Ein Schlag traf seine Schulter, und eine Welle von Schmerz jagte durch seinen Körper.

DER ANDERE.

Nathan richtete seine Taschenlampe auf die Wand aus Chrom und erkannte in Sekundenschnelle das Spiegelbild des Mannes, der sich anschickte, erneut mit einem Schlagstock zuzuschlagen. Er drehte sich um und versetzte ihm einen Tritt gegen das Knie, das sich knirschend verdrehte. Der Mann wollte schreien, aber kein Laut kam aus seinem Mund. Lautlos stürzte er zu Boden. Nathan stieg über ihn hinweg und ging den Weg zurück, den er gekommen war.

Er rannte wie verrückt, verfolgt von den Schmerzensschreien, die wie die Klagen eines Wahnsinnigen gegen die Wände des

Labyrinths aus Metall prallten. Einen Augenblick später hatte Nathan das Fährdeck erreicht und verließ das Schiff über die Gangway, die es mit dem Hafenkai verband.

Er rannte noch immer. Die Kälte und der Schlag hatten ihm ganz schön zugesetzt. Seine Muskeln erwachten allmählich wieder zum Leben, aber der Schmerz wurde immer schlimmer. Bei jedem Schritt hatte er das Gefühl, bis zu den Knöcheln im Asphalt zu versinken. Seine Lungen hatten Mühe, sich mit Luft zu füllen. Er durfte nicht stehen bleiben, nicht jetzt. Den linken Arm gegen seinen Oberkörper gepresst, lief er noch schneller, bis er den Zaun erreichte. Mit einer Hand hob er den Maschendraht hoch und kroch über die kalte Erde. In dem Zustand, in dem er die beiden Typen zurückgelassen hatte, hatten sie mit Sicherheit keine Zeit gehabt, Verstärkung zu holen, es blieben ihm also ein paar Minuten. Sein Wagen stand noch dort, wo er ihn geparkt hatte. Er stieg ein, befreite sich von seinem Rucksack und schaltete die Lampe im Wageninnern ein, um sich genauer anzusehen, was er die ganze Zeit sorgsam umklammert hatte. Er ließ es in die Höhlung seiner Handfläche rollen.

Das Fragment maß ungefähr zwei mal drei Zentimeter und wirkte eingerollt. Seine raue und geriffelte Oberfläche war von winzigen Spiralen überzogen, die zwischen braun und grünlich schimmerten. Die Form erinnerte ihn... nein, das war unmöglich...

Als Nathan es zwischen seine Finger nahm, begriff er, dass er richtig gesehen hatte: Es handelte sich um organisches Gewebe.

Ein Fingernagel.

Es war ein menschlicher Fingernagel.

14

Was war geschehen?
Nathan brauste über die Schnellstraße in Richtung Stadt. Der Nieselregen war zu einem Platzregen geworden, der auf den Asphalt trommelte. Man hatte einen Körper in dem Kühlraum zwischengelagert. Der Fingernagel der Leiche musste am Metall kleben geblieben sein, als man sie herausgeholt hatte... Aber die Farbe war eigenartig, das Stück Horn schien mit Fäulnispigmenten überzogen zu sein... Nathan dachte an de Wilde. Der Schiffsarzt war seine letzte Chance zu erfahren, was im Eis geschehen war. Er würde ihn schon zum Sprechen bringen. Er kramte mit einer Hand in seinem Rucksack und tippte dann die Nummer des Mannes auf der Tastatur seines Handys. Es klingelte einmal... ein zweites Mal. Geh ran, verdammt noch mal! Ein drittes Mal... Er fuhr in einen Tunnel, die kupferfarbenen Neonleuchten sausten schnell wie ein Wasserfall vorbei. Sein Herz schlug wie wild. Ein viertes Mal... Er wollte die Verbindung schon unterbrechen, als er ein Klicken hörte. Eine müde Stimme ertönte im Hörer. Nathan schrie benahe.
»Doktor Jan de Wilde?«
»Nein... Wer ist am Apparat?«
Der Typ sprach Französisch mit stark flämischem Akzent.
»Nathan Falh, wir haben zusammen gearbeitet, ich muss ihn dringend sprechen!«
»Dringend... Wissen Sie denn nicht Bescheid?«
»Worüber?«
»Jan ist... gestorben.«
Er stieß sauer auf und fuhr auf die Standspur.
»Was sagen Sie?«
»Er ist auf See gestorben, ein Unfall...«
»Mein Beileid, Sie sind...«
»Sein Vater. Ich war...«

Die Stimme des Mannes versagte schluchzend.
»Wie ... wann ist das passiert?«
»Während einer Polarexpedition im vergangenen Februar ...«
»Auf der *Pole Explorer*?«
»Woher wissen Sie das?«
»Ich war an Bord ... Hören Sie, es würde zu lange dauern, Ihnen das am Telefon zu erklären. Können wir uns heute Abend noch sehen?«
»Entschuldigen Sie, aber die letzten Wochen waren sehr anstrengend ...«
»Monsieur de Wilde, abgesehen vom Tod Ihres Sohnes hat es auf dieser Mission vermutlich noch andere beunruhigende Vorfälle gegeben. Ich muss unbedingt mit Ihnen reden, bitte ...«
Der alte Mann atmete tief durch und überlegte einen Augenblick.
»Wo sind Sie?«
»In Antwerpen, am Hafen.
»Wie lange brauchen Sie, um zu mir zu kommen?«
»Eine halbe Stunde, vielleicht weniger ...«
»Haben Sie die Adresse meines Sohnes?«
»St. Jacobstraat 35?«
»Ich erwarte Sie.«

15

»Ich verstehe nicht. Sagten Sie nicht, dass Sie an der Expedition teilgenommen haben?«
Dries de Wilde war ein älterer, hoch aufgeschossener Mann mit langsamen Bewegungen. Seine welke Haut, die über den Knochen seines Gesichts spannte, bildete einen eigenartigen Kontrast zu seinem immer noch kräftigen Körper. Obwohl seine Stimme tiefe Trauer verriet, verschanzte sich der Siebzigjährige

hinter einer Maske des Misstrauens. Nathan begriff, dass er sein Vertrauen gewinnen musste, um die Informationen zu bekommen, die ihn interessierten.

»Ich war nicht mehr da, als Ihr Sohn starb, ich bin Opfer eines Unfalls geworden, und man hat mich weggebracht.«

De Wilde blickte Nathan ungläubig an, aber nach und nach bekamen seine Augen einen neugierigen Glanz.

»Was sind das für Vorfälle, die Sie am Telefon erwähnten?«

»Genau das versuche ich herauszufinden. Ich habe Roubaud vor dem Firmensitz von Hydra am späten Nachmittag getroffen und Auskunft über den Verlauf der Mission von ihm verlangt. Er hat die Zähne nicht auseinander gekriegt. Ich glaube, er verbirgt irgendetwas, das so schwerwiegend ist, dass offizielle Dokumente gefälscht werden.«

»Wovon reden Sie?«, fragte der alte Mann müde.

»Das Logbuch ist ausgetauscht worden.«

»Und worauf stützt sich Ihre Behauptung?«

»Sagen wir, ich weiß es eben. Das ist alles.«

»Ich bin jahrelang Offizier der Handelsmarine gewesen, aber so etwas habe ich niemals erlebt...«

»Ich versichere Ihnen, dass das, welches sich an Bord des Schiffes befindet, aus lauter weißen Seiten besteht.«

Der Mann fuhr sich mechanisch mit einer Hand über seinen kurz geschorenen, mit braunen Flecken übersäten Schädel.

»Glauben Sie, dass das etwas mit Jans Tod zu tun haben könnte?«

»Ich habe keine Ahnung. Wenn Sie mir erzählen würden, was Sie wissen...«

Schweigen.

»Ich kenne Sie nicht einmal... Roubaud hat mich um Diskretion gebeten. Ich... ich weiß nicht...«

»Für den Augenblick sieht es aus, als wäre er derjenige, der Ihnen die Wahrheit verschweigt. Ich versuche nur, Licht in das zu bringen, was an Bord geschehen ist, in den Tod Ihres Sohnes.«

De Wilde schwieg und massierte seine Schläfen mit den Fingerspitzen. Er schwankte.

»Na gut... Als es geschah, waren sie noch dort oben, in der Arktis. Jan ist mit drei anderen Männern an Bord einer Agusta, eines leichten Hubschraubers, gegangen, um den Weg durch das Eis zu erkunden. Etwa dreißig Meilen von der *Pole Explorer* entfernt sind sie ins Meer gestürzt. Das Entriegelungssystem der Türen hat teilweise versagt, nur der Pilot hat überlebt und konnte vom Eisbrecher dank seiner Rettungsbake lokalisiert werden. Der Kapitän hat sofort den zweiten Hubschrauber auf SAR geschickt.«

»SAR?«

»*Search and rescue*, auf Erkundungsflug. Ohne Erfolg. Anschließend hat sich das Schiff zur mutmaßlichen Unglücksstelle begeben. Sie haben Roboter unter das Packeis geschickt, aber die Suche blieb erfolglos. Sie haben weder die Körper noch die Maschine gefunden.«

»Hatte der Hubschrauber keine Rettungsbake an Bord?«

»Doch, das sind schwimmende Satellitenbaken, die automatisch ausgeklinkt werden, wenn der Hubschrauber stark beschleunigt. Dem Überlebenden zufolge ist ein Motor ausgefallen, und sie haben das Eis ohne heftigen Aufprall berührt, bevor sie ganz plötzlich versanken, was erklären würde, warum die Bake nicht funktioniert hat.«

»Hat es eine Untersuchung gegeben?«

»Nur sehr oberflächlich. Polizeibeamte sind an Bord gekommen. Sie haben den Kapitän und einige Mitglieder der Mannschaft verhört, darunter den Überlebenden. Dann wurde die Sache als erledigt betrachtet.«

»Und wer hat Ihnen die Nachricht von Jans Tod überbracht?«

»Roubaud.«

»Hat er sonst noch etwas erwähnt, das die Mission betrifft?«

»Nein.«

»Monsieur de Wilde, ich will ganz direkt sein. Glauben Sie diese Version der Ereignisse?«

»Man überlebt nur selten einen Hubschrauberunfall, aber das erklärt nicht, warum Jan sich an Bord der Agusta befand.«

»Woran denken Sie?«

»Es gibt auf See sehr strenge Vorschriften. Der Arzt hätte sich während eines Erkundungsflugs auf gar keinen Fall an Bord dieser Maschine befinden dürfen.«

»Haben Sie das Roubaud gegenüber erwähnt?«

»Nein.«

»Sie bestätigen also, dass es zumindest eigenartig ist, dass bei einer Mission wie dieser die Vorschriften nicht eingehalten worden sind?«

»Ja.«

»Haben Sie mit irgendjemandem über Ihre Zweifel gesprochen?«

De Wilde protestierte: »Einen Moment, junger Mann! Ich habe niemals gesagt, dass ich Zweifel hatte. Weder Sie noch ich waren dabei, und es gibt nichts, was beweisen würde, dass es anders gewesen wäre.«

Nathan zögerte einen Augenblick, den Fund des Fingernagels im Kühlraum anzusprechen, aber dann besann er sich und fragte: »Hätten Sie etwas dagegen, dass ich einen Blick auf die Sachen Ihres Sohnes werfe?«

Das Sprechzimmer des Arztes war zweigeteilt. Auf der einen Seite befand sie die medizinische Ausstattung, die für die Untersuchung der Taucher bestimmt war: ein Hometrainer für Belastungstests, Kabelgarn, Elektroden, eine Liege aus Edelstahl, verschiedene Atemgeräte. Auf der anderen Seite stand ein Schreibtisch aus Glas, vor dem sich Kästen mit Papierkram sowie ein nicht angeschlossener Computer türmten. Mehrere Hemden lagen verstreut auf dem Tisch.

»Hat Roubaud Ihnen seine persönlichen Sachen übergeben?«

»Sie sind dort«, erwiderte Dries und deutete mit dem Finger auf einen Pappkarton.

Nathan ging in die Hocke und tauchte die Hand in den Karton. Eine Brieftasche aus Kalbsleder enthielt mehrere Karten: Visa, Miles & more, Jan de Wilde war auch Mitglied des flämischen Ruderverbands gewesen... Ein Passfoto, auf dem der Arzt leicht lächelte. Dunkelhaarig und schmächtig, goldene Metallbrille, ein Dutzendgesicht. Zu diesem Zeitpunkt weiß er nicht, dass er vor der Zeit sterben muss. Er käme nicht auf den Gedanken, dass sich sein Mund zu einem letzten stummen Schrei öffnet, dass sein verwesender Körper von Krabben aufgefressen wird...

Aber war er tatsächlich so gestorben?

Nathan kam sich wie ein Aasgeier vor, der die Privatsphäre eines Toten verletzte.

Er griff nach einem Taschenkalender und blätterte ihn flüchtig durch, bevor er ihn zurücklegte. Diese Dinge waren durch Roubauds Hände gegangen, wenn er etwas zu verbergen hatte, hatte er jeden kompromittierenden Hinweis verschwinden lassen, bevor er sie dem Vater aushändigte. Hier würde er nichts finden.

Er musste die anderen Mitglieder der Mannschaft identifizieren.

»Ich müsste mir die Akten seiner Patienten und sein Anmeldebuch ansehen.«

»Das ist alles in seinem Computer. Der Zugang ist durch einen Code geschützt. Ich kenne ihn nicht.«

»Hatte er keine Sekretärin?«

»Jan arbeitete allein.«

Nathan insistierte nicht weiter und konzentrierte sich auf den nächsten Karton, der Unterlagen über verschiedene Missionen von Hydra enthielt. Eine blasslila Mappe, die mit dem Namen der Expedition, HCDO2 beschriftet war, enthielt mehrere Blätter. Eines davon war eine E-Mail, die Roubaud am 7. Januar 2002 an Jan de Wilde geschickt hatte.

von: roubaud@Hydra.com
an: jan-dewilde@tiscali.be

Jan,

hier, wie verabredet, die ersten Infos über die Mission. Das Wrack, nach dem wir tauchen, ist 1918 als vermisst gemeldet worden. Laut Auftraggeber ist ein ziviles Team von Gletscherforschern zufällig darauf gestoßen. Sie haben eine Argos-Bake auf dem Eisberg zurückgelassen. Dadurch sind wir in der Lage, seine Position auf den Meter genau und in Realzeit zu bestimmen. Der Auftraggeber hat die Spur des Schiffes wiedergefunden und bestätigt uns, dass das Kadmiumoxyd sich darin befindet (schätzungsweise +/–200 Fässer dem Archiv zufolge). Es präsentiert sich in Form von würfelförmigen Kristallen, die zur Herstellung elektrochemischer Batterien dienten. Die Taucher, die es heraufholen sollen, werden täglich mit den Fässern in Berührung sein. Ich bitte dich, die Risiken einzuschätzen und das bei der Vorbereitung des Materials, das du mitnimmst, zu berücksichtigen. Ich will keine unangenehmen Zwischenfälle. JPR

Gletscherforscher... Ein Schiffbruch 1918... Kadmiumoxyd... Aber Roubaud machte keinerlei Angaben über den Auftraggeber. Nathan notierte sich die dürftigen Hinweise in seinem Notizheft. Weitere Dokumente auf Englisch enthielten Angaben über die Giftigkeit des Metalls und wissenschaftliche Daten über die verseuchten Böden sowie die empfindlichen lebenden Organismen. Nathan las sie aufmerksam und blätterte in aller Eile den Rest des Dossiers durch. Ein loses Blatt berichtete über das tragische Schicksal der Einwohner von Tateyama, einem japanischen Bergwerksdorf, dessen Wasservorräte und

Reisfelder durch die Abwässer einer Kadmiumfabrik kontaminiert worden waren. Eine Reihe alter Fotos zeigte das ganze Grauen des Dramas. Männer, Frauen, Säuglinge des asiatischen Typus: verstörte Augen, hervorstehende Knochen, verkümmerte, im rechten Winkel gebrochene Gliedmaßen. Das waren anthropometrische Beweise. Die Körper, die Schädel, die Gesichter schienen vom Teufel persönlich modelliert worden zu sein. Von Übelkeit gepackt, legte Nathan die Dossiers wieder in den Karton zurück und zog ein rasches Fazit aus den gesammelten Informationen.

Trotz des Grauens, das es auslöste, stellte das Kadmiumoxyd nur dann eine Gefahr dar, wenn man über einen längeren Zeitraum mit ihm in Kontakt kam. Das bedeutete, dass die Teilnehmer an der Mission, selbst wenn sie Kristalle freigesetzt haben sollten, nichts oder wenig riskierten. Das Metall konnte also nicht die Ursache für Jan de Wildes Tod sein...

Nathan durchkämmte gründlich die ganze restliche Wohnung, öffnete alle Schubladen, suchte die Möbel ab und durchforstete die große Bibliothek. Dries saß währenddessen stumm in einer Ecke des Raums. Seine Augen wirkten wie zwei von innen gespaltene Glaskugeln. Der Mann hatte jeden Halt verloren, der Tod seines Sohnes hatte ihm den Rest gegeben.

Dennoch seufzte er nach einer Weile. »Ich habe da vielleicht eine Idee... Was uns helfen könnte, Auskünfte über das zu erhalten, was an Bord geschehen ist...«

»Was?«

»Die Ladeverzeichnisse.«

»Was ist das?«

»Zollerklärungen. Jedes Schiff ist an sehr präzise Bestimmungen gebunden und gehalten, alles darin anzugeben, was es an Bord transportiert, und sie von den Behörden der Häfen, in denen es liegt, stempeln zu lassen. Das Zollamt von Antwerpen besitzt sicher ein Exemplar.«

»Kann man sie einsehen?«
»Ich glaube nicht, aber ich verfüge über einen guten Kontakt, mit einem Scheinchen ließe sich da vielleicht was machen...«
»Wann, glauben Sie, könnten wir sie bekommen?«
»Ich weiß es nicht«, sagte de Wilde, während er die Platten des Fußbodens betrachtete. »Morgen...«
Als er den Kopf hob, stand Nathan vor ihm, seinen Parka in der Hand.
»Jetzt, Dries. Wir fahren jetzt hin!«

16

Draußen hatte der Regen an Heftigkeit noch zugenommen. Polypenartige Wolken wälzten sich durch die Nacht und ergossen ihre schwarzen, eisigen Sturzbäche über die Docks. Nathan wartete am Steuer seines Wagens, der gegenüber dem Zollbüro parkte. Vor knapp einer halben Stunde war de Wilde in das Betongebäude hineingegangen. Er musste jeden Augenblick wieder herauskommen.

Was würde das Ladeverzeichnis enthüllen? Und wenn Roubaud es ebenfalls gefälscht hatte? Das war wenig wahrscheinlich; laut de Wilde waren die Kontrollen streng. Den Verlust eines Logbuchs konnte man noch rechtfertigen, aber der geringste Betrug würde für die Verantwortlichen von Hydra ein unkontrollierbares persönliches Risiko bedeuten. Nathan zündete sich eine Zigarette an. In diesem Augenblick tauchte Dries' dunkle Gestalt auf, gebeutelt von den Regenbächen, die über die Wagenscheibe rannen. Nathan streckte den Arm aus und öffnete die Wagentür. Der alte Mann stieg ein, bis auf die Haut durchnässt. Der Geruch von nasser Wolle breitete sich im Wageninnern aus.

»Geschafft, ich habe eine vollständige Kopie der Dokumente

bekommen«, sagte er leise, während er seine Schirmmütze abnahm und seinen Mantel auszog.

»Und was ergibt sich daraus?«

De Wilde riss den nassen Umschlag auf und holte einen Stoß Papier heraus, das mit winzigen gräulichen Buchstaben bedruckt war.

»Ich habe nicht die Zeit gehabt, mir alles genau anzusehen, aber ich kann Ihnen bereits sagen, dass unsere Freunde einen Zwischenhalt gemacht haben, der nicht vorgesehen war. Hier, sehen Sie selbst.«

Nathan schaltete das Lämpchen im Wageninnern an und nahm den Stapel. Aus der Reiseerlaubnis ging klar hervor, dass der Eisbrecher sich zum Polarkreis begeben und ohne Halt von dort wieder zurückkehren sollte.

»Und jetzt sehen Sie sich die Stempel unten auf der Seite an.«

Antwerpen. Das Zollamt von Antwerpen hatte den ersten und den letzten Stempel am Tag vor dem Auslaufen und nach der Rückkehr unter das Dokument gesetzt. Zwei andere waren am 22. und 23. Februar direkt darunterngesetzt worden.

Nathan las laut den Namen des Hafens: »Longyearbyen...«

Der Name war ihm unbekannt, aber er hatte sofort erkannt, dass er norwegisch klang. Er sah Dries an.

»Sie haben einen Zwischenhalt in Norwegen gemacht?«

»Genau gesagt, in Spitzbergen, der größten Insel des Svalbard-Archipels. Das letzte Land vor dem großen Eis. Longyearbyen ist die bedeutendste Stadt.«

Ein Lächeln erhellte Nathans Gesicht. Der Alte hatte ins Schwarze getroffen.

Nachdem sie einen ersten Teil der Dokumente im Licht des Lämpchens studiert hatten, waren sie zur Wohnung des Toten zurückgefahren. Nathan hatte Kaffee gemacht, und seit fast einer Stunde gingen sie jetzt schon am Küchentisch die Blätter durch. Das Ladungsverzeichnis bestand aus zwei unterschiedlichen Teilen. Der erste listete alles auf, was das Schiff transportierte, von der Navigationselektronik bis zu den Topf- und Pfannensets. Der andere betraf die Waren, die während der Reise eventuell geladen oder entladen wurden. Die beiden Männer hatten sich die Arbeit geteilt. Jeder musste einen gleich großen Teil des Dossiers durchgehen und die Auflistung der Frachten systematisch vergleichen.

Sie hatten schnell entdeckt, dass die *Pole Explorer* niemals die Fässer mit Schadstoffen transportiert hatte, nach denen sie hatte suchen sollen. Das Kadmium tauchte nirgends auf.

»Was haben sie nur getrieben...«, brummte Nathan. »Vielleicht konnten sie nicht zu ihnen vordringen? Dem Bericht über meinen Unfall zufolge ist ein Teil des Wracks vom Eisberg zerquetscht worden... Sie haben also möglicherweise versucht, zu den Fässern zu gelangen, bevor sie aufgegeben haben. Aber das erklärt nicht, warum sie Spitzbergen angelaufen haben.«

»Was das betrifft, so denke ich, dass man das Auftanken ausschließen kann, ein Schiff wie dieses verfügt über genügend Ölvorräte für die Hin- und Rückreise. Es hat sicher mit dem Crash der Agusta zu tun, oder sie haben ein Maschinenproblem gehabt...«

Sie beschlossen, sich wieder in die Papiere zu vertiefen. Es ging darum, ein zweites Mal gründlich die Listen durchzugehen und auf die geringste Kleinigkeit zu achten. Die Überprüfung der gesamten Ladung würde sie schließlich vielleicht auf eine Spur bringen.

»Haben Sie etwas gefunden?«, fragte Nathan fünfzehn Minuten später.

»Nichts«, seufzte de Wilde.

»Wir verschwenden unsere Zeit – Kasserollen zu zählen, führt zu nichts. Wir müssen es anders anfangen, ganz gezielt suchen. Haben Sie die Liste der medizinischen Ausrüstung?«

Dries feuchtete einen Finger an, blätterte den Stoß durch, zog die entsprechenden Seiten heraus und reichte sie Nathan;

dieser sah die Abschnitte durch, die die Überdruckkammer und das persönliche Material des Arztes betrafen. Ihm fiel nichts Ungewöhnliches auf.

Der Schock kam erst, als er den kleinen Stoß zusätzlicher Zettel entdeckte, die an die Rückseite des letzten Blattes geheftet waren. Einer war die Kopie des Protokolls der Antwerpener Seebehörde. Nachdem er die Sicherheitsausrüstung überprüft hatte, hatte der Offizier festgestellt, dass es nur sieben Leichensäcke an Bord der *Pole Explorer* gab. Die geltenden internationalen Vorgaben schrieben aber zehn an Bord jedes Handelsschiffes vor.

Drei fehlten also.

Und Nathan war überzeugt, dass es sich dabei nicht um Nachlässigkeit handelte.

Er blickte auf seine Uhr. Kurz nach dreiundzwanzig Uhr.

»Dries, Sie haben nicht zufällig Roubauds private Telefonnummer?«

»Er hat mir seine Handynummer gegeben... Was ist los?«

»Geben Sie sie mir, bitte.«

Der alte Mann suchte in seiner Brieftasche und reichte Nathan die Karte; dieser tippte sofort die Nummer auf seinem Handy.

»Was ist denn los... Reden Sie, verdammt!«

»Einen Augenblick...«

Eine Stimme ertönte im Hörer.

»Roubaud?«

Nach kurzem Schweigen fragte der Chef von Hydra: »Falh?«

»Wo sind die Leichensäcke hingekommen?«

»Waren Sie das an Bord des Eisbrechers?«

»Ja, und ich verspreche Ihnen, das war nur der Anfang, wenn Sie mir nicht sagen, wo diese verdammten Leichensäcke hingekommen sind.«

»Das geht Sie nichts an.«

»Warum dieser Halt in Spitzbergen?«

»Wo sind Sie?«

»Was ist mit dem Schiffsarzt passiert? Wo kommt dieser Fingernagel her, den ich im Kühlraum gefunden habe?«

»Falh... wo sind Sie?«, fragte Roubaud erneut kühl.

Seine Stimme klang wie eine Drohung. Nathan unterbrach die Verbindung. De Wilde packte ihn am Arm. Seine Augen waren gerötet, seine Stimme zitterte: »Was ist das für eine Geschichte? Dieser Fingernagel...«

»Ich habe keine Ahnung.«

Der alte Mann schwankte jetzt und versuchte nicht mehr, seine Tränen zurückzuhalten, die über seine eingefallenen Wangen liefen. Er umklammerte Nathans Arm noch fester.

»Sie sind mir eine Erklärung schuldig. Ich muss wissen, wie mein Sohn gestorben ist.«

»Beruhigen Sie sich, Dries. Es ist noch zu früh für irgendwelche Schlussfolgerungen.«

»Sie haben mich und Jan benutzt...«

»Ich habe niemanden benutzt. Es ist eine reine Vorsichtsmaßnahme, Sie da nicht mit hineinzuziehen.«

»Ich werde... ich werde die Polizei verständigen.«

»Das werden Sie nicht tun. Wie Sie bemerkt haben, gibt es keinen Beweis, dass Jan auf andere Weise gestorben ist, als Roubaud Ihnen gesagt hat. Sie können nichts tun.«

»Dreckskerl, Sie sind ein hundsgemeiner Dreckskerl!«

Nathan befreite sich mit einer ruckartigen Bewegung aus der Umklammerung, ging dann wortlos in die Diele und eilig die Treppe hinunter.

Der Regen hatte aufgehört, und die Lichter der Stadt ließen den nassen Asphalt immer heller erglänzen. Während Nathan zu seinem Wagen ging, sah er, wie die Straße sich durch Tausende zitternder Goldtropfen und dünne silberne Schlangen belebte, die mit jedem seiner Schritte zum Leben zu erwachen schienen. Er war ziemlich grob zu Dries de Wilde gewesen, er mochte das gar nicht, aber hinter diesem Verhalten steckte eine unumstößliche Tatsache: Er durfte sich nicht länger mit diesem alten Mann belasten, und noch weniger durfte er ihn in eine Geschichte hineinziehen, die über seinen Verstand ging. Er bat ihn in Gedanken um Verzeihung.

Die Nachforschungen nahmen erneut sein ganzes Denken in Anspruch. Er blieb stehen und blickte zum Himmel hinauf.

Nichts passte zusammen. Die nicht vorhandenen Schwermetalle... Der Crash der Agusta... Die verschwundenen Leichensäcke... Der Zwischenhalt in Spitzbergen...

Das alles war unverständlich. Nathan glaubte kein Wort der offiziellen Version. Die drei Männer waren auf eine ganz andere Weise gestorben, und ihre Körper waren geborgen worden. Der menschliche Fingernagel, den er im Kühlraum gefunden hatte, war der eindeutige Beweis.

Roubaud und die Mannschaft hatten die Wahrheit verschleiert.

Aber was versuchten sie zu verbergen? Was war geschehen, dass sie das Risiko eingingen, ein solches Lügengebäude zu errichten?

Es gab nur eine Möglichkeit, das herauszufinden.

17

Von oben gesehen erinnerten die langen Zirruswolken mit ihren flaumigen Kronen an ein Grabtuch, das die Welt einhüllte, eine Welt von Geheimnissen und Toten. Je weiter er in seine Vergangenheit zurückging, desto mehr hatte Nathan das Gefühl, stecken zu bleiben: Jede Tür, die er öffnete, führte ihn mitten in ein neues Geheimnis.

Am Abend zuvor war er nach Brüssel zurückgekehrt, hatte die Nacht in der Nähe des Flughafens verbracht und war in das erste Flugzeug nach Oslo gestiegen. Anschließend hatte er sich nach Tromsø im äußersten Norden des Landes begeben und dort die planmäßige Linie genommen, die den Kontinent mit dem Svalbard-Archipel verband.

Auf Bitten der Stewardess schloss Nathan seinen Sicherheitsgurt, und fast unmittelbar danach setzte die zweimotorige Maschine zum Sturzflug an, um in die dichte Wolkendecke einzutauchen. Einen Augenblick lang konnte er nur noch die Propeller erkennen, die die dicken Nebelschwaden durchschnitten...

Und dann tauchten die Inseln vom Ende der Welt auf, grau und spitz, wie große Kronen aus Stein, die stolz in den Himmel ragten. Ringsumher bedeckte das zerbröckelte Packeis noch das schwarze Meer. Nathan fühlte sich an einen alabasterfarbenen, mit Onyx gemaserten Vorplatz erinnert. Das Flugzeug kreiste noch zehn Minuten um den Archipel, bevor es auf der schmalen Landebahn aufsetzte.

Die Ankunftshalle war ein plumper Betonklotz, in dem verblasste Werbeplakate hingen, auf denen Familien in Kajaks, Schneemobile oder Exemplare der einheimischen Fauna und Flora zu sehen waren. Gegen siebzehn Uhr sammelte Nathan sein Gepäck ein und stieg dann in Gesellschaft der anderen Passagiere in den Minibus, der den Flughafen mit der Hauptstadt des ewigen Eises verband.

Eingekeilt zwischen Küste und Bergen, hatte Longyearbyen eigentlich nichts von einer Stadt, es war vielmehr eine Art dörfliche Forschungsstation, die ihre in lebhaften Farben gestrichenen Holzhäuser wie ein Rosenkranz seine Perlen in einem schwindelerregend tiefen Tal aneinander reihte.

Auf den Rat des Busfahrers hin beschloss Nathan, in der Radisson Polar Lodge abzusteigen. Ein Luxushotel aus Holz und Glas, das unvermeidliche Quartier der Nordpolexpeditionen. Sein Zimmer war hell und geräumig und bot einen unverbaubaren Blick auf das Tal und das Meer. Es wäre sicher am einfachsten gewesen, das Zollamt oder die Hafenverwaltung aufzusuchen, aber da seine Nachforschungen nicht publik werden durften, verbot sich jeder Kontakt mit den Behörden. Hier, unter den ersten Touristen der Saison, bestanden die größten Aussichten, dass er unbemerkt bleiben würde. Er beschloss, später auszugehen, die Dunkelheit würde ihm erlauben, sich zu bewegen, ohne aufzufallen.

Eine Stunde, die er totzuschlagen hatte.

Nathan suchte in den Schubladen des Schreibtischs und fand einen Faltprospekt, der Telefonbuch und Touristenführer in einem war. Er legte sich auf das Bett und studierte ihn. Die Vorderseite verzeichnete die Bars, die Geschäfte, die Kirche und die öffentlichen Einrichtungen, auf der Rückseite fand er einen Stadtplan. Innerhalb von zwanzig Minuten hatte er genügend Informationen über die Anordnung der Wohnblocks, der wichtigsten Straßen und des Hafens gespeichert, um sich problemlos in dieser Stadt zurechtfinden zu können.

Es war kurz vor neunzehn Uhr. Nathan richtete sich auf und wandte den Kopf zum Fenster. Die Nacht zog über der Bucht herauf. Der Augenblick war gekommen, die Jagd zu beginnen.

Minus vierzehn Grad Celsius. Das Barometer an der Fassade des Hotels zeigte rund um die Uhr die Außentemperatur an. Nathan zog sich die Mütze über die Ohren, steckte die behandschuhten Fäuste in die Taschen seines Parkas und beschloss, dem Weg zu folgen, der den Schneemobilen vorbehalten war. Er würde ihn zu dem Fußweg bringen, der ins Stadtzentrum führte.

Von einem kräftigen Höhenwind fortgeblasen, hatten die Wolken einen klaren und schimmernden Himmel zurückgelassen. Nathan ging wie im Traum. Windböen, die von der Bucht kamen, überschütteten ihn mit Düften, dem Jodgeruch der grauen Sandstrände, dem süßlichen Atem der Moose und Flechten. Als er über die Brücke lief, die über die Longyear-elva führte, den zugefrorenen Wasserlauf, der das Tal teilte, ließ er seinen Blick über die Felswände und die mondbeschienenen Kämme wandern: Die Schneeschmelze hatte eingesetzt, und da und dort traten Stellen schwarzen Grases hervor, die mit den ersten weißen Knospen der arktischen Blumen durchsetzt waren. Nathan liebte es, sich allein der unverfälschten Reinheit dieser Elemente gegenüberzusehen, den zerklüfteten Felsen, der Weite der Wüste, dem sanften oder heulenden Wind, den nichts aufhalten kann... Das war ein Gefühl, das tief in ihm verankert war, ein Stück seiner selbst, das im Rhythmus seines Herzschlags pochte.

Seit er das Hotel verlassen hatte, war er keiner Menschenseele mehr begegnet. Die Häuser waren leer, die ganze Stadt wirkte verlassen. Er kam sich vor wie der letzte Überlebende von Thule. Erst als er die Skjœringa-Kreuzung erreichte, traf er wieder auf Anzeichen menschlichen Lebens. Die Fenster waren beleuchtet, aus der Ferne drang Gelächter zu ihm. Er ging schneller. Zehn Minuten später hatte er die Küste erreicht.

Der Hafen bestand aus drei Kais mit Hafenbecken, in denen riesige Stücke Packeis schwammen. Der eisige Wind begann sein Gesicht zu peitschen. Er ging an den Docks entlang. Gegenüber den erleuchteten Buden waren an Pontons Boote aus Holz oder Aluminium nebeneinander vertäut, und weiter hinten schaukelten zwei Wasserflugzeuge im Dunst. Alle Lokale lagen zum Hafen und zum offenen Meer hin, und die *Pole Explorer* hatte hier im Hafen gelegen. Irgendeiner hatte sie bemerken müssen. Er beschloss, mit der Imbissstube anzufangen.

Das Lokal befand sich gegenüber einer geschlossenen Tankstelle. Die beiden Gebäude, die etwa fünfzehn Meter voneinander entfernt waren, waren lange, niedrige Blechbuden mit Schiebetüren und -fenstern. Nathan schob die Tür auf und durchquerte den Raum. Zu seiner Rechten spielten zwei Männer mit leicht schräg stehenden Augen und konzentrierten Gesichtern eine Schachpartie nach der anderen. Russen, dachte Nathan, während er sich an einen mit pastellfarbenem Plastik überzogenen Holztisch setzte. Am Tresen tranken Riesenkerle mit struppigen Bärten unter einer viel zu grellen Neonleuchte lärmend und schreiend mit kräftigen Schlucken ihr Bier direkt aus der Flasche. Abgesehen von der Kellnerin, die bereits mit einem Bestellblock zu ihm unterwegs war, wurde seine Anwesenheit nicht weiter beachtet.

Sie war sehr blond, blass, und ihre Wangen waren fast ebenso rot wie ihr Lippenstift.

»Sprechen Sie Englisch?«, fragte Nathan, während sie das Wachstuch abwischte.

»Ich komme zurecht. Was darf ich Ihnen bringen?«

»Einen Espresso.«

»Wir haben keine Maschine. Amerikanischen Kaffee?«

»Na gut... Arbeiten Sie schon lange hier?«

»Drei Jahre, warum?«

»Ich fragte mich... Haben Sie hier einen Eisbrecher gesehen, die *Pole Explorer*?«

Nathan bemerkte, dass ihr ein Glied am Zeigefinger der rechten Hand fehlte.

»Wann?«

»Ende Februar.«

Schweigen.

»Nein, tut mir leid, das sagt mir nichts.«

»Vielleicht haben Ihre Freunde am Tresen irgendetwas bemerkt?«

Sie zögerte kurz, dann fragte sie: »Sind Sie ein Bulle oder was?«

»Nein, Journalist«, sagte Nathan geistesgegenwärtig.

Sie drehte sich um und kehrte zu den Riesenkerlen zurück. Mit einer mechanischen Bewegung ließ sie ihr Tablett auf die Bar gleiten und versetzte dem Größten von ihnen, der eine obszöne Geste machte, einen Rippenstoß. Sie brachen in lautes

Gelächter aus. Dann verstummten sie plötzlich, nur die junge Frau sprach jetzt. Die Hünen hörten ihr aufmerksam zu. Einer von ihnen blickte in Nathans Richtung, worauf dieser den Blick abwandte; dann setzten sie ihre Unterhaltung fort, als sei nichts gewesen.

Die Kellnerin goss die lakritzfarbene Brühe in eine Tasse, nahm einen Keks aus einem Pappkarton, stellte alles auf ein Tablett und kam zu ihm zurück.

Sie stellte den Kaffee vor ihm auf den Tisch und erklärte: »Das sagt ihnen nichts...«

Es war offensichtlich, dass er von ihnen nichts erfahren würde. Er trank den lauwarmen Kaffee in einem Zug aus und beschloss, seine Nachforschungen woanders fortzusetzen.

Auf dem Weg zum Ausgang bemerkte Nathan, dass am Tisch der Russen niemand mehr saß. Sie hatten sich aus dem Staub gemacht, ohne dass er es bemerkt hatte. Er zahlte und trat in die Nacht hinaus.

Die meisten Lokale waren noch offen. Nathan ging in das nächste und stellte erneut seine Fragen. Er begegnete den gleichen finsteren Blicken, den gleichen Verneinungen; die Feindseligkeit dem Fremden gegenüber, der ihre Ruhe störte, war überdeutlich zu spüren. Die Seeleute mochten keine Fragen, keinen Ärger. In allen Bars war es das Gleiche. Anderthalb Stunden später hatte er sieben Kaffees und vier Tees getrunken und zweimal die Runde durch den Hafen gemacht, ohne die geringste Information erhalten zu haben.

Er musste es irgendwie anders versuchen.

Gegen einundzwanzig Uhr beschloss er, ins Hotel zurückzukehren. Er würde am nächsten Morgen noch einmal zum Hafen gehen, die Angestellten der Tankstelle würden sich vielleicht gesprächiger zeigen. Er folgte einem Weg, der zwischen den Häusern hindurchführte, bevor er in die Highstreet mündete. Die Hauptstraße überragte das Tal. Die zitternden Lichter von

Longyearbyen wirkten wie Sternbilder, die sich aneinander schmiegten, um sich besser vor der Kälte zu schützen. Nathan ging langsamer, um den Anblick zu genießen, als ein Rascheln ihn veranlasste, sich umzublicken.

Er drehte sich um und suchte mit den Augen eingehend die Straße ab sowie die Dunkelzonen, die sich zwischen den Häusern öffneten. Kein Laut, niemand, da war nichts Verdächtiges. Wahrscheinlich war es nur sein eigenes Echo. Er zwang sich zur Ruhe und setzte seinen Weg fort, aber seine Sinne schienen ihn vor einer Gefahr warnen zu wollen.

Erneut durchbrach das Knacken von Eis die Stille. Da ging jemand in der Nacht und atmete im selben Rhythmus wie er. Nathan bog ganz ruhig nach rechts in eine kleine Straße. Nach ein paar Metern stapfte er rückwärts in den Abdrücken zurück, die er im Schnee hinterlassen hatte, und versteckte sich hinter einem Bretterzaun.

Die Schritte kamen näher.

Nathan hielt den Atem an und versuchte, die Dunkelheit durch die schlecht zusammengefügten Bretter hindurch zu durchdringen. Die Umrisse einer massigen Gestalt tauchten ein paar Meter vor ihm auf, er konnte eine Chapka-Mütze erkennen, eingehüllt von einem leichten Nebelhof. Sie folgte den Spuren, die sich an dem Bretterzaun entlangschlängelten. Nathan ließ sie zu sich herankommen und schoss dann aus dem Schatten heraus.

»Suchst du mich?«

Die Gestalt fuhr zusammen; Nathan packte sie und drückte sie gegen den Zaun.

Das Gesicht... Es war einer der Russen aus der Imbissbude.

»Was willst du?«

»Ich, ich habe gehört Worte... von dir zu Kellnerin«, erwiderte der Russe in gebrochenem Englisch. »Ich... ich gesehen großen Eisbrecher...«

»Die *Pole Explorer*?«

Der Mann nickte. Nathan lockerte seinen Griff.
»Weißt du, warum er diesen Hafen angelaufen hat?«
»Du zahlst wie viel?«
Nathan steckte die Hand in seine Tasche und hielt ihm einen Fünfzig-Euro-Schein hin.
»Im Zodiac... Sie gehen nach Horstland. Die Männer an Land gehen.«
»Horstland?«
»Die verlassene Walfängerinsel.«
»Und was hast du da gemacht?«
»Fischer, ich holen Fangkörbe.«
»Weißt du, was sie dort gemacht haben?«
»Sie in altes Dorf gehen. Ich nicht wissen, warum.«
»Wie weit ist das von hier übers Meer?«
»Vier Stunden nötig.«
»Kannst du mich hinbringen?«
»Nein, verboten.«
»Dreihundert.«
»Du morgen kommen zum Hafen. Fünf Uhr. Mein Schiff die *Stromoï*.«

18

Der Fischkutter glitt in die dunkle Fahrrinne, die sich im Packeis öffnete. Nathans Augen hatten sich nach und nach an die Dunkelheit gewöhnt, und er konnte jetzt den Stahlsteven erkennen, der zwischen den großen Eisblöcken lavierte, die glatt wie Marmor waren.

Auf den ersten Blick wirkte der Kutter von Slawa Minenko ganz normal, aber als Nathan die Kajüte betrat, überraschte ihn die Einzigartigkeit des Raums. Jedes noch so kleine Detail hatte einen ganz eigenen Charme. Die Wände der Kajüte waren hellblau ausgekleidet und mit Rosenkränzen aus Bernstein, Kreuzen und naiven Ikonen geschmückt, die die orthodoxen Heiligen darstellten, die direkt auf das Holz gemalt worden waren. Psalmen breiteten wie Insektenbeine ihre kyrillischen Buchstaben über jedes der heiligen Bilder aus. Nathan betrachtete einen Augenblick den Kapitän, der in einem Pullover steckte, dessen Maschen ungleich waren, sein zerfurchtes Gesicht, in dem die Einsamkeit tiefe Spuren hinterlassen hatte und das von langen, schwarzen, im Nacken von einem Band zusammengehaltenen Strähnen umrahmt wurde, und seinen Blick, der auf den silbrigen Horizont starrte... Er lebte gefangen in einer Welt der Inbrunst und des Aberglaubens. Vermutlich war das der Preis, den man für eine solche Freiheit bezahlen musste.

Der Tag brach an, und die Küste breitete ihre unberührten Schneeflächen längs der Fluten aus. Seit sie vor zwei Stunden in See gestochen waren, hatten die beiden Männer kaum ein Wort gewechselt, nicht aus Gleichgültigkeit, sondern weil die Sprache angesichts einer solchen Trostlosigkeit der Welt keine Gültigkeit mehr hatte. Nathan ging in die Kombüse hinunter, schenkte sich an dem schweren Samowar, der auf einem Kocher mit kardanischer Aufhängung stand, einen Becher Tee ein und kehrte dann an seinen Platz zurück. Als er den Beschlag fortwischte, der sich auf dem Bullauge gebildet hatte, bemerkte er, dass die Erde eine schwarze Färbung angenommen hatte; große Wolken beißenden Rauchs stiegen zum glasierten Himmel hinauf. In diesem Augenblick tauchten in der Ferne die Umrisse einer Stadt auf, die geradewegs aus einem Albtraum zu kommen schien: verrostete Hangars, Hochhäuser, Betonbauten, die in schwindelerregender Höhe an Steilhängen klebten. Longyearbyen und seine pastellfarbenen Häuser waren weit weg, das Ganze erinnerte eher an die Städte, die die Sowjets in den fünfziger Jahren in die Welt gesetzt hatten.

»Was ist das?«, fragte Nathan.

»Barentsburg, eine russische Enklave. Eigentum der Bergwerksgesellschaft Trust Arktikugol. Jahrelange Arbeit, die Stadt zu bauen. Den Beton, die Kräne von weither kommen lassen, dann die Fundamente graben. Sehr schwierig, die Fundamente für Hochhäuser zu machen, wegen Dauerfrost. So ist die Erde hier. Ganze Zeit gefroren, hart wie Stein, man muss Löcher mit Dynamit graben.«

Er trank einen Schluck Tee.

»Hier fördern nur Russen und Ukrainer Kohle. Neunhundert Männer, zwanzig Frauen. Hier ich lebte in meinem ersten Leben.«

»Deinem ersten Leben?«

»Ja. Ich nicht weit von Spitzbergen geboren, in Chabarowsk, am Fluss Amur. Vater Russe, Mutter Chinesin.«

Mit einer Handbewegung deutete er auf seine Mandelaugen.

»Mit zwanzig ich komme nach Barentsburg, Geld verdienen. Ich esse, ich schlafe, ich esse hier, zehn Jahre. Eines Tages, 19. September 1997, Bohrmaschine durchsticht Methanblase. Gibt Schlagwetterexplosion. Wir sind dreißig, vierzig Bergleute in der Tiefe, dreiundzwanzig sterben, *kaput*, aus. Am Tag danach ich steige mit Rettern in den Schacht, nach Leichen suchen. Ist letztes Mal, danach vorbei, ich gehe nie mehr hinunter. Meine Seele in Mine geblieben, begraben mit Kameraden.«

»Und dein zweites Leben ist dieser Kutter?«

»Ja, *Stromoï* ist ›Insel in der Strömung‹ auf Norwegisch, ich will nicht mehr Russisch sprechen. Ich lebe von Fischfang: Garnelen im Winter unter dem Eis, Sommer Seezungen.«

Slawa schwieg kurz, bevor er weitersprach: »Du lebst wo, in Paris?«

»Ja.«

»Du hast Pariser Frau?«

»Nein. Ich habe keine Frau.«

»Ich auch nicht, hier ist besser Hund sein als Russe«, erklärte Slawa und verzog verächtlich die Lippen. »Gestern ich höre, dass du Journalist bist. Was suchst du im Schiff?«

»Ich glaube, dass es umweltschädliche Stoffe transportiert hat.«

»Glaubst du, dass sie das auf Insel deponieren?«

Nathan antwortete ausweichend: »Das versuche ich herauszufinden.«

»Warum du das tun?«

»Ich will die Wahrheit herausfinden.«

»Wahrheit, deswegen du kommst aus Frankreich hierher?«, fragte der Russe ungläubig.

»Ja«, log Nathan ein weiteres Mal.

»Komisch«, sagte Slawa.

»Was ist komisch?«

»Du komischer Kerl, man könnte meinen, du auch ein bisschen... *Stromoï*. Da, schau«, erklärte er und deutete mit seinem Finger auf eine kleine, felsige Insel, die aus dem Nebel auftauchte. »Da, auf Insel, ich Männer von Eisbrecher gesehen.«

Sie näherten sich.

Die Ruinen von Horstland waren von Hügeln umgeben, die mit einem dicken Grasteppich bedeckt waren. Kein einziger Baum, nicht die geringste Spur einer Vegetation, die größer als ein Strauch war, aber der Wind, der blies, schien der Erde Leben einzuhauchen, indem er die Oberfläche in große, zitternde, grüne Wellen verwandelte. Die verlassene Stadt tauchte hinter einer Felsspitze auf, geschmiegt in eine kleine Bucht, deren Kiesel mit schmutzigem Schnee, Schrott und riesigen Kupferkesseln, in denen einst das Walfett gekocht worden war, bedeckt waren. Noch weiter entfernt, am anderen Ende der Bucht, lagen Schiffswracks, die an große Skelette gestrandeter Leviathane erinnerten.

»Holländer... Basken... Tausende Männer kommen hierher im achtzehnten Jahrhundert. Als Walfang in der Arktis wütet. Sie zerstückeln Beute. Das Meer ist blutrot...«

Als sie in Sichtweite der Hafenmole waren, zog Slawa eine orangefarbene Öljacke an und erklärte: »Man kann wegen Untiefen nicht näher heran. Ich bring dich mit Beiboot hin. Du führst Ruder und bleibst vor dem Wind. Ich Anker werfen. Keine heftige Bewegung!«

Nathan gehorchte, aber er sah die Welt um sich herum schon nicht mehr. Während sie sich der Küste näherten, hatte sein Geist sich plötzlich verschlossen, als sei ihm eben klar geworden, was er gleich entdecken würde. Aber schon am Abend zuvor hatte er aus den Worten des Fischers den Grund für das Anlegen des Eisbrechers herausgehört. Die Tür der Brücke schlug im Wind, der aufkam, und ließ den Geruch der Erde hereindringen. Diesmal war es nicht mehr die Süße des Frühlings, des erwachenden Lebens, sondern ein beißender Gestank, wie von Fleisch, das im Humus verwest. Der Geruch des Todes.

Sie durchschnitten die Fluten in dem Boot, das von Slawas kräftigen Ruderschlägen vorwärts getrieben wurde. Nachdem sie an der Spitze vorbei waren, suchten sie sich einen Weg zwischen großen Felsen, die mit Vogelkot bedeckt und von schwarzen Algen gesäumt waren. Ein paar Meter vor der Küste ruderte Slawa langsamer und ließ sich zum Strand treiben; dann sprang er ins Wasser und zog das Boot auf die Kiesel. Sie vereinbarten, dass Slawa, während Nathan allein ins Dorf gehen würde, auf offener See warten würde, um nicht die Aufmerksamkeit der Patrouille der Luftüberwachung auf sich zu ziehen. Der Ausflug zu der verbotenen Insel konnte den Fischer in ernsthafte Schwierigkeiten bringen. Nathan nahm seinen Rucksack, in dem er ein Fernglas, seine Digitalkamera, ein Paar zusätzliche Handschuhe und zwei Rettungsraketen hatte, die Slawa ihm gegeben hatte.

Als er losgehen wollte, hielt der Russe ihn am Arm zurück. »Warte!«

Er schob die Hand unter das Dollbord seines Bootes und holte eine schwarze Pumpgun mit kurzem Kolben hervor.

»Shotgun Toz-194. Russisches Fabrikat. Breneke-Patronen, Kaliber 12/70, speziell für Eisbären. Es gibt hier viele.« Er lud die Waffe mit einem kurzen, heftigen Knallen und reichte sie Nathan.

»Du hast sieben Schüsse. Wenn du einen siehst, du läufst nicht weg, du lässt ihn auf dreißig Meter herankommen, du zielst, du schießt. Ich hole dich in zwei Stunden ab.«

Ein einziger Weg ging vom Strand weg und teilte sich am Eingang zur Geisterstadt. Die eine Abzweigung führte zu den Baracken, die andere in Serpentinen zu einer alten Kirche hinauf, deren Glockenturm halb eingestürzt war. Nathan konzentrierte sich.

Er musste rasch überlegen. Alle Möglichkeiten in Betracht ziehen.

Er war überzeugt, dass die Männer der *Pole Explorer* hergekommen waren, um die sorgfältig in Leichensäcken verschnürten Körper des Arztes und der beiden anderen Opfer hier loszuwerden. Aber irgendetwas stimmte nicht. Wenn der Crash des Hubschraubers auch ganz offensichtlich ein Täuschungsmanöver war, so konnte Nathan sich doch nicht erklären, warum Hydra das Risiko eingegangen war, Spuren zu hinterlassen, und warum Roubauds Männer sie nicht einfach im Meer hatten verschwinden lassen. Während er weiterging, betrachtete er aufmerksam die Landschaft auf der Suche nach einem von den Seeleuten vergessenen Hinweis, der ihn auf eine Spur bringen könnte, doch da war nichts als Eis, Gras und Felsen. Er ging weiter. Eine Querstraße, die wohl einmal die Hauptstraße gewesen war, teilte das Dorf in zwei Hälften. Auf der einen Seite drängten sich die Behausungen – kleine, verfallene Häuser, an denen man noch die Reste gelblicher und roter, von Flechten überzogener Farbe erkennen konnte –, aufgerissene Mauern, Fenster ohne Scheiben, herausgerissene Balken, das alles noch immer im Gleichgewicht, wie erstarrt durch die

Jahrhunderte. Die Menschen hatten den Ort seit langem verlassen. Nathan lief an dem Dorf vorbei und nahm den Pfad, der an der Steilküste entlangführte, um zu der verfallenen Kirche zu gelangen, die im Wind stöhnte. Während er an dem Gebäude entlangging, warf er durch eine Öffnung in der Seitenmauer einen Blick ins Innere. Schwache Lichtstrahlen fielen vom fortgerissenen Glockenturm hinein. Mit Ausnahme des Kreuzes, das noch immer über dem Altar hing, war der Innenraum der Kirche völlig verfallen. Zwischen den umgestürzten Bänken war der Boden eine Mischung aus Federn und Vogelexkrementen. Das leise Pfeifen und Flügelschlagen der Seeschwalben war von überallher zu hören. Der heilige Ort war selbst von Gott verlassen.

Nathan marschierte weiter an der Steilküste entlang, bis er eine Anhöhe erblickte, auf der Holzkreuze emporragten, die so kümmerlich waren, dass sie in der Helligkeit des Morgens fast zu verschwinden schienen. Der Friedhof, der den weiten Strand überragte, zählte nicht mehr als dreißig Gräber. Er stieg über den niedrigen Zaun, der den Totenacker eingrenzte.

Hacken, Spaten, verschimmelte Seile, Bottiche, die dazu dienten, die Erde der Gräber zu transportieren, lagen am Eingang herum. Die wackligen Kreuze, verblichen und vom Frost rissig, ragten aus dem Eis, das auf den Hügeln der Insel noch immer fest war. Nathan hielt sich an die schmalen Wege, auf der Suche nach Spuren, die die Männer von Hydra hinterlassen haben könnten. Van der Boijen, Smith, Kowalski, manche der Gräber trugen noch Namen, die niederländisch, englisch, polnisch klangen, aber die meisten waren anonym. Nathan untersuchte sie eingehend, keines schien neueren Datums zu sein. Die Erde war nicht aufgegraben worden, die Seeleute des Eisbrechers waren nicht bis hierher gekommen. Und doch war es unmöglich, dass er sich geirrt hatte. Die Körper mussten sich irgendwo auf der Insel befinden.

Nur wo? Nathan rief sich die Erklärungen des Russen bezüglich des Dauerfrosts wieder in Erinnerung, und da kam ihm eine Idee. Es war wenig wahrscheinlich, dass Roubauds Männer mit Hilfe von Sprengstoff Gräber gegraben hatten. Das bedeutete, dass sie nach lockerem Boden gesucht haben mussten. Er ging an den Rand der Steilküste. Von dort aus konnte er das Dorf, die Bucht und die ganze Nordküste der Insel überblicken. Auf dieser Seite musste der Zodiak angelegt haben. Erneut suchte er die Landschaft ab. Links wie rechts erstreckten sich der Strand und seine Steilwände, so weit das Auge reichte.

Der Strand.

Natürlich... das war der ideale Ort, man musste nicht graben, man brauchte nur die Kiesel wegzunehmen.

Ein heller, sich bewegender Fleck erregte seine Aufmerksamkeit.

Er nahm sein Fernglas und richtete es auf den Horizont, während seine Finger an dem Rädchen zur Feineinstellung drehten.

Ein Eisbär. Das Raubtier kratzte wie wild an den Steinen ein paar Meter von der Küste entfernt. Nathan suchte den Boden in unmittelbarer Nähe des Tieres ab. Er war auf einer Fläche von vier oder fünf Quadratmetern umgegraben worden, aber er war zu weit weg, um erkennen zu können, was das Ungetüm so sehr interessierte. Was suchte es da?

Das Tier richtete sich einen Augenblick auf, als spürte es die Gegenwart eines Eindringlings.

Und da erkannte Nathan das schwarze Gewebe, den halb abgerissenen Reißverschluss, der aus der Grube ragte... Sein Herzschlag setzte für einen Moment aus.

Der Bär hatte die Leichensäcke gefunden.

Er war dabei, die Leichen zu fressen.

19

Nathan stürzte zu dem Schotterweg und stürmte den Hügel hinunter zum Strand. Als er noch fünfzig Meter von dem Tier entfernt war, atmete er tief durch, legte seine Pumpgun an und gab einen ersten Schuss in die Luft ab. Der Eisbär drehte sich um, richtete sich in einer ausladenden und machtvollen Bewegung auf und musterte den Gegner, bevor er wieder in das Grab hinabtauchte, als wäre nichts geschehen.

Der Totengräber schien nicht bereit, von seinem Aasfund abzulassen, aber Nathan war fest entschlossen, ihm einen Strich durch die Rechnung zu machen.

Er warf die rauchende Patronenhülse aus dem Magazin, ließ die Ladepumpe der Toz knallen und ging geradewegs auf das Tier zu. Seine Schritte trafen die Kiesel im Rhythmus des Blutes, das in seinen Adern pochte.

Als er auf zwanzig Meter herangekommen war, blieb er stehen und gab einen weiteren Schuss in die Luft ab.

Ein Brüllen zerriss den Raum. Nathan sah, wie das Ungetüm aus dem Grab herauskam, sich vor ihm aufbäumte und mit seinen furchtbaren Klauen durch die Luft schlug. Aufgerichtet maß das Tier knapp zwei Meter fünfzig, und die zurückgezogenen Lefzen entblößten Zähne, die wie Messer aus Elfenbein aussahen. Nathan schluckte, er durfte sich keinen Fehler erlauben, ein einziger Tatzenhieb genügte, um ihn zu köpfen. Er ging langsam um den Bären herum, um sich gegen den Wind zu stellen. Auf diese Weise würde die Angst, die er stoßweise ausschwitzte, nicht zu ihm dringen.

Fünf.

So viele Patronen blieben ihm noch. Er verschoss zwei weitere und schritt langsam auf das Tier zu.

Als er bis auf sechs Meter herangekommen war, ließ der heiße Atem des Ungetüms ihn erstarren. Er richtete den Lauf seines Gewehrs auf das schäumende Maul. Ein erneutes wütendes Brüllen zerriss die Stille, und dann wurde der Bär von Zuckungen geschüttelt, die sich über sein dickes Fell ausbreiteten. Nathan lud erneut und schoss, wobei er diesmal zwischen die riesigen Pranken zielte. Nicht ein einziges Mal wich er dem dunklen Blick aus, nicht eine Sekunde ließ er sich das Entsetzen anmerken, das ihn beinahe lähmte.

Plötzlich beschrieb das Ungetüm eine weite Kurve mit seinem Kopf, ließ sich schwer auf seine Vorderbeine fallen und trat den Rückzug an.

Er gab auf.

Nathan konnte es kaum glauben. Er hatte gesiegt.

Während seine Beine noch immer zitterten, behielt er den Bären im Visier, bis er weit genug entfernt war; dann legte er die Waffe auf den Boden und näherte sich dem Grab.

Der Himmel hatte sich mit dunkelgrauen Wolken bezogen, und der Wind fegte über den Strand, der sich in ein stahlgraues Meer verwandelt zu haben schien. Nathan stieg in die Grube zwischen die Leichensäcke, die stocksteif halb begraben im Schotter lagen.

Das Erste, was ihm auffiel, war die völlige Geruchlosigkeit. Hier war der Tod sauber, kein wimmelndes Ungeziefer, keine Verwesung. Der obere Teil des ersten Sacks, der aufgerissen war, ließ einen karminroten Brei aus Knochensplittern, leicht grauen Haaren und Hautfetzen erkennen. Er beugte sich darüber, um die entstellten Gesichtszüge genauer zu betrachten. Der Aasfresser hatte begonnen, das Gesicht des Toten zu fressen, und damit jede Identifizierung nach Augenschein unmöglich gemacht, aber die Haarfarbe passte nicht, das konnte nicht der Arzt sein. Er wandte sich jetzt den anderen Hüllen zu. Nach und nach gelang es ihm, sie mit bloßen Händen aus ihrer dicken Schotterschicht zu befreien, indem er mit seinen Fingernägeln Splitter um Splitter den Eismörtel wegkratzte, der jeden noch so kleinen Zwischenraum ausfüllte. Als er fertig war, öffnete er den Reißverschluss des zweiten Sacks bis zum Anschlag. Langsam zog er die beiden Teile aus dunklem Leinen auseinander, das durch die Kälte ganz steif geworden war.

Sein Herz verkrampfte sich.

Zwei glasige Augen blickten ihn aus ihren schwarzen Höhlen durch eine durchsichtige Membrane an. Eine Plastikplane, die von einer dünnen Reifschicht bedeckt war, hüllte den Leichnam wie ein Leichentuch aus Diamanten ein. Dieser Tod sieht nicht wie Schlaf aus, dachte Nathan, während er sich vorbeugte, um das erstarrte Gesicht besser sehen zu können. Die Haare waren mit Eisperlen bedeckt, und die schwarzen Lippen, die sich in einem makabren Grinsen öffneten, entblößten das geschwollene Zahnfleisch, das noch schwärzer war und in dem gelbliche Zahnruinen steckten.

Irgendetwas stimmte nicht.

Die Haut hatte eine eigenartige Farbe. Sie wirkte uneben und welk wie altes Leder, fast mumifiziert. Nathan schlitzte das kalte Plastik mit seinen Fingern auf. Das Erste, was er entdeckte, war die Metallplatte mit der Abbildung des Reichsadlers, die an der khakifarbenen Wolljacke befestigt war... Er stürzte sich auf den dritten Sack und legte den Körper frei. Die gleiche Uniform, das gleiche erstarrte Gesicht, die gleichen verdorrten Hände, durchzogen von schwarzen Adern und Sehnen, die wie Seile hervortraten...

Soldaten.

Das waren deutsche Soldaten aus dem Krieg 1914–1918...

Nathan begriff überhaupt nichts mehr. Er richtete sich schwankend auf und untersuchte die Machart der Leichensäcke. Sie waren aus Nylon, es waren die der *Pole Explorer*, das stand außer Zweifel. Eine neue Idee ging ihm durch den Kopf. Die Hände... Er legte sie nacheinander frei und untersuchte eingehend die Finger der Toten. Der Mittelfinger der rechten Hand der zweiten Leiche war rohes Fleisch. Der Nagel... der Nagel, den er vom Boden der Kühlkammer der *Pole Explorer* aufgeboben hatte, war weder dem Arzt noch den anderen abgerissen worden, sondern dieser Mumie...

Ein Teil des Geheimnisses lüftete sich.

Als die Taucher das Wrack nach den Kadmiumfässern abgesucht hatten, waren sie auf diese Leichen gestoßen. Aber warum hatten sie sie aus ihrem stählernen Grab geholt? Warum hatten sie beschlossen, sie hier, an diesem Strand zu beerdigen? Es fiel ihm schwer, klar zu denken, das alles ergab keinen Sinn.

Nathan richtete sich auf und begann, die Verstorbenen zu beerdigen, als er plötzlich den langen und sauberen Einschnitt sah, der die Jacke eines der Soldaten durchzog.

Kalter Schweiß lief ihm den Rücken hinunter.

Nathan kniete sich hin und näherte seine zitternden Hände dem Leichnam. Er hob jetzt die Fetzen nasser Wolle hoch und entblößte einen Brei aus schlaffem, bläulichem Fleisch und herausstehenden Knochen. Der Brustkorb des Toten war auf barbarische Weise von den Schlüsselbeinen bis zur Scham aufgeschnitten worden und öffnete sich auf einen organischen Schlund. Die Lungen waren herausgerissen worden. Von seinem Instinkt geleitet, nahm er den Kopf des Toten in beide Hände und drehte ihn in einem Geräusch von knackenden Wirbeln um... der Schädel war eingeschlagen worden, bis auf den Knochen abgekratzt, und das Gehirn war herausgenommen worden.

Diese Verstümmelungen... diese Verstümmelungen waren Punkt für Punkt identisch mit den im Elias-Manuskript geschilderten.

Die Verbindung, nach der er gesucht hatte, lag vor ihm, geschnitten ins Fleisch der Toten.

20

Flughafen Paris-Charles-de-Gaulle
27. März 2002
Acht Uhr abends

Nathan folgte dem Strom der Passagiere und versuchte, sich einen Weg zur Gepäckausgabe zu bahnen. Seit er Spitzbergen am Morgen verlassen hatte, hatte er sich bemüht, seine eigenen Teile in das verwirrende Puzzle einzufügen. Die Bilder vom Strand von Horstland ließen ihn nicht los. Nachdem die erste Bestürzung über seine Entdeckung sich gelegt hatte, hatte er ganz nüchtern die Leichen untersucht und inmitten des Breis der Eingeweide herauszufinden versucht, mit welchen Techniken die Organe entnommen worden waren. Anschließend hatte er mit seiner Digitalkamera Aufnahmen von den Leichen gemacht. Die Schrammen an den Knochen der Schädel und Brustkörbe wiesen darauf hin, dass sie durchgesägt worden waren. Um die weichen Gewebe – Haut, Gehirne, Lungen – durchzuschneiden und zu entnehmen, war aller Wahrscheinlichkeit nach ein Skalpell benutzt worden. Eines war sicher: Das war die Arbeit von Profis.

Das Wrack hatte niemals Kadmiumoxyd transportiert, die Männer von Hydra waren wegen dieser Leichen da gewesen. Nathan hatte die wahre Mission der *Pole Explorer* herausgefunden, er war hinter Roubauds Geheimnis gekommen, aber der Schleier war noch lange nicht gelüftet.

Der Albtraum nahm Gestalt an. Gesichtslose Mörder durchquerten die Zeit und begingen völlig ungestraft ihre Verbrechen. Aber was war ihr Motiv, was war der tiefere Sinn dieser

Verstümmelungen? Er musste dringend mit Woods sprechen. Die Fortsetzung der Transkription des Manuskripts würde ihn mit Sicherheit weiterbringen und erlauben, neue Brücken zwischen Vergangenheit und Gegenwart zu schlagen.

Er blickte auf die hängenden Monitore und ging zu der Halle, wo sich die Gepäckausgabe für die Flüge aus Wien, Malta und Oslo befand. Die Menge hatte sich bereits um die Gepäckbänder verteilt. Nathan schaltete sein Handy ein und wählte die Nummer der Malatestiana.

Es klingelte zweimal, dann meldete sich eine Stimme.

»Ashley...«

»Nathan! Wo zum Teufel haben Sie gesteckt?«

»Ich bin gerade in Paris gelandet. Ich bin viel unterwegs gewesen.«

»Und was haben Sie herausgefunden?«

»Eine Menge.«

»Das heißt?«

»Hören Sie, ich bin noch am Flughafen, es ist ziemlicher Betrieb hier, ich rufe Sie wieder von zu Hause an.«

»Von zu Hause? Vergessen Sie nicht, dass man Sie sucht.«

»Nun, das erspart mir, sie zu suchen.«

»Seien Sie trotzdem vorsichtig.«

»Machen Sie sich keine Sorgen. Sagen Sie... sind Sie mit der Transkription weitergekommen?«

»Ja, ich hab nur gewartet, bis ich was von Ihnen höre, um sie Ihnen zu mailen.«

»Und was steht drin?«

»Der Text ist in sehr schlechtem Zustand, und es ist mir nicht gelungen, die Passagen, die ich bearbeitet habe, zur Gänze zu transkribieren. Den Bruchstücken habe ich jedoch entnehmen können, dass Roch mit Hilfe der Verbindungen seines Vaters, der Reeder ist, die Spur des Afrikaners zurückverfolgt hat, und zwar dank des Brandmals auf der Schulter. Es handelt sich um einen Sklaven mit Namen Barrack. Dieser Typ ist seinem Herrn weggelaufen und von Nantes nach Saint-Malo gereist, wobei er dank seiner Zauberkräfte überlebt hat...«

»Ein Hexer?«

»Genau. Die Hypothese unserer Ärzte, der zufolge dieser Mann nicht an Bord des Höllenschiffs war, scheint sich zu bestätigen. Er hat nichts mit den Engländern zu tun, wahrscheinlicher ist vielmehr, dass er von seinem Mörder kurz vor oder direkt nach dem Angriff dort hingelegt wurde, um ihn zwischen den anderen Leichen verschwinden zu lassen. Und Elias behauptet, er habe an den Knien so etwas wie knöcherne Auswüchse entdeckt und seziert. Nach ihm ist diese Anomalie die Folge einer längeren Gefangenschaft. Der Sklave könnte mehrere Monate in einem winzigen Käfig eingesperrt gewesen sein. Diese Hinweise haben sie zu einem gewissen Aleister Ewen geführt, einem Schotten, genannt ›der Prüfer‹. Er ist ein Hexenjäger. Unsere Ärzte haben vor, ihn aufzusuchen. Der Rest des Textes ist ganz klar und sehr interessant.«

»Können Sie mir heute Abend etwas schicken?«

»Ich werde mich sofort darum kümmern.«

»Ausgezeichnet, bis später, Ashley.«

Um zwanzig Uhr dreißig setzte sich das Rollband in Bewegung. Nathan mischte sich unter die anderen Reisenden und beobachtete das Vorbeiziehen der ersten Koffer. Er hatte es eilig, nach Hause zu kommen, um die Fortsetzung des Manuskripts zu lesen. Schon bald erkannte er seine Reisetasche. Als er sich vorbeugte, um nach ihr zu greifen, spürte er einen stechenden Schmerz im Nacken, wie von einer Nadel, und er geriet ins Taumeln. Er hielt sich am Arm eines Unbekannten fest.

»Ist Ihnen nicht gut, Monsieur?«

»Doch... nur ein leichtes Unwohlsein... entschuldigen Sie.«

Er dachte zuerst, die Müdigkeit sei schuld, dann schob er es auf Woods Enthüllungen... Nein. Das war nicht die Ursache. Er hatte auf ein Zeichen reagiert, auf jemanden oder etwas, den oder das er gerade eben gesehen, gehört und den oder das sein Gehirn registriert hatte, ohne dass er es bemerkt hatte. Aber was? Er ließ seinen Blick durch die Halle wandern und musterte die Gesichter, die Koffer, die Kleidung... Er musste diese Reaktion noch einmal auslösen. Eine Farbe zog seinen Blick auf sich. Ein weißes Monogramm... auf blauem Leinen: ein Vogel mit gekrümmtem Schnabel, und in seiner Mitte ein Kind... Der Anblick von vier identischen Reisetaschen, die auf einem Wagen transportiert wurden, löste eine neue Salve von Stichen in seinem Nacken aus. Sie gehörten einer Gruppe von Männern, die zum Ausgang gingen. Von rechts kam ihnen ein Fahrer in Livree mit einem Schild in der Hand entgegen.

Nathan ging auf sie zu.

Bevor er sie ansprach, entzifferte er rasch die schwarzen Zeichen auf dem Schild: israelische Namen, ihre wahrscheinlich... und der eines Hotels, Sofitel Paris Rive gauche.

Er ging noch näher heran und fragte: »Entschuldigen Sie, Messieurs, was bedeutet dieses Symbol da auf Ihrem Gepäck?«

Ein kleiner, untersetzter Mann, der als einziger Französisch zu sprechen schien, deutete ein leichtes Lächeln an, bevor er antwortete: »Das ist das Logo von One Earth, der humanitären Organisation, der wir angehören.«

Ein schmales, dunkles Gesicht. Fast aschblonde, üppig herabfallende Locken. Helle Augen, die ihn prüfend ansahen. Eine junge Frau, die Nathan nicht bemerkt hatte, begleitete sie.

»Und der Vogel«, fuhr Nathan fort. »Ist das...«

Sie blickte ihn unverwandt an.

»Ein Ibis«, sagte der Mann.

»Ein Ibis... Danke.«

Nathan kreuzte ein letztes Mal den Blick der jungen Frau, bevor er sich entfernte. Ihre Augen waren tränenfeucht.

Sein Instinkt veranlasste ihn umzukehren.

»Mademoiselle...«

Sie hörte ihn nicht; er ging schneller.

»Mademoiselle«, wiederholte er und berührte ihr Handgelenk.

»Was wollen Sie von mir?«

Sie sprach ebenfalls perfekt Französisch.

»Meine Frage wird Ihnen gewiss merkwürdig vorkommen, aber... haben Sie nicht das Gefühl, mich schon einmal gesehen zu haben?«

Sie ging weiter.

»Nein, ich glaube nicht.«

»Sie machen einen... verwirrten Eindruck. Versuchen Sie, sich zu erinnern, es ist sehr wichtig.«

Sie blieb stehen und richtete einen dunklen, verstörten Blick auf ihn.

»Das hat nichts mit Ihnen zu tun. Und jetzt bitte ich Sie, mich in Ruhe zu lassen.«

Der Terminal wimmelte vor Menschen. Die Gruppe war vorausgegangen, und einer der Männer drehte sich um: »*Machlowka, Rhoda?* – Alles in Ordnung, Rhoda?«

»*Ken, ani magio!* – Ja, ich komme gleich!«

Nathan hielt sie am Arm zurück.

»Lassen Sie mich los!«

»Ich glaube Ihnen nicht. Warum haben Sie mich auf diese Weise angeschaut?«

»Hören Sie, ich habe Sie niemals gesehen. Es reicht, lassen Sie mich zufrieden, Sie übergeschnappter Kerl!«

Sie befreite sich und rief den anderen etwas auf Hebräisch zu.

Der untersetzte Mann machte kehrt und kämpfte sich gegen den Strom der Menge zu ihnen durch.

Nathan wich erschrocken zurück.

Aber eigentlich hatte er vor sich selbst Angst.

Was war nur in ihn gefahren... Nathan drehte sich ein letztes Mal nach der Frau um, aber sie war verschwunden. Er warf sich die Reisetasche über die Schulter und ging, wütend auf sich selbst, zum Taxistand.

Er war verrückt... Ein gefährlicher Irrer.

21

Es war fast zweiundzwanzig Uhr, als Nathan seine Wohnung betrat. Er ließ sein Gepäck im Flur stehen und hörte seinen Anrufbeantworter ab – weder eine Nachricht noch ein Fax, auch keine Post. Auf den ersten Blick wartete niemand auf ihn. Ihm war, als habe seine Gegenwart der Wohnung ihren Stempel aufgedrückt. Zum ersten Mal seit seinem Erwachen im Krankenhaus hatte er das Gefühl, nach Hause zu kommen. Diese Empfindung beruhigte ihn, obwohl er sich noch immer über sein peinliches Verhalten am Flughafen ärgerte. Er machte sich einen Tee, ließ ihn lange ziehen und genoss den herben Geschmack des ersten Schlucks, bevor er sich auf das Parkett setzte. Er würde Woods anrufen, nachdem er seine Mail gelesen hatte.

Seine Hände zitterten bei dem Gedanken, dass er jeden Augenblick die neuen Hinweise schwarz auf weiß würde lesen können, die das Manuskript geliefert hatte. Nathan schaltete seinen Laptop ein und verband ihn mit der Telefonbuchse. Die Verbindung klappte problemlos. Nach ein paar Sekunden erschien sein Briefkasten auf dem Bildschirm.

Er hatte eine neue Nachricht.

Der ermordete und verstümmelte Sklave Barrack... Aleister Ewen, genannt der Prüfer, die Namen, die Bilder wirbelten in seinem Kopf herum und vermischten sich mit den geschändeten Gräbern auf Spitzbergen...

Er klickte auf das angehängte Dokument, gab das Passwort ein und vertiefte sich in die Nachforschungen von Elias.

Wir verließen Saint-Malo, [...] gegenüber dem Weiler Portes Rouges. Für einen Sol erzählte uns ein zahnloser Bettler, dass der Prüfer den Ort seit drei Tagen nicht verlassen hatte, und führte uns durch den Treibsand, in welchem wir auf uns allein gestellt im Handumdrehen unrettbar versunken wären.

Das Gebäude, ein kleines Fort, dessen Ecken scharf wie Säbel waren, erhob sich hoch oben auf einem Felsen, welcher geradewegs aus dem Schlamm herauszuwachsen schien. [...]

Ich schlug mit dem Türklopfer laut gegen die Tür und rief seinen Namen.

Schon allein der Gedanke, jeden Augenblick diesem Mann gegenüberzustehen, welchem nachgesagt wurde, er sei der schlimmste Henker der Welt, ließ mich vor Schreck erstarren. Man erzählte sich von ihm sogar, dass er seine Opfer, nicht damit zufrieden, sie hinzurichten, verwesen und dann von einem seiner Diener, welcher Metzger gewesen war, zerstückeln ließ, woraufhin er die Stücke braten und sich servieren ließ.

Niemand kam. Überall Stille. Roch und ich traten von einem Fuß auf den anderen, dann beschlossen wir, in das Haus dieses wilden Tiers einzudringen.

Mit einem Pistolenschuss brach ich das Schloss einer Geheimtür auf, drehte die Tür in ihren Angeln und wagte mich als Erster in die Kellerräume des Gebäudes vor.

Als Erstes stach uns der Geruch in die Nase, ein metallischer Geruch, welchen wir nur allzu gut kannten.

Blutgeruch.

Blut an den Wänden, Blut im Sägemehl auf dem Boden. Der Zufall hatte uns zu direkt zur Wurzel des Bösen geführt, in die Folterkammer.

Der Anblick, der uns erwartete, ließ uns begreifen, dass die Gerüchte, welche über den Schotten im Umlauf waren, nicht aus der Luft gegriffen waren. Die Folterinstrumente entsetzten uns, eines war schrecklicher als das andere. Mit Stacheln ver-

sehene Halsbänder [...], Schüreisen, Zangen, Krallen, Messer funkelten im Halbdunkel. Unter den Granitgewölben pendelten Eisenkäfige, welche kaum größer als Schnapsfässer waren. Von einer unerklärlichen Kraft angezogen, ging ich nach hinten in die Höhle, wo sich ein dunkler, kreisrunder Raum öffnete, und als ich hochblickte, sah ich, dass er oben einen breiten Rauchabzug hatte, von welchem dicke, vom Feuer geschwärzte Ketten herabhingen.
    Ein Scheiterhaufen – das war ein behelfsmäßiger Scheiterhaufen. Unter meinen Füßen erstreckte sich ein riesiger, gräulicher Kreis erloschener Glut, vermischt mit verkohlten menschlichen Überresten. In der Mitte dieses Leichenteppichs entdeckte ich die dicke Leiche von Ewen.

Roch und ich kauerten uns neben das Ungeheuer, eine schlaffe Masse, ohne jede Behaarung, welche fürchterlich stank. Das Schwein war der Länge nach in den Kamin gefallen. Während ich meine Hand näherte, um ihn umzudrehen, ging ein Zucken durch den Körper.
    Er lebte noch.
    Wir packten ihn mit vier Händen, und mit gemeinsamer Anstrengung gelang es uns, ihn auf den Rücken zu drehen. Sein Gesicht war beschmiert mit Erbrochenem und Schaum, vermischt mit Kohle. Er öffnete leicht die Augen und bot unserem Blick den Ausdruck eines großen Entsetzens.
    Ich bedrängte ihn sofort mit Fragen, um herauszufinden, was geschehen war. Die Schreie, welche er ausstieß, schienen darauf hinzudeuten, dass er sprechen wollte, aber aus seinem Mund kamen nur Fäden gelblicher Galle. Jetzt begann Roch sich nach dem Schicksal des Negers zu erkundigen, ob er ihm schon einmal begegnet sei, ob er seinen Namen kenne... Bei diesen Worten wurde Ewen von Entsetzen gepackt, sein Körper zuckte erneut und ließ sein Fleisch wie Gelee erzittern; er stieß ein letztes hohes Röcheln aus und bäumte sich noch einmal

auf, bevor er zurückfiel und Staubwolken aufwirbelte, welche uns fast erstickt hätten.
Diesmal war es wirklich mit ihm vorbei.
Wir bekreuzigten uns, während wir an die unglücklichen Opfer dieses Grausamen dachten, welche jetzt ihre Rache gefunden hatten, und berieten uns über die Ursachen des Todes. Ich zog die Zunge heraus und öffnete die Lider, um seine Augen zu untersuchen. An der ungesunden bleiernen Färbung, die sie angenommen hatten, und trotz der Gewalttätigkeit, welche auf diesem Ort lastete, vermuteten wir eine ganz gewöhnliche Krankheit.

Während unseres Rückritts, [...] versucht [...] zu verstehen [...] eine Bestandsaufnahme dessen, was ich wusste.
Es war klar, dass unser Neger Ewen in die Hände gefallen war und dass dieser den Mörder kannte. Ich stellte mir vor, dass sie durch irgendeinen unheilvollen Pakt miteinander verbunden waren, und mein Instinkt sagte mir daher, dass es sich hier keineswegs einfach nur um Hexerei handelte, sondern dass ein ganz anderes, sehr viel schrecklicheres und undurchdringliches Geheimnis dahintersteckte.
Kurz nach Einbruch der Nacht erreichten wir die Tore der Stadt. Ein unerbittlicher Regen, gepeitscht von einem heftigen Nordwestwind, trommelte auf die Stadt herab. Ich verabschiedete mich von Roch, welcher seinen Dienst in der Ambulanz antrat, und begab mich zum Haus meines Freundes Pierre Jugan, allgemeiner Apotheker, in der rue des Micauds.
Die Tür öffnete sich auf das überaus hässliche und hagere Gesicht des kleinen Mannes. Er empfing mich mit einer kräftigen und herzlichen Umarmung. Ich trat ein und erklärte ihm ohne Umschweife den Grund meines Besuchs. Ich wusste, dass Jugan auf der Seite der Wissenschaft stand, und erzählte ihm daher alles, von der Geschichte des Sklaven bis hin zum Tod des Prüfers. Obwohl, wie ich ihm zu verstehen gab, alles auf

eine Krankheit hindeutete, konnte ich mich doch des Gedankens nicht erwehren, dass der Mann möglicherweise vergiftet worden war, und nur Jugan konnte mir helfen, mir darüber Klarheit zu verschaffen. Ich tauchte meine Hand in die Umhängetasche und faltete ein Tuch auseinander, welches Glasphiolen und dünne Pergamentblätter enthielt, in welche ich die Proben gepackt hatte, die ich dem Toten entnommen hatte, bevor wir ihn verlassen hatten. Es handelte sich um Blut, stinkende Gallenflüssigkeit und Schleim, Kot und eine Locke seines schütteren Haars.

Als der Apotheker die Ausbeute erblickte, welche bei anderen heftige Übelkeit ausgelöst hätte, erstrahlte sein Gesicht. Gifte wirken auf sehr subtile Art, und wenn ich Recht haben sollte, würde die Untersuchung dessen, was ich mitgebracht hatte, uns gewiss erlauben, demjenigen auf die Spur zu kommen, welcher das Gift hergestellt hatte. Wie machten uns unverzüglich auf den Weg.

[...]

Das Labor, welches sich im ersten Stock des Hospizes für Kranke befand, war ein prächtiger Raum, geschmückt mit Eichenvertäfelungen, Schränken und Regalen, auf denen sich Töpfe mit Ätzmitteln, Salben, Abkochungen und verschiedenen Arzneimitteln aneinander reihten. Ein paar Rezepte lagen herum, welche dem Auge des Laien mit ihren unentzifferbaren kabbalistischen Zeichen nur Rätsel aufgaben. In der Mitte standen auf langen, vom kupfernen Licht der Kandelaber erleuchteten Tischen Destillierkolben, Rohrschlangen, Mörser und andere Glasgefäße, welche die Apotheker für die Herstellung von Arzneimitteln benötigten. Pierre zog einen weiten Kittel aus schwarzem Leinen an, bereitete einige Fläschchen vor, welche, wie ich vermutete, verschiedene Reagenzien für alle möglichen Gifte enthielten, und ging dann wie ein Alchimist an die Arbeit.

Als er sich kurz vor Mitternacht endlich zu mir umdrehte, erkannte ich an dem breiten, zufriedenen Lächeln, in dem sein Gesicht erstrahlte, dass er die Substanz isoliert hatte.

Es handelte sich um ein Gift mit Namen »Cantarella«, welches Paolo Jovio in seiner Historia sui temporis *beschrieben hat. Um es herzustellen, musste man sich zunächst arseniges Anhydrid beschaffen, ein raffiniertes und sehr kostspieliges Derivat des Arsens, welches Jugan zufolge nur über venezianische Händler zu bekommen war, welche es sich im Orient und in Indien besorgten. Anschließend musste man ein totes Schwein nehmen, das Tier aufschlitzen und seine Eingeweide mit dem Gift bestäuben. Dann wurde das Tier aufgehängt, bis die Verwesung einsetzte, und anschließend getrocknet. Nach dieser ganzen Prozedur musste man nur noch die geschwärzten und eingeweichten Gewebe abkratzen und im Mörser zu einem neuen Pulver vermahlen, welches dann in den Wein oder das Essen desjenigen gegeben wurde, den man in die Hölle schicken wollte.*

Ein Bild des Mörders tauchte in unseren Köpfen auf. Er war ein reicher Mann, welcher mit Reisenden verkehrte oder selbst reiste; aber in einer Stadt wie Saint-Malo, welche die Hälfte der Bevölkerung verlassen hatte, um ihr Glück auf den Meeren zu suchen, würden uns diese Hinweise nicht weiterführen. Nein, ich musste meinen Gedanken unbedingt eine klare Richtung geben. Das Erste, was mir auffiel, war, dass dieser Mann das Gift kaum aus opportunistischen Gründen gewählt hatte. So wie manche die Folter als Kunst ansehen, ist auch die Verschleierung des Verbrechens durch Gift eine Kunst. Und auf diese Kunst verstand sich mein Mörder auf das Vortrefflichste. Ich hatte es mit einem Virtuosen zu tun, einem überaus sachkundigen, raffinierten und originellen Mann. Ich musste mich daher in ihn hineinversetzen, handeln, wie er es tun würde, und dann die Schraube immer fester anziehen, bis die Wahrheit ans Licht kommen würde.

22

Es gab auf diesen neuen Seiten des Elias-Manuskripts keinen Hinweis, der Nathan erlaubt hätte, irgendeine Verbindung zu den Leichen im ewigen Eis herzustellen. Der Arzt war auf der richtigen Spur, wenn er behauptete, das Verbrechen habe nichts mit Magie zu tun. Die Expedition der *Pole Explorer* bewies, dass die Verstümmelungen sehr viel mysteriöser waren. Der zweite interessante Punkt war die Giftgeschichte. Der Herstellungsprozess war ein deutlicher Hinweis darauf, wie sehr es den Mördern darauf ankam, ihr Verbrechen zu verschleiern. Auch wenn Nathan noch nicht wusste, ob dieses Detail sich als wichtig erweisen könnte, notierte er es sich erst einmal und ging das Dokument dann ein zweites Mal durch, aber es fiel ihm schwer, sich zu konzentrieren.

Etwas anderes beschäftigte ihn: die Tränen der jungen Frau vom Flughafen.

Er zog seinen Parka an und lief die Treppe hinab. Er würde unterwegs mit Woods sprechen.

Kaum jemand war in der Nacht unterwegs; er zündete sich eine Zigarette an und ging die Straße hinunter zum Boulevard Raspail.

Rhoda... sie hieß Rhoda.

Er hatte seine Lektüre mehrmals unterbrochen, die Augen geschlossen, um sich das Gesicht der Unbekannten in Erinnerung zu rufen, und herauszufinden versucht, ob es irgendetwas in ihm weckte. Vergeblich. Jedes Mal hatten die Gesichtszüge sich zu einer verschwommenen Erinnerung zusammengefügt, die dann aber wieder rissig geworden war und nur das schwache Bild einer Totenmaske durchscheinen ließ. Am liebsten hätte er kehrtgemacht und wäre nach Hause zurückgegangen, um sich wieder in das Manuskript zu vertiefen, aber da war diese Ahnung, die er nicht loszuwerden vermochte, die Ahnung, dass ihre Wege sich schon einmal gekreuzt hatten.

Er musste sie wiederfinden.

Eine Bö trieb ihn zur Place Denfert-Rochereau. Er hatte sich während der Fahrt von Roissy in die Stadt beim Taxifahrer erkundigt: Das Sofitel befand sich im Quartier de la Glacière, nur fünfzehn Gehminuten von seiner Wohnung entfernt.

Als er auf den Boulevard Saint-Jacques kam, zog Nathan sein Handy heraus und wählte die Nummer der Malatestiana.

Als er zurückblickte, bemerkte er zwei Männer, die mit schnellen Schritten in dieselbe Richtung wie er gingen. Der Eingang der Metrostation Saint-Jacques tauchte fünfzig Meter vor ihm auf. Ein paar Autos waren unterwegs.

Es klingelte.

Die beiden Typen folgten ihm noch immer zwischen den stummen Gestalten der Platanen. Der eine war ein dunkelhaariger Riese mit ausgemergeltem Gesicht, mit Rollkragenpullover, Jeans und Stiefeln. Der andere war kleiner und trug einen dunklen Mantel, aber Nathan konnte sein Gesicht nicht sehen, da es vom Schirm einer Baseballmütze verdeckt wurde. Er machte einen Bogen nach rechts, um sich ihnen zu nähern, ohne dass sie es bemerkten, aber doch nah genug, um sie zu riechen...

Die Stimme des Engländers ertönte im Hörer.

»Nathan?«

Diese Typen rochen nach Tod.

Ohne zu antworten, unterbrach Nathan die Verbindung und ging schneller. Direkt vor ihm war ein Parkplatz. In Nathans Bauch rumorte die Angst. Ein erneuter Blick nach rechts. Und da sah er, wie der Kleine sich langsam zu ihm drehte und die schwarze Öffnung eines Schalldämpfers aus dem Schatten auftauchte. Ihm blieb gerade noch Zeit, sich zwischen zwei Autos zu werfen, bevor eine Salve gedämpfter Schüsse auf seine Beine abgegeben wurde. Gegen den Boden gedrückt kroch Nathan zwischen den Stoßdämpfern zu dem schmierigen Fahrgestell eines Sattelschleppers.

Sie waren es. Nathan hatte einen Fehler gemacht; sie hatten vor seiner Wohnung auf ihn gewartet, und diesmal schienen sie fest entschlossen, ihn zu töten.

Er musste weg von hier, schnell. Ein falscher Schritt, und er war verloren.

Er hörte Gelächter und blickte hinter sich. Zwei Paare kamen von rechts. Weiter hinten erkannte er eine Reihe breiter Pfeiler, gekrönt von Gitterstäben und Bögen aus Metall, sowie Gleise, die aus der Erde kamen. Die Metro verkehrte hier als Hochbahn.

Er hatte eine Chance zu entkommen. Er spürte es.

Wie eine Flamme schoss er empor, drängte sich durch die Gruppe von Passanten, die bis zu ihm herangekommen waren, und lief auf die Pfeiler zu. Spitze Schreie von Frauen ertönten gleichzeitig mit einer neuen Salve Schüsse. Zwei winzige Lichtpunkte zerschnitten wie Rubine die Nacht. Diese Dreckskerle benutzten Laserzielgeräte. Nathan stürzte zum Gitter, packte die Stäbe mit beiden Händen und ließ seinen Körper auf die andere Seite kippen.

Er lief auf die Gleise.

Laufen, nicht anhalten. Erneut pfiffen ihm die Kugeln um die Ohren. Er warf einen Blick hinter sich. Nur einer der Killer verfolgte ihn. Er lief noch schneller. Seine Schritte trafen die Holzschwellen im Rhythmus seines Herzens, das wie wild schlug. Er wurde langsamer, als die nächste Haltestelle auftauchte. Das Licht der Neonröhren glitt über seinen Körper und machte ihn zu einem idealen Ziel für den Killer.

Nur weg von hier...

Plötzlich begann alles um ihn herum zu dröhnen. Er drehte sich um und erkannte im Bruchteil einer Sekunde die blendenden Scheinwerfer eines Zugs, der auf ihn zuraste. Eine Sirene heulte.

Er sprang zur Seite... der Augenblick kam ihm wie eine Ewigkeit vor, dann drückte er sich gegen einen Stahlträger. Es grenzte an ein Wunder, aber er war auf die andere Seite des Gleises gelangt. Gesund und wohlbehalten, erholte er sich, schnappte nach Luft, die Hände gegen die Mauer gedrückt. Sobald der Zug vorüber war, kauerte er sich zusammen und bahnte sich einen Weg zwischen den Metallstäben zum Rand.

Fünfzehn Meter. Das war die Höhe, die ihn vom Boulevard trennte. Er betrachtete einen Augenblick das Ballett der Autos auf der Straße. Seine Verfolger mussten jeden Augenblick bei ihm sein.

Irgendetwas stimmte nicht. Warum hatten sie nicht in aller Ruhe bei ihm gewartet, um ihn diskret zu töten? Warum gingen sie jetzt das Risiko ein, sich ihm zu nähern, wo sie ihn doch problemlos aus der Ferne hätten abknallen können? Warum wollten sie ihn fangen, aber... nicht töten? Er würde später darüber nachdenken. Jetzt musste er erst einmal seine Haut retten.

Ein kräftig aussehender Baum berührte die Hochbahn. An ihm konnte er zum Bürgersteig hinunterklettern.

Er bewegte sich seitlich vorwärte, den Rücken am kalten Stein eines Pfeilers. Er war fast am Ziel, als er ein metallisches Klicken hörte.

Der Riese befand sich nur ein paar Meter hinter ihm. Als Nathan nach unten blickte, sah er, wie der Lichtkegel des Laserzielgeräts sein Bein hinaufkroch und über seine Schulter wanderte... zu spät.

Für den Killer.

Nathan stürzte sich bereits ins Leere, wobei er ein paar Zweige streifte, die durch die Wucht des Aufpralls brachen.

Er fiel... Sein Rücken prallte gegen etwas, das zugleich hart und nachgiebig war. Eine Feuerkugel ging durch seinen Körper. Er bäumte sich auf und krallte sich mit den Fingern an ein Nylonnetz, das ihm die Vorsehung sandte... Als er auf dem Asphalt landete, starrten ihn drei Kerle in Shorts an, von denen einer einen Ball in der Hand hielt. Der Zaun eines Basketballfeldes hatte ihn gerettet.

Er bückte sich und warf einen Blick in die Runde. Dreißig Meter von ihm entfernt, links von ihm, kam der Killer die Treppe der Station Glacière heruntergerannt. Direkt gegenüber öffnete sich eine grüne Allee auf die Türme einer weitläufigen Siedlung mit Sozialwohnungen. Der ideale Ort, um ihn abzuhängen oder in die Enge zu treiben.

Nathan lief auf den Boulevard, ohne die Limousine zu sehen, die in voller Geschwindigkeit auf ihn zuraste. Die Bremsen kreischten, aber der Zusammenstoß war nicht mehr zu vermeiden. Er rollte über die Motorhaube, prallte gegen die Windschutzscheibe und wurde auf den Asphalt geschleudert. Ein wahnsinniger Schmerz explodierte in seinen Gliedern. Als er die Augen wieder öffnete, lag er auf der Erde, die Arme gekreuzt, einen sternenlosen, unwirklichen Himmel über sich.

Wagentüren wurden zugeschlagen. Schatten beugten sich über ihn, eine behandschuhte Faust packte ihn an den Haaren und schlug seinen Schädel mit aller Wucht auf den Asphalt. Er hatte das Gefühl, dass seine Leber unter dem Tritt eines eisenbeschlagenen Stiefels, der sich in seine Eingeweide bohrte, platzte. Eine saure Flut von Erbrochenem stieg in seinen Hals und schoss krampfartig durch seine blutende Nase und seinen blutenden Mund heraus. Jemand steckte ihm eine benzingetränkte Stoffkugel in den Rachen, woraufhin er sich ein zweites Mal erbrechen musste. Eine kurze Verschnaufpause, dann ging ein neuerlicher Hagel von Tritten auf sein Kreuz, sein Geschlecht, seine Rippen nieder.

Sein Kopf wurde in einen kratzigen Leinensack gesteckt. Er spürte, wie Hände ihn packten, Klebeband um seine Handgelenke gewickelt wurde und seine Knöchel mit einer Schnur gefesselt wurden; dann wurde er über den Boden geschleift. Eine Tür quietschte, er wurde mehrere Treppen hinuntergezerrt. Arme, Schultern, Knie schlugen gegen die scharfen Kanten. Er hörte kein anderes Geräusch als das Schurren seines Körpers über den Zement. Man brachte ihn in einen Keller.

Er würde krepieren.

Der brennende Lichtkegel einer Taschenlampe drang in Abständen durch das Leinen des Sacks. Er glaubte zu ersticken. Seine Hände schmerzten. Man legte ihn in eine Ecke, die mit Glassplittern übersät war; dann ließ man ihn allein.

Ohne nachzudenken, griff Nathan sich eine große Scherbe, und es gelang ihm, durch geschickte Bewegungen seines Handgelenks seine Fesseln durchzuschneiden. Seine Hände glitten über seinen Körper und lösten die Schnur, die fest um seine Knöchel gewickelt war. Anschließend befreite er sich von seinem Knebel und zog die Stoffkugel aus seinem Mund. Völlig erledigt atmete er tief ein und kroch dann ein paar Meter, bevor es ihm gelang, sich aufzurichten. Der Schein der Lampe, zwanzig Meter vor ihm, der in seine Richtung fiel, war wie ein Signal.

Jetzt oder nie.

Er lief durch ein Labyrinth von Gängen und tastete sich an den Wänden entlang. Hinter ihm kamen die Schritte seiner Henker immer näher. Er wich zurück und versteckte sich in einer Vertiefung.

Er würde sich dem Kampf mit ihnen stellen müssen.

Sein Knie traf mit voller Wucht den Plexus des Riesen und stoppte abrupt seinen Lauf. Das mit einer Taschenlampe ausgestattete Gewehr flog durch die Luft und prallte auf den Boden. Die Wucht des Tritts brachte den Riesen zwar ins Taumeln, aber nicht zu Fall. Verblüfft starrte er Nathan an.

Eine Klinge blitzte in seinen Händen.

Nathan wich der Klinge aus und brach dem Killer mit einem Kopfstoß die Nase. Mit einer Hand packte er den Schädel an den kurz geschorenen Haaren und zog ihn heftig zu sich, während er den Daumen seiner anderen Hand in einen Augapfel drückte.

Es floss kein Tropfen Blut. Die Blutung war innerlich, der Schaden irreversibel und tödlich.

Nathan lockerte seinen Griff und ließ den Hünen zu Boden sinken. Dann hob er die Taschenlampe auf und untersuchte die Waffen. Ein Maschinengewehr des Typs Uzon, verlängert mit einem Schalldämpfer. Eine schwarze Hülse deutete auf ein kleines Kaliber hin. Die Durchsuchung der Taschen des Toten förderte weder Papiere noch Kreditkarten zutage. Nathan ließ die Schusswaffen liegen, nachdem er die Magazine geleert und seine Fingerabdrücke abgewischt hatte. Er nahm die Klinge an sich, die auf dem Boden lag. Ein schwarzer, scharfer Dolch. Er drehte ihn hin und her.

Die perfekte Waffe für den Nahkampf.

Nathan ließ die Taschenlampe ausgeschaltet, während er seinen Weg fortsetzte. Der Schmerz kehrte langsam zurück und strahlte in Wellen in seinen ganzen Körper aus. Er musste so schnell wie möglich aus diesem Chaos herauskommen.

Die Killer hatten sich ganz offensichtlich in entgegengesetzte Richtungen auf die Suche nach ihm gemacht, aber wie viele waren sie wirklich?

Zwei? Drei?

Das Knirschen von Glas ließ ihn erstarren.

Jemand kam mit langsamen Schritten, immer wieder unterbrochen von kurzen Pausen, auf ihn zu, aber Nathan konnte nicht die geringste Lichtquelle erkennen. Es gab nur eine Erklärung: Der Mann benutzte ein Nachtsichtgerät.

Dieser Dreckskerl konnte sehen, als sei heller Tag.

Er hatte nicht die geringste Chance... Die Schritte kamen näher. Und da hatte er eine Idee. Seine Taschenlampe würde seine beste Verteidigungswaffe sein. Wenn er sie in allernächster Nähe seines Feindes einschaltete, würde er die Sensoren blenden und die Netzhäute des Killers verbrennen. Er streckte den Arm aus und machte sich bereit zu feuern.

Ein Kolbenhieb in den Nacken streckte ihn nieder.

Nathan wollte sich an der Wand festhalten, aber da traf ein weiterer Schlag seinen Brustkorb und raubte ihm den Atem. Er brach zusammen. Er lag auf der Erde, auf der Seite, die Lider geschlossen, Blutgeschmack im Mund. Als er die Augen wieder öffnete, sah er nur den Lichtkegel des Laserzielgeräts, der in seinen Pupillen tanzte. Der gesichtslose Killer zielte auf ihn, es war vorbei. Er würde hier krepieren, ohne jemals zu erfahren, warum. Seine zusammengepressten Lippen öffneten sich einen Spalt.

»Sag mir ... sag mir, wer ich bin ...«

Schweigen. Der Killer blieb stumm wie ein Schatten. Dann stieg plötzlich eine Beschwörungsformel wie eine Klage in die Nacht empor. Eine seltsame Sprache. Gutturale Silben wurden immer mächtiger, hallten wider in Nathans Bewusstsein, der kein einziges Wort verstand. Der Killer drückte jetzt sein Knie gegen den Oberkörper seines Opfers, nahm den Dolch vom Boden, erhob ihn... Nathan stoppte abrupt die Bahn der Klinge, die auf sein Herz zielte. Er packte das Handgelenk des Mannes, drehte es gegen den Henker und schnitt das Gelenk seines Ellbogens durch. Der Killer brüllte aus Leibeskräften, versuchte zurückzuweichen und sich zu wehren, aber er hatte begriffen, dass Nathan ihn nicht mehr loslassen würde. Den Bruchteil einer Sekunde später rammte Nathan die Klinge in seinen Hals.

Gurgelndes Blut... Dann war alles vorbei.

Nicht das leiseste Geräusch war zu hören. Nathan blieb noch einen Augenblick auf dem Boden liegen und atmete die Luft, die zum Schneiden war; dann befreite er sich von dem Körper, indem er ihn von sich gleiten ließ. Tastend entfernte er das Nachtsichtgerät vom Schädel des Toten und setzte es sich auf. Alles wurde in ein grünliches Licht getaucht. Der Boden war übersät von Abfall und Glasscherben. Zu seinen Füßen lag der Leichnam mit verrenkten Gliedern und geöffnetem Kehlkopf.

Nathan hob den Dolch auf und setzte seinen Weg durch die Kellerräume fort. Sein Augenbrauenbogen blutete stark, und seine Unterlippe war gespalten. Er musste sich beeilen, bevor er zu schwach war, um weiterzugehen.

Er kam in einen großen viereckigen, menschenleeren Hof, der von Mietshäusern umgeben war. Die Siedlung schlief. Er warf das Nachtsichtgerät in einen Mülleimer und ging im Licht der Straßenlaternen zu einem Becken, wo er seine schmutzigen Wunden unter fließendem Wasser auswusch. Das kalte Wasser linderte den Schmerz. Seine Kleider waren zerrissen, und nachdem er rasch den Inhalt seiner Jacke überprüft hatte, stellte er fest, dass er das Handy verloren hatte, das Woods ihm gegeben hatte. Sofort dachte er an den Computer, der noch immer im Flur seiner Wohnung stand. Diesmal konnte er nicht nach Hause zurück. Er sah auf die Uhr. Es war kurz vor halb zwölf. Nathan zog den Parka fester um sich und ging durch einen Durchgang in die rue de la Glacière.

Die Welt um ihn herum verwandelte sich in einen Haufen undeutlicher Gestalten und formloser Massen. Schüttelfrost überfiel ihn, ließ seine Glieder zittern und übertrug sich sogar auf seine Kiefer. Er irrte durch die menschenleeren Straßen bis zum Boulevard Saint-Jacques. Eine Fahne, die im Wind knatterte, erregte seine Aufmerksamkeit. Er wischte den Schleier aus eiskaltem Schweiß fort, der seinen Blick trübte, und entzifferte die weißen Buchstaben auf dem wogenden Stoff. Sofitel Paris Rive gauche. Er hatte sein Ziel erreicht. Als er nach oben blickte, entdeckte er den Turm, der sich vor ihm erhob. Mit seinen gebrochenen Linien und geneigten Facetten erinnerte das Gebäude an die Architektur eines Bienenstocks. Rhoda war irgendwo in einer dieser Glaswaben. Aber vielleicht war sie ja auch ausgegangen. Nathan ging an der Glasfront vorbei, die Atmosphäre der Eingangshalle, eine kontrastreiche Mischung aus hellem Holz, Marmor und bunten Fresken, hob sich vom tristen Grau des Viertels ab. Sein lädiertes Gesicht machte es ihm unmöglich, in der Hotelhalle zu warten, er würde sofort vom Sicherheitsdienst hinausgeworfen werden.

Er trat auf die Straße zurück und versteckte sich hinter einer Säule zwischen zwei Autos. Von hier aus konnte er unbemerkt den Eingang, die Rezeption und die Türen der Lifts überwachen, die sie würde nehmen müssen, um nach oben zu gelangen.

Er bewegt sich nicht. Die Zeit dehnt sich, Stunden, Minuten, Sekunden verbinden sich zu einer unendlichen Geraden. Er hat keinen Körper mehr, er ist nur noch eine von Schauern geschüttelte Seele, ein zitternder Blick, der unverwandt zu den goldenen Lichtern hinüberstarrt.

Und da erscheinen die grünen Augen, die üppig herabfallenden, aschgrauen Locken. Sie ist allein auf dem hellen Marmor. Nathan erhebt sich und läuft auf die Fahrbahn, der Wind gleitet über seine Haut. Er geht durch die Tür, betritt die Halle. Alles verlangsamt sich. Weiße Gesichter, besorgte Wachsmasken entziehen sich seinem Blick. Die Welt um ihn herum wird immer verschwommener. Sie steht an der Rezeption, in ein helles Cape gehüllt. Der Raum dreht sich. Er stolpert, fängt sich wieder. Zwei Männer kommen auf ihn zu, aber sie bleiben stehen, ohne ein Wort zu sagen, als hätten sie bemerkt, dass irgendetwas nicht stimmt, dass da nicht einfach nur ein Wrack in die Hotelhalle eindringt. Brennender Schmerz quält ihn, glühenden Kohlen gleich; es gibt kaum eine Stelle seines Körpers, die nicht schmerzt, und seine eiskalten Hände verkrampfen sich auf seinen Unterarmen. Er spürt den Boden unter seinen Schritten, die leicht wie der Tod sind, nicht mehr. Dann dreht sie sich um, sieht ihn, und alles erstarrt.

Da sind nur noch die Jadeaugen, die in seiner Finsternis tanzen... Ein Arm schiebt sich um seine Taille...

Danach erinnert er sich an nichts mehr.

23

Als er wieder zu sich kam, lag Nathan zusammengekauert auf einem roten Sofa, den Körper in einen Bademantel gehüllt. Gedämpfte Geräusche, bernsteinfarbenes Licht, weiße, reglose Blumen... Er hatte das Gefühl zu träumen. Die Magnetkarte auf dem niedrigen Tisch trug die Nummer 915. Die Nummer von Rhodas Zimmer.

Bis jetzt hatte er in der Leere geschwebt, sich von den Luftströmungen tragen lassen. Während Rhoda mit ihrer leicht brüchigen Stimme, die seine Schmerzen gemildert hatte, zu ihm gesprochen hatte, hatte sie ihn langsam ausgezogen und gewaschen; dann hatte sie seinen von Blutergüssen bedeckten Körper untersucht, um sich zu vergewissern, dass er nichts gebrochen hatte. Und dann hatte sie ihm Fragen gestellt. Nathan hatte von seiner Amnesie erzählt, die durch einen Tauchunfall ausgelöst worden sei, aber mit keinem Wort den Angriff der Killer erwähnt. Rhoda hatte sich damit begnügt, stumm zuzuhören. Nathan hatte dieses Schweigen als von Respekt und Fragen erfüllt empfunden. Ein Detail jedoch machte ihn stutzig... Die junge Frau hatte ihn mehrmals »Alexandre« genannt. War das eine neue Facette im Spiel um seine Identität?

Er sollte es schon bald erfahren.

Rhoda erschien in der Badezimmertür.
»Wie fühlst du dich?«
»Besser.«

Sie trug noch immer das weiße Cape, in dem sie ihm erschienen war. Sie zog ihre hellen Ledersandalen aus und kam auf ihn zu, wobei sie einen kleinen Kasten mit einem Kreuz darauf schwenkte.

»Der Etagenkellner hat mir gerade gebracht, was ich brauche, um dich zu verarzten.«

Sie öffnete den Erste-Hilfe-Kasten, tränkte eine sterile Kompresse mit einem Antiseptikum und begann, Nathans aufgeplatzten Augenbrauenbogen zu säubern.
»Haben sie keine Fragen gestellt?«
»Doch.«
Rhoda zerriss die Hülle einer zweiten Kompresse.
»Du bist mein Freund, und du bist auf dem Weg zu mir überfallen worden. Sie wissen, dass ich Ärztin bin, sie haben nicht weiter nachgefragt.«
»Danke... Du bist Ärztin?«
»Kinderpsychiaterin, ich arbeite für One Earth... Du weißt, die blauen Reisetaschen.«
Nathan versuchte sich aufzurichten, aber der Schmerz lähmte ihn.
»Warum bist du in Paris?«
»Ein Kongress über humanitäre Psychiatrie.«
Schweigen.
»Du hast gestern am Flughafen gelogen, wir sind uns schon einmal begegnet, nicht wahr?«
Sie nickte leicht.
»Sag mir... wo.«
»Geduld.«
Als sie seine Verletzungen desinfiziert hatte, versorgte sie die Stellen, wo es ihn am schlimmsten erwischt hatte, mit selbstklebenden Nähten.
»So, damit müsste es dir bald besser gehen.«
Rhoda stand wortlos auf und brachte ihm einen kleinen Schminkspiegel. Abgesehen von den Verbänden zog sich ein prachtvolles Hämatom über sein Gesicht, von der linken Schläfe bis zum Kiefergelenk, aber die Verletzung an seiner Lippe war nur oberflächlich. Die Killer hatten ganze Arbeit geleistet...
Die Bilder vom Kampf kehrten zurück. Das schwarze Gewölbe des Kellers, die leblosen Körper, seine tödlichen Gegenangriffe... Seine Nerven verkrampften sich bei der Erinnerung an

den Dolch. Er entzog seine Hand Rhodas Blick, steckte sie unauffällig in den Parka, der auf dem Sofa lag, und suchte mit seinen Fingern nach dem kalten Metall... die Waffe war verschwunden.

»Wenn du nach deiner Waffe suchst, die habe ich mit deinen Papieren in den Safe geschlossen«, sagte Rhoda seelenruhig.

»Wie...«

»Kleine Durchsuchung.«

Sie schwieg, näherte ihr Gesicht dem seinen und fuhr im gleichen Ton fort: »Wer bist du?«

Nathan fluchte innerlich. Als sie seine Kleidung durchsucht hatte, hatte sie entdeckt, dass er nicht dieser Alexandre war, den sie gekannt hatte. Sie hatte sich sein Vertrauen erschlichen, um ihn besser in die Enge treiben zu können.

»Je weniger du weißt, desto besser ist es.«

Rhoda sah ihn mit undurchdringlicher Miene an. Ihre Augenfarbe hatte sich von Grün zu Schwarz verändert.

»Entweder du sagst mir, wer du bist und was heute Abend passiert ist, oder du verschwindest sofort von hier.«

Nathan überlegte rasch. Er konnte sich nicht erlauben, sie zu verlieren. Er musste sie noch aushorchen, sie verfügte bestimmt über entscheidende Informationen. Diese Frau war die einzige Verbindung zu seiner Vergangenheit, er konnte nicht auf sie verzichten.

»Also?«

»Okay, ich werde es dir erklären, aber nicht bevor du mir gesagt hast, wo und unter welchen Umständen wir uns begegnet sind.«

Sie sah ihn einen Augenblick an, als wollte sie versuchen herauszufinden, was in seinem Kopf vorging, dann ließ sie sich auf einen Sessel fallen.

»Also gut. Es war in Zaire, der heutigen Demokratischen Republik Kongo, im Juli 1994... als der Völkermord in Ruanda in vollem Gang war. Ich arbeitete damals in einem Flüchtlingscamp in Katalé, im Norden von Goma, an der Grenze. Du warst Alexandre Dercourt, ein junger Schweizer Journalist, verloren im Grauen der Massaker. Du hast Schutz gesucht. Du bist etwas mehr als zwei Wochen geblieben, und eines Morgens bist du verschwunden. Alle haben sich Sorgen gemacht, wir dachten, du seist entführt, ermordet worden... Wir haben eine Suchanzeige bei den Behörden von Zaire und der französischen Armee aufgegeben, die in der Gegend stationiert war. Vergeblich, wir haben nie wieder etwas von dir gehört. Deswegen hab ich am Flughafen so heftig reagiert, als du plötzlich gesund und wohlbehalten vor mir standest. Zuerst dachte ich, du machst dich über mich lustig, das sei ein Zufall, du seist jemand anderer... Aber ich habe die weiße Narbe an deiner Wange wiedererkannt, deine Augen... Das konntest nur du sein... Später am Abend hab ich begriffen, dass du vielleicht in Problemen steckst... Ich hab mir Vorwürfe gemacht... Ich hab auf dich gewartet... Ich hoffte, du... So, das reicht. Jetzt du!«

Ohne zu zögern, erzählte Nathan ihr in groben Zügen seine Geschichte.

»Nachdem ich dich am Flughafen getroffen hatte«, schloss er, »bin ich nach Hause gefahren, und dann hab ich beschlossen, dich wiederzufinden. Und da haben diese Typen mich angegriffen, mich zusammengeschlagen und auf der Straße liegen lassen. Man will mich einschüchtern, verhindern, dass ich Nachforschungen anstelle...«

Er hatte ihr ganz offen fast alles erzählt, aber er konnte nicht das Risiko eingehen, sich zu kompromittieren, indem er den Doppelmord zugab, den er gerade begangen hatte, auch wenn er in Notwehr gehandelt hatte. Er hatte bemerkt, dass Rhodas Gesicht, je länger er erzählt hatte, einen immer entsetzteren Ausdruck angenommen hatte und schließlich kreidebleich geworden war. Sie war sich ihrer gedrückten Stimmung durchaus bewusst und versuchte, das Gesicht zu wahren.

»Wenn du nicht in diesem Zustand angekommen wärst,

würde ich glauben, dass du ganz schön unter Paranoia leidest...«

Aber sie hatte sich in ihrer eigenen Falle gefangen. Sie gab ihre Deckung auf, was Nathan sofort ausnutzte.

»Ich brauche dich, ich muss dir noch mehr Fragen über unsere Begegnung stellen, über meinen Aufenthalt in Afrika...«

Sie stand auf, nahm eine Frucht aus dem Korb und setzte sich wieder ins Licht. Ihr Körper war schlank und muskulös, und jede ihrer Bewegungen hatte die Leichtigkeit eines Vogels. Sie war weniger hübsch, als er zuerst geglaubt hatte, aber jeder ihrer Gesichtszüge hatte einen ganz eigenen Charme, der sie unverwechselbar machte.

Sie zerteilte eine Pampelmuse.

»Willst du?«

Nathan öffnete die Hand und nahm das Stück Grapefruit, das sie ihm reichte. Die Nacht war ruhig. Der bittersüße Geschmack des Fruchtfleisches durchströmte ihn wie eine kühle Welle.

»Was willst du wissen?«, fragte sie.

»Erzähl mir noch mehr von Ruanda, von Katalé und den ganzen Umständen... Frisch meine Erinnerung auf.«

»Das ist ziemlich kompliziert... Zusammenfassend würde ich sagen, dass Ruanda nach Jahren des Rassenhasses und zahlreicher Versuche gegenseitiger ethnischer Säuberungen zwischen Hutu und Tutsi nach dem 6. April 1994, dem Tag, an dem das Flugzeug des Hutu-Präsidenten Juvénal Habyarimana in der Luft von einer Rakete abgeschossen wurde, ins Grauen gestürzt wurde. Historisch gesehen die Vasallen der Tutsi-Lehnsherren, empfinden die Hutu dieses Attentat als allerletzten Affront und beschließen, dass die Stunde der ›Endlösung‹ geschlagen hat. Der Aufruf zum Mord wird auf alle ausgedehnt: Die Tutsi, diejenigen, die sie beschützen, und all jene, die sich in irgendeiner Weise gegen das herrschende Regime stellen, sollen vernichtet werden. Das große Massaker. Nach drei Monaten Bürgerkrieg und einer Million Toten gelingt es der Tutsi-Armee, das Land unter Kontrolle zu bringen und erneut die Macht zu übernehmen. Die humanitäre Situation ist dramatisch: Hunderttausende von Tutsi sind bereits in die Nachbarstaaten geflohen, nach Tansania, nach Uganda... Um die anderthalb Millionen Hutu kommen nach Zaire, der heutigen Demokratischen Republik Kongo.«

»Das Flüchtlingscamp in Katalé war also ein Hutu-Lager.«

»Das und all jene im Gebiet von Goma.«

»Beschreib mir den Ort.«

»Ein mal zwei Kilometer zwischen Vulkan und Wald. Zweihundert Hektar Schlamm, Elendsquartiere und Ungeziefer, wo Kriminalität, Ruhr und die gute alte Cholera wüten... Fünfzigtausend Flüchtlinge, sechzig humanitäre Organisationen...«

»Sechzig?«

»Das ist gar nicht so viel, oft sind wir mehr. Eine einzige Organisation, die meist im sozialen Bereich tätig ist, verwaltet das Lager in Abstimmung mit einem Vertreter des Hochkommissariats für Flüchtlinge der Vereinten Nationen, und die anderen bringen ihr Know-how ein.«

»Weißt du, warum ich zu euch, zu One Earth, gekommen bin?«

»Ja, Paolo Valente, der Chef der psychiatrischen Zelle, hatte dich auf der Straße aufgelesen. Draußen herrschte der Weltuntergang: Mord, Plünderungen, Vergeltungsakte... Er hatte dir Schutz im Lager angeboten.«

»Kannte ich ihn?«

»Ich glaube, ihr hattet euch im Flugzeug oder am Flughafen von Goma kennen gelernt, ich weiß nicht mehr...«

»Und hattest du mich vorher schon gesehen?«

»Nein.«

»Du sagtest, ich sei Journalist gewesen, weißt du, ob ich für ein bestimmtes Presseorgan gearbeitet habe?«

»Also, ich glaube, du warst freier Journalist, du hast deine Reportagen an verschiedene Magazine verkauft.«
»Könntest du mir beschreiben, wer ich damals war, mir ein Porträt von Alexandre Dercourt entwerfen?«
»Ein psychologisches Profil?«
»Ja.«
»Alexandre war ein fröhlicher, kultivierter, eleganter Mann, manchmal ein bisschen... aggressiv in seinen Reaktionen. Du hast jeden sofort für dich eingenommen, du warst wie eine frische Brise, aber was mich, glaube ich, am meisten beeindruckt hat, war dein Verhältnis zu den Kindern...«
»Was meinst du damit?«
»Unmittelbar nach deiner Ankunft hast du deine Reportage aufgegeben, um dich um sie zu kümmern. Diese Kinder waren vollkommen verstört... Sie hatten gesehen, wie ihre Eltern ihre Nachbarn, ihre Freunde, ihre Lehrer enthauptet, verstümmelt, ermordet hatten... Manche hatten, angestiftet von ihren eigenen Eltern, selbst ihre Hände im Blut gebadet. Viele von ihnen haben sich davon nicht mehr erholt, sie haben ein autistisches Verhalten entwickelt. Du bist ganz spontan auf diejenigen zugegangen, denen es am schlechtesten ging, es war verblüffend. Ich erinnere mich noch sehr gut an einen Jungen – ein besonders widerwärtiger Fall: Der Lehrer der Schule, in die er ging, war eines Morgens mit einer Tasche voller Macheten, Hacken, Spitzhacken angekommen und hatte den Hutu-Schülern befohlen, ihre Kameraden aus der Tutsi-Klasse zu ermorden. Der Junge hat sich geweigert und versucht wegzulaufen, aber der Lehrer hat ihn wieder eingefangen, geschlagen und damit gedroht, seine Familie zu töten... Um mit gutem Beispiel voranzugehen, hat er ihm ein Baby in die Arme gedrückt und ihn gezwungen, es mit einem Maniokstampfer zu zerquetschen. Seine Mutter, die aus Kigali geflohen war, hat uns, dir und mir, seine Geschichte erzählt. Das Kind war bis auf die Knochen abgemagert, es sprach nicht mehr und verweigerte jede Nahrung.

Du hast einen Tag, einen zweiten und dann noch einen mit ihm verbracht, ohne dass er dir auch nur einen Blick geschenkt hätte, aber du hast nicht aufgegeben, jeden Morgen bist du zu ihm gegangen, bis du ihn aus seinem Schweigen herausgeholt hattest. Du hast ihnen von der Wüste, vom Meer, vom ewigen Schnee erzählt, man konnte glauben, du wolltest versuchen, ihnen ganz allein eine andere Welt zu errichten, ihnen die Türen zu einem neuen Leben voller Versprechen und Hoffnungen zu öffnen.«

Die Kinder... Nathan notierte sich diese erstaunliche Information in einer Ecke seines Gedächtnisses und fragte dann: »Weißt du, warum ich mich so eingesetzt habe?«

»Nein.«

»Hab ich dir von meinem Leben, meiner Familie erzählt, erinnerst du dich an Gespräche, die wir gehabt haben?«

»Das ist so lange her... Nein, du warst sehr zurückhaltend, ich denke, du hast nicht gern über dich gesprochen und wolltest übrigens auch nicht, dass man dir Fragen stellte. Dagegen erinnere ich mich, dass wir häufig über die Ideologie der Völkermorde diskutierten. Das war etwas, das dich... verfolgte.«

»War es ein Thema, in dem ich mich auskannte?«

»Ja. Eines Abends kam es sogar zu einer hitzigen Diskussion zwischen dir und einem anderen Typen, Christian Brun, einem ziemlich überheblichen Notarzt, die Karikatur des Menschenfreunds, wie er schlimmer nicht sein kann, die Sorte, die immer alles besser weiß. Er hatte sich in einen Vergleich zwischen den Hutu-Milizen und den Denunziationsmethoden Hitlers und Stalins gestürzt. Du hattest ihn in aller Freundlichkeit daran erinnert, dass die Verbrechen der Nazis und Kommunisten auf das Konto von spezialisierten Organen wie der SS oder des NKVD gingen, wohingegen das System in Ruanda dafür sorgte, dass der Völkermord zu einer kollektiven, flächendeckenden Angelegenheit wurde, an der die gesamte Bevölkerung beteiligt war.«

»Habe ich mich jemals irgendwie auffällig verhalten?«

»Auffällig verhalten? – Ja, da gab es tatsächlich etwas, das eigenartig war.«

»Was?«

»Aus Prinzip lebt das Personal der Nicht-Regierungsorganisationen, das im Ausland tätig ist, nicht in den Lagern, sondern kehrt jeden Abend in seine Basisstation zurück. In diesem Fall hatten wir ein Haus in dem Dorf Kibumba gemietet, ein Ort, der uns Sicherheit gab, wo wir für ein paar Stunden am Tag für uns waren, ohne der Gewalt und dem Elend ausgesetzt zu sein. Das war die einzige Möglichkeit, durchzuhalten und zu verhindern, dass unser Material gestohlen wurde...«

»Und?«

»Ich erinnere mich, dass du meist mit uns gekommen bist, aber ein paarmal kam es vor, dass du im Lager bei den Waisen geblieben bist. Du sagtest, sie bräuchten dich und du könntest sie nicht im Stich lassen...«

Nathan schwieg ein paar Augenblicke, dann fragte er: »Erinnerst du dich an irgendwelche Vorkommnisse im Lager, die irgendwie aus dem Rahmen fielen?«

»Nein. Abgesehen von all den grauenhaften Dingen wie Schutzgelderpressung, Prostitution, Vergewaltigung, die an der Tagesordnung waren, erinnere ich mich an nichts.«

Nathan wagte eine letzte und heikle Frage: »Was für eine Art Beziehung hatten wir? Haben wir uns... gut verstanden?«

»Wir beide?«

Nathan nickte.

Rhoda lachte kurz und freudlos, und die Wehmut, die er aus ihrem Lachen heraushörte, gab ihm einen Stich ins Herz.

»Wir waren uns sehr nah... du bist nur sehr kurz geblieben...«

»Nah... auf welche Weise?«

Erneut antwortete Rhoda nicht sofort.

»Ich war so gut wie verheiratet... ich war die Lebensgefährtin von Paolo Valente.« Sie war aufgestanden und blickte ihn an. »Du bringst mich in Verlegenheit mit deinen Fragen.«

»Tut mir leid... ich versuche nur zu verstehen, was ich dort gemacht habe. Ich glaube nicht mehr als du an meine journalistische Vergangenheit... Ich muss aus einem anderen Grund in diesem Camp gewesen sein...«

Rhoda schien nichts mehr hören zu wollen; dennoch fragte sie: »Glaubst du, es könnte ein Zusammenhang bestehen zwischen deinen jetzigen Nachforschungen und deinem Aufenthalt in Zaire?«

»Ich weiß es nicht, aber ich habe das Gefühl, dass sich hinter meiner Identität ein Abgrund des Schreckens öffnet.«

»Warum tust du das? Warum wendest du dich nicht einfach an die Polizei?«

»Die Polizei? Abgesehen von drei Soldaten, die vor achtzig Jahren starben, und einem verstaubten Manuskript habe ich keinerlei Beweise. Und außerdem scheinst du eines nicht zu begreifen.«

»Was?«

»Ich existiere nicht.«

24

Nathan erwachte allein in dem lichtdurchfluteten Zimmer. Rhoda war gegangen, ohne ihn zu wecken. Einen Augenblick lang betrachtete er die weiße Decke und blickte dann auf seine Uhr: zehn Uhr dreißig. Er stand auf und ging unter die Dusche.

In dem Spiegel, der über dem Waschbecken hing, verband sich sein noch immer geschwollenes Gesicht mit den Erinnerungen an die Nacht, die er bei der jungen Frau verbracht hatte. Sie hatten sich noch eine Weile unterhalten, und dann hatte sie, unmittelbar bevor sie eingeschlafen war, angeboten, am nächsten Tag den Computer und seine Sachen aus seiner Wohnung in der rue Campagne Première zu holen. Zuerst hatte er lebhaft abgelehnt, unter dem Vorwand, die Killer würden mit Sicherheit dort auf ihn warten, aber dann hatte er nachgegeben, da sie sich nicht davon abbringen ließ.

Nathan hatte danach in der Dunkelheit wach gelegen und die Kurven ihres müden Körpers neben sich betrachtet, der sich im Rhythmus ihres Atems ruhig auf und nieder bewegte. Er hatte sie mit dem Blick liebkost, bis er gespürt hatte, wie der Zauber des Lebens wie ein Stern in seiner eigenen Finsternis erwacht war.

Als er ins Zimmer zurückkehrte, entdeckte er auf dem niedrigen Tisch eine Nachricht, die Rhoda ihm hinterlassen hatte.

Nathan, ich spreche auf dem Kongress.
Bin frei gegen 13 Uhr.
Ich warte auf dich auf der Place des Vosges
im Schatten der großen Kastanien.

Eine Uhr des Viertels schlug elf. Das ließ ihm genug Zeit, Klarheit in seine Gedanken zu bringen. Er bestellte einen Kaffee, setzte sich an den Schreibtisch und begann, eine Bestandsaufnahme dessen zu machen, was er wusste.

November 1693: Elias entdeckt die Leiche eines verstümmelten Sklaven. Ihr wurden die Lungen und das Gehirn entnommen.

Juni 1994: Ich bin in Zaire, als der Völkermord in Ruanda in vollem Gang ist. Ich kümmere mich um Kinder, die durch die Massaker traumatisiert sind. Ich verbringe mehrere Nächte allein im Lager... Warum?

Das Thema der Ideologie der Massaker scheint mich ganz besonders zu beschäftigen.

Februar 2002: Die *Pole Explorer* macht sich auf den Weg in die Arktis mit dem Auftrag, dort die Körper deutscher Soldaten aus dem Krieg 1914–1918 zu bergen und anschließend auf der Insel Horstland zu begraben. Die Verstümmelungen, die an den Leichen vorgenommen wurden, sind die gleichen wie im Elias-Manuskript.

Während der Mission sterben der Schiffsarzt und zwei nicht identifizierte Männer. Angebliche Todesursache: Hubschrauberabsturz.

April 2002: Zum zweiten Mal in drei Monaten versuchen Killer, mich zu entführen oder zu ermorden.

Um mich an meinen Nachforschungen zu hindern? Um Informationen zu erhalten, die sich irgendwo in meinem Gedächtnis befinden?

Die Killer warteten bei meiner Wohnung auf mich.

Nach meiner Flucht aus dem Krankenhaus in Hammerfest war es mir gelungen, sie abzuhängen. Wer schickt sie?

Nathan ließ all die Personen Revue passieren, mit denen er seit seinem Erwachen aus dem Koma zu tun gehabt hatte. Nur einer hatte ihn bedroht und schien gute Gründe zu haben, ihn verschwinden zu lassen.

Er nahm den Hörer ab und wählte die Nummer von Hydra. Nachdem es zweimal geklingelt hatte, geriet er an die Sekretärin. Die Frau verband ihn, ohne aufzumucken, mit Roubaud, der sich sofort meldete.

»Falh?«

»Ich danke Ihnen für das Empfangskomitee gestern Abend. Pech für Sie, dass ich schon wieder davongekommen bin. Diesmal hatten sie weniger Glück als in Hammerfest.«

»Wovon reden Sie?«

»Hören Sie auf, mich für blöd zu halten. Ein Team von Profis hat versucht, mich umzubringen, und nur Sie können sie auf mich gehetzt haben.«

»Ich ...«

»Halten Sie Ihr großes Maul und hören Sie mir zu! Die Regeln haben sich geändert. Ich habe Nachforschungen angestellt, ich habe die Leichensäcke gefunden, die Leichen der Soldaten...«

Schweigen.

Nathan ging zum Duzen über und zog die Schraube ein wenig fester.

»Ich habe genügend Beweise gesammelt, um dich in die Knie zu zwingen, du Mistkerl. Du wirst mir jetzt den wirklichen Grund für diese Expedition nennen, mir erklären, wie de Wilde und die anderen gestorben sind und wer der Auftraggeber ist...«

»Scheren Sie sich zum Teufel!«

»Hör mir gut zu! Entweder du packst aus, oder ich informiere die Polizei.«

Roubaud änderte sofort den Ton. Die Drohungen begannen zu wirken.

»Ich habe niemanden auf Sie gehetzt. Ich weiß nicht einmal, wovon Sie sprechen. Was die Mission betrifft...«

»Ich habe alles fotografiert, in allen Einzelheiten, sie werden sich freuen, es kommt nicht oft vor, dass man ihnen die Arbeit abnimmt!«

»Schon gut, schon gut, ich bin bereit, Ihnen alles zu erzählen...«

»Ich höre...«

Nach kurzem Schweigen seufzte Roubaud.

»Es... es war ein totales Fiasko...«

»Spuck's endlich aus.«

Der Mann am anderen Ende der Leitung zögerte einen Augenblick, dann begann er seinen Bericht: »Als die *Pole Explorer* am 8. Februar das Einsatzgebiet erreicht, läuft alles wie vorgesehen. Die Bordingenieure lokalisieren das Wrack in weniger als vierundzwanzig Stunden. Roboter werden hinuntergeschickt, eine Seite des Wracks weist einen Riss auf, der den Tauchern den Zugang ins Innere ermöglicht. Es ist alles klar. Leider bricht am Abend, bevor die Operation beginnen soll, eine Warmfront über die Region herein und macht das Packeis brüchig. Das Team bleibt fast eine Woche in Bereitschaft, man erwägt sogar, die Mission abzubrechen, aber dann lässt eine Kältewelle alles wieder gefrieren. Am 15. Februar treffen der Kapitän und der Expeditionsleiter die Entscheidung, das Kadmium zu bergen.«

»Wer ist dieser Mann?«

»Malignon, ich komme gleich zu ihm, aber lassen Sie mich erst fertig erzählen. In diesem Augenblick kommt es zum ersten Zwischenfall: Ihr Unfall. Ihr Kamerad kann Sie gerade noch herausschaffen, und Sie werden nach Norwegen abtransportiert. Ich ordne über Funk den sofortigen Abbruch der Mission an, aber Malignon will unter allen Umständen weitermachen. Der Gletscherforscher des Teams hat neue Proben genommen... man versichert mir, dass das Packeis und der Zustand des Wracks diesmal stabil seien. Ich lasse mich überzeugen und gebe grünes Licht für die Fortsetzung der Mission.

Am 18. Februar begeben die Taucher sich wieder hinunter ins Wrack und entdecken die ersten Fässer, aber sie enthalten nur Munition und Fischkonserven. Sie tauchen erneut und erkunden alle zugänglichen Teile des Wracks. Nichts. Es gibt nicht ein Fass mit Kadmium an Bord. Zwei Tage später, also am 20. Februar mittags, trete ich erneut in Funkkontakt mit der *Pole Explorer*, und da erfahre ich, dass die Taucher auf Leichen von Seeleuten gestoßen sind, die im Eis des Wracks eingeschlossen waren, und dass sie drei von ihnen an Bord gebracht haben.

Außer mir vor Wut befehle ich dem Kapitän, sie so schnell wie möglich wieder von Bord zu schaffen und nach Antwerpen zurückzukehren. Und jetzt beginnen die Probleme. An Bord der Schiffe herrschen gewisse Regeln, und die Seeleute sind abergläubische Menschen. Derjenige, der einen im Meer versunkenen Körper findet, ist ihm ein Begräbnis und eine religiöse Zeremonie schuldig, damit seine Seele die ewige Ruhe findet. Für die Mannschaft bleiben die toten Seeleute verdammt, bis sie nicht an Land begraben worden sind. Der Kapitän gibt dem Druck seiner Männer nach und beschließt, Spitzbergen anzulaufen, um die Leichen heimlich zu bestatten. Um nicht die Aufmerksamkeit der Behörden vor Ort zu erregen, schützen sie einen Maschinenschaden vor. Am Morgen des 23. Februar stechen sie von Longyearbyen aus in See, und nach dreistündiger Fahrt machen sich Malignon, de Wilde und ein Seemann, Penko Stoichkow, unauffällig in einem Zodiac auf den Weg nach Horstland, einem verlassenen Dorf, um die Soldaten zu beerdigen. Aber Stunden vergehen, ohne dass die drei Männer sich melden. Nach mehreren vergeblichen Versuchen, Funkkontakt mit ihnen herzustellen, schickt der Kapitän den Hubschrauber los, um in der unmittelbaren Umgebung der Insel nach ihnen zu suchen. Nichts. Die drei Männer sind wie vom Erdboden verschluckt.«

Nathan konnte sich den Fortgang der Ereignisse mühelos vorstellen: »Und da haben Sie, um zu verhindern, dass eine Untersuchung in Antwerpen eingeleitet würde, die Sie einerseits gewaltig in die Scheiße geritten hätte, weil Sie gezwungen gewesen wären, über die Entdeckung der Leichen Rechenschaft abzulegen, und die andererseits die Seeleute monatelang an Land festgehalten hätte, das Logbuch verschwinden lassen und die Geschichte des Hubschrauberunfalls erfunden. Was haben Sie mit dem Hubschrauber gemacht?«

»Wir haben ihn über Bord gekippt...«

»Warum haben Sie diese Expedition mitten im Winter durchgeführt? Die Bedingungen sind schrecklich...«

»Das stimmt, gewöhnlich planen wir diese Art von Missionen eher für den arktischen Sommer... Das Klima ist weniger rau, und wir haben fast vierundzwanzig Stunden Tageslicht. Aber in diesem bestimmten Fall mussten wir auf die Festigkeit des Eises setzen, da das Wrack der *Dresden* im ewigen Eis gefangen war.«

»Erzählen Sie mir etwas über den Expeditionsleiter«, verlangte Nathan.

»Jacques Malignon besuchte mich in meinem Büro im August 2001. Das war unsere erste Begegnung. Er erzählte mir, er sei von einer Anwaltskanzlei – Pound & Schuster in Lausanne – kontaktiert worden, die ihrerseits von einem Geschäftsmann bevollmächtigt worden sei, der sich für den Umweltschutz engagiere. Er erzählte mir von dem Wrack eines deutschen Kriegsschiffs, das durch Zufall von einem Team kanadischer Gletscherforscher während einer Expedition, die die Erdverschiebung erforschte, im Sommer 2001 entdeckt und mit einer Argos-Bake markiert worden sei. Er erklärte mir, dass er, nachdem er davon erfahren habe, sofort Nachforschungen habe anstellen lassen und die Spur dieses Schiffes im Archiv der Kaiserlichen Marine in Hamburg gefunden habe. Es handle sich um die *Dresden*, einen Militärfrachter, der Spitzbergen angelaufen habe, um Ladung aufzunehmen; dort habe sich damals eine der ersten Kadmiumfabriken befunden. Dieses Metall wird für die Herstellung von elektrochemischen Batterien benötigt. Dem Dokument der deutschen Marine zufolge sei die *Dresden* 1918 nach einem Zusammenstoß mit einem Eisberg auf offener See vor Ny-Ålesund, einer Bergarbeiterstadt des Svalbard-Archipels, gesunken. Malignon war überzeugt, dass es im ewigen Eis eingeschlossen geblieben und mit dem Packeis etwas mehr als achtzig Jahre lang abgedriftet war. Was erklären würde, dass es so weit oben im nördlichen Polarkreis wieder aufgetaucht ist. Die Sache schien mir interessant zu sein, zumal der Mann von einem Gesamtvolumen von einer Million Dollar sprach, zahlbar vor Beginn der Expedition. Einzige Bedingung, der Auftraggeber, für den dies seine erste Operation sei, wünsche anonym zu bleiben, um jede Art von negativer Presse zu vermeiden, falls die Expedition scheitern sollte.«

»Das alles kommt Ihnen ganz normal vor, und da Sie selbst ein Naturfreund sind, akzeptieren Sie!«

»Ich habe gelernt, ab einer bestimmten Summe keine Fragen mehr zu stellen.«

»Haben Sie das Archivmaterial gesehen?«

»Eine Kopie ist in meinem Besitz. Und ich muss gestehen, dass ich mir noch immer nicht erklären kann, warum an Bord kein Kadmium gefunden wurde. Für mich gibt es zwei Möglichkeiten: Entweder wurde das Metall in Frachträumen gelagert, die unzugänglich geworden sind, als der Eisberg das Wrack zerquetscht hat...«

»Oder Sie sind von dem Auftraggeber reingelegt worden, der Ihnen einen Bären aufgebunden hat, indem er behauptete, das Schiff habe Schwermetalle transportiert, während ihn in Wirklichkeit nur eins interessierte: diesen Soldaten Organe zu entnehmen.«

Schweigen.

»Wa... was zu entnehmen?«, stammelte Roubaud.

Nathan zweifelte einen Augenblick an der Aufrichtigkeit seines Gesprächspartners. Er rief sich die E-Mail ins Gedächtnis zurück, die er in de Wildes Sprechzimmer in Antwerpen gefunden hatte und in der Roubaud diesen bat, die Gefahr einzuschätzen, die ein Kontakt mit dem Kadmium über einen längeren Zeitraum hinweg für die Mannschaft bedeuten könnte. Was für ein Interesse hätte er daran haben können, eine solche interne Akte anlegen zu lassen, wenn er über das wahre Ziel der Expedition informiert gewesen wäre? Künstlich Beweise schaffen? Nein, Roubaud hatte entschieden nicht das Format für so etwas. Er war nur eine Schachfigur, er war reingelegt worden.

»Die Leichen, die ich am Strand von Horstland gefunden habe, waren verstümmelt, Roubaud; sie waren aufgeschlitzt und ihre Schädel eingeschlagen worden... Und das ist nicht alles. Jemand hat ihnen das Gehirn und die Lungen entnommen...«

»Oh, verdammt... Das ist nicht wahr...«

»Ersparen Sie mir Ihre Gemütszustände, und erzählen Sie mir lieber, was geschah, als die *Pole Explorer* zurückkam!«

Roubaud hatte jede Selbstsicherheit verloren, seine Stimme zitterte jetzt wie die eines verängstigten Kindes: »Also ... na ja, ich habe versucht, wieder Kontakt mit den Anwälten in Lausanne aufzunehmen, aber die Kanzlei hatte sich in Luft aufgelöst, an der angegebenen Adresse war niemand mehr. Und die Überweisungen waren von einem Nummernkonto einer Offshore-Bank auf den Cayman-Inseln erfolgt ...«

»Es war Ihnen also nicht möglich, die Identität des Auftraggebers festzustellen.«

»Angesichts des Ausmaßes der Katastrophe hat es mich nicht besonders überrascht, dass sie alle Brücken hinter sich abgebrochen haben. Malignon hatte mich gewarnt.«

»Hatte dieser Malignon eine Versicherung, einen Begünstigten für den Fall des Todes?«

»Pound & Schuster haben sich darum gekümmert. Im Fall, dass etwas passiert, sollten die Entschädigungen auf Nummernkonten überwiesen werden, die für jedes Mitglied der Expedition eröffnet worden waren, was es erneut unmöglich machte, den Auftraggeber zu identifizieren. Wir waren lediglich für die Bezahlung der Mannschaft zuständig.«

»Aber Sie haben mir doch eine Entschädigung überwiesen!«

»Da Sie verschwunden waren, wollte ich nicht das Risiko eingehen, dass Sie ...«

»Schon gut, ich habe verstanden. Befinden sich in Ihrem Besitz noch irgendwelche anderen Dokumente, die mich betreffen?«

»Abgesehen von Ihren Bankverbindungen und der von de Wilde vor der Abfahrt unterschriebenen ärztlichen Bescheinigung habe ich nichts.«

»Schön, wenn Ihnen noch irgendetwas einfällt, selbst Details, die Ihnen unbedeutend erscheinen mögen, zögern Sie nicht, sich mit mir in Verbindung zu setzen. Ich gebe Ihnen eine E-Mail-

Adresse, über die Sie mich erreichen können. Haben Sie was zum Schreiben?«

»Ich höre.«

Roubaud notierte Nathans E-Mail-Adresse und fragte: »Was werden Sie jetzt tun?«

»Versuchen herauszufinden, was Männer dazu bringt, eine Million Dollar auszugeben, um drei Leichen in der Arktis zu bergen.«

»Falh, erlauben Sie, dass ich Ihnen eine Frage stelle.«

»Scheren Sie sich zum Teufel!«

Nathan legte auf und wählte die Nummer von Woods, der sich sofort meldete.

»Ich bin's... Nathan.«

»Aber wo waren Sie denn? Ich hab schon geglaubt, Ihnen sei was zugestoßen, Sie seien tot...«

»Es hat nicht viel gefehlt.«

»Wo sind Sie?«

»In einem Hotel, in Paris. Drei Typen haben versucht, mich umzubringen. Zwei von ihnen hab ich mir vom Hals geschafft.«

»Was meinen Sie mit ›vom Hals geschafft‹?«

»Ich habe Sie getötet, Ashley, das war die einzige Möglichkeit, mit dem Leben davonzukommen... Sie hatten Recht, sie haben mir vor meiner Wohnung aufgelauert.«

»Sind Sie sicher, dass alles in Ordnung ist?«

»Ich will lieber nicht darüber nachdenken. Abgesehen davon tut mir alles weh, sie haben mich übel zugerichtet.«

»Haben Sie sie identifizieren können?«

»Nein.«

»Wo sind die Leichen?«

»Sie haben mich in einen Keller gebracht, sie sind dort geblieben.«

»Sie haben Spuren hinterlassen.«

»Ich habe sie verwischt, so gut ich konnte, aber ich habe eine Menge Blut verloren.«

»Wenn die Bullen nicht bereits eine Probe Ihrer DNS in ihren Datenbanken haben, was wenig wahrscheinlich ist, stehen die Chancen eins zu einer Million, dass sie auf Sie kommen.«

»Ich habe auch das Handy verloren, das Sie mir gegeben haben, Ashley, ich denke, es ist aus meinem Parka gerutscht, bevor die Killer mich überfielen.«

»Das ist schon ärgerlicher. Ich werde eine Verlustanzeige aufgeben. Erzählen Sie mir, was Sie herausgefunden haben.«

Nathan fasste ihm den Wahnsinn der vergangenen Woche zusammen, wobei er bewusst seine Begegnung mit Rhoda und seinen Aufenthalt in Zaire ausklammerte. Abschließend schilderte er ausführlich das Gespräch, das er soeben mit dem Chef von Hydra geführt hatte.

Noch unter dem Schock der Enthüllungen fragte der Engländer dennoch: »Sind Sie sich sicher, was Roubaud betrifft?«

»Ja, als ich ihm von den Leichen erzählte, ist er in Panik geraten. Er wollte den großen Macker spielen, aber ich hab ihn schnell demaskiert, er ist selbst der Gelackmeierte...«

»Haben Sie ihn gebeten, Ihnen eine Kopie des Archivmaterials über die *Dresden* zu schicken?«

»Nein, aber ich glaube sowieso, dass es eine Fälschung ist. Ich werde mich selbst an das Archiv der Kaiserlichen Marine wenden, sehen, ob sie das Original finden können, vielleicht gibt es ja einen Bericht über den Schiffbruch und eine Aufstellung dessen, was die Frachträume des Schiffes enthielten...«

»Überlassen Sie das mir. Über die Malatestiana ist es für mich leichter, an die Akte zu gelangen. Ich werde eine Anfrage von Institution zu Institution formulieren.«

»Ausgezeichnet.«

»Wie stellen Sie sich das weitere Vorgehen vor?«

»Die Hydra-Geschichte ist eine Sackgasse, ich muss mich schnell entscheiden, in welcher Richtung ich weiter vorgehen

will ... Haben Sie noch immer keine Nachrichten aus Frankreich und Belgien, was meine Fingerabdrücke betrifft?«
»Nein, ich werde noch mal mit Staël telefonieren.«
»Kein Wort über all das, was ich Ihnen gerade erzählt habe.«
»Sie haben mein Wort. Und jetzt sagen Sie mir, haben die jüngsten Ereignisse keinerlei Erinnerungen bei Ihnen geweckt?«
»Nein, nichts.«
»Sind Sie wirklich sicher?«
Nathan spürte, dass Woods ihm nicht so ganz glaubte. Er versuchte, seine Stimme so selbstsicher wie möglich klingen zu lassen: »Absolut.«
Kurzes, nachdenkliches Schweigen. Nathan war sich jetzt sicher, dass Woods sein Spielchen durchschaut hatte, dass er begriffen hatte, dass er etwas vor ihm verbarg.
Nach ein paar Sekunden sagte der Engländer: »Nathan, es hätte Sie beinahe erwischt. Sind Sie sicher, dass Sie nicht aufgeben wollen?«
Die Frage verwirrte Nathan.
»Wieso?«
»Ich fürchte, die Sache ist ein paar Nummern zu groß für uns.«
»Was ist los mit Ihnen, Ashley?«
»Seien Sie nicht gleich eingeschnappt, ich mache mir einfach Sorgen um Sie, das ist alles. Sie haben zwei Ihrer Verfolger getötet, glauben Sie mir, sie werden nicht so einfach aufgeben. Sie wollen irgendetwas von Ihnen bekommen, von dem sie wissen, dass Sie es haben.«
»Ich verspreche Ihnen, auf der Hut zu sein.«
»Das müssen Sie wissen, aber passen Sie auf sich auf. Schön, nachdem Sie also jetzt eine Verbindung zwischen den Verbrechen hergestellt haben, werde ich an dem Manuskript weiterarbeiten, ich denke, es ist von entscheidender Wichtigkeit, den Text gründlich zu studieren. Trotz der Jahrhunderte, die sie

voneinander trennen, wird er uns vielleicht neue Hinweise liefern, die uns in unserer Geschichte weiterhelfen. Wir telefonieren, sobald es etwas Neues gibt.«

Nathan verabschiedete sich von Woods und versprach ihm, sich bald wieder bei ihm zu melden. Er vermied es bewusst, sich zu fragen, was ihn veranlasst hatte, nicht über Rhoda zu sprechen, trank einen Schluck Kaffee und blickte auf seine Uhr. Es war Zeit, sich auf den Weg zu machen. In der Hotelboutique erwarb er ein weißes Hemd, eine Jeans und eine dunkle Brille, um die Kampfspuren zu verbergen, dann blieb er am Kiosk stehen und kaufte die aktuelle Ausgabe von *Le Monde*. Er schlug die Zeitung auf der Lokalseite auf und überflog die Artikel und Meldungen. Nichts. Die Leichen der Killer wurden mit keinem Wort erwähnt. Die Frage war, wie lange es dauern würde, bis sie entdeckt würden. Je später, desto besser. Wenn die Bullen die Leichen entdeckten, würden sie im Viertel ermitteln und mögliche Zeugen befragen, zu denen auch das Personal des Sofitel gehören würde. Und dann würden sie schnell bei ihm landen.

Er klemmte sich die Zeitung unter den Arm und trat ins Licht hinaus.

Paris tauchte wie eine Kette steiler Berge vor ihm auf. Die milde, helle Sonne schwang sich auf die Dachfirste und drang in jeden Winkel. Er schloss die Augen und ließ sich vom Brausen des Frühlings umfangen.

Sie war irgendwo da draußen zwischen den schwarzgoldenen Kuppeln, dem zartgrünen Laub der Bäume und den hellen Wohnhäusern. Er dachte an ihren fremd klingenden Namen, an ihre aschblonden Locken, an ihre sanfte Stimme und an ihre smaragdenen Augen.

In genau in diesem Augenblick bedeutete leben für ihn, sich zu erinnern, und er hatte nur ein Verlangen: Rhoda.

25

Nathan zog es vor, die letzten Meter zu Fuß zu gehen. Das Taxi setzte ihn in der rue Saint-Antoine vor der Metrostation Saint-Paul ab. Er ging die rue de Birague hinunter, durch den großen Bogen der Place des Vosges und betrachtete aufmerksam die Galerien unter den Arkaden; dann wanderte sein Blick zum Garten jenseits des Gitterzauns.

Und da sah er sie, im Schatten der großen Bäume. Nathan ging langsamer und betrachtete die grazile Gestalt. Sie stand da, blickte auf den Boden und drückte einen großen Umschlag an ihre Brust.

Diesmal waren ihre Locken zu einem schweren Knoten zusammengebunden, der von einem Stäbchen gehalten wurde, so dass ihre dunklen Schultern und ihr dunkler Hals frei waren und einen starken Kontrast zu dem gebrochenen Weiß ihres Kleides bildeten, das sich perfekt ihrem schlanken Körper anschmiegte.

Nathan spürte, wie sein Herz schneller schlug. Er hatte keine Ahnung, welche Gefühle er bei ihrer Begegnung in Zaire für sie, für andere, unter anderen Himmeln empfunden haben mochte. Aber was er in diesem Moment empfand, schien ihm ein Augenblick reiner Gnade zu sein, und er war sicher, dass er eine solche Empfindung vorher noch niemals gehabt hatte.

Wie gern hätte er alles vergessen: das ewige Eis der Arktis, Woods, das Manuskript, die Killer, die hinter ihm her waren, die Verletzung seines toten Gedächtnisses.

Wie gern wäre er einfach nur ein anderer gewesen.

Fest entschlossen, die Zeit, die sie ihm schenkte, voll und ganz zu genießen, verdrängte er diese Gedanken und überquerte die Straße.

»Guten Tag, Mademoiselle!«
Rhoda unterdrückte ein leichtes Zusammenzucken, dann erstrahlte ihr Gesicht.
»Du hast dich verspätet...«
»Ein paar Dinge, die ich erledigen musste. Tut mir leid.«
»Das war ein Scherz. Da, schau, alles ist da.«
Am Fuß einer Kastanie erkannte Nathan seine Reisetasche und die Umhängetasche seines Laptops.
Im selben Augenblick schrillte eine Alarmglocke in seinem Bewusstsein. Unauffällig blickte er sich um.
»Bist du sicher, dass dir keiner gefolgt ist?«
»Mehr oder weniger. Ich hab mich auf die Terrasse der Bar gegenüber deiner Wohnung gesetzt. Es war alles ruhig, also bin ich zum Haus gegangen, mit dem Lift in den dritten Stock gefahren und dann zu Fuß bis zu deiner Wohnung. Da das Schloss keine Spuren eines Einbruchs aufwies, bin ich hineingegangen.«
»Perfekt.«
»Ich muss dir trotzdem gestehen, dass du mir mit deinen Geschichten eine Mordsangst eingejagt hast. Ich hab beschlossen, ein Taxi bis zum Boulevard Haussmann zu nehmen, dort bin ich in ein großes Kaufhaus gegangen, das ich durch einen Hinterausgang verlassen habe, und dann bin ich wieder in dasselbe Taxi gestiegen. Den Fahrer hatte ich gebeten, in einer Nebenstraße auf mich zu warten.«
»Du bist ein Wunder. Ohne deine Hilfe hätte ich meine Sachen nie wiederbekommen. Sag mir, wie ich dir danken kann...«
»Das Wunder ist, dass ich dich wiedergefunden habe. Bleib eine Weile bei mir.«
Sie gingen zur Île Saint-Louis, überquerten die Seine und liefen weiter zur Place Maubert, wo sie auf der Terrasse eines vietnamesischen Restaurants ein einfaches und zugleich schmackhaftes Mittagessen miteinander teilten.
Endlich erzählte sie von sich: Sie war 1966 in Jerusalem ge-

boren worden, als Tochter eines jemenitischen Juden und einer Rumänin; bis zum Alter von zwölf war sie in Israel aufgewachsen, dann in Bukarest. Schließlich war sie in die palästinensischen Gebiete zurückgekehrt, um ihren Militärdienst abzuleisten, weniger aus patriotischen Gefühlen, sondern weil sie diese Abhärtung als notwendig für ihre Lebensplanung erachtete. Anschließend hatte sie in Paris Medizin studiert. 1992, kurz nach dem Sturz von Ceauşescu, war sie von One Earth engagiert worden, um in einer rumänischen psychiatrischen Klinik für Waisenkinder zu arbeiten. Zwei Jahre des Schreckens. Kurz vor Ausbruch des Konflikts in Ruanda war sie nach Kigali gegangen, dann hatte man sie am Tag, nachdem die Blauhelme von den FAR, den ruandischen Truppen, gelyncht worden waren, nach Goma evakuiert. Die beiden folgenden Jahre hatte sie in Ruhengeri im Norden von Ruanda verbracht, in einem anderen Zentrum von One Earth, das sich darum kümmerte, die traumatisierten Kinder der Tutsi und Hutu zu sammeln und zu behandeln. Danach hatte es Tschetschenien, einen Erdrutsch in Kolumbien, die Erdbeben in der Türkei gegeben... Seit zwei Jahren war sie jetzt in Jenin, wo sie sich um palästinensische Kinder kümmerte. Ein Leben ohne Bindungen, zwischen Bürgerkriegen und humanitären Katastrophen, eine Reise zu den Grenzen des menschlichen Schmerzes, der Gewalt und den verletzten Seelen.

Im Laufe der Stunden knüpfte sich ein tiefes Band zwischen ihnen, ein Gefühl, das keiner von ihnen auszusprechen gewagt hätte, aus Angst, es würde zerstört, wenn das Leben wieder seinen normalen Gang gehen würde. Nathan dachte nur noch an diese geschenkte Zeit, die er am liebsten für immer angehalten hätte.

Bald führten ihre Schritte sie ins Hotel zurück.

Als sie im Zimmer waren, öffnete Nathan seine Reisetasche und breitete seine Sachen auf dem Bett aus.

Als Rhoda die großen Umschläge des Krankenhauses von

Hammerfest sah, näherte sie sich und fragte: »Ist das deine Patientenakte?«

»Ja.«

»Wenn es dir nichts ausmacht, würde ich gern einen Blick hineinwerfen. Mir ist noch nie ein Fall vorgekommen, der so radikal wie deiner ist, aber ich habe häufig mit Amnesien zu tun. Mich würde interessieren, wie die Psychiaterin, die dich behandelt hat, deinen Fall sieht.«

»Bitte.«

Rhoda setzte sich im Schneidersitz auf das Sofa, öffnete jeden Umschlag und studierte aufmerksam seinen Inhalt. Fünfzehn Minuten später war sie fertig.

»Na, was denkst du?«, fragte Nathan.

»Es ist so weit alles in Ordnung, aber man merkt, dass diese Lisa Larsen sich nicht auf ihrem eigentlichen Spezialgebiet bewegt. Was für eine Art von Behandlung hat sie dir vorgeschlagen?«

»Ich soll in eine Therapiegruppe gehen, die die multiplen Persönlichkeitsstörungen mit verschiedenen Techniken behandelt, darunter auch Hypnose.«

»Nicht schlecht. Hast du ein Zentrum gefunden?«

»Sie hat mir eins empfohlen, aber ich muss gestehen, dass die Behandlungsdauer mich ein bisschen erschreckt hat.«

»Die Behandlung kann in der Tat mehrere Jahre dauern. Aber es gibt vielleicht eine andere Möglichkeit... Träumst du, seit du aus dem Koma erwacht bist?«

»Als ich in Paris angekommen bin, hab ich einen Albtraum gehabt, der dann noch ein paar Mal wiedergekehrt ist....«

»Okay... Und gibt es Bilder, die dich verfolgen, reagierst du auf Situationen, Zeichen, Wörter?«

»Als ich in Italien das Elias-Manuskript wiedergesehen habe, habe ich eine eigenartige Empfindung gehabt, wie Sand, der mein Gesicht peitscht... Und dann war da der Vogel auf euren Reisetaschen am Flughafen gestern Abend.«

»Sonst nichts?«
»Nein, ich wüsste nicht.«
Die junge Frau schwieg ein paar Augenblicke, dann erklärte sie: »Ich hätte da einen Vorschlag.«
Mit einem vertrauensvollen Blick forderte Nathan sie auf weiterzusprechen.
»Ich kann dir nicht garantieren, dass es funkioniert, aber ich denke, wir könnten gemeinsam ein Experiment versuchen. Ich muss dich aber warnen, es ist nicht harmlos, häufig ist es sogar sehr anstrengend für den Patienten. Bevor wir es allerdings versuchen, möchte ich, dass wir darüber sprechen.«
»Ich höre dir zu.«
Sie richtete sich auf dem Sofa auf und faltete ihre Hände.
»Also... seit mittlerweile drei Jahren beschäftige ich mich mit neuen Therapiemethoden, die in Europa wenig bekannt sind, die sich aber in der humanitären Psychiatrie als besonders wirksam erwiesen haben. Im Gegensatz zu den Psychotherapien oder den medikamentösen Behandlungen, die viel zu lange dauern und sich daher kaum für die Notsituationen eignen, mit denen ich konfrontiert bin. Im vorliegenden Fall optiere ich für die so genannte EMDR-Methode, die Desensibilisierung und Aufarbeitung durch die Augenbewegungen. Das ist ein ziemlich revolutionäres Verfahren, das die Aufarbeitung der traumatischen Erinnerung fördert. Während der Patient mit den Augen einer Leuchtdiode oder einem Stab folgt, die von dem Therapeuten bewegt werden, spricht er über seine Vergangenheit, bis er tatsächlich wieder in die dramatische Situation eintaucht, die er erlebt hat. Ich habe diese Methode 1999 in Grosny in Tschetschenien entdeckt. Ein junger amerikanischer Arzt benutzte sie, um Kinder zu behandeln, die sehr schwierige Situationen, Morde, Vergewaltigungen, an sich selbst erlebt oder mit angesehen hatten. Manche waren in einem sehr schlimmen Zustand, sie verweigerten jede Nahrung, wollten nicht mehr nach Hause zurück...

Ich will ganz offen zu dir sein, zuerst war ich ziemlich skeptisch, was die Wirksamkeit einer solchen Behandlung betrifft, aber die Ergebnisse waren spektakulär. Schon nach wenigen Sitzungen hatte sich der Zustand dieser Kinder erheblich verbessert, sie konnten wieder ein mehr oder weniger normales Leben führen. Ich habe meine Vorgesetzten überzeugt, mich eine entsprechende Ausbildung machen zu lassen. Sie waren einverstanden, und ich habe mehrere Monate in einer Spezialabteilung am Shadyside Hospital der Universität von Pittsburgh in den USA verbracht. Wie diese Methode genau funktioniert, wird leider nicht erklärt, aber es scheint so zu sein, dass die Augenbewegungen des Patienten während einer Sitzung, die sehr stark denen ähneln, die man macht, wenn man träumt, eine Brücke, einen direkten Zugang zum Emotionszentrum des Gehirns darstellen.«

»Das ist sehr interessant, aber wo ist der Zusammenhang zwischen diesem Pathologietyp und meiner Amnesie...?«

»Die Symptome scheinen nicht die gleichen zu sein, da hast du Recht, aber ich denke, der Verlust deines autobiografischen Gedächtnisses ist vermutlich deine Art, auf einen emotionalen Schock zu reagieren, mit dem du nicht fertig wirst. Ich will dir den Mechanismus erklären: Eine traumatische Erfahrung bewirkt in allen Fällen, dass das Funktionieren des neurologischen und des psychologischen Systems unterbrochen wird. Unter normalen Umständen wird, wenn das Denken auf einen weniger starken Schock reagiert, ein Teil des Gehirns aktiviert, um dem Traumatisierten zu helfen; das ist ein Mechanismus der Selbstheilung, der seit langem bekannt ist und den schon Freud in seinen Arbeiten über die Trauer erwähnte. Ein Beispiel: Eines Morgens entgehst du, als du die Straße überquerst, mit knapper Not einem Auto, das mit voller Geschwindigkeit auf dich zurast. Wenn du abends nach Hause kommst, wirst du an diese Situation zurückdenken, du wirst dich fragen, was geschehen wäre, wenn du ein ganz klein wenig schneller gegangen wärst. Wärst du jetzt tot? Gelähmt? Du wirst das Geschehene noch einmal Revue passieren lassen, und das ist ganz normal. Auf diese Weise wird das Emotionszentrum deines Gehirns das Trauma verarbeiten. Am nächsten Morgen wirst du wieder aus dem Haus gehen, und du wirst erneut die Straße überqueren, ohne Angst, aber deine Wachsamkeit wird zugenommen haben. Eine Weile wirst du dich noch an dieses Auto erinnern, dann wirst du es nach und nach vergessen. Wenn du dagegen einen sehr schlimmen Schock erlebst, etwa einen Autounfall, bei dem Menschen ums Leben kommen, die dir sehr nahe stehen, dann kann diese natürliche Funktion der Selbstheilung unterbrochen werden, und dein Bewusstsein wird dauerhaft erschüttert sein. Selbst wenn der Kranke die Ursache des Traumas kennt, reagieren die Patienten in vielen Fällen mit Unwohlsein oder schrecklichen Angstanfällen auf eine ganz banale Alltagssituation, einen Geruch, ein Geräusch, ohne zu begreifen, was mit ihnen los ist.«

»Worauf willst du hinaus?«

»Was ich dir zu erklären versuche, ist, dass zahlreiche Kranke die Ursache ihres Traumas nicht kennen, weil sie tief in ihnen vergraben ist, und dass diese neue Methode ihnen die Möglichkeit gibt, sie zu isolieren und einen ganz neuen Blick auf sie zu werfen. Auf diese Weise gelingt es ihnen, sich von ihrem Einfluss zu befreien. Dein Unfall ist vielleicht die Ursache deines Problems, aber es ist nicht ausgeschlossen, dass das nur eine Reaktion ist, dass dein Gehirn mit der Amnesie auf ein viel älteres Trauma reagiert hat.«

»Aber die Leute, von denen du sprichst, verfügen über ihr Gedächtnis, sie können über ihre Kindheit sprechen, Episoden aus ihrem Leben erzählen... Ich habe nichts.«

»Du irrst dich. Wie deine Psychiaterin in Norwegen dir gesagt hat – und die Scans, die sie gemacht hat, sind der eindeutige Beweis, weil sie keinerlei Verletzung zeigen –, hast du dein autobiographisches Gedächtnis noch. Einen Beweis dafür sehe ich

in deiner Reaktion auf das Monogramm von One Earth gestern Abend am Flughafen. Dein Unterbewusstsein weigert sich, dir deine Erinnerungen zurückzugeben. Wir müssen einfach nur den Schlüssel finden, der uns den Zugang zu ihnen erlaubt.«
»Aha, und wie willst du das anstellen?«
»Du träumst, Nathan. Wir werden deine Träume erforschen.«

26

Es war eine Art gerade, knotige, graue Wurzel, die an den Stock eines Schamanen erinnerte. Ins künstliche Halbdunkel des Zimmers gehüllt, folgte Nathan mit den Augen der Spitze des Stabs, den Rhoda vor seinem Gesicht rasch hin und her bewegte.
»Alles in Ordnung?«, fragte sie.
Nathan, der mit herabhängenden Armen auf einem Stuhl saß, nickte.
Es war eine einzigartige Erfahrung. Es hatte wie ein Spiel begonnen, aber je länger er seine Augäpfel bewegte, desto deutlicher spürte er ein leichtes Brennen, das sich in seinen Sehnerven verzweigte und schließlich mitten in seinem Gehirn implodierte. Nach und nach verließ er die Realität auf eine Weise, die er sich nicht erklären konnte.
»Gut, jetzt möchte ich, dass wir über die Bilder deines Traums sprechen«, sagte Rhoda mit ruhiger Stimme.
Nathan überlegte einen Augenblick, dann begann er: »Ich bin in einem hellen Zimmer. Und da ist auch ein Junge... Spielzeug liegt verstreut herum.«
»Ganz ruhig, Nathan, lass dir Zeit... Siehst du noch etwas?«
»Nein, nichts.«
»Schau dich genau um, ist da noch etwas, noch jemand mit euch in diesem Zimmer...?«

Große Fenster, durch die grelles Licht ins Zimmer fällt, der glatte Boden. Jodgeruch. Ist das das Meer? Er konnte in seinem Traum buchstäblich herumlaufen, die kleinsten Einzelheiten entdecken, die sein Gedächtnis enthielt, ohne dass er es wusste. *Er spürt, dass da jemand ist.*

»Ein Mann in Begleitung einer Frau... Sie beobachten uns.«
»Wie sehen sie aus?«, fragte Rhoda.
»Ich weiß es nicht, aber ich spüre, dass sie da sind. Jetzt gehen sie.«
Eine starke Hitzewelle stieg ihm in den Kopf.
»Vergiss nicht, dem Stab mit den Augen zu folgen. Und was geschieht jetzt?«, sagte Rhoda mit ruhiger Stimme.
»Die Tür steht einen Spalt offen, eine getigerte Katze sieht den Jungen an... Sie geht zu ihm.«
»Und was macht du?«
»Ich beobachte sie... Die Katze spricht zu dem Kind.«
»In was für einer Sprache? Sagt sie Worte?«
»Ja, es klingt wie eine menschliche Sprache. Ich kenne sie gut, aber ich verstehe sie nicht.«
»Was macht der Junge?«
»Er spielt.«
»Beschreib ihn.«
»Sehr kurze, braune Haare, dunkle Haut.«
»Kennst du ihn... kennst du seinen Namen?«
»Nein. Die Katze geht nah an ihn heran, reibt sich an ihm, schnurrt. Er ist böse.«
»Böse? Was bedeutet das?«
»Ich weiß nicht... Er ist ein Verräter...«
Ein heftiges Zittern geht durch seinen Körper, aber Nathan zwingt sich weiterzusprechen.
»Das Kind hebt etwas auf, es ist ein... ein Brieföffner. Er... er rammt ihn der Katze in den Kopf. Er stößt noch einmal zu, die Klinge dringt durch das Auge tief in den Schädel ein. Das

Tier blutet, miaut, windet sich. Es will fliehen, aber der Junge nagelt es am Boden fest.«
Nathan spürte, wie die Tränen in Strömen über seine Wangen liefen.
»Schon gut, du machst das sehr gut. Was geschieht dann?«
Ein glühender Sandsturm peitscht seine Augen, fegt über sein Gesicht, dringt in seinen Mund. Er erstickt beinahe. Der Ort verwandelt sich. Er ist allein in einer Wüstennacht.

»Eine Wüste, ich bin in einer Sandwüste.«
»Wie heißt der Ort?«
»Ich weiß nicht.«
»Beschreib mir, was du siehst.«
»Es ist dunkel, aber ich erkenne Dünen, die mit schwarzen, gezackten Felsen übersät sind. Ein gewaltiges Gebirge überragt mich. Da sind kleine Hütten aus Zweigen.«
»Bist du immer noch derselbe?«
»Ja... Mein Körper ist in ein ockerfarbenes Tuch gehüllt. Ich gehe einen Weg entlang. Leute sehen mich an.«
»Wie sehen sie aus?«
»Nackt, gekrümmt, sie schützen kleine Flammen in ihren hohlen Händen.«
»Was hörst du?«
»Das Rauschen des Windes und noch etwas, das mich traurig macht. Schluchzen, die Leute... ich glaube, sie weinen.«
»Warum?«
Nathan konzentrierte sich auf die Bilder, die in seinem Gedächtnis vorbeizogen.
»Ich... ich weiß nicht, man könnte meinen... sie weinen, als sie mich sehen, aber ich bin nicht sicher.«
»Sprich weiter.«
»Ich habe mich verirrt, ich frage sie nach dem Weg, aber sie antworten nicht. Einige deuten mit dem Finger auf irgendetwas.«

»Worauf deuten sie?«

»Ich drehe mich in der Nacht um, aber ich sehe nichts...«

Plötzlich verwandelten Nathans Tränen sich in heftiges Schluchzen, dann wurde er von Krämpfen geschüttelt...

»Meine Brust! Es geschieht etwas in meiner Brust...«

Er wimmerte wie ein Kind, seine Stimme hatte sich in eine herzzerreißende Klage verwandelt.

»Was ist los?«

»Ich reiße mir das Tuch, das mich umhüllt, vom Leib. Da ist nichts als ein klaffendes Loch, ein Abgrund aus schwarzem Blut und zuckende Eingeweide. Ein gehäuteter Tierkopf, derjenige der Katze... sie verschlingt mein Herz.«

»Sieh hin, schau dich gründlich um, Nathan. Was siehst du in genau diesem Augenblick?«

Immer heftigere Windböen zerren an ihm. Die Gestalten werden zu zarten, undurchsichtigen Formen... sie verschwimmen...

»Ich drehe mich um, eine verhüllte Gestalt geht in den Sturm hinein. Ich habe Schmerzen... Ich habe Schmerzen.«

»Folge ihr, Nathan, lass sie nicht entwischen.«

»ICH KANN NICHT!«

»Geh weiter, Nathan, das ist deine Seele, die dich flieht, fang sie ein, lass sie nicht noch einmal entkommen. Sie ist der Schlüssel zu allem.«

Nathan schloss die Augen.

»ICH LIEGE AUF DEM BODEN... ICH... ICH KANN NICHT AUFSTEHEN. DIE KATZE FRISST MEINE EINGEWEIDE... DIE GESTALT, IHR GESICHT... SIE WILL... NEIN! NEIN!«

Nathan sprang auf, schwankte und stieß gegen den niedrigen Tisch, während er zu Boden fiel. Sein zusammengekrümmter Körper wurden von Zuckungen geschüttelt, der metallische Geschmack von Blut, in den sich der Salzgeschmack der Tränen mischte, breitete sich in seinem Mund aus. Und dann sah er Rhodas aufgelöstes Gesicht, das sich über ihn beugte.

»Nathan! Was ist passiert? So etwas ist noch nie vorgekommen... Mein Gott, was hab ich dir angetan?«

Sie kauerte sich hin, hob Nathans Kopf hoch, legte ihn auf ihre Knie und umschlang ihn mit den Armen.

»Tut mir leid... tut mir leid...«

»Ich... ich...«

»Sag nichts, bitte... sprich nicht.«

Nathan spürte, wie ihr keuchender Atem an seinem Haar entlangstrich. Sie umarmte ihn zärtlich noch fester, um seine Angst zu teilen, um eins mit ihm zu sein in seinem Schmerz.

Er spürte, wie ihre Handflächen seinen Nacken, sein Haar streichelten, wie ihre Küsse sanft sein feuchtes Gesicht berührten... Und dann überfiel ihn plötzlich ein wahnsinniges Verlangen, unendlich reines weißes Licht. Seine Hände suchten Rhodas Körper, ihre Hüften, sie war wie eine gewaltige Woge, eine flüssige Kraft, stark und geschmeidig, die sich an ihn klammerte. Ihre Münder begegneten sich in einem ersten gierigen Zusammenprall. So verharrten sie eine Weile, ineinander verloren, unfähig, sich zu trennen. Plötzlich wich die junge Frau zurück, knöpfte ihre Bluse auf und entblößte ihre seidigen Brüste, ihre Haut, die wie Sand war. Nathan betrachtete einen Augenblick ihr purpurrotes Gesicht, ihre hellen Augen... Dann stürzte er in einen Abgrund.

Sie kam zu ihm zurück, liebkoste seine Haut mit kleinen Zungenschlägen und glitt erneut wie eine Opfergabe aus Honig und Süße zwischen seine Lippen. Ihre Hände, leicht wie zwei bernsteinfarbene Blumen, verbanden sich für eine Weile mit seinen Liebkosungen, dann verließen sie ihn plötzlich, um zwischen ihre eigenen Schenkel zu gleiten. Neue Sinneswahrnehmungen umhüllten Nathan, der süße Duft der Früchte, die Wärme ihrer Brust an seiner. Er öffnete die Augen wieder, um Rhodas Lust zu sehen. Sie drückte sein Gesicht nach hinten, dann nahm sie es zwischen ihre Finger und zog es sanft zur Höhle ihres Körpers, an den Rand...

In diesem Augenblick schrie etwas auf in seinem Schädel. Das Zimmer färbte sich rot. Er stieß Rhoda heftig zurück und sprang auf: »GEH WEG... GEH WEG... RÜHR MICH NICHT AN!«

»Was ist mit dir?«

Sie kam mit ausgestreckter Hand auf ihn zu.

Er versuchte, sich zu kontrollieren, aber das Zimmer schwankte, drehte sich. Eine neuerliche Welle kalter, brutaler Wut auf Rhoda schwappte über ihn hinweg: »RÜHR MICH NICHT AN... LASS MICH IN RUHE...«

»Wie...«

»ICH SPÜRE... GEH WEG, KOMM NICHT NÄHER...«

»Was ist in dich gefahren?«

Rhoda beobachtete ihn, Unverständnis und Schrecken im Blick.

»STEH NICHT SO NACKT DA, ZIEH DICH AN!«

Tränen verschleierten ihren Blick. Sie versuchte zu sprechen, aber ihre Stimme brach sich in einem Schluchzer. Sie presste ihre Kleider an sich, lief ins Badezimmer und verriegelte die Tür.

Trunken vor Hass irrte Nathan einen Augenblick durch das Zimmer. Nach und nach beruhigte er sich wieder. Er setzte sich aufs Sofa, drückte die Knie gegen seine Brust und schloss die Augen.

Was war nur in ihn gefahren? Seit er aus dem Koma erwacht war, hatte er mehrmals diese merkwürdige Gewalttätigkeit in sich gespürt, er hatte sogar getötet, aber jedes Mal hatte er diese Gewaltbereitschaft im Zaum halten können. Nie hatte er sich zu einer solchen Aggressivität hinreißen lassen, nie einen so tief sitzenden Ekel empfunden. Wieso diese Reaktion? War die Erinnnerung an seinen Traum der Grund? Hatte Rhoda ihm etwas verheimlicht, woran sein Körper sich erinnert hatte?

Nein... Er delirierte. Es lag an ihm, an ihm allein. Diesmal war er sicher: Er verlor den Verstand.

Ein metallisches Klicken, ein Schatten, der vorbeihuschte... Nathan öffnete die Lider. Ein paar Stunden waren vergangen. Rhoda kam schweigend aus dem Badezimmer. Er erhob sich, ging zu ihr und blieb wortlos in der Dunkelheit stehen.

Die junge Frau öffnete ihre Reisetasche und begann, ihre Kleidung hineinzuwerfen.

»Tut mir leid, was passiert ist... das ist unverzeihlich... Ich verstehe es nicht.«

Rhoda antwortete nicht.

»Was machst du da?«, fragte Nathan.

»Ich reise ab. Ich gehe nach Israel zurück.«

»Ich bitte dich aufrichtig um Verzeihung.«

»Vergessen wir das alles, es ist zum Teil auch meine Schuld.«

»Was meinst du damit?«

»Ich habe die Regeln verletzt... Du warst mein Patient geworden. Das hätte niemals passieren dürfen.«

»Ich versichere dir, du hast dir nichts vorzuwerfen. Wir, das war etwas anderes... Es ist allein meine Schuld.«

»Du weißt nicht, wovon du redest. Ich habe einen schweren Fehler begangen.« Sie schloss ihre Reisetasche und richtete sich wieder vor ihm auf. »Jeder geht seiner Wege. Es ist besser so, glaub mir.«

Er erforschte ein letztes Mal ihren bewusst kühlen, aber immer noch feuchten Blick. Er hatte die Frau lächerlich gemacht, die ihm die Hand gereicht hatte, er hatte sie zutiefst gedemütigt. Sein Verhalten erfüllte ihn mit Abscheu.

Es gab nichts mehr hinzuzufügen.

Rhoda öffnete die Tür des Zimmers und ging auf den Gang hinaus.

Sie zögerte und kam zurück.

»Nathan... Ich...«

»Ja...«

»Ich habe noch einmal nachgedacht über das, was du mich bezüglich des Camps in Katalé gefragt hast. Vorkommnisse, die möglicherweise aus dem Rahmen gefallen sind... Mir ist da etwas eingefallen, es erschien mir damals nicht wichtig, ich weiß nicht, ob...«

»Was?«

»Ich erinnere mich, dass die Gebietschefs mehrere Anzeigen bei dem Verantwortlichen des Hochkommissariats für Flüchtlinge der Vereinten Nationen, der dem Camp zugeteilt war, erstattet haben...«

»Anzeigen... aus welchen Gründen?«

»Flüchtlinge waren verschwunden... Sie wurden nie wiedergefunden. Die Behörden haben Vergeltungsakte zwischen den Hutu vermutet... aber ich erinnere mich, dass eines Abends ein kleines Mädchen zu mir gekommen ist. Sie war völlig verängstigt. Sie erzählte, man habe ihren Vater mitgenommen... Ich fragte sie, ob sie den oder die, die ihn mitgenommen hatten, kenne oder gesehen habe. Sie verneinte, sie habe sie nicht gesehen... weil man sie nicht sehen konnte... ihre Gesichter waren maskiert... Ich dachte... das sei ein Albtraum gewesen... Sie sagte... Oh, mein Gott, diese Geschichte macht mir Angst...«

»Was... was sagte sie? Rede, ich bitte dich!«

»Dass es Dämonen gewesen seien... Dämonen mit weißen Händen...«

27

Flughafen London-Heathrow
2. April 2002
Zehn Uhr abends

»Ashley, hier Nathan.«
»Wie geht es?«
»Nicht schlecht.«
»Wo sind Sie?«
»In London. Ich fliege nach Goma.«
»Sind Sie allein?«
»Natürlich. Wer sollte bei mir sein?«
»Und die Leichen der Killer?«
»Nichts Neues. Ich war versucht, in dem Keller nachzusehen.«
»Keine gute Idee.«
»Das hab ich mir auch gedacht. Ich habe das Hotel gewechselt, um mich von dem Viertel zu entfernen. Ich habe die Zeitungen durchgeschaut. Nichts, nicht mal eine Kurzmeldung. Ganz offensichtlich sind sie noch nicht entdeckt worden.«
»Oder jemand hat sie verschwinden lassen. Wenn die Bullen die Leichen finden, könnten sie für denjenigen, der sie auf Sie gehetzt hat, ein Problem werden.«
»Ja, das wäre möglich.«
»Schön, also, ich habe mit dem Archiv der deutschen Marine in Hamburg Kontakt aufgenommen.«
»Und das Ergebnis?«
»Die *Dresden* ist in der Tat in ihrer zentralen Datenbank gespeichert, aber sie können die Akte nicht finden. Sie behaup-

ten, sie sei verschwunden. Und es gibt kein anderes Archiv, das Unterlagen über dieses Schiff hat.«
»Sie ist gestohlen worden...«
»Wenn Sie meine Meinung hören wollen, das ist so sicher wie das Amen in der Kirche.«
»Roubaud hat sich ganz schön einseifen lassen.«
»Das scheint mir auch so... Was wollen Sie in Goma?«
»Ich habe vielleicht eine Spur. Die einzige, die mir bleibt. Ich werde Ihnen zu gegebener Zeit davon erzählen.«
»Nathan, was verbergen Sie vor mir?«
»Nichts Wichtiges, Ashley. Ich kann Ihnen im Augenblick nichts sagen, aber wenn es sich als wichtig herausstellen sollte, werde ich...«
»Nathan, wollen Sie, dass ich Ihnen helfe?«
Schweigen.
»Dann erzählen Sie mir, was in den letzten Tagen wirklich passiert ist.«
Woods Stimme klang schroff, endgültig. Nathan gab es auf, hinter die undurchsichtigen Gründe zu kommen, die ihn veranlasst hatten, seine Begegnung mit Rhoda zu verheimlichen. Er konnte auf den Engländer, der jetzt sein einziger Verbündeter war, nicht verzichten. Und in seinem Innersten spürte er ein immer größeres Bedürfnis, jemandem vertrauen zu können. Ohne Vorbehalt. Hatte Ashley ihm nicht zur Genüge bewiesen, dass er dieses Vertrauens würdig war? Nathan zögerte nicht länger und erzählte ihm von seiner Begegnung mit Rhoda, verschwieg allerdings die Umstände ihrer Trennung.
Woods hörte ihm zu, ohne ihn zu unterbrechen.
»Passen Sie auf, worauf Sie sich einlassen, Nathan.«
Deutliche Besorgnis lag in der Stimme des Engländers.
»Machen Sie sich keine Sorgen.«
Eine ganz eigenartige Rührung hatte von den beiden Männern Besitz ergriffen. Nathan brach den Zauber.
»Gibt es etwas Neues von Staël?«

»Noch nicht«, erwiderte Woods, der seinen Gleichmut wiedergefunden hatte. »Er hat seine Anfragen bezüglich der Fingerabdrücke bei den französischen und belgischen Behörden wiederholt, aber ich fürchte, das wird nicht viel bringen.«
»Das dachte ich mir schon. Und wie weit sind Sie mit dem Manuskript?«
»Ich komme nur langsam voran, aber ich gebe Ihnen Bescheid, sobald ich auf etwas Interessantes stoße.«
Ein Gong und eine Stimme tönten durch die Halle des Terminals. Die Passagiere des Flugs BA 107 wurden aufgerufen.
»Ich muss Schluss machen, Ashley. Ich rufe Sie wieder an, sobald ich kann.«
»Gute Reise, mein Alter, passen Sie auf sich auf.«

Nathan unterbrach die Verbindung und schloss sich der Menge an, die sich drängte, um an Bord der Boeing 747 nach Nairobi zu gehen. Die Hauptstadt von Kenia – Drehscheibe des afrikanischen Flugverkehrs – war seine erste Station. Von dort würde er nach Kigali in Ruanda fliegen und dann nach Goma weiterfahren.

Er hatte die achtundvierzig Stunden, die auf Rhodas Abreise gefolgt waren, dazu benutzt, seine Reise vorzubereiten. Ein Visum für Ruanda zu erhalten, war nicht schwierig; was die Demokratische Republik Kongo betraf, so war es besser, es vor Ort zu kaufen. Der Osten des Landes, in dem seit dem Sturz von Mobutu Bürgerkrieg herrschte, war in der Hand der Rebellen der RCD, der kongolesischen Sammlung für Demokratie, die die offiziellen Dokumente der Regierung in Kinshasa nicht anerkannten.

Nathan hatte vorsorglich ein Zimmer in einem Hotel der Stadt reserviert – im Starlight –, das er aufs Geratewohl aus einer Liste ausgewählt hatte, die er von der Botschaft bekommen hatte. Der Direktor des Hotels hatte ihm versprochen, ihm »einen Abgesandten zu schicken«, der an der Grenze auf ihn warten und die Einreiseformalitäten für ihn erledigen würde. Am Tag der Abreise schließlich war er durch die Hauptstadt gezogen, um seine Ausrüstung zu vervollständigen: ein Cape für den Regen, Fliegensprays und einen kompletten Apothekenkoffer: Malariatabletten, Erste-Hilfe-Kasten, Chlortabletten für das Wasser und Durchfalltabletten. Außerdem hatte er dreitausend Euro in Dollar umgetauscht und eine zweite Speicherkarte für seine Digitalkamera gekauft.

Der Flug war ausgebucht. Eine bunte Mischung, unglaublich fröhlich und lärmend, in der Safaritouristen neben Geschäftsleuten und Diplomaten, Europäer neben Afrikanern saßen. Das Aufeinanderprallen von Welten, die sich vermischten, ohne das Geringste voneinander zu wissen. Nathan machte es sich auf seinem Sitz bequem und schlief kurz nach dem Start ein.

Kurz vor halb sechs Uhr morgens öffnete er die Augen. Das Flugzeug befand sich im Anflug auf den Flughafen. Seine Nachbarn erwachten einer nach dem andern, groggy, als würde der fröhlichen Ausgelassenheit des Abends zuvor ein schrecklicher Kater folgen. Er drehte den Kopf. Draußen wurde es gerade Tag, lange Nebelstreifen schwebten wie Gespenster über die weiten Ebenen Afrikas. Ein paar trübe Lampen schimmerten in der Ferne. Sie hatten eine Stunde Verspätung.

Nathan schaffte es gerade noch, seinen Anschlussflug zu erreichen.

Als alle Passagiere an Bord waren, startete das Flugzeug in Richtung Westen. Nairobi blieb in der grauen Morgendämmerung zurück, endlose braune Wüstenflächen, Felsspitzen und ein paar Wasserläufe, die von schmalen Vegetationsbändern noch betont wurden, tauchten jetzt auf. Dann wurde die Maschine von einer riesigen blasslila Wolke geschluckt.

Knapp eine Stunde später flog der Pilot eine Linkskurve, verringerte die Drehzahl und steuerte in einem Fünfzig-Grad-Winkel der Erde entgegen. Eine andere Welt bot sich Nathans Blick.

Die Wüste hatte sich in eine Landschaft aus grünen Hügeln verwandelt, die kümmerlichen Wasserläufe waren zu einer triefenden, purpurroten Haarpracht geworden. Eine gewalttätige, lebensstrotzende Welt von verblüffender Kraft. Während er sich dem Boden näherte, spürte Nathan, wie eine quälende Angst aus seinem tiefsten Innern hochstieg und sich in seinen Adern ausbreitete. Aber das war nicht die Furcht, in diese Region ohne Glaube und Moral einzutauchen. Nein, denn er kannte diese Gegend. Er war schon einmal hier gewesen, das Gedächtnis seines Körpers hatte die Erinnerung daran bewahrt.
Und genau das beunruhigte ihn.

Nathan verließ das Flugzeug im strömenden Regen, der seine Sturzbäche über das Rollfeld ergoss. Es herrschte Regenzeit. Tropfnass betrat er den Flughafen von Kigali. Ein paar Minuten später war auch seine Reisetasche da, ebenso durchnässt wie er. Er kam problemlos durch den Zoll und ging in Richtung Ausgang, wo ein Dutzend Taxifahrer warteten. Mittags stieg er in einen Toyota Land Cruiser und machte sich auf den Weg in die Demokratische Republik Kongo.
Die Erde Afrikas zeigte nun ein anderes Gesicht. Unter dem schwarzen, regenschweren Himmel nahmen die Bodenreliefs eine dunklere Färbung an, die Erde war jetzt blutrot, und die Luft, anfangs schwül und drückend, wurde immer frischer und kühler, je weiter sie sich von der Stadt entfernten. Die kurvige Straße vor ihnen, die von den Regengüssen überflutet wurde, führte zwischen sanften, grünen Hügeln hindurch, an die sich Maniokfelder, Bananenpflanzungen und überbevölkerte Dörfer klammerten. Sie begegneten Konvois von Geländewagen mit den Initialen UN der Vereinten Nationen und Transportern, die in einem Höllentempo fuhren und auf deren Windschutzscheiben zu lesen war: »Jesus ist groß.« Das häufigste Transportmittel jedoch war das Fahrrad, Hunderte von Rädern, die

ihre Besitzer, wahre Gleichgewichtskünstler, gegen alle Gesetze der Schwerkraft mit Bergen von Bananen beladen hatten. Die anderen gingen zu Fuß. Horden von Männern, Frauen und Kindern waren am Straßenrand und auf den Feldern unterwegs, manche groß und geschmeidig, andere klein und untersetzt, mit Spaten, Macheten, Heugabeln... Beim Anblick ihrer stählernen Werkzeuge musste Nathan unwillkürlich daran denken, dass sie 1994 fast eine Million Landsleute getötet hatten.

Gegen dreizehn Uhr kamen sie in die Grenzstadt Gisenyi. Nathan bat den Fahrer, an der Tankstelle zu halten, wo, wie der Direktor des Hotels ihm gesagt hatte, der Abgesandte auf ihn warten sollte. Er stieg aus dem Wagen und fragte den ersten Angestellten, der ihm begegnete, ob ein gewisser Billy da sei. Zu seiner großen Überraschung deutete der Mann mit dem Finger auf eine Gestalt, die auf einem Haufen Räder kauerte. Billy war tatsächlich gekommen, und mehr noch, der junge Mann hatte die nötigen Formalitäten für Nathans Einreise in das kongolesische Hoheitsgebiet erledigt. Nathan forderte ihn auf, mit ihm in den Wagen zu steigen, und dann fuhren sie weiter. Knapp eine Stunde später tauchte Goma vor ihnen im Dunst auf.

28

Verwurzelt am Ufer des Kiwusees, schien die Stadt sich nach und nach ausgebreitet und sich dabei wie eine aus der pflanzlichen Finsternis aufgetauchte gefräßige Pflanze in die Erde der umliegenden Hügel gefressen zu haben. Hupkonzerte, chaotische Feldwege, Betonklötze oder Baracken mit Wellblechdächern, eine ganz normale afrikanische Stadt. Bis auf die Kleinigkeit, dass hier die Erde schwarz wie die Nacht und die Luft erfüllt von schweren Düften war und von Millionen winziger

Mücken zu wimmeln schien. Als Nathan sein Gesicht den Bergen zuwandte, erblickte er die dunkle und majestätische Gestalt, die sich in der Ferne abzeichnete. Die Millionen von Flocken waren keine Insekten, sondern die Aschewolken, die der riesige Vulkan Nyira Gonga ausstieß.

Als Nathan vor dem Starlight ankam, einem Gebäude mit grünweißer Fassade, umgeben von einem üppig blühenden Garten, in dem kleine Bungalows standen, bezahlte er die Fahrt und betrat die Hotelhalle. An der Rezeption wechselte er hundert Dollar in kongolesische Francs, die lokale Währung; dann ließ er sich auf sein Zimmer führen, das im linken Flügel des Gebäudes lag. Es war ein einfacher, sauberer Raum mit einem Schreibtisch und einem Doppelbett sowie einer kleinen Terrasse, von der aus man einen freien Blick auf den Kiwusee hatte. Er nahm eine Dusche, zog sich um und konzentrierte sich auf seine Nachforschungen.

Er musste mit jedem reden, der ihm Auskünfte über das Camp von Katalé geben konnte, und so viele Informationen wie möglich und unterschiedliche Meinungen sammeln, um sich ein objektives Bild von der Situation machen zu können.

Die Ereignisse lagen acht Jahre zurück, aber einige Nicht-Regierungsorganisationen waren noch in der Stadt tätig, und manche ihrer Mitarbeiter hatten vielleicht an der Rettungsaktion während des Exodus der Hutu teilgenommen. Die französischen und belgischen Emigranten konnten ihm möglicherweise ebenfalls weiterhelfen. Aber er brauchte ein wasserdichtes Alibi, um sich zwischen diesen unterschiedlichen Gemeinschaften bewegen zu können, ohne das wirkliche Ziel seiner Erkundigungen preisgeben zu müssen. Und er hatte da bereits eine Idee.

Im Telefonbuch fand er die Adresse des örtlichen Büros der Weltgesundheitsorganisation. Dorthin wollte er sich als Erstes wenden.

Der Sitz der WHO hatte seine Räume im Erdgeschoss der kanadischen Zivilbasis, in der Nähe des luxuriösen Karibuhotels. Zu Fuß waren es zwanzig Minuten bis dorthin, die einzige geteerte Straße der Stadt entlang, eine gerade Linie, die die schönen Viertel mit dem Flughafen verband. Der Regen hatte nachgelassen, aber überall waren die Schäden zu sehen, die die Schauer verursacht hatten. Die Straßen von Goma waren buchstäblich überschwemmt von riesigen Schlammpfützen, in denen zwischen Bergen von Abfall die Kadaver von Ziegen oder streunenden Hunden trieben.

Die Büroräume, die an ein bescheidenes Krankenhaus grenzten, hatten etwas von einer Familienpension, einem Lager und einer Werkstatt. Nathan bahnte sich einen Weg durch die Menge, die sich am Eingang der Medikamentenausgabe drängte, und stellte sich am Empfang vor. Eine Minute später wurde er in das Büro der »Chefin« geführt.

Doktor Phindi Willemse war eine große Frau in den Vierzigern mit sehr schwarzer Haut. Sie trug ein buntes, geschürztes Kleid und sehr kurzes Haar, und ihr vornehmes eckiges, dunkel schimmerndes Gesicht wirkte wie aus einem Basaltblock geschnitten. Sie begrüßte Nathan mit einem herzlichen Händedruck und forderte ihn auf, Platz zu nehmen.

»Was kann ich für Sie tun, Monsieur...«

»Nathan Falh. Ich danke Ihnen, dass Sie mich empfangen.«

Während er die Welt seiner Gesprächspartnerin eingehend musterte, die aus einem Resopalschreibtisch bestand, auf dem ein Computer und ein Schild mit ihrem Namen standen und Berge von Akten sich türmten, tischte Nathan die Lüge auf, die er sich unterwegs zurechtgelegt hatte: »Ich bin Journalist, ich recherchiere über die Prozesse des Internationalen Gerichtshofs Ruanda betreffend. Ich interessiere mich für die des Völkermords angeklagten Hutu, die noch immer in Freiheit sind.«

Obwohl es ein wenig gewagt war, lieferte dieses Alibi einen

perfekten Vorwand, um die Orte zu besuchen, die ihn interessierten, und die entsprechenden Fragen zu stellen.

»Für welche Zeitung arbeiten Sie?«

»Ich bin freier Journalist. Ich verkaufe meine Reportagen an den, der mir am meisten dafür bezahlt.«

»Das ist eine etwas riskante Arbeitsweise.«

»Ich habe das Risiko noch nie gescheut... Das erlaubt mir auch, meine Meinung frei zu äußern.«

»Ich verstehe... Wissen Sie, wen genau Sie suchen?«

Nathan hielt den Atem an. Er musste sie behutsam dorthin führen, wo er sie haben wollte. Diese Frau verfügte über die Macht und die Kontakte, die ihm ermöglichen würden, seine Nachforschungen in diesem Land mitten im Bürgerkrieg zu einem guten Ende zu bringen. Er konnte sich keinen Fehler erlauben.

»Ich stehe noch ganz am Anfang meiner Recherchen. Um also auf Ihre Frage zu antworten, ich kann Ihnen keine Namen nennen. Meine Recherchen konzentrieren sich auf die Ideologen und Anführer der Milizen, die, abgesehen von den Verbrechen, die an den Tutsi auf dem Gebiet von Ruanda begangen worden sind, gemäßigte Hutu in den Camps der Region von Goma verfolgt und ermordet haben.«

»Das sind eine ganze Menge, viele sind ins Exil nach Europa oder Kanada gegangen, andere sind in Kiwu geblieben. Aber ich möchte Sie warnen, diese Verbrecher wissen, dass sie bedroht sind, und sind ständig auf der Hut. Wenn Sie in diesen Kreisen recherchieren, werden Sie große Probleme bekommen.«

»Dessen bin ich mir durchaus bewusst. Aber ich habe eine gewisse Erfahrung mit solchen Situationen.«

Phindi Willemse runzelte die Stirn und lächelte: »Das kann ich mir denken.«

Nathan überhörte die Anspielung auf das Hämatom und die Narben in seinem Gesicht.

Die Ärztin stand auf und stellte sich neben das Foto eines lachenden Kindes, das fast die ganze Wand bedeckte, die lediglich verputzt war.

»Ihr Ansatz scheint mir interessant. Diese Männer haben die Situation und die Verzweiflung ihres Volkes schamlos ausgenutzt und verdienen es, denunziert zu werden. Ich bin daher bereit, Ihnen zu helfen, aber Sie müssen mir sagen, wie.«

Wenn er sie jetzt dazu bringen konnte, ihn mit einigen Akteuren der Katastrophe zusammenzubringen, wäre die erste Runde gewonnen. Seine Antwort kam prompt: »Ich möchte mit jeder Person sprechen, die im Juli 1994 in den Lagern gearbeitet hat.«

»In welchen Lagern? Es gab Dutzende.«

»Ich dachte an die wichtigsten...«

»Kibumba, Katalé, Mugunga?«

»Katalé.«

»Die humanitären Teams wechseln ständig, und ich glaube nicht, dass sich in Goma oder in der näheren Umgebung noch irgendein Mitarbeiter einer Nicht-Regierungsorganisation aufhält, der 1994 hier gewesen ist. Was die vor Ort rekrutierten Helfer betrifft, so sind viele in die Arbeitslosigkeit gestürzt, nachdem die Organisationen abgezogen waren. Vermutlich sind sie noch immer hier, aber Goma zählt mehr als dreihunderttausend Einwohner, und es dürfte schwierig sein, sie ausfindig zu machen. Allerdings...«

»Ja...«

»Ich habe keine Ahnung, ob das was bringt, aber es gibt andere Hutu, und ich spreche nicht von denen, die Sie suchen, sondern von den Ärmsten, denen aus dem Volk, die niemals nach Hause zurückgekehrt sind, entweder weil sie nicht wussten, wohin sie gehen sollten, oder weil sie Angst hatten, selbst von der Patriotischen Front Ruandas, der FPR, verfolgt zu werden. Zwei Lager sind nie wirklich verlassen worden. Sie sind heute ausgedehnte Slums, bevölkert von Gespenstern.

Eines ist das von Katalé. Dort werden Sie diese armen Teufel finden.«

»Glauben Sie, dass ich ihnen trauen kann?«

»Was ich glaube, ist, dass sie bei diesen Massakern viel verloren haben. Sie haben sich zur rechten Hand des Teufels gemacht, als sie den klugen Köpfen zuhörten, die die Endlösung propagierten und ihnen das Paradies auf Erden versprachen, sobald die Tutsi vernichtet seien. Ich glaube, dass sie noch immer einen gewissen Groll auf sie haben.«

»Wie kann ich dorthin kommen?«, fragte Nathan.

»Sie brauchen einen Passierschein. Die Region ist voll von Milizen. Die RCD, die Mai Mai... das sind völlig aus der Bahn geworfene junge Männer, häufig betrunken oder mit Drogen voll gepumpt, die die schlimmsten Gräueltaten begangen haben. Wenn Sie keine von ihren Führern ausgestellte Erlaubnis haben, dass Sie sich frei bewegen dürfen, werden sie nicht zögern, Sie für ein Päckchen Zigaretten umzubringen.«

»Wo kann ich mir ein solches Dokument besorgen?«

Phindi Willemse runzelte erneut die Stirn, diesmal vor Überraschung.

»Wollen Sie sagen, dass Sie über keinerlei Kontakte verfügen?«

»Keinen.«

»Wann wollen Sie losfahren?«

»So schnell wie möglich... Morgen?«

»Okay, ich werde sehen, was ich tun kann. Es sind dreißig Kilometer in nördlicher Richtung, aber Sie müssen selbst sehen, wie Sie dorthin kommen, ich habe im Augenblick kein Team, das in diese Region fährt.«

»Machen Sie sich deswegen keine Sorgen.«

»Wenn Sie es bis dorthin schaffen, gibt es im Dorf eine belgische katholische Mission, die von Pater Spriet geleitet wird. Er ist ein älterer Mann, an dem dreißig Jahre im Busch nicht spurlos vorübergegangen sind, aber er wird Ihnen bestimmt helfen können, vor allem was die Unterbringung betrifft und um einen Führer zu finden. Richten Sie ihm schöne Grüße von mir aus.«

»Ausgezeichnet.« Am Ton der Frau erkannte Nathan, dass die Zeit, die sie ihm zu bewilligen bereit war, abgelaufen war.

»Gut, Monsieur Falh... Dann also bis morgen.«

»Da wäre noch etwas...«

»Ja?«

»Verfügen Sie über ein Archiv mit Unterlagen über den Exodus?«

»Wir haben sicher die Berichte unserer leitenden Mitarbeiter, die damals hier waren, aufbewahrt.«

»Wäre es möglich, sie einzusehen?«

»Ich denke, das ist kein Problem. Aber ich muss nachforschen, und im Augenblick bin ich sehr beschäftigt. Ich werde sie heraussuchen lassen, bis Sie zurück sind.«

»Doktor... wie kann ich Ihnen danken?«

»Nicht nötig. Rufen Sie mich morgen Punkt neun an.«

29

Die vier großen Stempel, die unten auf dem Passierschein prangten, den Doktor Willemse Nathan persönlich ausgehändigt hatte, boten nur eine relative Garantie dafür, dass er während der Fahrt, die ihn nach Katalé bringen sollte, nicht umgebracht würde. Denn das Schreiben schützte ihn zwar vor den offiziellen Milizen, bewahrte ihn aber nicht vor der Mordlust der bewaffneten Banden, die in der Region ihr Unwesen trieben...

Nathan faltete das Dokument sorgfältig zusammen, steckte es neben den Pass in seinen Rucksack und blickte auf seine Uhr: Es war elf. Ein Lastwagen mit Hilfsgütern, das einzige

Transportmittel, das er gefunden hatte, um sein erstes Ziel, die katholische Mission von Pater Spriet, zu erreichen, fuhr in einer halben Stunde los. In einem Kolonialwarengeschäft besorgte er sich zwei Flaschen Mineralwasser, eine Tafel Schokolade, Kekse und dünne Kerzen, dann ging er unter einem schwarzen Himmel, der jeden Augenblick seine Schleusen zu öffnen drohte, zu der belgischen Zivilbasis, wo der Konvoi losfahren würde.

Zu dieser Zeit des Jahres wagte sich kein Leichtfahrzeug in diese Gegend. Die Straße, die nach Kibumba führte, war in den Berghang gegraben worden, und nur Stahlungetüme wie der geländegängige Lkw, in den er gleich einsteigen würde, waren schwer genug, um nicht von einem Schlammstrom fortgerissen zu werden.

Nathan meldete sich beim Fahrer, der ihn zu dem großen Container schickte, der mit einer khakifarbenen Plane bedeckt war. Offensichtlich war er nicht der Einzige, der sich in das Masisi-Gebiet begeben wollte. Im Schatten der Pakete mit Medikamenten, der Reissäcke, der lebenden Tiere und der Ballen mit allerlei Lebensmitteln entdeckte Nathan eine nicht gerade kleine menschliche Fracht, dunkel und stumm. Männer und Frauen, manche in bunte Stoffe gehüllt, drängten sich da eng aneinander und bildeten eine gestaltlose, schwankende Masse blutleerer Gesichter, trauriger Blicke und ärmlicher Kleidung. Nathan stieg in den Container und suchte sich einen Platz zwischen den heißen Körpern. Zehn Minuten später setzte der Konvoi sich in Bewegung.

Gegen halb sechs Uhr abends erreichten sie Kibumba.
Nathan sprang vom Laster und ging unter dem weißen Himmel auf den Weiler aus Strohlehmhütten zu. Das kleine in den Vulkanausläufern verlorene Dorf lag auf einem weiten Felsplateau. Während er unter den gleichgültigen Blicken der Erwachsenen auf das Gewirr der Eingeborenenhütten zuging,

umdrängten ihn Dutzende von Kindern und Jugendlichen. Die Jüngsten balgten sich um das Privileg, die Reisetasche tragen zu dürfen. Als der Kreis sich geschlossen hatte, blieb Nathan stehen und fragte, wo sich die katholische Mission befinde. Seine Frage löste allgemeine Heiterkeit aus.

Da ertönte hinter ihm eine donnernde Stimme: »Haut ab, ihr dreckigen Makaken!«

Es war ein Weißer mit verwelktem, grünlichem Gesicht und einem Stoffhut auf dem Kopf, der jede Form verloren hatte. Sein Mund war ein schmaler purpurroter Streifen, und die Umrisse seiner Augen schienen mit Kajal tätowiert zu sein. Nathan bemerkte das kleine Holzkreuz, das an einer Lederschnur zwischen seinen mageren Schultern baumelte. Die Menge teilte sich, um den Neuankömmling durchzulassen.

»Macht Platz! Wer sind Sie?«, fragte der Mann mit dem Kreuz.

»Nathan Falh, ich komme aus Goma. Doktor Willemse... sind Sie Pater Spriet?«

»Folgen Sie mir, in der Kirche können wir uns besser unterhalten!«, erklärte der Mann, ohne sich die Mühe zu machen, auf Nathans Frage zu antworten.

Ein heftiger Donnerschlag ließ die Luft erzittern.

Nathan folgte ihm zwischen die Hütten. Sie blieben vor einem bescheidenen Gebäude aus blauweißem Zement stehen, das von einem riesigen Kreuz gekrönt wurde. Der Missionar schob einen Stoffvorhang beiseite, der als Tür diente, und forderte Nathan auf, in das Gotteshaus einzutreten.

»Ich höre«, sagte er und setzte sich auf eine der Bänke seiner Pfarrgemeinde.

Nathan überlegte einen Augenblick, dann ging er aufs Ganze. Die Zeit war gekommen, die wirklichen Fragen zu stellen.

»Ich bin Journalist, ich recherchiere über das Verschwinden von Flüchtlingen aus Ruanda im Juli 1994 im Camp von Katalé.«

»Was meinen Sie mit ›Verschwinden‹?«

»Ich spreche von Einzelpersonen: Männer, Frauen, Kinder, die sich in Luft aufgelöst haben und von denen man nie wieder etwas gehört hat. Angeblich wurden sie entführt.«

Pater Spriet hörte aufmerksam zu, die Hände gefaltet und den Kopf leicht zur Seite geneigt.

»Entführt sagen Sie?«

»Ich habe zuerst an Vergeltungsakte zwischen Hutu gedacht, aber diese Hypothese habe ich inzwischen wieder verworfen, ich neige eher zu der Annahme, dass…«

Er sah wieder das Bild des kleinen, schluchzenden Mädchens in Rhodas Armen vor sich. *Dämonen mit weißen Händen…*

»Dass…?«

»Nun, sagen wir, dass einige Hinweise zu der Vermutung Anlass geben, dass diese Fälle von spurlosem Verschwinden nicht unbedingt etwas mit dem Völkermord zu tun haben.«

»Woran denken Sie?«

»Es gibt in dieser Sache einen Augenzeugen. Ein kleines Mädchen.«

»Ein kleines Mädchen… Und was hat dieses Kind gesehen?«

»Sie sagte, ihr Vater sei von Dämonen mitgenommen worden, die mit großer Wahrscheinlichkeit aus dem Westen kamen.«

»Westliche Dämonen… sehr interessant… und warum sollten sie ihren Vater entführt haben?«

Der ironische Ton des Missionars begann Nathan zu nerven.

»Wenn ich das wüsste, Pater, wäre ich nicht hier.«

»Sie wollen es also herausfinden…«

»Ich möchte diejenigen befragen, die in Katalé geblieben sind.«

Ein neuerlicher Donnerschlag ließ die Mauern der Kirche erzittern. Als die ersten Regentropfen auf das Blechdach schlugen, stand Pater Spriet auf und ging zum Altar. Er betrachtete einen Augenblick das riesige Kruzifix, das in der Dunkelheit aufragte, dann drehte er sich um.

»Wissen Sie, wie viele Geschichten von Teufeln, von Dämonen oder von Geistern man mir jedes Jahr berichtet? Afrika ist ein Land der Legenden, und seine Einwohner sind durchdrungen von allen Arten von Aberglauben, gegen die ich täglich zu kämpfen habe.«

Nathan konnte sich ein Lächeln nicht verkneifen, während er sich Pater Spriet einen Augenblick lang als einen schmächtigen heiligen Michael vorstellte, der den Drachen tötete.

»Leute sind verschwunden, und ich glaube nicht, dass die Person, die mir davon berichtet hat, für diese Kultur des Übernatürlichen anfällig ist.«

»Na schön, lassen wir diese Erwägungen einmal beiseite, aber erlauben Sie mir, dass ich Ihnen meinerseits eine Frage stelle. Haben Sie auch nur die Spur einer Vorstellung, was 1994 hier passiert ist? Wissen Sie überhaupt, was diese Menschen durchgemacht haben, Überlebende oder Mörder, Schuldige wie Unschuldige, die am Abend des 13. Juli wie ein roter Fluss die Region überflutet haben, Leib und Seele besudelt vom Blut ihrer Brüder, um auf der Lava unserer Vulkane zu weinen und zu sterben? Haben Sie einmal die Augen geschlossen und sich die Gesichter, die verlorenen Blicke vorgestellt, in denen die Dämonen, der Tod und der Hass tanzen?«

Er schwieg einen Augenblick. Der Regen hatte an Heftigkeit zugenommen.

»Ich, junger Mann, ich war da, ich habe das Grauen hinter den Hügeln hervorkommen sehen, die man einst das Paradies nannte. Innerhalb weniger Tage ist die Region in ein unbeschreibliches Chaos gestürzt worden, tausendmal schlimmer als das, in dem wir heute leben. Hier wie dort wurde gemordet. Todeskämpfe, Plünderungen, Vergewaltigungen, Morde waren an der Tagesordnung. Und glauben Sie, dass es damit sein Bewenden hatte? Nein, Monsieur Falh, knapp eine Woche später ist die Cholera über sie gekommen, wie eine Geißel, die geradewegs aus dem Alten Testament aufgetaucht ist. Sie wurden dahingerafft, die einen wie die andern, vor unseren hilflosen Blicken, und nährten die Erde mit ihren armseligen Körpern. Was ich Ihnen sagen will, ist, dass wir hier mit dem Tod leben. Selbst in Zeiten relativen Friedens ist er da und lauert im Dunkeln, bereit, einen jeden Augenblick zu holen. Ein Drittel der Bevölkerung ist an Aids erkrankt, die Rebellen töten täglich Dutzende von Menschen, die Grausamsten unter ihnen zwingen die Twas, eine pygmiforme Minderheit, ihre eigenen Kinder zu töten, zu zerstückeln und zu essen, ganz zu schweigen von den Tieren, Krokodile, Schlangen, Flusspferde... Gehen Sie einmal an unseren Flüssen spazieren und Sie werden den Tod in den ausgerissenen Armen, den aufgeblähten Bäuchen, den leeren Augen der Leichen sehen, die sie mit sich führen. Die Kolonisatoren-Länder sind vermutlich auch nicht ganz unschuldig daran, das will ich gar nicht leugnen, aber hier befinden Sie sich vor allem in einer Welt von Wilden, einer Welt, in der das westliche Denken keinen Platz hat. Wenn der Sensenmann wütet, dann hinterlässt er keine Spuren, die Erde verschlingt ihn, verschluckt ihn und die Gewissen auch. Die Fälle spurlosen Verschwindens, von denen Sie sprechen, junger Mann, sind ein Tropfen in dem unermesslichen Grauen, das diese Gebiete, in denen Gott tot ist, spaltet und weiterhin spalten wird. Sie können mir glauben, wenn ich Ihnen sage, dass Sie Ihre Zeit verschwenden und dass die armen Teufel des Camps von Katalé Ihnen nicht helfen werden...«

Die Gespenster spukten offensichtlich noch immer im Geist des alten Mannes herum, aber Nathan nahm die kolonialistische und rassistische Gesinnung dieser traurigen Gestalt hin. Sein Wahn interessierte ihn nicht. Es war klar, dass Spriet ihm keine Hilfe sein würde.

Als der Geistliche zu einer neuen Schmährede ansetzen wollte, schnitt Nathan ihm das Wort ab.

»Wenn diese Personen wirklich verschwunden sind, wenn Verbrechen begangen worden sind, und ich habe gute Gründe, das zu glauben, dann müssen die Schuldigen gefunden werden. Ich räume ein, dass die Erfahrungen, die Sie gemacht haben, zu einem gewissen Fatalismus führen können, aber ich glaube nicht, dass man dem Tod jemals mit Gleichgültigkeit begegnen kann. Ich habe Tausende von Kilometern zurückgelegt, um zu verstehen, was passiert ist, und ich kann jetzt unmöglich aufgeben. Ich werde morgen ins Camp fahren. Kann ich mit Ihrer Unterstützung rechnen?«

»Tun Sie, was Sie nicht lassen können. Ich habe jetzt zu tun, guten Abend«, zischte der alte Mann und ging zum Ausgang.

Nathan fragte sich, ob der Missionar nicht einfach nur verrückt war, aber der verächtliche Blick und der mühselige Gang sprachen Bände über sein von Verbitterung und zunehmender Gebrechlichkeit zerstörtes Leben.

Nathan änderte den Ton: »Ich habe Sie etwas gefragt!«

»Sie können in der Medikamentenausgabe schlafen, am Ende des Dorfs, die Kinder werden Ihnen den Weg zeigen. Was Ihre Recherchen betrifft, ich bin Doktor Willemse noch ein paar Gefallen schuldig. Jemand wird Sie morgen früh mit dem Wagen abholen, Benzin und Fahrer müssen Sie bezahlen. Seien Sie um sechs Uhr bereit.«

30

Nathan erwachte kurz vor Sonnenaufgang.

Nachdem er sich unter dem dünnen Wasserstrahl gewaschen hatte, der aus dem Rohr im Badezimmer tröpfelte, zog er eine Leinenhose, ein T-Shirt und ein Paar Wanderschuhe an und packte seinen Rucksack: Fotoapparat, Taschenlampe, Bargeld, Notizheft und sein Dolch. Er verriegelte die Tür des Schlafzimmers und verließ die Medikamentenausgabe.

Alles war blau. Ein so helles Blau, dass Erde und Himmel wie auf einem zarten Aquarell eins zu werden schienen. Nur die dunklen Konturen der Natur, die von den ersten Schreien der Affen und Vögel erzitterte, waren durch die Dunstschleier zu erkennen. Nathan atmete die Luft, die bereits schwül war, und machte eine Runde durch das Dorf. Keine Bewegung. Kein Geräusch. Alle schliefen. Er ging über die weiche Erde zwischen den reglosen Pfützen und kam zu dem Felsvorsprung, der das Tal überragte.

Am Abend zuvor war er nach seinem Gespräch mit dem Priester in sein Zimmer gegangen, einen winzigen Raum, in dem ein Feldbett und eine Emailschüssel standen. Die Kinder, die sich beim Warten auf ihn abgewechselt zu haben schienen, um ihn ja nicht zu verpassen, hatten ihn anschließend zu einer kleinen Bude am Dorfeingang geführt, wo er Ziegenspieße, Maniokbrei und gebratene Bananen in reichlich Sauce mit höllisch scharfem Piment gegessen hatte. Die Bewohner von Kibumba waren lächelnd einer nach dem anderen zu ihm gekommen, um sich nach dem Grund seines Besuchs zu erkundigen oder um ihn einfach nur zu betrachten. Gegen neun hatte Nathan seinen Gastgebern todmüde gedankt und sich verabschiedet. Die Nacht war unruhig gewesen. Das Gefühl, dass etwas um ihn herumschlich, hatte ihn zweimal schweißgebadet aus dem Schlaf schrecken lassen. Er hatte seine Kerze angezündet, aber es war niemand im Zimmer gewesen. Wahrscheinlich war die abendliche Predigt nicht ganz unschuldig an seiner Verwirrung – die Gespenster des Missionars geisterten durch seine Nacht.

Pater Spriet hatte sich seit ihrem Gespräch in der Kirche nicht mehr blicken lassen. Er war ein armer Irrer, aber in einem hatte er Recht: Die Aussichten, dass die Flüchtlinge von Katalé sich an irgendetwas erinnerten, waren sehr gering. Das Bild der verstümmelten Leichen in Spitzbergen schob sich wieder vor sein inneres Auge... Fast zehn Jahre trennten die Expedition

der *Pole Explorer* von dem Exodus der Hutu, und auch wenn er bei diesen neuen Nachforschungen noch immer im Dunkeln tappte, spürte er doch, dass ein unsichtbares, aber dünnes Band diese beiden Geheimnisse miteinander verband.
Eine Stimme murmelte: »Salut...«
Nathan drehte sich um. Ein junger Mann mit mandelförmigen Augen stand mit verschränkten Händen im Schatten eines Baums mit feuerroten Blüten.
»Was willst du?«, fragte Nathan.
»Pater Denis hat mich über Sprechfunk angerufen und gebeten, dich zu fahren...«
Nathan beobachtete sein Gegenüber einen Augenblick. Er war ein schüchterner, kaum achtzehnjähriger Bursche, groß und dünn; seine gebeugte Gestalt erinnerte an einen merkwürdigen Stelzvogel. Er hatte feine Gesichtszüge, und die Haut, die über den Wangenknochen spannte, wirkte ebenso blau wie der anbrechende Tag. Er trug ein weißes, tadellos gebügeltes Hemd, eine schwarze Hose und Sandalen.
»Wie heißt du?«
»Juma.«
»Guten Tag, Juma. Ich bin Nathan.«
»Du willst nach Katalé, willst du mit den Leuten sprechen?«
»Ja.«
»Du musst das Benzin bezahlen.«
»Ich weiß, der Pater hat es mir gesagt.«
»Du musst auch den Fahrer bezahlen.«
»Mach dir keine Sorgen. Fahren wir.«
Der rotweiße Jeep, in dem sie Platz genommen hatten, fuhr langsam über die lehmige Piste. Laut Doktor Willemse lag etwa eine halbe Stunde Fahrzeit zwischen Kibumba und dem Camp in Katalé, aber Nathan begriff, dass diese Zeitangabe, die für die heiße und trockene Zeit des Jahres richtig sein mochte, in der Regenzeit auf jeden Fall verdoppelt werden musste. Der junge Führer zu seiner Linken fuhr vollkommen gleichmütig

und stumm. Nach einer Stunde und zwei Militärsperren, die Nathan um einige Bündel kongolesischer Francs erleichtert hatten, erreichten sie ein anderes Dorf, sehr viel größer und ausgedehnter als Kibumba. Nathan dachte einen Augenblick, dass dies die einzige Möglichkeit sei, um zum Camp zu gelangen, aber als sie auf einen Marktplatz voller Waren und durchdringender Gerüche kamen, auf dem reges Treiben herrschte, bog Juma nach links ab und fuhr in ein Labyrinth stark ausgefahrener Gässchen hinein.

»Was wollen wir denn hier?«

»Wir werden uns die Genehmigungen besorgen.«

»Was für Genehmigungen?«

»Wenn wir ins Camp wollen, brauchen wir eine.«

Nathan steckte die Hand in seinen Rucksack und zog das gestempelte Papier heraus.

»Ich habe sie. Das ist nicht nötig. Kehr um.«

Juma prüfte das Dokument aufmerksam und erwiderte: »Die hier kommt aus Goma. Wir brauchen eine vom Gebietschef.«

»Warte, ich glaube, du hast mich missverstanden. Ich pfeife auf diese Genehmigungen und auf deinen Gebietschef, die uns den ganzen Tag versauen. Du kehrst jetzt sofort um!«

»Wir kommen nicht darum herum, und außerdem ist es gut, wenn du den Gebietschef kennen lernst.«

»Ach ja? Und warum?«

»Weil er ein ehemaliger Militärangehöriger ist, er war Hauptmann in der Armee. Er leitete die Wachpatrouillen an der Grenze im Juli 1994. Hauptmann Hermès, er weiß eine Menge Dinge...«

Juma parkte neben einem funkelnden 4 x 4, der vor dem einzigen Haus in Massivbauweise des Viertels stand. Ein Würfel aus Stahlbeton, gekrönt von einer riesigen Satellitenschüssel. Zu beiden Seiten der Eingangstür hatte man Sandsäcke aufgestapelt, die den Eindruck vermitteln sollten, man habe sich in dem

Gebäude verschanzt. Sie schlugen die Türen des Jeeps zu und betraten den Bunker.

Hermès Kahékwa, ein fetter und hässlicher Mann, saß gemütlich mit zwei Frauen auf einem abgewetzten roten Samtsofa. Im Fernsehen liefen in einer Endlosschleife Clips mit afrikanischer Musik. Als Nathan die großen braunen Flaschen eines lokalen Bieres sah, die auf dem niedrigen Tisch standen, glaubte er einen Augenblick, dass man ihn erwartete. Aber dann stellte er fest, dass sie bereits leer waren.

»Guten Tag, Messieurs, nehmen Sie Platz.«

Nathan und Juma erwiderten seinen Gruß und setzten sich in zwei Sessel.

»Was verschafft mir die Ehre?«

Juma erklärte den Grund ihres Besuchs.

»Woher kommen Sie, Monsieur?«

»Nathan. Ich bin Franzose.«

»Aaaah, Frankreich. Ich kenne Frankreich, ich war zu einer militärischen Ausbildung dort, 1996. In Poitiers. Ich bin ins Futuroscope gegangen, ich habe ein wunderschönes Unterhemd von dort mitgebracht. Sind Sie einmal dort gewesen?«

»Ich hatte dieses Glück nicht. Entschuldigen Sie, Hauptmann, aber wir haben es eilig.«

Der große, kräftige Mann deutete das leichte Lächeln eines Betrunkenen an und goss den Rest seiner schon weitgehend leeren Bierflasche in sein Glas.

»Sie wünschen also eine Genehmigung… Die Region ist gefährlich, wissen Sie… Im Augenblick treiben die Mai Mai ihr Unwesen…«

»Das ist uns bekannt, Hauptmann, und wir würden Ihnen durchaus unsere Dankbarkeit zeigen«, bemerkte Juma.

»Schön, möchten Sie etwas trinken?«

»Nein, danke«, erwiderte Nathan.

»Dann auf Ihre Gesundheit.«

Nathan sah Hermès Kahékwa zu, wie er in großen Schlucken

sein Bier trank. Er war von faszinierender Hässlichkeit. Seine rechte Augenhöhle enthielt einen blinden, gelben, trägen Augapfel, und seine riesige Nase war nur noch eine formlose, klumpige Masse.

»Hauptmann«, fuhr Nathan fort. »Sie waren in der Armee...«

»Das ist richtig, Offizier in der Armee von Mobutu Sese Seko.«

»Sie und Ihre Männer waren im Juli 1994 an der Grenze von Ruanda stationiert, nicht wahr?«

Kahékwa schnalzte mit der Zunge und ließ einen gewaltigen Rülpser hören.

»Sie sind gut informiert.«

»Sie kennen den Wald und die Umgebung von Katalé.«

»Dort habe ich mein Auge verloren, ein Parasit... Onchozerkose. Kleine Fliegen, die einen stechen und...«

»In diesem Fall möchte ich Ihnen ein paar Fragen über bestimmte Vorfälle stellen, die sich damals ereignet haben«, unterbrach Nathan ihn und legte einen Zwanzig-Dollar-Schein auf den Tisch.«

»Ha ha ha...« Kahékwa lachte hämisch.

»Können Sie sich an das Verschwinden von Personen in der Umgebung des Camps oder im Camp selbst erinnern, das nicht unmittelbar mit dem Völkermord in Verbindung stand?« Nathan dachte an die Dimension des bösen Zaubers, die in dem Elias-Manuskript angedeutet wurde, und fügte hinzu: »Irgendetwas Mysteriöses, das mit Aberglauben zu tun haben könnte.«

Ein breites, perverses Lächeln breitete sich über das Gesicht des Mannes, und er fragte leise: »Geistergeschichten...?«

»Ja.«

»Erlauben Sie mir eine Frage... Stimmt es, Monsieur Nathan, das ist eine Frage, die ich mir schon lange stelle... dass die Darsteller in den Pornofilmen Franzosen sind?«

»Wie viel?«, schnitt Nathan ihm das Wort ab.

»Noch zwanzig Dollar.«

Ohne mit der Wimper zu zucken, schob Nathan Kahékwa einen weiteren Schein zu.

Dieser begann: »Damals ging in der Region ein Gerücht um. Es hieß, dieses Camp sei verflucht. Die Vulkane, die Goma umgeben, gelten bei unserem Volk als heilig. Dort leben unsere Gottheiten. Man sagt, die Hutu hätten, als sie sich während ihres Exodus auf dem Hang des Vulkans von Katalé niederließen, den heiligen Ort beschmutzt. Um dieses erbärmliche Volk zu bestrafen, sollen die zornigen Götter daraufhin eine Armee von Geistern geschickt haben, die sie rächen...«

»Nathan«, flüsterte Juma ihm ins Ohr. »Dieser Mann ist betrunken... Er würde dir jeden Unsinn erzählen...«

Nathan unterbrach den jungen Mann mit einer Handbewegung.

»Lass ihn weitersprechen. Erzählen Sie mir von diesen Geistern! Auf welche Weise haben sie sich gerächt?«

Kahékwa rülpste erneut, leiser diesmal, und setzte seine Geschichte, unterstützt von weit ausholenden Armbewegungen, fort.

»Man sagt, sie hätten tagsüber unter der Erde gelebt und seien im Schutz der Nacht herausgekommen, um sich die Hutu zu holen. Man sagt auch, sie hätten sie zerstückelt und ihr Blut getrunken.«

Nathan zuckte bei dieser neuen Enthüllung zusammen.

»Hat man die Körper wiedergefunden?«

»Nein, ich glaube nicht, sie sind von den wilden Tieren gefressen worden.«

»Und hat man sie... gesehen?«

»O neeiiin... Man sieht die Geister niemals, außer wenn man tot ist. Allerdings... es kommt vor, dass man sie hört...«

»Wie das?«

Schweigen.

Nathan holte einen weiteren Schein aus seiner Tasche und steckte ihn Kahékwa in die Hemdtasche.

»Am Ende des Völkermords, am 4. Juli, als die Tutsi-Armee, die FPR, die Kontrolle über Kigali und Butaré übernommen hat, begannen die Hutu, die brutale Repressalien fürchteten, massenhaft zu fliehen. Manche haben sich im Strom der Tutsi-Flüchtlinge verborgen, die durch die Schutzzone, die die internationale Eingreiftruppe eingerichtet hatte, in den Südwesten des Landes unterwegs waren, aber die meisten sind zu uns geflohen. Manche Kriegsführer der Tutsi, die nicht hinnehmen wollten, dass die Henker davonkommen, ohne sich für ihre Verbrechen verantworten zu müssen, haben Kommandos gegründet und sie mit Hubschraubern nach Westen transportiert, an die Grenze zwischen Zaire und Ruanda, wo sie die Flüchtlinge abfangen und für ihre Verbrechen bezahlen lassen sollten. Es gab dort nur ein paar Geheimagenten, Männer der französischen Spezialeinheiten und Hauptmann Hermès mit seinen Männern. Bereits am 13. Juli sind die ersten Flüchtlingsgruppen eingetroffen. In dem Glauben, sie seien gerettet, haben sie sich entlang der Grenze verteilt, weil sie hofften, so schneller nach Zaire hineinkommen zu können, aber echte Todesschwadronen erwarteten sie auf den Straßen und in den Wäldern. Tausende völlig entkräfteter Hutu wurden getötet. Keine Folter, nur Massenhinrichtungen. Manche, vor allem die Reichen, haben es dennoch geschafft, mit dem Leben davonzukommen.«

»Die Reichen... Was meinen Sie damit?«

»Na ja, im Wald konnte man entweder auf die Kommandos der FPR oder auf Fluchthelfer stoßen. Man musste teuer bezahlen. Natürlich konnten sich das nur die Wohlhabendsten leisten.«

»Wie gingen diese Männer vor, wer waren sie?«

»Zu Beginn der sechziger Jahre erlebte Ruanda eine soziale und politische Revolution, an deren Ende die Hutu die Monarchie stürzten, die Macht übernahmen und dem Land die Unabhängigkeit brachten. Damals haben die ersten Massaker begonnen. Mehr als zwanzigtausend Inyenzis, Küchenschaben, wie man die Tutsi schon damals nannte, sind ums Leben gekommen. Manche sind geblieben, andere sind in die Nachbarländer geflohen, Burundi, Uganda und Zaire. So wie die FPR erwarteten die damaligen Hutu-Milizen die Flüchtlinge an den Grenzen. Damals etablierte sich ein System der Exfiltration, und die Tutsi begannen, wie die Vietcong, als sie sich während des Vietnamkriegs in den Wäldern versteckten, unterirdische Gänge zu graben, um nach Zaire zu gelangen. Diese Netze waren den Einwohnern des Kiwu-Gebiets bekannt, und 1994 erkannten die Gerissensten von ihnen darin eine Gelegenheit, sich zu bereichern, indem sie diejenigen, die über die entsprechenden Mittel verfügten, ins Land brachten, ohne dadurch in Bedrängnis zu geraten. Die meisten dieser Tunnel sind eingestürzt, aber drei oder vier sind noch vorhanden. Einer von ihnen führt in der Nähe des Camps von Katalé ins Freie.«

»Und was haben die Geister damit zu tun?«

»Wie ich sagte, sie lebten in der Erde. Und manche meiner Männer mussten ebenfalls wiederholt in diesen Stollen hinuntersteigen. Und dort haben sie Schreie gehört, das furchtbare Geschrei der Geister, die das Menschenfleisch verschlangen.«

Nathan fuhr sich durch sein kurzes Haar und fragte: »Sagen Sie, Hauptmann... Was haben Ihre Männer ›wiederholt‹ in diesen Stollen gemacht?«

»Na ja... sie waren auf Erkundung...«

»Und sie sind nicht tiefer hinuntergestiegen, sie waren nicht neugierig, wo die Schreie herkamen?«

»Nein, sie hatten zu große Angst.«

»Wo sind diese Stollen?«

»Das ist vertraulich. Militärgeheimnis«, wich Kahékwa aus.

Nathan schwieg und blickte dem Hauptmann unverwandt in die Augen. Und da begriff er: das Haus, der 4 x 4, die Satellitenschüssel, der imposante Fernseher, der in dem Zimmer thronte. Unvermittelt änderte er den Ton: »Sag mal, Hauptmann, womit hast du das Geld verdient, mit dem du all das kaufen konntest? Drogen? Gold? Edelsteine? Oder was?«

»Nathan...«, protestierte Juma.

»Halt dich da raus.« Nathan näherte sich Kahékwa und wiederholte: »Oder was?« Der Betrunkene schwieg. Er beobachtete sein Gegenüber mit seinem einen Auge, das andere, gelbe, schien sich vor Angst wie eine Molluske in ihr Gehäuse zurückgezogen zu haben.

Nathan sprang auf, packte Kahékwa am schlaffen Fleisch seines Doppelkinns und zog ihn zu sich heran, bis er seine Alkoholfahne riechen konnte.

»Soll ich dir was sagen, Hauptmann, die Fluchthelfer, das waren DU... DU UND DEINE MÄNNER. Wer außer Militärpersonen hätte sich in dieses Gebiet gewagt? Ihr habt die Flüchtlinge an der Grenze erwartet, auf dem Gebiet von Ruanda, und habt sie erpresst. Wenn sie nicht bezahlten, habt ihr sie den Schwadronen der FPR ausgeliefert. Sag mir, ob ich mich irre.«

»...«

»IRRE ICH MICH?«

»Wir haben... wir haben ihnen geholfen. Wir haben uns ebenfalls in Gefahr gebracht... Sie waren uns ewig dankbar.«

»Du bist ein Schwein, aber das ist deine Sache. Jetzt HÖR ZU, ich brauche diese Information, und ich werde auf keinen Fall noch mehr blechen. Du antwortest, und ich verschwinde. Wenn du weiterhin große Töne spuckst, wirst du dein blaues Wunder erleben.«

»Wenn... wenn du mehr wissen willst, musst du noch mehr bezahlen... fünfzig Dollar...«

Nathan sah, wie die Kahékwas Hand zwischen den Kissen des Sofas verschwand.

Noch bevor der Hauptmann seine Pistole auf ihn richten konnte, hatte Nathan ihm bereits seine Faust ins Gesicht geschlagen. Die unförmige Nase begann heftig zu bluten. Nathan entriss dem Hauptmann die Pistole und drückte sie auf sein gesundes Auge.

»WO IST DIESER STOLLEN?«

»Ich bin Hau… Hauptmann der Armee…«

»Du bist nichts, nur ein erbärmlicher Trunkenbold. Entweder du redest jetzt, oder ich verspreche dir, dass du in Zukunft nur noch an Krücken gehen kannst«, brüllte Nathan und presste den Pistolenlauf noch fester auf das Auge des Hauptmanns.

»Letztes… letztes Jahr sind die Leute von Katalé… zu mir gekommen…«, stammelte Kahékwa zwischen den Fäden blutigen Nasenschleims, die seinen Mund besudelten. »Sie wollten wissen, wo er sich befindet…«

»WARUM?«

»Ich weiß nicht… ich habe ihn den Jungen gezeigt…«

»Ein Name. RASCH!«

»Einer von ihnen, ein Großer… er hieß… Jean… Jean-Baptiste… er muss sich noch immer dort herumtreiben…«

31

Das Camp lag auf der Flanke des Vulkans, einem ausgedehnten Hang aus gräulichem Schlamm, vermischt mit Abfall. Zwischen den Rauchsäulen, die von den kleinen Feuerstellen mit rötlich glimmender Glut aufstiegen, drängten sich die wackligen Elendsbehausungen, Hütten aus Ästen und Stücken türkisfarbener Nylonplane, auf denen noch die Initialen der Nicht-Regierungsorganisationen zu erkennen waren, die diesen Ort allerdings bereits seit langem verlassen hatten.

Im Unterschied zu den Dörfern der Umgebung, in denen reges Leben herrschte, wirkte dieser Ort vollkommen verlassen. Nur streunende Hunde mit blutenden Wunden und ein paar gekrümmte Gestalten hoben sich von dieser trostlosen Landschaft ab, in der selbst die Vögel zu singen aufgehört hatten.

Nathan und Juma sanken bis zu den Knöcheln in dem widerlichen Schlamm ein, während sie auf die Behausungen zugingen.

»Wir müssen den Chef finden«, flüsterte Juma, als hätte er Angst, irgendeinen in den Tiefen der Erde verborgenen Geist zu wecken.

Ein kleines graues Wesen in Lumpen kam ihnen entgegengelaufen. Es war ein Kind. Sein kurzes Haar war von der Mykose ganz weiß geworden, und um seine Augen, die wie kleine, feuchte Perlen glänzten, wimmelten Trauben schwarzer Fliegen. Ein paar Meter vor ihnen blieb es stehen und begann, Worte in einem eigenartigen Dialekt auszustoßen, den Nathan zum ersten Mal hörte, seit er den Kontinent betreten hatte.

»Was sagt er?«

»Er beschimpft uns, er sagt, wir sollen weggehen.«

»Ist er ein Hutu?«

»Wahrscheinlich, er spricht Kinyarwanda, das ist unsere Sprache...«

»Bist du aus Ruanda?«

»Meine Mutter...«

»Du bist...«

»Weder Hutu noch Tutsi. Ich will nichts hören von diesen blöden Klassifizierungen, sie sind die Wurzel von so viel Grauen... Nein, Nathan, ich bin einfach nur aus Ruanda...«

Juma wurde von dem Jungen unterbrochen, der begonnen hatte, sie anzuspucken. Der junge Führer hob einen Stock auf und ließ ihn über den Kopf des Jungen pfeifen. Nathan hielt seinen Arm fest.

»Komm, lass ihn in Ruhe!«

Ein gespenstisch aussehender Mann, der sich nur dank der langen Holzkrücken, die er in seine Achselhöhlen geklemmt hatte, aufrecht zu halten schien, führte sie zu einer Wellblechhütte. Juma klopfte an die wackligen Wände, bis der Chef sein Greisengesicht durch die Türöffnung steckte. Während der Führer in hartem, abgehacktem Ton den Grund ihres Besuchs erklärte, warf Nathan einen Blick ins Innere der Hütte. Es war eine nach Exkrementen stinkende Kloake, in der eine einfache Hängematte aus braunen Fasern hing, das Verblüffendste aber war, dass der Mann auf diesem engen Raum nicht allein lebte, sondern mit einer Kuh.

Plötzliches Stimmengewirr ließ ihn den Kopf drehen. Die Bewohner des Camps, einer schmächtiger und grauer als der andere, hatten sich um sie versammelt. Der Chef gestikulierte in alle Richtungen und stieß kurze, leise Schreie aus, die sich wie Klagen anhörten und in die nach und nach auch die Versammlung einfiel.

»Was ist los?«, fragte Nathan.

Juma rieb sich das Gesicht mit den Händen, und leichte Besorgnis trübte seinen Blick.

»Er sagt, dass man nicht unter die Erde gehen kann.«

»Wo ist dieser Jean-Baptiste?«

»Ich habe gebeten, dass man ihn ruft, aber wie auch immer, ohne den Chef geht gar nichts.«

»Hast du ihm erklärt, dass derjenige, der bereit ist, uns zu helfen, Geld bekommt?«

»Ja, aber ...«

»Wie viel hast du angeboten?«

»Zehn Dollar.«

»Biete vierzig an.«

»Das ist zu viel.«

»Tu, was ich dir sage.«

Juma wandte sich dem alten Mann zu und teilte ihm das neue Angebot mit. Ohne ein Wort von dem, was gesagt wurde, zu verstehen, begriff Nathan aus den verneinenden Gesten des Chefs, dass er ein neues Problem hatte.

»Es ist keine Frage des Geldes«, sagte Juma, der immer beunruhigter wirkte. »Sie sagen, dass man, wenn man in den Tunnel hinuntersteigt, die Geister wecken wird und dass sie zurückkommen und die Menschen holen werden. Die Leute sind gereizt, Nathan, das ist nicht gut.«
»Verdammt! Sag ihm, dass es keine Geister mehr gibt, dass sie schon vor langer Zeit weggegangen sind und dass sie nicht zurückkommen werden ... Denk dir irgendwas aus ...«
Ein junger, hoch aufgeschossener Mann in einem Lendenschurz näherte sich mit großen Schritten, wobei er die Luft mit seiner Machete peitschte, um sich einen Weg zu bahnen. Als er die Gruppe erreicht hatte, wandte er sich auf Französisch an Nathan: »Ich bin Jean-Baptiste! Ich werde dir den Eingang des Tunnels zeigen. Gib das Geld.«
»Wenn du mich hingebracht hast. Wo ist es?«
»Dort hinten«, sagte Jean-Baptiste und zeigte mit dem Finger auf den Fuß des Hügels am Waldrand. »Aber ich warne dich, wer in die Erde hinuntersteigt, wird für immer seine Seele verlieren ...«
Nathan lächelte leicht.
»Führ mich hin.«

Was man hier »Wald« nannte, war nicht der Dschungel, den Nathan sich vorstellte, mit seinen großen Stämmen, seiner ineinander verschlungenen Vegetation, seinem Moos, seinem Lianenhaar, sondern eine schreckliche und eintönige, weite Fläche langen Schilfs mit spitzen, scharfen Blättern, die einem die Arme zerkratzten und die Kleider zerrissen, ein stinkender Morast, in dem Fliegen und Mücken sich mit dem Blut der Eindringlinge voll saugten. Jean-Baptiste ging voraus und bahnte den Weg mit heftigen Schlägen seiner Machete.
»Ist schon mal einer hinuntergegangen?«
»Nein, niemand geht dort hinunter. Es ist gefährlich.«
»Warum bist du zu Kahékwa gegangen?«

»Letztes Jahr gab es hier viele Kranke, ein belgischer Doktor ist gekommen, er hat gesagt, das Wasser sei nicht gut, flussaufwärts seien Antilopen gestorben, dadurch sei es vergiftet. Die Leute hier denken, das würde von dem Loch kommen, die Geister seien zurückgekommen. Ich habe Hauptmann Hermès also zusammen mit ein paar Männern gebeten, uns den Ort zu zeigen... um ihn zu verschließen, damit sie nicht mehr herauskönnen.«
»Ihr habt den Tunnel verschlossen?«
»Fast, wir haben einen großen Baum gefällt, aber nur die Äste sind draufgefallen.«
»Holen die Geister noch immer Leute?«
»Nein, es ist vorbei, sie haben sich beruhigt.«
»Seit wann?«
»Seit langem schon, ich habe es aus sicherer Quelle.«
Diese letzte Antwort markierte den Beginn eines langen, nachdenklichen Schweigens. Jean-Baptiste schlug noch heftiger auf die Vegetation ein, die immer dichter wurde, je tiefer sie in diese grüne Hölle eindrangen. Die Natur hallte erneut von einer Vielzahl gedämpfter Schreie wider, als machte das Leben wieder seine Rechte geltend. Nach einer halben Stunde mühseligen Marsches, der sie nur ein paar Hundert Meter voranbrachte, kamen sie auf eine schmale Lichtung. Jean-Baptiste erklärte, sie seien angekommen, weiter würde er nicht gehen. Zusammen mit Juma kauerte er sich ins hohe Gras und deutete auf einen riesigen Stamm, der aus der Vegetation ragte. Nathan gab den beiden ängstlichen Männern aus Ruanda zwei Drittel der vereinbarten Summe und ging langsam zur Spitze des toten Riesen.

Dicke, von Würmern zerfressene Äste, die mit Moos und toten Blättern bedeckt waren, versperrten teilweise den Durchgang, aber er konnte die dunkle Öffnung erkennen. Eine Leiter aus entrindeten Zweigen, die durch Stofffetzen miteinander verbunden waren, verschwand in der Dunkelheit. Er untersuchte das Gewirr auf der Suche nach einem Durchgang. Er würde problemlos hindurchschlüpfen können. Mit einer Hand holte er seine Taschenlampe aus der Tiefe des Rucksacks, dann zog er sein Regencape an und drang in das Gewirr knotiger Äste ein, das zum Eingang des Stollens führte.

Wer in dieses Loch hinuntersteigt, wird für immer seine Seele verlieren...

Jean-Baptistes Worte, über die er gelächelt hatte, ließen jetzt sein Blut erstarren. Ein langer Schauder ging durch seine Glieder. Zum ersten Mal seit dem Beginn seiner Nachforschungen wurde Nathan von Angst geschüttelt.

Einer Angst, die ihm fast den Atem raubte.

32

Die Taschenlampe zwischen den Zähnen ließ Nathan sich durch den langen Schacht gleiten, wobei er so wenig wie möglich die Leiter zu Hilfe nahm, um die feste Erde zu erreichen. Als er auf dem schwammigen Boden stand, prüfte er den Zustand des Tunnels im Licht seiner Taschenlampe.

Der Eingang des Stollens maß nicht mehr als einen Meter sechzig im Durchmesser; seine Wände, ein schwitzender Mörtel aus ockerfarbenem Schlamm und Lavabrocken, waren mit schlecht abgevierten Brettern verkleidet. Das Ganze schien fest genug, um einen Einsturz zu verhindern. Er zog seine Kapuze zurecht, warf einen letzten Blick auf den trüben Himmel und begann seinen Abstieg in die Finsternis.

Er kam nur langsam voran, mit gebeugtem Körper, und verdrängte die Gedanken, die ihn bestürmten, konzentriert auf die Gefahren dieser Höhle; er spürte den warmen Hauch der Wände, wich dem verfaulten Knüppelholz, das auf dem Boden herumlag, und den schimmernden Wurzeln aus, die überall wie

Krallen hervorragten, die nach seinem verwundbaren Körper griffen. Bald war das Tageslicht vollkommen verschwunden, und die durchdringenden Schreie wichen der Stille.

Er hatte soeben eine neue Grenze überschritten. Eine nächtliche Welt, fern vom Kongo und vom Völkermord, die ihn mit ihren schwarzen Flügeln umfing.

Selbst unter der Erde hörte der Regen nicht auf. Das Licht seiner Taschenlampe flackerte wie eine Flamme unter dem von der Decke tröpfelnden Wasser und Wasserdampf. Er ging weiter, ohne dass seine Kräfte nachließen, bisweilen gezwungen, in die Knie zu gehen oder einen großen Schritt über Spalten hinweg zu machen. Kadaver von Affen und dicken Nagetieren, die auf geheimnisvolle Weise hier gestorben waren, strömten ihren durchdringenden Verwesungsgeruch aus.

Während er seinen Weg fortsetzte, wurde die stickige Luft von einer Art beunruhigendem Brummen erfüllt, das aus den Tiefen der Erde zu kommen schien. Er spitzte die Ohren. In das Summen mischte sich fernes Murmeln und Flüstern, das wie leises, sadistisches Lachen zu ihm drang.

Ein Gefühl des Unbehagens ließ ihn erstarren.

Auch er begann zu phantasieren, in diesen absurden Geschichten von Aberglauben zu versinken...

Er zwang sich weiterzugehen und richtete seine Taschenlampe auf den Boden. Das Knistern wurde lauter.

Und da sah er kupferfarbene Spinnen, weißliche Larven, riesige Schaben mit feuchten Deckflügeln überall um ihn herum wimmeln; sie krochen über die Wände und purzelten in Trauben von der Decke auf seine Schultern. Die Erde war hier kein stilles Heiligtum, sondern eine Masse vibrierender, fürchterlicher Fäulnis, in der Leben und Tod sich umklammerten, bis sie ein einziges formloses und monströses Wesen bildeten, das ständig neu geboren wurde.

Er wischte sich mit dem Ärmel den Vorhang aus Schweiß fort, der seinen Blick trübte, und setzte seinen Abstieg fort.

Durch diesen Stollen also hatten dieses Schwein von Kahékwa und seine Schergen ihre Kolonnen verängstigter Flüchtlinge geführt, hier hatten sie Schreie gehört... Wenn sie in diesem engen Tunnel nichts gesehen hatten, dann bedeutete das, dass irgendwo ein Durchgang existieren musste, der zu einem anderen Netz von Stollen führte.

Nachdem er drei- oder vierhundert Meter zurückgelegt und die Wände genau untersucht hatte, fiel der Lichtkegel seiner Taschenlampe plötzlich auf eine Öffnung zwischen dem Gestein. Er bückte sich, schob seine Hände in den Zwischenraum und zog mit aller Kraft. Die wurmstichigen Bretter gaben krachend nach. Er zog die Platte weg und riskierte einen Blick.

Ein neuer Stollen.

Der Zugang war teilweise verschüttet und von großen Pfützen überschwemmt. Der Weg schien noch tiefer in die Finsternis hineinzuführen. Er ärgerte sich, dass er keinen Helm und keine Stirnlampe mitgenommen hatte und nichts, womit er einen Ariadnefaden hätte improvisieren können. Er konnte sich jeden Augenblick verlaufen oder durch einen Einsturz verschüttet werden, und es würde bestimmt niemand kommen und ihn hier herausholen.

Die Öffnung war höchstens fünfzig Zentimeter breit. Er legte sich flach auf den Bauch, umklammerte einen Felsblock und zog sich mit einem Arm nach vorn, bis er die Schultern hindurchstecken konnte. Der Rest folgte. Anschließend kroch er wie ein Aal etwa dreißig Meter durch den Schlamm und dann bis zur Taille in einen schwarzen Sumpf, der in einen größeren und höheren Raum mündete.

Die Halogentaschenlampe blinkte, ging aus, dann wieder an und entriss der Dunkelheit metallischen Glanz.

Nathan näherte sich langsam mit angespanntem Körper und umklammerte die Taschenlampe, deren Licht immer schwächer wurde.

Gepolsterte Untersuchungstische, Stahlketten, Spanngurte

aus Leder, um Arme und Beine festzuschnallen... Er stolperte über einen Haufen zerknitterter, schwärzlicher Tücher... Die Wände waren mit gelben Plastikbahnen verkleidet, die an jeder Ecke von aufblasbaren Bügeln zusammengehalten wurden. Er ließ den Lichtkegel seiner Taschenlampe über den Boden wandern: Zwischen Fetzen schäbiger Kleider lagen braune Krusten, klebrige Pfützen, in denen Skalpelle, Scheren und andere Folterinstrumente zusammenklebten, die trotz der Korrosion noch immer funkelten.

Ein Labor...

Nathan zitterte, aber er hatte keine Angst mehr, als hätte sein Geist sich von seinem Körper gelöst, um das Grauen, das sich ihm offenbarte, ertragen zu können. Er holte seine Digitalkamera aus dem Rucksack und begann, die Folterkammer Parzelle für Parzelle zu fotografieren.

In einer Vertiefung entdeckte er eine Art Schleuse, die an die Planen grenzte. Er ging um eine umgefallene Matratze herum und war mit zwei Schritten vor dem breiten, kreisrunden Reißverschluss.

Er klemmte.

Mit seinem Dolch zerriss er den Stoff und verbreiterte den Durchgang mit der Hand. Der Lichtkegel der Taschenlampe verlor sich in einem Gang, der leicht nach unten führte. Er kroch hinein, den Kopf voraus, und bewegte sich mit Hilfe seiner Ellbogen vorwärts.

Diesmal schien die Erde trockener und auch bröckliger zu sein; während er sich vorwärts bewegte, konnte er dünne Sandstrahlen erkennen, die wie Wasser in feinen Kaskaden über die Wände rieselten.

Er dachte daran umzukehren, als er plötzlich spürte, wie der Humus unter seinem Bauch zu wandern begann und in langen Strömen vor ihm floh.

Ein Erdrutsch...

Der Boden des Stollens wogte, rutschte weg unter seinem

Körper und riss ihn nach und nach mit sich. Der Gang war so eng, dass er riskierte, die Decke zum Einsturz zu bringen, wenn er sich umdrehen würde.

Anhalten. Er musste zum Stillstand kommen.

Er spannte seinen Körper an und rammte Hände und Füße wie Kletterhaken in die Wände, wühlte wie wild im Schlamm auf der Suche nach einer Wurzel, einem Felsblock, an die er sich klammern konnte. Es gelang ihm, seinen Fall abzubremsen, bis eine neue Welle von Sedimenten ihn mit sich riss. Diesmal rutschte er, ohne etwas dagegen tun zu können. Mit geschlossenen Lidern, an seine Taschenlampe geklammert, ließ er los und sauste die Schräge hinunter, bis er ein paar Meter weiter unten sanft auf einer weichen und knackenden Fläche landete.

Ein beißender Geruch schlug ihm ins Gesicht.

Nathan richtete sich auf, und noch bevor er erkennen konnte, was ihn umgab, begriff er, wo er gelandet war.

Er schrie, so laut er konnte.

In dem milchigen Licht entdeckte er eine Masse aus verstümmelten Leichen, die die Zeit gleichsam mumifiziert hatte. Ineinander verschlungene Erwachsene und Kinder mit leeren Augenhöhlen, gebrochenen Schädeln und Kiefern, die in einem letzten stummen Schrei geöffnet waren. Galle schoss ihm in die Kehle. Er versuchte aufzustehen, aber mit jedem Schritt versank er etwas mehr in der schwarzen Schicht aus mumifizierter, mit weißlichen Fäden überzogener Haut. Verrenkte Glieder, erhobene Hände schienen sich in einem letzten Aufzucken an ihn zu klammern. Eine Kammer aus Lava und Vulkanasche hatte die Körper vor dem Ungeziefer und der Verwesung geschützt...

Es gelang ihm, über das Massengrab bis zu der Schräge zu kriechen, die er heruntergerutscht war, seine Fingernägel in die Erde zu krallen und an die frische Luft zurückzukehren.

Die Höhle der Dämonen war ein Labor für grauenhafte medizinische Experimente... Mörder hatten das Grauen des Völkermords benutzt, um noch ungeheuerlichere Taten von unbeschreiblicher Bestialität zu verschleiern. Aber in dieser Barbarei wurde eine Wahrheit erkennbar. Die letzten zehn Jahre seines Lebens waren ein Gespinst aus Tod und Finsternis... Er wusste nicht, ob er schuldig oder unschuldig war – eine Gewissheit hatte er jedoch. Jedes der Verbrechen, die er aus der Erde, dem Eis oder der Vergangenheit ausgegraben hatte, waren von denselben Ungeheuern begangen worden.

33

Noch am selben Tag waren Nathan und Juma in der Dämmerung wieder in Goma. Da jeder sich mit seinen eigenen Dämonen herumgeschlagen hatte, hatten sie während der Fahrt praktisch kein Wort miteinander gewechselt. Als sie ankamen, hatte ein allgemeiner Stromausfall die Stadt in Dunkelheit getaucht. Die Straßen waren menschenleer, und die Stimmung war äußerst gereizt. Die Rebellen der RCD hatten in jedem Viertel Straßensperren errichtet, um Plünderungen vorzubeugen und die Versuche der regulären Armee von Kinshasa, die Macht zu übernehmen, zu vereiteln. Nathan war verblüfft über den heftigen Kontrast zwischen der ungezwungenen, fast gutmütigen Atmosphäre, die er zurückgelassen hatte, als er nach Norden aufgebrochen war, und der Besorgnis, die in den Bewegungen und Blicken der Kongolesen spürbar war.

Er ließ sich zunächst beim Büro der WHO absetzen, in der Hoffnung, dort die Dokumente vorzufinden, die Phindi Willemse ihm versprochen hatte. Das Büro war geschlossen, aber zu seiner freudigen Überraschung fand er einen an ihn adressierten, dicken Umschlag im Wachlokal. Als er wieder im Starlight war, verabschiedete er sich von Juma und ging auf sein Zimmer. Er nahm ein Bad, um sich den Schlamm abzuwaschen und den hartnäckigen Leichengeruch loszuwerden, der an seiner Haut klebte.

Vor allem musste er einen Rückflug für den nächsten Tag reservieren. Der Hoteldirektor, ein wahrer Zauberer, buchte einen Platz für ihn an Bord eines Flugzeugs der lokalen Fluggesellschaft, die einmal in der Woche von Goma nach Nairobi flog. Er musste am nächsten Morgen Punkt sieben am Flughafen sein.

Doktor Willemse hatte eine eindrucksvolle Anzahl von Dokumenten über die Situation der Flüchtlinge zusammengetragen. Diese Berichte waren nicht von den Beamten der WHO verfasst worden, sondern vom Hochkommissariat für Flüchtlinge der Vereinten Nationen. Es gab drei Aktenmappen mit folgenden Aufschriften: 1. Exodus; 2. Gesundheitssituation; 3. Verbrechen und Straftaten.

Der Exodus... Durch seine Nachforschungen wusste er darüber bereits genug. Es wandte sich sofort der zweiten Aktenmappe – Gesundheitssituation – zu, die Untersuchungen über die ordnungsgemäße Verwaltung der Camps, die Demographie, die Lebensbedingungen, die Cholera- und Ruhrepidemien, die knapp fünfzigtausend Opfer gefordert hatten, und die Koordination zwischen den verschiedenen Nicht-Regierungsorganisationen enthielten. Die Akte listete die humanitären Organisationen auf, die damals in der Zone arbeiteten. Es waren mehr als zweihundertfünfzig, die sich über das gesamte Kiwu-Gebiet verteilten. One Earth wurde nur in drei Camps in der Nähe von Goma erwähnt, die übrigen Mitarbeiter waren weiter südlich in Richtung Bukawu und auf dem Gebiet von Ruanda im Einsatz gewesen.

Nathan nahm sich die dritte Aktenmappe vor, die sich den Verbrechen und Straftaten widmete; er hoffte, darin einen Hinweis zu finden, einen Fehler, den die Mörder gemacht hatten und der den Beamten der WHO entgangen war, den er aber zu erkennen in der Lage wäre. Die Berichte bezogen sich auf Fälle von Vergewaltigung, Zuhälterei, Mord und Folter, begangen von den Männern aus Ruanda selbst sowie von lokalen Mitarbeitern der Nicht-Regierungsorganisationen. Er stieß auf die von den Flüchtlingen erstatteten Vermisstenanzeigen, die Rhoda erwähnt hatte. Die Zahl der Opfer wurde auf etwa fünfzehn geschätzt, die anscheinend zufällig aus den Lagern herausgegriffen worden waren, ohne irgendein erkennbares gemeinsames Kriterium wie Alter, Geschlecht oder ethnische Zugehörigkeit. Und auf jeder Karteikarte die gleiche Bemerkung: »nicht aufgeklärter Fall«, ohne weitere Angaben.

Die Mörder hatten die Spuren ihrer Verbrechen perfekt verwischt. Und doch schälte sich nach und nach eine Wahrheit aus den afrikanischen Nebeln. Nathan konnte zwar ihre Identität nicht bestimmen, aber er verfügte über zwei handfeste Spuren.

Auf der einen Seite war erwiesen, dass die kriminellen Akte eindeutig das Ergebnis medizinischer Experimente waren.

Seine Nachforschungen hatten ihm bestätigt, dass die »Dämonen« mit großer Wahrscheinlichkeit aus dem Westen kamen und sich hinter einer Nicht-Regierungsorganisation verbargen, ein idealer Deckmantel, um die Menschen und das schwere Material zu transportieren, die sie benötigten, um ihre ungeheuerlichen Experimente durchzuführen.

Zwei Dunkelzonen blieben allerdings.

Es gelang ihm nicht, eine Brücke zwischen Vergangenheit und Gegenwart zu schlagen. Am Ende des 17. Jahrhunderts stand die moderne Medizin noch ganz am Anfang... Was hatten die Mörder aus dem Manuskript also entdeckt, um sich veranlasst zu sehen, derartige Experimente anzustellen?

Und die Schuldigen mussten noch ermittelt werden.

Es war unwahrscheinlich, dass eine ganze Organisation in

die Sache verstrickt war. Nein, Nathan neigte eher zu der Annahme, dass ein paar wenige Einzelpersonen durch dieses Geheimnis verbunden waren. Die große Zahl von Mitarbeitern humanitärer Organisationen in der Region erschwerte seine Nachforschungen erheblich. Es war schlicht unmöglich, sie in einer so großen Menge zu finden.

Er legte sich aufs Bett. In der Ferne war das Knallen automatischer Waffen zu hören. Die Spannungen nahmen zu, es wurde Zeit, von diesem Pulverfass wegzukommen, das innerhalb weniger Stunden explodieren konnte. Einen Augenblick später war er eingeschlafen.

In dieser Nacht träumte er von Rhoda.

Er ging neben ihr durch die Straßen von Paris. Hände, die sich berührten, komplizenhaftes Lächeln, Blicke, die sich begegneten, alles kehrte zurück, dann riss plötzlich ein heftiger Wind sie mit sich, der Raum zerbröckelte, und sie fanden sich in einem verkohlten Wald wieder. Diesmal hielt Rhoda Nathans Hand und knetete sie krampfhaft. Sie blickte ihn besorgt an und murmelte geheimnisvolle Worte, die wie eine Beschwörung klangen, dann verfinsterte sich der Himmel.

Nathan blieb allein in der Dunkelheit.

Zuerst drang ein Geruch zu ihm, von Humus, und er hörte keuchendes Atmen. Zwei nackte Körper tauchten auf. Der von Rhoda, seiner, schimmernd und voller Narben. Sie waren wie zwei Tiere, die sich in der weichen Erde eines Friedhofs paarten. Die Muskeln rollten unter ihrer glühenden Haut, das Geräusch ihrer Körper, die aufeinander klatschten, wurde immer lauter. Plötzlich verband sich ihrer beider Atem in einem organischen Brausen, und die Narben schwollen an, bis sie aufplatzten; Blut spritzte heraus und breitete sich in einem schwarzen, eisigen Strom aus, überflutete die junge Frau... Er schrie, brüllte ihren Namen... RHODA...

Das Schlagen einer Faust gegen die Tür seines Zimmers riss

ihn aus seinem Albtraum. Er blickte auf seine Uhr: dreiundzwanzig Uhr. Erneutes Klopfen.

Er zog sich einen Bademantel über und öffnete.

Es war Phindi Willemse.

»Alles in Ordnung?«, fragte sie verlegen.

»Nur ein böser Traum. Was gibt es?«

»Man hat mir gesagt, dass Sie morgen nach Europa zurückfliegen. Ich muss selbst heute Nacht noch weg, ein dringender Transport nach Kigali... Sie haben nur die Hälfte der Dokumente bekommen, die wir für Sie vorbereitet hatten. Der Umschlag, den Sie mitgenommen haben, enthält nur die Akten des UNHCR. Als der Strom ausfiel, hatte es meine Sekretärin so eilig, nach Hause zu kommen, dass sie vergessen hat, auch den Umschlag für Sie dazulassen, der die Unterlagen unseres eigenen Archivs enthält. Hier, das sind Fotokopien, Sie können sie behalten.«

Nathan nahm den Umschlag, den sie ihm reichte.

»Das ist sehr freundlich von Ihnen.«

»Es handelt sich um rein medizinische Daten, Sie finden darin Autopsieberichte, Fotos der Verwundeten und einige epidemiologische Daten. Ich denke, diese Informationen werden Ihrem Artikel mehr Gewicht geben.«

»Das wird von entscheidender Bedeutung sein«, log Nathan.

»Und wie war Ihr Ausflug?«

»Nicht schlecht. Ich habe ein paar interessante Informationen sammeln können.«

»War Pater Spriet...«

Nathan begnügte sich mit einem Lächeln.

»Sie hatten Recht, er ist ein wenig eigen, aber er gehört einfach zum Inventar.«

Doktor Willemse faltete die Hände. »Ich muss los. Verpassen Sie morgen Ihren Flug nicht, die Atmosphäre, die hier in der Stadt herrscht, verheißt nichts Gutes.«

Sobald die Tür sich hinter ihr geschlossen hatte, öffnete Nathan den Umschlag. Selbst in Fotokopie waren die Aufnahmen der Folterungen und Autopsien unerträglich. Sein Bedarf an Grausamkeiten war gedeckt. Er legte die Fotos beiseite und konzentrierte sich auf ein gebundenes Heft mit der Aufschrift: Gesundheitssituation im Norden des Kiwu-Gebiets/Juli – September 1994.
Er blätterte es durch. Es war eine neuerliche Lawine von Zahlen, Untersuchungen, Diagrammen. Er wollte es schon wieder schließen, als eine Folge von Schlüsselwörtern seine Aufmerksamkeit erregte. Die Seiten, die er in der Hand hielt, berichteten von der Entdeckung einer nackten Frau in der Umgebung des Camps von Katalé... Der Verfasser war ein gewisser Doktor Derenne, Alain Derenne, ein für den Afrikaeinsatz abgestellter Arzt des Institut Pasteur. Nathan zog sich einen Stuhl heran und begann zu lesen.

Am 22. Juli, um 5 Uhr 45 Ortszeit (3 Uhr 45 WEZ), wurde eine junge Frau schwarzer Rasse nackt hundert Meter vom Flüchtlingscamp in Katalé von einer Patrouille französischer Legionäre gefunden. Wir wurden um 5 Uhr WEZ per Funk über diesen Fund informiert. In dem Funkspruch wurde weiter darauf hingewiesen, dass das Opfer äußerst geschwächt sei, am ganzen Körper zittere, Schweißausbrüche habe und aus dem Mund blute, was auf die Möglichkeit eines hämorrhagischen Fiebers hindeute. Professor Lestran und ich haben uns sofort nach Katalé begeben. Als wir um 8 Uhr 05 WEZ ankamen, wurden wir von Hauptmann Maurras empfangen, der uns vor Ort brachte.

ALLGEMEINE SITUATION:
Zu diesem Zeitpunkt war das Opfer äußerst schwach und unfähig zu sprechen. Wir baten die Militärperso-

nen, die seit der Entdeckung der Frau vor Ort waren, uns Wort für Wort das Ergebnis der Befragung mitzuteilen, die sie mit Hilfe eines Dolmetschers durchgeführt hatten. Bestätigung der per Funk durchgegebenen Symptome. Die Patientin soll sich beklagt haben über: Fieber / Schmerzen im Unterleib / Durchfall / Blut in den Exkrementen.

Während das Opfer den Militärpersonen ihre Symptome geschildert hatte, schien es unter lebhaften Halluzinationen gelitten zu haben und hatte behauptet, von Dämonen verfolgt zu werden.

Nathans Herz krampfte sich zusammen. Sollte es möglich sein... Aufgeregt las er weiter.

Unter Berücksichtigung der geographischen Zone (Nordzaire, weniger als fünf Grad vom Äquator entfernt), des allgemeinen Zustands (Fieber und Blutungen) und des starren Blicks der Kranken, der an die »gespensterhaften Gesichter« in den Veröffentlichungen über die Epidemien von 1976 erinnerte, dachten wir sofort an eine Ansteckung mit dem Virus vom Typ Ebola. Nachdem wir durch das Militär ein Gebiet von ungefähr hundert Metern im Durchmesser hermetisch hatten abriegeln lassen, zogen wir unsere Schutzanzüge an und nahmen eine erste klinische Untersuchung vor, die zu folgenden Ergebnissen führte:

– Starke Bewusstseinstrübung (Delirium und Halluzinationen, Sprachschwierigkeiten). Kurzer krampfartiger Anfall während der Untersuchung der Kranken.

Das Opfer deliriert, spricht erneut von Dämonen.
– Temperatur: 40,5 °C – Puls 120/Min. – Blutdruck 90/50 mm Hg. – Tachypnoe (beschleunigte Atmung) bei 50 mm – Kutane Untersuchung: ungewöhnliche Läsionen in Form von Bläschen, die mit Blut und gelblichen Seren gefüllt, in der Mitte eingedellt und tief in die Lederhaut eingebettet sind. – Blutungen der Bindehaut und des Zahnfleisches / Stark entzündliche Pharyngitis. – Anzeichen von Hämatemesis (das Opfer erbricht Blut) und Meläna (Vorhandensein von schwarzem Blut im Stuhl und Ausscheidung von Fragmenten der Darmwand aus dem Rektum). – Keine Spuren von wässrigem Durchfall und vorangegangenem Erbrechen. – Schwellung und Nekrose der Vulva ohne Austreten von Blut. – Keine Spuren von äußerer Gewalt.

Um 9 Uhr 05 WEZ wurde die Kranke von entsprechend geschütztem Personal in unser Krankenhaus in Goma abtransportiert; anschließend versuchten wir eine Rehydratisierung mit Kalorien- und Proteinzufuhr.

Das Opfer starb zwei Stunden später.

SEROLOGISCHE UNTERSUCHUNG:
IFI: Das Opfer zeigte keine spezifischen Antikörper des Ebolavirus.
Wir verfügen nicht über die entsprechende Ausrüstung, um diese Diagnose bestätigen zu können.

ZUSAMMENFASSUNG:
Obwohl die meisten klinischen Symptome für eine Ansteckung mit Ebola sprechen, stellen wir auch einige atypische Symptome fest, insbesondere was die Hautläsionen betrifft, und die spezifischen serologischen

Untersuchungsmethoden führen zu negativen Ergebnissen.

Aufgrund der verfügbaren Elemente vermuten wir entweder das Auftauchen eines mutierten Ebolavirus oder einer neuen und unbekannten Virusart.

Der Rest der Aufzeichnungen bezog sich auf die von den Ärzten empfohlenen Maßnahmen, die Bereitstellung zusätzlichen Personals und Materials und einen verbesserten Schutz der Teams...

Nathan stand am Rand des Abgrunds, er hatte Mühe, die Akte zu schließen, so sehr zitterten seine Hände.

Ein Virus.

Die Leichen im ewigen Eis... War das die Verbindung? Nein, irgendwie passte das nicht zusammen... Das Manuskript... Auf gar keinen Fall konnten die Mörder, die Elias im siebzehnten Jahrhundert verfolgte, eine Ahnung von der Existenz der Viren haben...

Und doch quälte ihn eine schreckliche Vorahnung.

Während sie dem Tod entgegenging, hatte die Frau die Kraft gehabt, die Dämonen zu benennen, sie hatte ihre Henker vor einem Dutzend Zeugen angeklagt.

Und das war eine handfeste Spur.

34

Im ersten Licht der Morgendämmerung landete die Boeing 737 weich auf dem Flughafen Paris-Charles-de-Gaulle. Nathan holte sein Gepäck, lieh einen Wagen und machte sich auf den Weg in die Hauptstadt.

Seit er den Kongo verlassen hatte, war ihm der Bericht des Arztes nicht aus dem Kopf gegangen. Er musste unbedingt die

Beweise finden, die die Verbindung zwischen der Vergangenheit und der Gegenwart bestätigten. Er hoffte, dass Woods ihm die Fortsetzung der Transkription gemailt hatte. Neue Hinweise, die Elias entdeckt hatte, könnten sich mehr denn je als von entscheidender Bedeutung herausstellen.

Nathan steuerte gegen neun Uhr morgens durch die Porte d'Orléans. Über die Avenue du Général-Leclerc und den Boulevard Saint-Michel gelangte er zur rue des Écoles, dann fuhr er weiter zum Quartier de Jussieu, wo er aufs Geratewohl das Hôtel de la Clef wählte, ein bescheidenes Hotel gegenüber dem Jardin des Plantes.

An der Rezeption bezahlte er für drei Tage im Voraus und ging in sein Zimmer hinauf. Nachdem er die Tür hinter sich geschlossen hatte, verband er seinen Laptop mit der Telefonbuchse und sah in seinem Briefkasten nach.

Woods hatte seine Gedanken gelesen. Eine neue Mail aus der Malatestiana erwartete ihn. Nathan schob den Cursor auf die angehängte Datei, klickte zweimal auf den Dateinamen, und schon erschien der Text auf dem Monitor:

[…] Kaum hatte ich mich von Jugan, dem Apotheker, verabschiedet, um nach Hause zurückzukehren, kam mir eine neue Idee.

Wenn der Mörder ein Schwein benutzt hatte, um sein Gift herzustellen, dann hatte er es sich gewiss in Saint-Malo besorgt. Ein Edelmann kaufte sein Fleisch kaum selber, und schon gar nicht ein ganzes Tier. Wenn er es dennoch getan hatte, dann würden die Händler sich gewiss an den Mann erinnern, hinter welchem ich her war.

Ich hatte keine Ahnung […] und begab mich zum Viertel der Metzger. Obwohl der Schneefall heftiger und es kälter geworden war, schlug mir der Geruch von verwestem Fleisch mit voller Wucht ins Gesicht. Auf jeder Seite der mit dickem, vom Blut gerötetetem Schnee bedeckten Gässchen öffneten sich die Ver-

kaufsbuden der Metzger, welche ihre Arbeit verrichteten. [...] Die dumpfen Schläge der Hackbeile, die Brüste spalteten, das Kreischen der Sägen, welche die Knochen zersägten, drangen wie das unheimliche Echo meiner eigenen anatomischen Arbeiten an mein Ohr.

Ich blieb stehen [...] Mit einer Handbewegung schickte der Kerl mich zu der Halle, welche sich weiter hinten erhob.

Bald erblickte ich das steinerne Gebäude, welches von einem Schieferdach gekrönt wurde. Ich ging durch den Haupteingang.

Das Innere war ein großer, ruhiger Raum, in welchem unter den Deckenbalken nebeneinander Dutzende von schwitzenden Gerippen an Haken hingen.

Ich griff nach einer Fackel und wagte mich zwischen die reglosen Tierkadaver, welche schon ziemlich stark verwest waren... Ich rief... niemand machte sich die Mühe, mir zu antworten. Rascheln, welches von hinten aus dem Raum kam, ließ mich die Ohren spitzen. Ich machte ein paar Schritte vorwärts... rief erneut, aber der Klang meiner Stimme verlor sich, als würde er von dem Wald der geschlachteten Tiere geschluckt.

Eine Gestalt tauchte direkt vor mir auf.

Ein Mann.

Gleichermaßen überrascht, erstarrten wir beide. Ich konnte das Gesicht nur schlecht erkennen, und doch schien mir, als lächle er leicht. Dann setzte er seinen Weg fort. Ich ging auf ihn zu, um ihn zu befragen, als ich im Bruchteil einer Sekunde sah, dass er mir seinen bewaffneten Arm entgegenstreckte. Eine Sehne knallte. Ich konnte mich gerade noch auf den Boden werfen, als ein von einer Armbrust abgeschossener Pfeil an meinem Ohr vorbeipfiff und sich bis zur Fiederung in einen dicken Schinken bohrte. Als ich den Kopf hob, sah ich, wie sein Schatten Hals über Kopf floh.

Er lief zum Ausgang.

Ich stand auf und machte mich an seine Verfolgung, wobei

ich mit den Ellbogen die Fleischstücke wie böse Kolosse, welche mir den Weg versperrten, beiseite stieß, aber als ich aus der Halle schoss, hatte er sich wie ein Geist in Luft aufgelöst.

Ich stand verblüfft da und fragte mich, ob ich nicht einer Erscheinung aufgesessen war, aber dann sah ich... Spuren.

Mein Gespenst hatte Spuren im Schnee hinterlassen.

Sie führten an der Mauer entlang zur rue Sainte-Anne, la Plâcitre, durch die rue des Mœurs... Als ich nach rechts in die rue des Herbes bog, erblickte ich endlich den schwarzen Umhang des Flüchtigen, welcher in der Nacht flatterte.

Ich lief schneller, bis ich ihm dicht auf den Fersen war und ihn fast schon mit meiner Hand berühren konnte... als er plötzlich nach links bog. Ich war einen Augenblick unsicher, dann begriff ich, was er vorhatte.

Er lief zu den Wällen zurück.

Jemand war mir gefolgt. Vermutlich seit dem Augenblick, als ich meine Stute in den Stall gebracht hatte. Gewarnt von einem Komplizen oder selbst auf der Lauer in unmittelbarer Nähe von Aleister Ewens Haus, war er auf die Gefahr aufmerksam gemacht worden.

Ich war der Wahrheit ganz nahe.

Keuchend folgte ich ihm und schwor mir, ihn auf keinen Fall entkommen zu lassen. Da sah ich, dass er wie eine Schlange zwischen zwei Mauern hindurchschlüpfte, welche zum Käfig der Wachhunde führten, und dann die Treppe der Wallmauer hinauflief, welche den Strand von Bon Secours überragte. Ich stürzte die Treppe hinauf und kam auf den Wehrgang.

Niemand.

Mein Mann hatte sich erneut in Luft aufgelöst.

Ein Schlag mit einem Prügel in die Kniekehlen brachte mich zu Fall, und ich stürzte in den Schnee. Da war der Verräter und warf mir Knüppel zwischen die Beine. Die mit Nägeln gespickte Waffe sauste erneut nieder, um meinen Schädel zu spalten, aber diesmal war ich geschickt genug, ihr auszuweichen, und sie knallte Funken sprühend gegen den Granit. Wir erhoben uns gleichzeitig, und [...] während wir erbittert miteinander kämpften, näherten wir uns immer mehr der Brüstung. Meine Hände umklammerten seinen Hals, und ich gewann die Oberhand. Ich riss die Augen auf, um sein Gesicht zu erkennen, aber mit einem heftigen Ruck schleuderte er mich über sich hinweg ins Leere. Mein Sturz kam mir so lang vor, dass ich Zeit hatte, mir vorzustellen, wie mein Körper auf den spitzen Felsen des Strandes zerschellte.

Mit lautem Krach landete ich auf einem Teppich aus Gras und Pulverschnee.

Außer Atem gelang es mir, mich auf den Bauch zu drehen, und ich begann auf die Felsen zuzukriechen, wo ich ein Versteck zu finden hoffte.

[...]

Der Anblick eines Lederstiefels unterbrach mich abrupt in meinem Kriechen.

Ich blickte hoch und entdeckte meinen Feind über mir. Die Umrisse seiner Gestalt zitterten im Wind, aber das Licht des Vollmonds hinderte mich daran, seine teuflischen Gesichtszüge zu erkennen. Ich würde wie eine Ratte krepieren... Traurig dachte ich an meinen lieben Roch, an die Frau, welche ich niemals heiraten würde... an die Träume vom Leben, welches mir entging. Ein schrecklicher Durst quälte meine Kehle, ich musste es wissen... Und da ertönte die hasserfüllte Stimme eines Besessenen. Die Worte verschwammen in meinem Geist: »Wie kannst du es wagen, du Wurm, dich uns in den Weg zu stellen?« Ich stellte ihm meinerseits Fragen, um zu erfahren, welche Art von Schwein an die Stelle Gottes trat, um mich in die Hölle zu schicken.

Sein schallendes Gelächter hallte durch die Dunkelheit, dann verkündete er feierlich: »Wir sind die Krieger des Schattens, die Unsterblichen, wir gehen durch die Zeit, um Rache zu üben... Wir sind die Hüter des Blutkreises...«

Ich wollte, dass er weiterspräche, aber die kleine Armbrust mit der scharfen Pfeilspitze war bereits auf meine Stirn gerichtet, bereit, mich [...] Ich flehte ihn an, mir die Gründe für den Tod des Negers zu enthüllen... das Geheimnis der Verstümmelungen. Als er sich gerade anschickte, meinen letzten Wunsch zu erfüllen, tauchte plötzlich ein wilder Schatten auf und riss meinen Gegner zu Boden.
Ein Wachhund.
Er hatte uns gewittert und sich geräuschlos genähert, um das Wild, welches er suchte, in Sicherheit zu wiegen. Ich hob den Kopf, der Mörder brüllte schauerlich und wehrte sich mit aller Kraft, aber der große Wachhund, eine unförmige Masse aus Haut und Muskeln, hielt ihn am Boden fest und zerfleischte seinen Bauch. Ich unternahm nichts, um diesen ganz unerwarteten Verbündeten daran zu hindern.
Einen Augenblick später war alles vorbei.
Die Dogge hatte es nicht eilig und leckte den zerfleischten Körper seines Opfers; dann richtete sie sich wieder auf, und auf den Geschmack gekommen durch die Mahlzeit, welche ihr praktisch in den Schoß gefallen war, kam sie knurrend wie ein Raubtier auf mich zu. Die einzige Möglichkeit, mit dem Leben davonzukommen, war, mich tot zu stellen. Mein Herz schlug wie wild in meiner Brust. Ich schloss die Augen und ließ seine heiße, vom Blut und von den Körperflüssigkeiten noch klebrige Schnauze über mein Gesicht wandern. Dieser kurze Augenblick kam mir wie eine Ewigkeit vor; dann ließ er wie durch ein Wunder von mir ab und entfernte sich.
Mit meinem zerschundenen Körper kroch ich zu der Leiche, bis ich seine vor Entsetzen erstarrten Gesichtszüge erkennen konnte. Der Hund hatte ganze Arbeit geleistet, aber ich konnte das Gesicht mühelos erkennen; es war das von... Roch.

35

Der Blutkreis...
Die Krieger des Schattens, die Unsterblichen...
Zum ersten Mal bekam das Rätsel ein menschliches Gesicht, war der Tod nicht mehr anonym.

Diese Worte bestätigten die Hypothese der durch die Zeit wandernden Mörder, die Nathan in Erwägung gezogen hatte, als er die verstümmelten Soldaten in Spitzbergen gefunden hatte.
Und wenn er sich irrte? Wenn diese beiden Geschichten nichts miteinander zu tun hatten? Es schien dermaßen... verrückt. Und doch sagte ihm sein Instinkt, dass es da eine Verbindung geben musste.

Er nahm den Hörer ab und versuchte, Woods auf seinem Handy zu erreichen. Die Mailbox. Er hinterließ eine Nachricht, in der er ihn über seine Rückkehr informierte und ihm die Nummer des Hôtel de la Clef gab.

Anschließend wählte er die Nummer der Auskunft und ließ sich mit der Telefonzentrale des Institut Pasteur verbinden.

»Professor Derenne bitte...«

»Bleiben Sie dran.«

Die Telefonistin verband ihn mit dem Virologen.

»Professor Derenne?«

»Am Apparat.«

»Mein Name ist Falh, ich bin Journalist«, begann Nathan ohne weitere Höflichkeitsfloskel. »Ich komme gerade aus Afrika zurück und möchte mich mit Ihnen über...«

»Wenn Sie mich interviewen wollen, sollten Sie sich besser an die Presseabteilung wenden«, unterbrach ihn der Forscher schroff.

»Es geht nicht um ein Interview, ich muss dringend mit Ihnen sprechen. Ich habe...«

»Und ich habe einen sehr gedrängten Terminkalender, Monsieur. Rufen Sie meine Sekretärin an, sie müsste am frühen Nachmittag wieder zurück sein. Auf Wiedersehen...«
Der Arzt wollte auflegen, als Nathan in den Hörer sprudelte: »Zaire 1994, eine sterbende junge Frau in der Nähe des Camps von Katalé. Sagt Ihnen das was?«
Nach kurzem Schweigen fragte Derenne leise: »Was haben Sie gesagt?«
»Ich komme gerade aus Goma. Ich habe Informationen für Sie über die Todesursache dieser Frau.«
»Ich höre...«
»Nicht am Telefon. Wann können Sie mich empfangen?«
»Sind Sie in Paris?«
»Ja.«
»In einer Stunde... Würde Ihnen das passen?«
»Das passt ausgezeichnet.«

Alain Derenne, um die fünfzig, war ein großer, schlanker Mann mit rotem, lockigem Haar und gewölbter Stirn. Seine ovale Brille und sein weißer Kittel, unter dem eine Krawatte in gedeckten Farben hervorschaute, verliehen ihm das kühle und feierliche Aussehen des Bosses, der es gewohnt ist zu befehlen und der keine Zeit zu verlieren hat. Dennoch nahm Nathan in dem schwarz umrandeten, kristallklaren Blick des Professors einen fiebrigen Glanz wahr. Er begriff, dass er es mit einem Eliteforscher zu tun hatte, einem reinen Wissenschaftler, der sein Leben zwischen Labors und undurchdringlichen Wäldern auf der Jagd nach den ältesten und furchtbarsten Feinden des Menschen verzehrt hatte.
»Danke, dass Sie mich empfangen.«
»Bitte. Kommen Sie herein...«
Nathan trat in das Büro. Ein stickiger Raum, in dem zwischen den übervollen Bücherregalen und den Aktenbergen, die sich auf dem breiten Glasschreibtisch türmten, ein starker Ta-

bakgeruch in der Luft hing. Ein großes Fenster an der hinteren Wand bot einen weiten Blick über das Institutsgelände, ein architektonischer Komplex, in dem zwischen grünen Alleen alte Gebäude aus roten Backsteinen mit makellosen moderneren abwechselten. Nathan spürte, dass sein Puls sich beschleunigte. Er befand sich an einem heiligen Ort des Wissens, und der Mann, der ihm gegenüberstand, hatte vermutlich die logischen Antworten auf die entscheidenden Fragen, die ihn quälten.

Sie setzten sich an einen Tisch. Derenne legte den Hörer neben das Telefon, damit sie nicht gestört wurden, und kam sofort zur Sache:

»Wie kommt es, dass Sie über diese Angelegenheit informiert sind?«

»Ich habe den Bericht gelesen, den Sie nach dem Tod dieser Frau geschrieben haben.«

»Der Bericht... Schön, also was ist passiert, welche Informationen haben Sie? Hat es andere Fälle gegeben?«

Nathan hörte aus der Stimme des Virologen eine gewisse Erregung heraus, die mit jeder Sekunde zunahm.

»Das kann man so nicht sagen. Ich bitte Sie um ein wenig Geduld, Professor. Ich werde Ihnen alles erklären, aber vorher müssen Sie mir helfen, ein paar Punkte meiner Recherchen zu klären.«

Derenne wirkte überrascht, dann streckte er den Arm nach seinem Päckchen Gitanes aus.

»Ich höre...«

Er zündete sich eine Zigarette an.

»Sie schienen sich damals Ihrer Diagnose nicht ganz sicher zu sein...«

»Das stimmt«, sagte Derenne leise und ließ eine Rauchspirale aufsteigen. »Ich erinnere mich sehr genau an diesen Fall. Die Symptome, die die Patientin zeigte, entsprachen in allen Punkten denen, die durch das Ebolavirus hervorgerufen werden, wie sie 1976 in Yambuku und Nzara beobachtet wurden.

Aber gewisse atypische klinische Symptome haben mich veranlasst, Vorbehalte zu äußern...«
»In dem Bericht erwähnten Sie eigenartige Hautläsionen...«
»Ja. Die junge Frau war mit dicken, erhabenen, gelblichen Bläschen bedeckt, die eher an diejenigen erinnerten, die durch die Familie der Pox-Viren hervorgerufen werden, zu der die Pocken gehören. Was mich beunruhigte, war, dass diese Läsionen auch mit Blut gefüllt waren. Dieses hämorrhagische Syndrom sprach gegen die Hypothese einer solchen Infektion, zumal die Pocken heute nicht mehr auftreten.«
»Haben Sie eine andere Erklärung?«
»Ich weiß nicht, ich spreche nur von klinischen Symptomen, was an sich noch nichts bedeutet. Es ist sehr viel wahrscheinlicher, dass wir es mit einem neuen Ebola-Stamm zu tun haben, einer mutierten Form.«
Nathan bewegte sich auf unbekanntem Gelände. Daher fragte er: »Kommt das häufig vor?«
»Ja... Ebenso wie die Menschen sich über einen Zeitraum von Millionen Jahren entwickelt haben, entwickeln auch die Viren sich beständig fort. Sie werden stets versuchen, sich zu verändern, nach Vollkommenheit zu streben. Ihr Ziel ist nicht zu töten, wie man denken könnte, sondern sich endlos auszubreiten und dabei möglichst großen Nutzen aus ihren Trägern zu ziehen. Verglichen mit einem Virus wie dem HIV-Virus, das den infizierten Träger viele Jahre am Leben erhält, während es sich vermehrt, macht das Ebola-Virus eine klägliche Figur. Dadurch dass es seine Opfer so schnell tötet, innerhalb weniger Tage, gefährdet es seinen eigenen Fortbestand. Es wird also von Generation zu Generation versuchen, sich anzupassen.«
Diese Erklärung weckte bei Nathan die Vorstellung eines Eindringlings, der aus dem Schatten kam, furchterregend, mit seinen Codes, seinen Strategien, seiner eigenen Intelligenz. Eine primitive Armee, die gegen die Menschheit marschierte.
»Ich verstehe. Haben Sie weitere Opfer gezählt?«

»Wir haben eine Untersuchung im Camp von Katalé durchgeführt und die Symptome in einem Rundschreiben den Ärzteteams mitgeteilt, aber uns ist von keinem anderen Fall berichtet worden.«
»Finden Sie das nicht merkwürdig?«
»Doch...«, gab Derenne zu und atmete einen neuen Rauchkringel aus, »vor allem wenn man bedenkt, auf wie engem Raum die Flüchtlinge zusammenlebten, obwohl es sich 1996 an der Elfenbeinküste wiederholt hat.«
»Ist es Ihnen später gelungen, das Virus zu identifizieren?«
»Die epidemiologische Notsituation in den Camps im Norden des Kiwu-Gebiets hat uns nicht die Zeit gelassen, die nötigen Testreihen durchzuführen, die uns erlaubt hätten, das Virus eindeutig zu isolieren. Ich habe mir dennoch die Zeit genommen, mit Hilfe der Immunofluoreszenz nach Antigenen zu suchen. Das ist ein Verfahren, mit dem man die meisten Krankheitserreger identifizieren kann. Dabei benutzt man ein Laborreagens, das einen Antikörper gekoppelt mit einer fluoreszierenden Substanz enthält, die unter einem Ultraviolettmikroskop sichtbar ist. Wenn man die Antikörper gewählt hat, die dem Krankheitserreger entsprechen, das den Patienten infiziert hat, dann lagern sie sich an die Antigene an, die in der Blutprobe enthalten sind, und die Zellen beginnen hell zu leuchten. Ich habe diese Untersuchung mit Antikörpern vom Typ Ebola durchgeführt. Einige Partikel traten hervor, aber das Ergebnis war nicht aussagekräftig.«
»Es handelte sich also nicht um das Virus?«, schloss Nathan.
»So einfach ist das nicht... Theoretisch sind bei einem negativen Ergebnis die Aussichten groß, dass man es mit einem anderen Virus zu tun hat. Aber es sind negative Reaktionen nachgewiesen worden, die auf spezifische Besonderheiten von Stämmen zurückzuführen sind. Mit anderen Worten, die Reaktionen können fälschlicherweise negativ sein, wenn plötzlich eine Mutante auftaucht.«

»Haben Sie diesen Test auch mit Pocken-Antikörpern durchgeführt?«
»Wie ich bereits sagte, diese Krankheit tritt nicht mehr auf, wir verfügen daher nicht über das Material, das für die Durchführung solcher Untersuchungen benötigt wird.« Derenne drückte seine Zigarette zwischen den kalten Kippen in seinem Aschenbecher aus und richtete sich in seinem Sessel auf.
»Ich habe übrigens Blutproben genommen, um sie von meinen Kollegen am Center for Deseases Control, dem größten Forschungszentrum für Infektionskrankheiten, untersuchen zu lassen. Ich habe sie in Trockeneis verpackt, das ich mir bei einer lokalen Brauerei besorgt hatte, aber die Proben haben die Reise nicht gut überstanden, so dass ich nicht bestimmen konnte, ob es sich wirklich um Ebola handelte.«
»Ist in den Wochen, Monaten oder Jahren danach kein weiterer derartiger Fall aufgetreten?«
»Meines Wissens nicht, und Sie können mir glauben, ich habe das sehr aufmerksam verfolgt. Ich habe sogar einen Antrag gestellt, zurückkehren und weitere Untersuchungen durchführen zu können, aber da es sich nur um einen einzigen Fall gehandelt hatte, hat die Institutsleitung es nicht für sinnvoll erachtet, mir die Mittel für ein solches Vorhaben zu bewilligen, das verlangt hätte, dass ich mehrere Monate vor Ort bin.«
Der Virologe stand auf, öffnete das Fenster und setzte sich dann auf eine freie Ecke seines Schreibtischs.
»Wie ist diese junge Frau Ihrer Meinung nach infiziert worden?«, fragte Nathan.
»Das ist schwer zu sagen. Wenn es sich um Ebola handelt, was ich nach wie vor für am wahrscheinlichsten halte, sind mehrere Szenarios denkbar... Wenn man davon ausgeht, dass sie das einzige Opfer war, bedeutet das, dass sie vielleicht Buschfleisch gegessen hat, einen Affen oder irgendein anderes wildes Tier, das mit dem Virus infiziert war. Aber ich wieder-

hole, das ist rein hypothetisch, zumal wir überhaupt nicht wissen, welche Tierart der Träger der Filoviren ist.«

»Professor... Was ich jetzt sage, wird Ihnen gewiss merkwürdig vorkommen, aber wäre es abwegig anzunehmen, dass diese junge Frau durch Inokulation infiziert worden ist?«

»Sie meinen, eine dritte Person hat ihr das betreffende Virus gespritzt?«

»Ja.«

»Ich denke, das ist reine Fiktion.«

»Erinnern Sie sich an die letzten Worte, die sie gesagt hat?«

»Nein... nicht genau.«

Nathan zog den Bericht aus seiner Tasche und reichte ihn Derenne.

»Hier, lesen Sie. Sie selbst haben sie festgehalten.«

Der Virologe konzentrierte sich einen Augenblick auf das Dokument und hob dann den Kopf.

»Sie meinen doch nicht etwa diese Geschichte mit den Dämonen?«

»Doch.«

»Dann lassen Sie mich Ihnen sagen, dass Sie auf dem Holzweg sind. Die Leute aus Ruanda sind sehr religiös... Ich denke, das hatte mehr mit der Angst zu sterben zu tun. Diese junge Frau betete für ihr Seelenheil. So etwas habe ich Hunderte Male erlebt.«

Aber Nathan wusste sehr gut, dass es sich nicht um Gebete handelte. Auf unerklärliche Weise war dieses Opfer aus der Hölle geflohen, die es mit eigenen Augen gesehen hatte, es war seinen Henkern entkommen und hatte sie benannt...

Der Virologe wurde ungeduldig. Er blickte ostentativ auf seine Uhr.

»Mir scheint, wir schweifen von unserem Thema ab. Wenn Sie mir erzählen würden, was Sie entdeckt haben...«

»Beantworten Sie meine Fragen«, befahl Nathan. »Ich verspreche Ihnen, Sie werden es nicht bereuen.«

Derenne, der es sichtlich nicht gewohnt war, dass man in diesem Ton mit ihm sprach, schien verwirrt. Sein Schweigen ermunterte Nathan fortzufahren.

»Ist es Ihrer Meinung nach möglich, ein Virus als ... biologische Waffe zu benutzen?«

»Natürlich. Wir verfügen heute sogar über das Wissen und die Werkzeuge, die es erlauben, ›maßgeschneiderte‹ Viren herzustellen. Die viralen Genome sind in der Regel sehr klein, aber wir können sie entschlüsseln. Wenn ihre Sequenz bestimmt ist, kann man sie manipulieren, ja sogar vollständig synthetisieren und dadurch biologische Entitäten herstellen, die infektionsauslösende Eigenschaften haben und zur Replikation fähig sind.«

»Seit wann sind solche Manipulationen technisch möglich?«

»So wie ich sie gerade beschrieben habe ... ich würde sagen, seit den fünfziger Jahren. Aber die Idee biologischer Waffen beschäftigt die Menschen schon seit vielen Jahrhunderten. Es gibt mehrere berühmte Beispiele: Die Tartarenkrieger, die während der Belagerung von Kaffa auf der heutigen Krim im ... vierzehnten Jahrhundert, glaube ich, von einer Pestepidemie dahingerafft wurden, kamen auf die furchtbare Idee, ihre pestinfizierten Leichen in die belagerte Stadt zu katapultieren. Der Erreger der Pocken, von dem wir vorhin sprachen, ist durch kontaminierte Kleidung, die die Spanier den Inkas während der Conquista schenkten, auf diese übertragen worden. In jüngerer Zeit starben 1945 an die dreitausend Gefangene in den japanischen Todeslabors in der Mandschurei. Ihre Henker hatten ihnen Erreger der Pest, des Milzbrands, der Cholera und des Maltafiebers injiziert. Es gibt noch Dutzende von Beispielen ...«

Nathans Herz begann wie wild zu schlagen, als er das hörte. Ohne es zu wissen, hatte Alain Derenne ihm da vielleicht gerade eine entscheidende Information geliefert. Aber da war noch ein wichtiger Punkt, der geklärt werden musste: das Ziel der Expedition der *Pole Explorer*.

Und da hatte er eine Idee: Das Datum des Untergangs der *Dresden* könnte einen Hinweis liefern.

»Eine letzte Frage, Professor: Was sagt Ihnen das Jahr 1918?«

Derenne verzog ärgerlich das Gesicht.

»Ich bin wirklich geduldig gewesen, aber jetzt gehen Sie zu weit, Monsieur Falh...«

Nathan ließ ihn nicht aussprechen: »Antworten Sie mir, Professor, es ist sehr wichtig, Sie werden bald verstehen, warum...«

Derenne blickte ihn kühl und immer zweifelnder an.

Nathan wiederholte: »Das Jahr 1918, Professor?«

»Ich sehe da wirklich keinen Zusammenhang«, seufzte der Virologe. »Na gut... Fragen Sie das den Menschen oder den Wissenschaftler?«

»Ich weiß nicht... beide?«

»Schön, also sagen wir es so: Für den Menschen bedeutet das Jahr 1918 das Ende des Ersten Weltkriegs, aber für einen Virologen hat dieses Jahr eine ganz andere Bedeutung...«

Nathan schluckte. Eiskalte Nadeln stachen in seinen Nacken.

»Was wollen Sie damit sagen?«

»1918 ist vor allem das Jahr der furchtbaren Pandemie der Spanischen Grippe. Eine Geißel, die zwischen dreißig und vierzig Millionen Menschen in der ganzen Welt getötet hat, fünfmal so viel wie der Krieg selbst...«

Diese Information traf Nathan, als würde ihm ein Fläschchen Vitriol ins Gesicht geschüttet. Daran hatte er nicht gedacht.

Die Soldaten im Eis... Die Wahrheit nahm plötzlich Gestalt an.

»Wissen Sie etwas über Versuche, dieses Virus zurückzugewinnen?«, fragte er mit tonloser Stimme.

»Solche Versuche hat es in der Tat gegeben...« Derenne seufzte erneut, anscheinend ohne bemerkt zu haben, dass Nathans Ton sich geändert hatte. »Worauf wollen Sie hinaus?«

»Professor... bitte. Dieser Punkt kann von entscheidender Bedeutung sein.«

»1968 hat ein amerikanisches Team versucht, den Stamm zurückzugewinnen, indem sie die Gräber von Inuit schändeten, die dem Virus 1919 zum Opfer gefallen waren. Und in jüngerer Zeit hat es weitere Versuche gegeben...«

»Aus welchen Gründen hat man versucht, diesen Stamm wiederzufinden?«, unterbrach Nathan ihn.

»Mit Hilfe einer unversehrten Virusprobe hätte man verstehen können, wie es funktioniert, und das hätte gewiss erlaubt, einen Impfstoff zu entwickeln und damit einer neuen Pandemie vorzubeugen. Im Gegensatz zur herrschenden Meinung gehören Grippeviren zu den gefährlichsten Krankheitserregern, die die Menschheit jemals gekannt hat, zusammen mit der Pest und heute dem HIV-Virus. Wenn ein solcher Erreger wieder auftauchen würde, glauben Sie mir, das wäre eine wahre Geißel für die Menschheit.«

»Und was war das Ergebnis dieser Expeditionen?«

»Sie scheiterten. Obwohl die Körper im Hohen Norden bestattet worden waren, wo die Erde dauerhaft gefroren ist, waren sie nicht tief genug beerdigt worden, und die Erwärmung in den darauf folgenden Frühjahren hatte jede Spur der Grippe vernichtet. Damit sie in einwandfreiem Zustand erhalten bleiben, hätten die Leichen in einem gefrorenen Boden liegen müssen.«

»In reinem Eis?«

»Zum Beispiel...«

Nathan hatte sein Ziel fast erreicht, das spürte er.

»Wenn Sie selbst einen solchen Erreger zurückgewinnen wollten, wie würden Sie vorgehen?«

»An einer Leiche, meinen Sie?«

»Ja.«

»Ich würde Teile des Gehirns und der Lungen entnehmen, denn dort findet man die größte Konzentration des Virus.«

Diese Information tönte wie eine Totenglocke in Nathans Kopf. Die Teile des Puzzles fügten sich ineinander... Er hatte es bereits begriffen, als der Wissenschaftler die Belagerung von Kaffa erwähnt hatte... Der Mensch hatte die Existenz der Krankheitserreger im siebzehnten Jahrhundert zwar noch nicht wissenschaftlich entdeckt, aber die Mörder aus dem Manuskript hatten sie dennoch empirisch aufgespürt. Sie hatten erkannt, dass eine Krankheit, die in den Lungen und dem Gehirn der Kranken lebte, verbreitet werden konnte. So wie die Mitglieder der Mannschaft der *Pole Explorer* sich der im Wrack gefangenen Leichen bemächtigt hatten, hatten die Monster der Vergangenheit es mit dem Afrikaner gemacht, denn er war der Grippe oder einer ähnlichen Krankheit zum Opfer gefallen, was Elias nicht wissen konnte.

Die Viren waren der Schlüssel zu allem.

Als Nathan aufblickte, erkannte er an dem finsteren Blick, der auf ihm ruhte, dass es nun an ihm war, seine Informationen preiszugeben.

36

»Das ist ja furchtbar...«, murmelte Derenne.

Der Himmel hatte sich verfinstert, und die dunklen Schatten der Wolken glitten wie Wellen über das bleiche Gesicht des Arztes. Er lockerte seine Krawatte und lehnte sich in seinem Sessel zurück, als wollte er zu dem grauenhaften Bericht, den er gerade gehört hatte, auf Distanz gehen.

Nathan hatte ihm alles erzählt, vom Elias-Manuskript, von seiner Reise nach Spitzbergen, von den schrecklichen Entdeckungen im ehemaligen Flüchtlingscamp, und ihm seine Fotos gezeigt, sich allerdings bewusst auf die Details beschränkt, die unmittelbar mit den Viren zu tun hatten.

»Haben diese Männer«, fuhr er nach einer Pause fort, »Ihrer Meinung nach eine Chance, den Grippestamm zu isolieren?«

Der Virologe spielte nervös mit einem Füller, der auf seinem Schreibtisch lag. Schließlich entschied er sich für eine weitere Zigarette.

»Wenn, wie Sie glauben, die Leichen achtzig Jahre hermetisch abgeschlossen im Eis gelegen haben, würde ich sagen, ja, die Erfolgsaussichten sind sehr groß. Aber es müssen noch zahlreiche weitere Fakten berücksichtigt werden. Man muss die Proben in einer Kühlbox bei minus achtzig Grad Celsius aufbewahren und sie in ein Labor bringen. Sie können sich denken, dass diese Art von Material nicht unbemerkt bleiben wird... Und einmal angenommen, diese Operation ist erfolgreich, dann muss das Virus anschließend behandelt werden, was ein qualifiziertes Personal und die entsprechende Technologie voraussetzt... Haben Sie eine Ahnung, wer diese Männer sind? Stehen sie im Dienst einer Regierung? Einer Untergrundorganisation?«

»Ich neige eher zu Letzterem, aber ein paar Details passen nicht so recht zu dieser Hypothese.«

Derenne runzelte die Stirn: »Was meinen Sie?«

»Ich weiß nicht... Die Tatsache, dass sie seit mehr als drei Jahrhunderten existieren, spricht definitiv gegen die Annahme, dass sie irgendeinem Staat oder einer politischen Gruppierung angehören... Nein, die wahrscheinlichste These ist die einer Geheimorganisation, die Terrorakte begeht... Und zugleich scheinen alle Hinweise, über die ich verfüge, auf eine noch beunruhigendere Tatsache hinzudeuten. Die meisten bewaffneten Untergrundgruppen zielen mit extremer Gewalt auf die Bevölkerung, weniger, um zu töten, sondern wegen der psychologischen Auswirkungen, die diese Angriffe haben. Im vorliegenden Fall bleiben die Gifte und die Viren unbemerkt... Das passt irgendwie nicht...«

»Das stimmt, die klassischen Terroristen neigen eher dazu,

selbst gebastelte Bomben oder Substanzen wie Kampfgas oder Anthrax zu benutzen, die viel leichter und billiger herzustellen sind.«

Nach kurzem Schweigen erklärte Derenne: »Ich habe da vielleicht eine Hypothese...«

»Woran denken Sie?«

»Na ja, also eine Schimäre, in diesem Fall ein genetisch manipulierter Erreger, kann so zusammengebaut werden, dass man glaubt, es mit einem natürlich entstandenen mutierten Virus zu tun zu haben.«

»Wollen Sie damit sagen, dass man nicht wissen kann, ob man es mit einem manipulierten Virus zu tun hat?«

»Es gibt verschiedene Analysemethoden: Die erste ist die mit Hilfe von Antigen- oder Antikörper-Reaktionen, die ich vorhin erwähnt hatte...«

»Und die zweite?«, drängte Nathan.

»Das ist die Molekularanalyse. Wenn es gelingt, das Virus physisch zu isolieren und seinen genetischen Code zu entschlüsseln, kann man entweder Veränderungen im Vergleich zu dem bekannten Virus feststellen oder erkennen, dass man es mit einem ganz neuen Virus zu tun hat. Und je zurückhaltender und subtiler manipuliert worden ist, umso schwieriger bis schlicht unmöglich ist es, im einen wie im anderen Fall zu sagen, ob es sich um eine natürliche oder in einem Labor erzeugte Mutation oder, wenn das Virus sich von allen bekannten unterscheidet, um eine neue Virenart handelt...«

Nathan dachte einen Augenblick nach.

Die Theorie des Virologen war in sich schlüssig. Die Männer des Blutkreises töteten anonym, und dadurch hatten sie durch die Jahrhunderte wandern können, ohne demaskiert zu werden. Bereits Roch und seine Komplizen hatten die Grenzen des Giftes erkannt. Für einen Normalsterblichen mochte es schwierig sein, Tod durch Gift von einer Krankheit zu unterscheiden, aber ein Arzt oder Apotheker mit geübtem Blick konnte das

Gift aus den Symptomen eines Kranken oder den Eingeweiden einer Leiche erkennen. Sie mussten daher eine noch geheimnisvollere Waffe finden. Auch wenn die noch geringen wissenschaftlichen Kenntnisse der damaligen Zeit ausschlossen, dass man, und sei es nur empirisch, einen solchen Erreger herstellen konnte, war die Idee bereits in ihrem Geist aufgekeimt. Nathan hatte jetzt endlich die Verbindung gefunden, die das Elias-Manuskript mit den Mördern von heute verband. In Zeiten von Epidemien wie dem einundzwanzigsten Jahrhundert war ein Virus die beste Möglichkeit zu töten, ohne Gefahr zu laufen, dass man identifiziert wurde. Aber was war das Motiv?

»Ist es vorstellbar, dass eine Untergrundorganisation Zugang zu dieser Art von Technologie hat?«, fragte Nathan.

»Wenn Sie vor zehn oder fünfzehn Jahren zu mir gekommen wären, hätte ich das vermutlich verneint. Damals verfügten nur ein paar Reiche über die für ein solches Vorhaben nötigen Mittel. Im jetzigen geopolitischen Kontext gibt es zahlreiche Möglichkeiten, diese Schwierigkeiten zu umgehen.«

»Erklären Sie das genauer.«

»Es ist allgemein bekannt, dass die Sowjets während des Kalten Kriegs ein gewaltiges Forschungsprogramm auf dem Gebiet der biologischen Waffen entwickelt haben. Mehr als siebzigtausend Spezialisten, Virologen, Genetiker arbeiteten in Labors im ganzen Land, vom Aralsee bis nach Sibirien. Man weiß das seit den Enthüllungen zweier Überläufer, Patsechnik und Alibekow, die sich nach Großbritannien beziehungsweise in die USA abgesetzt haben. Als die Sowjetunion zusammenbrach, begannen diejenigen, die diese Waffen entwickelt hatten und die nur ein paar Hundert Dollar im Monat verdienten, ihre Dienste demjenigen anzubieten, der ihnen am meisten bot. Alles ist verkäuflich, und nicht nur in Russland. So überraschend das auch klingen mag, bis zum 11. September 2001 war es ganz leicht, sich über Arzneimittelfirmen die gefährlichsten Krankheitserreger zu beschaffen, und das ganz legal, denn sie wurden per Katalog oder im Internet angeboten. Man musste lediglich viel Geld haben. Ich denke, das ist der Fall bei Ihren mutmaßlichen Terroristen.«

»Wenn sie auf diese Weise vorgegangen sind, würde das bedeuten, dass sie, nachdem sie die Wissenschaftler angeworben und sich die Technologie besorgt hatten, nur noch die Herstellung von Schimären und die Versuche zu finanzieren brauchten.«

»Das wäre in der Tat eine Möglichkeit.«

Derenne richtete sich auf und stützte die Ellbogen auf seinen Schreibtisch.

»Sie sind kein Journalist, nicht wahr?«

»Nein.«

»Für wen arbeiten Sie?«

»Für niemanden, ich handle allein.«

»Allein... Wie das?«

»Ich kann Ihnen nicht mehr darüber sagen, und ich glaube, es ist besser für Sie, wenn Sie über diesen Aspekt der Angelegenheit nichts weiter wissen.«

»Was zwingt mich, Ihnen zu vertrauen?«

»Die Tatsache, dass ich Ihnen alles erzählt habe... Die Tatsache, dass Sie mir bis jetzt zugehört haben... Die Tatsache, dass ich Ihnen gute Gründe geliefert habe, mir zu glauben...«

»Das reicht nicht, Monsieur Falh. Sie sind in der Tat sehr überzeugend gewesen. Ein Grund mehr für mich, nicht tatenlos zuzusehen. Sie werden mir beipflichten, dass es höchste Zeit ist, die zuständigen Behörden zu informieren, oder nicht?«

Der Augenblick der Wahrheit war gekommen. Nathan musste den Virologen jetzt überzeugen, ihm die Führungsrolle bei den Ermittlungen zu überlassen.

»Unternehmen Sie nichts, Professor, ich bitte Sie«, sagte Nathan mit angespannter Stimme. »Unsere Mörder würden sehr schnell merken, dass sie gesucht werden. Die Verbrecher, von denen wir sprechen, hinterlassen nur sehr wenig Spuren, und schon gar keine, die es erlauben, sie zu identifizieren. Sie schirmen alles ab, ich gerate bei meinen Nachforschungen immer wieder in Sackgassen. Sie existieren nicht, nicht einmal für die Sicherheitsdienste. Beim geringsten Alarm würden sie alle Brücken abbrechen und untertauchen. Mehr als drei Jahrhunderte kämpfen sie in aller Stille, ich denke, es kommt ihnen auf zwanzig, dreißig Jahre nicht an.«

»Zugegeben. Aber Sie... wie sind Sie auf sie gestoßen?«

»Das ist eine komplizierte Geschichte, sagen wir, dass mich etwas mit ihnen verbindet, wovon ich keine Ahnung habe. Sie haben einen Fehler gemacht, der mich auf ihre Spur gebracht hat, und auf eine Weise, die ich mir nicht erklären kann, spüre ich... ich weiß, dass nur ich sie in die Enge treiben kann.«

Derenne sah Nathan zweifelnd an.

»Das klingt reichlich mysteriös für mich, Monsieur Falh. Behalten Sie Ihr Geheimnis für sich, wenn Sie wollen. Ich nehme an, Sie haben Ihre Gründe. Was mich betrifft, ich habe nicht die Gewohnheit, es mit dem Recht nicht so genau zu nehmen. Wenn das, was Sie mir berichtet haben, wahr ist... Als Arzt des Institut Pasteur und als Staatsbürger habe ich die Pflicht, über eine Angelegenheit von solchem Ausmaß nicht Stillschweigen zu bewahren.«

»Und doch werden Sie es müssen.«

»Ich lasse mich nicht erpressen.«

Nathan erkannte an Derennes schneidendem Ton, dass er sich etwas anderes würde einfallen lassen müssen, um zu bekommen, was er von ihm erwartete. Er unternahm einen neuen Versuch.

»Ich verstehe Ihren Standpunkt, aber ich brauche Ihr Stillschweigen und Ihre Hilfe. Glauben Sie mir, Sie müssen mir vertrauen.«

Etwas in Nathans Ton, ein Unterton von Aufrichtigkeit, der einen deutlichen Kontrast zu seinem bisweilen aggressiven Verhalten bildete, schien den Virologen ins Wanken zu bringen.

»Niemand ist bereit, sich einer solchen Bedrohung auszusetzen. Ein solcher Angriff könnte dramatische Folgen haben... Sie wissen nicht einmal, wo und wann sie ihre Erreger freisetzen wollen. Möglicherweise ist es bereits zu spät... Ist Ihnen eigentlich klar, was Sie da von mir verlangen? Das ist unmöglich...«

Der Virologe bewegte sich auf einem schmalen Grat, er befand sich in einem echten Gewissenskonflikt und konnte ihm jeden Augenblick entgleiten. Aber Nathan hatte Derennes Verwirrung bemerkt und nutzte seinen Vorteil aus.

»Wie lange braucht man, um ein Virus wie das der Spanischen Grippe zu aktivieren oder zu manupulieren?«

»Woher soll ich das wissen? Das hängt von ihren Kenntnissen ab... Von den Mitteln, die sie zur Verfügung haben... Was Sie mir erzählt haben, deutet darauf hin, dass sie nicht mehr im Versuchsstadium sind. Es wird ihnen gelungen sein, Viren wie die Vogelgrippe oder die Schweinepest zu simulieren, einen Erreger, der vielleicht schon bereit ist, die Gene der Spanischen Grippe zu empfangen...«

»Wie lange?«

»Ich weiß es nicht... Wenn Sie mir sagen, dass sie den Stamm seit etwa vier Wochen haben, sagen wir, zwei Monate, vielleicht weniger.«

»Mir bleibt genug Zeit weiterzuermitteln und sie zu stoppen.«

»Allein?«

»Ich wiederhole, das ist die einzige Möglichkeit, an sie heranzukommen.«

»Und dann?«

»Ich werde die Sicherheitsdienste informieren, sobald ich die nötigen Beweise zusammenhabe, sobald ich sie lokalisiert habe.«

Der Virologe ging auf und ab. Er näherte sich dem Fenster und ließ seinen Blick über das Institutsgelände schweifen.

»Das ist reiner Wahnsinn... Nein, ich kann nicht...«

Nathan stand ebenfalls auf und schlug unvermittelt mit der Faust auf den Tisch.
»Professor! Vor knapp einer Stunde haben Sie von dieser ganzen Geschichte noch nichts gewusst. Wenn ich nicht gekommen wäre, hätten Sie nicht die geringste Ahnung von der Existenz dieser Mörder. Vertrauen Sie mir! Das ist die einzige Möglichkeit, ein Massaker zu verhindern.«
Bedrückendes Schweigen. Schließlich drehte Derenne sich zu Nathan um.
»Gut, wenn ich bereit wäre, Ihnen zu helfen, wie sähe mein Beitrag zu Ihren Ermittlungen aus?«
»Wenn die Hypothese, die wir aufgestellt haben, richtig ist, dann wäre es logisch anzunehmen, dass sie bereits zugeschlagen haben. Es würde mir sehr helfen, wenn Sie Ihre Daten der letzten zehn Jahre durchgingen und alle Fälle herauszögen, in denen Bevölkerungsgruppen von nicht identifizierten Viren befallen wurden, die Ihnen verdächtig vorkommen.«
»Und was würde Ihnen das bringen?«
»Wenn diese Recherche etwas ergibt, wird mir das gewiss erlauben, eine Verbindung zwischen den Opfern herzustellen und das Motiv der Mörder zu verstehen.«
Der Wissenschaftler fixierte Nathan.
»Ich werde sehen, was ich finde. Und für Ihre Ermittlungen gebe ich Ihnen zehn Tage. Nicht einen mehr. Danach löse ich den Alarm aus.«

37

Es war beunruhigender als alles, was er sich vorgestellt hatte.
Nathan ließ den Motor des Wagens aufheulen und fuhr den Boulevard Vaugirard entlang in Richtung Tour Montparnasse.

Die Autos, die Fassaden der Wohnhäuser, die ganze Stadt schienen vor seinen Augen zu schmelzen.

Bevor er das Institut Pasteur verlassen hatte, hatte Nathan mit Derenne verabredet, ihn innerhalb der nächsten vierundzwanzig Stunden anzurufen. Er hatte dem Virologen gesagt, dass, falls ihm in der Zwischenzeit etwas zustoßen sollte, »eine vertrauenswürdige Person« an seine Stelle treten würde. Nathan hatte sich abgesichert, allerdings ohne Woods Namen preiszugeben. Denn wenn Derenne im Augenblick auch ein wertvoller Verbündeter war, konnte er doch sehr schnell zu einem ernst zu nehmenden Gegner werden.

Zehn Tage... zweihundertvierzig Stunden... Der Wettlauf gegen die Zeit hatte begonnen.

Als Nathan die dunkle Halle des Hôtel de la Clef betrat, erhob sich der Empfangschef abrupt und stürzte aufgeregt auf ihn zu.

»Monsieur Falh...«

»Was ist los?«

»Ein Herr mit englischem Akzent ruft unaufhörlich an, seit Sie weggegangen sind!«

Woods.

»Hat er eine Nachricht hinterlassen?«

»Das wollte er nicht. Er hat darum gebeten, dass Sie ihn sofort anrufen, wenn Sie zurück sind, es sei ÄUSSERST DRINGEND.«

Nathan stürzte die Treppen in den zweiten Stock hinauf, trat in sein Zimmer und wählte unverzüglich die Nummer von Woods Handy.

Er klingelte dreimal, dann ein Klicken.

»Woods.«

»Hier ist Nathan... Was ist los?«

»Ich habe Neuigkeiten... brandheiße.«

»Das Manuskript?«

»Nein.«

Woods Stimme vibrierte im Hörer.
»Was? Reden Sie...«
»Jacques Staël hat mich vor einer Stunde angerufen... Sie erinnern sich an die Anfragen, die wir formuliert hatten?«
Nathan zitterte am ganzen Körper. »Natürlich. Haben Sie... etwas?«
»Er hat Ihre Fingerabdrücke gefunden...«
»Meine Fingerabdrücke?«
Angst schnürte ihm die Kehle zu. Er dachte sofort an die Leichen der Killer... »Wo?«
»In Frankreich. Keine Panik, es hat nichts mit dem zu tun, was Sie glauben, es liegt länger zurück.«
»Was meinen Sie damit?«
»Es sind die Fingerabdrücke eines Kindes.«
»Sind Sie sicher? Kein Irrtum?«
»Es ist kein Irrtum möglich. Laut der Akte, die Staël mir hat zukommen lassen, sind sie nach einer Schlägerei von der Gendarmerie vernommen worden. Die Akte erwähnt Schläge und Verletzungen... Es geschah im Winter 1978, in der Nähe von Saint-Étienne.«
»Saint-Étienne...«
»Ein Kaff mit Namen Saint-Clair. Damals hießen Sie Julien... Julien Martel.«

IV

38

*Saint-Clair, Frankreich
12. April 2002*

Die Hände fest um das Lenkrad geschlossen fuhr Nathan seit fast drei Stunden Richtung Saint-Étienne. Während der Fahrt waren immer mehr Wolken am Himmel aufgezogen, so dass er jetzt mit dem Asphalt eine einzige graue und schmutzige Masse zu bilden schien, die ihn wie ein Schleier unermesslicher Trauer einhüllte.

Bevor er Paris verlassen hatte, hatte er Woods noch das ganze Ausmaß seiner Entdeckungen in Afrika und seinen Besuch im Institut Pasteur zusammengefasst, aber die jüngsten Nachrichten hatten ihn tief erschüttert, und er brannte darauf, hinter dieses neue Geheimnis zu kommen. Sie hatten verabredet, dass Ashley ihn bei Derenne vertreten sollte, damit er in Ruhe der Spur nachgehen konnte, die in seine Kindheit führte.

Während der letzten Wochen hatte er sich schließlich an diesen eigenartigen Charakter gewöhnt, den er anscheinend hatte, aber niemals hätte er gedacht, dass die Wurzeln seiner Gewalttätigkeit so tief in die Vergangenheit zurückreichten. War er jemals ein Mensch wie die anderen gewesen? Er versuchte, sich diesen jungen Julien Martel vorzustellen, der er gewesen war: eine schmächtige Gestalt mit braunen Haaren, ruhigen Augen, gesäumt von langen Wimpern... Aber jedes Mal war das Bild zerbröckelt und hatte dem eines kleines Monsters mit schwarzen Augenhöhlen und blutigen Lippen Platz gemacht.

Laut Woods war es ein Glücksfall, dass sie seine Spur gefunden hatten. Dieses »Wunder« verdankten sie dem umfangreichen Programm der Zentralisierung und Digitalisierung der Daten der französischen technischen und wissenschaftlichen Polizei, das die Karten mit allen Fingerabdrücken, die in den Archiven der regionalen Dienststellen der Gendarmerie und der Kriminalpolizei schlummerten, sammelte, um sie in den FAED-Computer einzugeben, die elektronische Datenbank für Fingerabdrücke des Innenministeriums. Ein paar Tage zuvor war eine Reihe alter Dokumente aus der Präfektur von Saint-Étienne in den FAED eingegeben worden. Aus Nachlässigkeit waren Nathans Fingerabdrücke, die Staël weitergeleitet hatte, in der Maschine geblieben, die sofort die Übereinstimmung mit Juliens Fingerabdrücken festgestellt hatte. Anschließend hatte ein Experte für Daktyloskopie die Daten analysiert. Zwölf Übereinstimmungen waren festgestellt worden, insbesondere in den Musterbildungen und dem Leistenverlauf, den Wirbeln, den Schleifen, den Gabelungen, den Bögen.

Die Spezialisten waren sich einig.

Die beiden Proben führten eindeutig zu demselben Individuum.

Woods Mail enthielt eine Kopie der Datei, in der Nathan die Abdrücke der kleinen tintengeschwärzten Finger, seine Personenangaben – Julien, Alexandre, Paul Martel, geboren am 17. Januar 1969 in Boulogne-Billancourt als Sohn von Michel, Ingenieur, und Isabelle Martel, ohne Beruf – sowie einen kurzen Bericht gefunden hatte, der beunruhigend genug war, um Nathan zu veranlassen, sich an den Ort des Dramas zu begeben.

Es war am 21. Oktober 1978, am Tag vor den Allerheiligenferien, passiert. Nach Ende des Unterrichts war es vor der École primaire des Ollières in Saint-Clair zu einem Streit zwischen Julien und einem seiner Klassenkameraden, Pascal Deléger, dem Sohn des Bürgermeisters, gekommen. Die beiden Kinder waren auf eine Brücke gegangen, um ihre Meinungsverschiedenheiten auszutragen, aber die Schlägerei hatte ein schlimmes

Ende genommen. Den Zeugen zufolge hatte Julien die Oberhand gewonnen und von Pascal verlangt, sich für seine beleidigenden Äußerungen über seine Eltern zu entschuldigen. Als dieser sich geweigert hatte, hatte Julien den Kopf seines Kameraden mehrmals auf den Bürgersteig geschlagen und erst aufgehört, als eine starke äußere Blutung aufgetreten war. Zwanzig Minuten später waren ein Krankenwagen und ein Gendarm eingetroffen, und sie hatten das Opfer bewusstlos auf der Fahrbahn liegend vorgefunden. Julien kniete neben ihm. Pascal war in die Notfallstation des Universitätsklinikums in Saint-Étienne gebracht worden und Julien zum Gendarmerieposten, wo er wie ein Schwerverbrecher behandelt worden war. Pascal Deléger lag mit einer Schädelfraktur im Krankenhaus, und Juliens Eltern waren verurteilt worden, dem Sohn des Bürgermeisters Schmerzensgeld zu zahlen...

Nathan verließ die Autobahn und fuhr auf die Kreisstraße 104, die sich zwischen schwarzen und kahlen Talmulden hindurchschlängelte. Obwohl der Frühling bereits seine ersten Fühler ausstreckte, zeigte die Landschaft immer noch Spuren winterlicher Verwüstung und bot ein Bild tiefer Trostlosigkeit. Eine Stunde später erreichte er Saint-Clair, eine triste Arbeitersiedlung, in der sich Häuschen mit schmutzigen, verputzten Wänden und ein paar alte, gesichtslose Mietshäuser aneinander reihten. Nathan fuhr langsamer, um eine junge Frau nach dem Weg zu fragen. Die Schule lag gegenüber dem Rathaus, kaum fünfhundert Meter entfernt. Er fuhr durch den ruhigen Ort, parkte seinen Wagen und ging zu Fuß zur Schule. Ein Backsteingebäude mit großen Fenstern mitten in einem betonierten Hof ohne Bäume und Spielplatz. Es war siebzehn Uhr, mit etwas Glück war noch jemand da.

Ein neues Problem stellte sich: Ohne Genehmigung würde er keine Auskunft erhalten. Er überlegte, wie er es anstellen könnte, und drückte dann auf den Knopf der Sprechanlage.

Eine Stimme tönte aus dem Lautsprecher: »Ja?«
»Guten Abend, ich bin Privatdetektiv, ich würde gerne mit dem Schulleiter sprechen.«
»Privatdetektiv? Einen Moment bitte.«
Die Direktorin, eine kleine, rundliche Mittfünfzigerin mit gerade geschnittenem braunem Haar, öffnete ihm das Tor, einen bunten Schal über den Schultern.
»Sie haben Glück«, sagte sie. »Normalerweise bin ich um diese Zeit schon weg. Wir haben eine außerplanmäßige Besprechung mit dem Elternbeirat um siebzehn Uhr dreißig... Wird es lange dauern?«
»Nein, nur ein paar Minuten.«
Einen Augenblick später gingen sie über den Pausenhof und traten in das Hauptgebäude. Die Frau schien zu zögern, dann beschloss sie, Nathan in ein Klassenzimmer zu führen.
»Es ist komisch...«, sagte sie glucksend. »Ich habe noch nie... Sie sind nicht von der Polizei, nicht wahr? Sie sind Detektiv? Sie machen Beschattungen und so was?«
»In gewisser Weise«, erwiderte Nathan kurz angebunden.
»Gut«, sagte sie munter. »Was kann ich für Sie tun?«
»Es ist nicht sehr aufregend. Also, ich arbeite im Auftrag einer Kanzlei für Ahnenforschung im Rahmen einer Erbschaftssache. Ich bin auf der Suche nach dem Begünstigten... es scheint, dass er 1978 auf diese Schule gegangen ist.«
Die Direktorin zog die Augenbrauen hoch.
»1978! Da haben wir ja schon mal ein Datum... Ich war damals nicht hier, ich bin erst 1986 gekommen... Wie heißt dieser Schüler?«
»Julien Martel.«
Sie verzog erneut das Gesicht und schüttelte den Kopf.
»Nein, das sagt mir nichts.«
»Vielleicht haben Sie ein Archiv, das Auskunft darüber gibt, bis wann er in Ihre Schule gegangen ist?«
»Leider ist die Schule 1983 umgezogen, als man begonnen

hat, die Region aufzuwerten, wir haben keinerlei Unterlagen mehr aus der Zeit davor... Aber das Stadtarchiv kann Ihnen hier sicher weiterhelfen...«

»Das Problem«, sagte Nathan, »ist, dass wir nicht viel Zeit haben.« Er schwieg kurz, dann fragte er: »Wäre es möglich, mit jemandem zu sprechen, der 1978 hier gearbeitet hat?«

Die Direktorin überlegte ein paar Augenblicke, um im Geist die kurze Liste ihrer Angestellten durchzugehen.

»Da wäre Monsieur Moussy... In welcher Klasse war dieser Junge?«

»Das weiß ich nicht, ich weiß nur, dass er neun war.«

Die Direktorin legte einen Finger auf ihre Lippen. »Neun... dann war er in der... CM1... Nein, das passt nicht, Moussy ist erst 1983 zu uns gekommen, kurz nach dem Umzug... Damals war der Schüler, den Sie suchen, bereits im Gymnasium... Aber es muss doch jemanden geben... Ja, wer Ihnen bestimmt weiterhelfen könnte, aber sie arbeitet schon lange nicht mehr hier...«

»An wen denken Sie?«, fragte Nathan.

»An Mademoiselle Murneau, die Krankenschwester... sie müsste damals hier gewesen sein. Sie ist in dem Jahr in den Ruhestand gegangen, in dem ich hier angefangen habe. Sie muss jetzt fast achtzig sein.«

»Wissen Sie, wo ich sie finden kann?«

»Ich muss irgendwo ihre Adresse haben... Wenn Sie einen Augenblick warten wollen... Ich werde in meinem Büro nachschauen.«

Nathan sah sich rasch in dem Klassenzimmer um. Pappmasken und bunte Kinderzeichnungen bedeckten den größten Teil der Wände und der Möbel. Er musste lächeln beim Anblick der kleinen Tische und Stühle, zwischen denen er sich wie ein Riese im Reich der Liliputaner vorkam. Ein paar Augenblicke später kam die Direktorin zurück, einen Zettel in der Hand.

»Hier, ich habe Ihnen die Adresse aufgeschrieben«, sagte sie und reichte Nathan das Stück Papier. »Sie haben Glück, es ist gleich nebenan...«

Résidence des Ormes
Geb. C
21, avenue de la Libération

Nathan verließ die Schule und ging zu Fuß die hundert Meter, die ihn von der angegebenen Adresse trennten. Er blieb vor einem riesigen Komplex heruntergekommener Wohnungen stehen. Er vergewisserte sich, dass er richtig war, denn was der Bauherr »Residenz« genannt hatte, war eine ausgedehnte Wohnsiedlung der fünfziger Jahre. Der ganze Komplex wirkte so schäbig, dass das berühmte Programm zur Aufwertung der Region irgendwie daran vorbeigegangen sein musste. Die ehemalige Krankenschwester wohnte jedoch noch hier: Murneau, Jeanne, zwölfter Stock links.

Ein Pappschild am Lift wies darauf hin, dass er kaputt war. Nathan lief die Treppen hinauf und blieb außer Atem vor einer Tür stehen, von der die blaue Farbe abblätterte. Er drückte auf den Klingelknopf und spitzte die Ohren.

Zuerst hörte er das Schlurfen von Hausschuhen über den Boden, dann drang eine leicht schrille Stimme ins Treppenhaus.

»Wer ist da?«

»Die Direktorin...«

»Sprechen Sie lauter, ich verstehe nicht...«

Nathan räusperte sich und schrie fast: »Die Direktorin der École des Ollières hat mir Ihre Adresse gegeben. Ich suche Informationen über einen Schüler, der dort eingeschult war. Sie sagte mir, dass Sie mir vielleicht helfen könnten.«

Nachdem mehrere Schlösser geöffnet worden waren, ging die Tür einen Spalt weit auf, und eine kleine, dürre Frau in einer Bluse mit blauen Blumen wurde sichtbar. Sie hatte schütteres

weißes Haar, und ihr Gesicht war von tiefen Runzeln durchzogen; die robuste Metallbrille, die sie auf der Nase trug, verlieh ihr ein strenges Aussehen.
»Welches Kind, sagen Sie?«, fragte die alte Frau und musterte ihn von Kopf bis Fuß.
»Martel, Julien Martel...«
Mit ihrer bis auf die Knochen abgemagerten Hand rückte sie ihre Brille zurecht und murmelte: »Ich erinnere mich sehr gut an dich, mein kleiner Julien. Gott sei Dank, du lebst noch...«

39

»Steh nicht so da... Komm rein, mein Junge...«
Verblüfft blieb Nathan auf der Türschwelle stehen und zögerte, ob er diese Grenze zu seiner Vergangenheit überschreiten sollte. Aber dann trat er doch magisch angezogen in die Wohnung.
Der Boden war mit Linoleum bedeckt, und die Wände waren mit dünnem cremefarbenem Wollstoff tapeziert. Ein muffiger Geruch von abgestandener Luft schwebte durch den Raum. Nathan folgte der alten Frau in den Flur. Der Geruch wurde stärker. Sie führte ihn ins Wohnzimmer. Ein Raum in braunen Tönen, voll gestopft mit billigen Möbeln und Nippes. Ein schmiedeeiserner Lüster hing über einem Tisch aus Holzimitat, auf dem ein gelbliches Spitzendeckchen lag.
»Wie haben Sie mich erkannt?«, fragte er.
Ein zärtliches Lächeln erhellte Jeanne Murneaus Gesicht. Sie streichelte mit ihrem knotigen Finger Nathans Wange.
»Diese dünne weiße Narbe... da, auf deiner Wange, mein Großer... ich habe dich ins Krankenhaus gebracht. Es gibt Dinge, die vergisst man nicht... Erinnerungen, die im Gedächtnis eingegraben bleiben und einen bis ins Grab begleiten...«

»Wie ist das passiert?«
»Bei einem deiner Anfälle. Erinnerst du dich nicht?«
Seine Anfälle... vermutlich wie der, der ihn auf die Gendarmerie gebracht hatte.
»Nein...«
Nathan sah zu, wie Jeanne Murneau einen Eichenschrank öffnete, der viel zu groß für das Zimmer war. Sie holte eine verstaubte Likörflasche und zwei kleine Kristallgläser heraus. Einen Augenblick erwog er, die Einladung abzulehnen. Aber er traute sich nicht.
»Erinnerst du dich an mich auch nicht mehr?«
»Ich erinnere mich an nichts, was meine Kindheit betrifft, und an alles andere übrigens auch nicht. Ich hatte einen Unfall, ich habe das Gedächtnis verloren...«
Als könnte nichts mehr sie erschüttern, reagierte Jeanne nicht auf Nathans vertrauliche Mitteilung. Sie forderte ihn auf, sich an den Resopaltisch zu setzen, und füllte die Gläser.
»Deswegen bist du also zurückgekommen, nicht wahr, um es wiederzufinden?«
»Ja.«
Die alte Frau setzte sich und seufzte.
»Bist du sicher, dass du die alten Wunden wieder aufreißen willst?«
»Ja, Sie müssen mir alles erzählen, was Sie über mich wissen.«
»Wie du willst...«
Nathan betrachtete die ehemalige Krankenschwester, die ihm gegenübersaß. Die Augen geschlossen und die Hände in einer Geste des Betens gefaltet, schien sie eine schmerzliche Reise zu machen, um nach und nach ferne und unglückselige Erinnerungen auszugraben.
»Du warst kein gewöhnliches Kind. Es war nicht deine Schuld. Vielleicht war es die deiner Eltern, deiner Mutter vor allem, die dich nicht zu beschützen vermochte, aber ich habe

nicht über sie zu richten, die Bedauernswerte, Gott allein weiß, was sie durchmachen musste... Nun ja... das ist eine traurige und ganz normale Geschichte... Es begann, kurz nachdem das neue Schuljahr angefangen hatte... 1978, das Jahr, in dem du mit deinen Eltern in die Gegend gekommen warst. Dein Vater war Ingenieur, ich glaube, er arbeitete für ein Stahlwerk, so genau weiß ich das nicht mehr. Er war ein großer, freundlicher, aber zurückhaltender Mann. Deine Mutter arbeitete nicht. Am Anfang ging alles gut, deine Klasse hatte dich akzeptiert, und du hattest Freunde. Und dann ist es passiert... deine Mama, eigentlich eine anständige Dame, fing an... Sie war krank, Julien... schwer krank. Wegen deiner Schwester...«

»Ich hatte... eine Schwester?«

»Eine Halbschwester. Sie stammte aus einer ersten Ehe. Clémence, ein bisschen älter als du. Ihr war es ebenfalls nicht gut gegangen. Sie hatte ein Jahr zuvor Selbstmord verübt, ich weiß nicht, was sie zu diesem Schritt veranlasst hat, aber deine Mutter hat ihren Tod niemals verwunden.«

»Worunter litt sie?«

»Sie trank... sie trank, bis sie darüber den Verstand verlor. Wenn sie betrunken war, ging sie auf die Straße hinaus... sie suchte ihre Tochter. Sie bekam deswegen häufig Ärger mit den Leuten, mit den Ladenbesitzern. Sie beschimpfte sie, spuckte sie an, das ging sogar so weit, dass sie sich in den Geschäften erbrach. Es war schrecklich. Heute hat der Ort sich verändert... alles ist anonymer geworden, aber damals war es ein offenes Viertel... ein kleines Viertel, wo alle sich kannten und nichts verborgen blieb. Abends unterhielten sich die Eltern bei Tisch... die Kinder hörten zu... Diese Geschichten wurden natürlich in die Schule getragen. Innerhalb weniger Wochen bist du zum Gespött deiner Klasse geworden. Deine Freunde sind deine Feinde geworden, sie verfolgten dich, machten sich über dich lustig, demütigten dich. Aber du hattest das bereits erlebt, Julien, und am Anfang hast du nichts gesagt... doch dann hast du dich verändert, du hast abgenommen, dein Blick wurde hasserfüllt... Du hast dich jeden Tag im Pausenhof geschlagen oder auf dem Nachhauseweg... Aber das waren keine Raufereien, wie sie in der Schule vorkommen. Du hast jedes Mal die Kontrolle verloren. Du warst sehr gewalttätig... auch dir selbst gegenüber. Eines Tages hast du dich mit einem anderen Jungen geschlagen, ich weiß nicht mehr, wer es war. Als der damalige Direktor dazwischengegangen ist, hast du ein Cuttermesser hochgehalten und gedroht, es zu benutzen. Andere Erwachsene haben versucht, dich zu überwältigen, und da hast du das Messer in deinen Mund geschoben und dir die halbe Wange aufgeschlitzt... Oh, du warst ein kleines wildes Tier, du hast gekratzt, geschrien... Man hat dir ein Beruhigungsmittel gegeben und dich ins Krankenhaus gebracht. Danach hat man dich nicht mehr in der Schule gesehen und im Viertel auch nicht. Ihr habt die Stadt verlassen...«

Nathan fuhr sich mit dem Finger über seinen Schmiss. Es fiel ihm schwer zu glauben, dass die Geschichte, die er da hörte, seine war. Die alte Frau trank den Muskateller in kleinen Schlucken. Er schob sich ganz nach hinten auf seinen Stuhl und fragte: »Wissen Sie, wohin wir danach gezogen sind?«

»Also, ein Jahr hab ich nichts von dir gehört, bis zu dem Tag... Mein Gott, warum erlegst du mir diese neue Prüfung auf?«

Angst stieg in Nathan hoch. Sein Herz schlug wie wild in seiner Brust.

»Was ist passiert, Jeanne? Bitte sagen Sie es mir.«

Mit seltsam sanfter Stimme fuhr sie fort: »Diese Geschichte, eure Geschichte hat damals Schlagzeilen gemacht. Ihr seid nach Perpignan gezogen, in eine größere Stadt, wahrscheinlich weil ihr gehofft habt, dass ihr dort nicht auffallt, aber es ist noch schlimmer geworden. Deine Mutter hat sich ganz offensichtlich sehr gehen lassen. Den Zeugen zufolge hatte sie furchtbare Anfälle von Delirium tremens, sie schrie mitten in der Nacht, ganz fürchterliche Schreie. Die Leute des Viertels riefen regelmäßig die Polizei, und dann hat sich das Jugendamt eingeschaltet, sie wollten deinen Eltern das Sorgerecht entziehen, was deinem armen Vater den Rest gegeben hat. Eines Abends, es war der Abend vor Weihnachten, klingelte ein Nachbar, der sich Sorgen machte, weil er euch seit Tagen nicht mehr gesehen hatte, an eurer Tür... und da niemand aufmachte, ist er in das Haus eingedrungen. Alle Lampen waren eingeschaltet, mitten am Tag... Und da fand er deine Mutter am Fuß der Treppe im Wohnzimmer, das Gesicht von einem Schuss aus einem Jagdgewehr halb weggerissen...«

»Mein Gott...«

»Dein Vater lag ein paar Meter von ihr entfernt, steif wie eine Kerze, den Lauf der Waffe noch unter das Kinn geklemmt. Die Wände waren... waren rot vom Blut. Du warst verschwunden. Die Polizeihunde haben dich gefunden, versteckt in der Hecke einer Villa des Viertels, zusammengekauert, verstört, mit leerem Blick... Sie haben versucht, dir Fragen zu stellen, aber du warst stumm, du hattest dich in eine Welt zurückgezogen, wo dich nichts mehr erreichen konnte. Sie haben trotzdem keine Mühe gehabt zu rekonstruieren, was passiert war. Die Autopsie hat ergeben, dass deine Mutter betrunken war. Mit den Nerven völlig am Ende hat dein Vater sie erschossen, bevor er das Gewehr gegen sich richtete. Dich hat er verschont. Er hat dir in gewisser Weise die Freiheit gelassen, dein Leben fortzusetzen...«

Nathan wischte sich mit seinem Ärmel die stummen Tränen vom Gesicht.

»Und was hat man mit mir gemacht, wo bin ich anschließend hingegangen?«

»Du hattest niemanden, also hat ein Familienrichter dich in eine psychiatrische Kinderklinik eingewiesen, in einer kleinen Stadt namens Cerbère, in den Pyrenäen, nahe der spanischen Grenze. Als ich erfuhr, dass du dort behandelt wurdest, wollte ich dich besuchen, aber die Besuche sind mir verweigert worden, unter dem Vorwand, dein psychischer Zustand sei zu labil und ich sei nicht blutsverwandt mit dir... Ich habe nicht darauf bestanden. Ich hätte es vielleicht tun sollen, aber ich hatte nicht den Mut...«

In eine Welt der Erinnerungen versunken, den Blick starr auf ihre faltigen, von geschwollenen blauen Adern durchzogenen Arme gerichtet, hatte die alte Dame aufgehört zu sprechen. Als sie endlich aufblickte, sah sie nur noch einen leeren Stuhl vor sich.

Am Steuer seines Wagens warf Nathan einen letzten Blick auf den Turm und murmelte: »Danke, Jeanne... Danke.«
Dann fuhr er den Nebeln seiner Kindheit entgegen.

40

Die psychiatrische Klinik Lucien-Weinberg tauchte nach einer Kurve vor ihm auf. In der goldenen Sonne des Spätnachmittags wirkte der Betonwürfel, der über dem Meer lag, so kalt wie ein in der Grenzenlosigkeit des blauen, glatten Himmels verlorener Eisberg.

Er hatte bei der ersten Telefonzelle angehalten, um die Adresse der Einrichtung ausfindig zu machen, die ihn beherbergt hatte, und er hatte gebetet, dass sie noch existierte. Nach ein paar Telefongesprächen hatte er sich mit dem Direktor der Klinik – Professor Pierre Casarès – für achtzehn Uhr verabredet, wobei er die gleichen Gründe wie in der École des Ollières vorschob. Danach war er mit durchgedrücktem Gaspedal nach Süden gefahren, hatte sich jedes Wort, das Jeanne Murneau gesagt hatte, noch einmal vergegenwärtigt und sich mit dem abgefunden, was offensichtlich war: Sie war vermutlich einer der wenigen Menschen, die ihn jemals geliebt hatten.

Aber warum hatte man ihr dann verweigert, ihn zu besuchen? Welche Geheimnisse barg diese Klinik?

Er würde es bald herausfinden.

Das Eingangstor war mit einem Zahlencode gesichert, und was er für das Gebäude gehalten hatte, war in Wirklichkeit die Umfriedungsmauer. Diese Details zeugten von verstärkten Sicherheitsmaßnahmen. Nathan stellte sich an der Sprechanlage vor und wartete, bis die Schiebetüren sich öffneten. Ein junger Mann wartete auf der anderen Seite der Schleuse, in einer leeren, makellos weißen Halle.

Nathan ließ ihn zu sich kommen, um ihn besser mustern zu können. Er war um die vierzig, hatte ein pausbäckiges Gesicht und kurz geschnittenes braunes Haar, das wie eine Krone um seinen kahlen Schädel gelegt war. Sein blasses und bartloses Gesicht verlieh ihm das Aussehen einer Wachsfigur.

»Professor Casarès?«

»Nein, ich bin Doktor Clavel, der Professor musste fort, ich werde Sie an seiner Stelle empfangen. Wenn Sie mir folgen wollen.«

Nathan ging schweigend hinter ihm her. Sie durchquerten einen menschenleeren Gang, der sie einmal durch die ganze Klinik zu führen schien, bevor sie über eine Treppe nach oben gingen. Am Ende eines zweiten Korridors öffnete der Mann die Tür zu seinem Büro.

»Möchten Sie einen Kaffee?«

»Gern.«

»Setzen Sie sich, ich bin gleich wieder da.«

Nathan schaute sich in dem großen Zimmer um. Im Gegensatz zu dem übrigen Gebäude war der Raum voll gestopft mit Akten und Bücherregalen, in denen eng an eng Bücher auf Französisch und Englisch über Kinderpsychologie, Autismus, Gewalt in der Familie standen. Ein paar unbedeutende Bilder schmückten die freien Wände. Nathan machte einen Schritt auf ein großes Fenster zu, das hinter einem undurchsichtigen

Vorhang verborgen war, durch den schwaches Licht drang. Er streckte sein Hand nach einer Schnur aus und zog leicht daran. Der Vorhang öffnete sich in der Mitte und ließ einen quadratischen, betonierten Hof erkennen, der von merkwürdigen kleinen Wesen bevölkert war. Diese unwirkliche Szene war in goldenen Sonnenschein getaucht. Kinder gingen dort einsam, fast reglos umher. Ihre langen Schatten führten schräg von ihren kleinen mageren Körpern weg. Manche trugen Schutzhelme, andere lagen auf dem Boden, wieder andere traten von einem Fuß auf den andern oder kratzen sich wie besessen, mit weit geöffnetem Mund... Was Nathan jedoch am meisten verblüffte, war die Stille, die tiefe, manchmal von einem Schrei zerrissene Stille, die in dieser geschlosssenen, fast gefängnisartigen Welt herrschte. Diese Kinder wirkten verloren, ihre seltenen Klagen so weit weg von dem Lachen ihrer Altersgenossen. Schauer der Hilflosigkeit gingen durch seinen Körper. Er war einer von ihnen gewesen... Er hatte in diesem Raum gelebt, den man nur verlässt, um in die noch härtere, noch gewalttätigere psychiatrische Welt der Erwachsenen zu wechseln...

»Zucker?«

Nathan zuckte kaum merklich zusammen. Clavel stand hinter ihm, einen dampfenden Becher in jeder Hand.

»Nein, danke... Woran leiden sie?«

»Die meisten leiden unter Schizophrenie, unter verschiedenen Psychosen... Wir haben auch Autisten bei uns.«

»Haben sie eine Aussicht, geheilt zu werden?«

»Was die Autisten betrifft, würde ich antworten, nein, ihr Zustand kann sich bessern, aber die meisten werden bis ans Ende ihrer Tage so bleiben. Für die anderen gibt es in der Tat Heilungschancen, aber sie sind gering, manche sind so krank oder gewalttätig, dass sie nicht einmal ihr Zimmer verlassen können. Setzen Sie sich, bitte.«

Nathan setzte sich dem Psychiater gegenüber. Der Mann

überflog ein paar Notizen, die auf seinem Schreibtisch lagen, und fragte: »Also, aus welchem Grund wollten Sie Dr. Casarès sprechen?«

»Ich arbeite im Auftrag einer Kanzlei für Ahnenforschung, eine Erbschaftsangelegenheit... Ich bin auf der Suche nach einem Jungen, der 1979 in Ihre Klinik aufgenommen wurde. Er heißt Julien Martel.«

»Da müsste man in unserem Archiv nachsehen, aber ich fürchte, dass das in Abwesenheit des Professors nicht möglich ist.«

»Ich komme aus Paris, der Professor war informiert, sind Sie sicher, dass er keine Anweisung hinterlassen hat?«

»Leider nicht, er muss die Verabredung mit Ihnen vergessen haben... unter uns, er ist nicht mehr der Jüngste...« Der Psychiater sah Nathan einen Augenblick an, dann fragte er: »Was wollen Sie denn genau wissen?«

»Ich muss wissen, wie lange dieser Junge hier gewesen ist und wo er nach seinem Aufenthalt hier hingegangen ist...«

»Das sind vertrauliche Auskünfte... Ich bin mir bewusst, dass Sie von weither gekommen sind... aber wirklich, ohne Genehmigung kann ich Ihnen unmöglich Einsicht in die Akte dieses Patienten geben.«

Nathan schwieg, um seine Verärgerung zu zeigen.

»Alles, was ich Ihnen anbieten kann, ist, dass ich versuche, den Professor anzurufen. Er wohnt gleich dort oben, in der Domaine des Amandiers. Wenn er zu Hause ist, könnte er vielleicht herkommen.«

Clavel öffnete eine Schublade und holte ein kleines braunes Notizbuch heraus, in dem er blätterte.

»C... Casarès... Casarès... da ist es.«

Er nahm den Hörer ab und wählte, die Augen auf den Schreibtisch gerichtet.

»Anrufbeantworter«, sagte er und legte auf. »Er hat kein Handy.«

Der Arzt schien verstimmt. Nach kurzem Schweigen fragte er: »Sind Sie morgen noch da?«

»Das hatte ich eigentlich nicht vor«, sagte Nathan. »Aber wenn es nicht anders geht...«

»Rufen Sie um neun an, dann müsste er da sein, und wenn nicht, wird es mir wahrscheinlich gelungen sein, ihn zu erreichen.«

»Ausgezeichnet.«

»Ich begleite Sie.«

Als sie vor dem Haupteingang waren, sah Nathan, wie Clavels Hand sich zu den Tasten des Zahlencodes bewegte.

»Warum haben Sie so umfangreiche Sicherheitsvorkehrungen getroffen?«

»Manche unserer jungen Patienten versuchen regelmäßig zu fliehen...«

Aber Nathan hörte nicht zu. Seine ganze Aufmerksamkeit richtete sich auf die Leuchttasten, auf die der Psychiater drückte.

41

Die Nacht. Das Wehen des Windes über der Garrigue.

7-8-6-2-5-6-3.

An die Umfriedungsmauer gedrückt, tippte Nathan in aller Ruhe die Ziffernfolge, die die Türen zu seiner Vergangenheit entriegeln würde. Dieser Betonblock enthielt einen der Schlüssel zu dem Rätsel, das spürte er. Einen Augenblick später vernahm er ein Klicken, und die Tür öffnete sich.

Er rief sich rasch die Anordnung der Räumlichkeiten ins Gedächtnis zurück. Der Wachraum neben dem Eingang der menschenleeren Halle war das Haupthindernis. Er näherte sich geräuschlos, blieb stehen und warf einen Blick zu dem großen

Fenster. Eine Lampe brannte, der Wachraum war leer. Niemand vom Personal war zu sehen. Das bedeutete entweder, dass die Angestellte, die als Wache eingeteilt war, schlief oder dass sie sich irgendwo anders in dem Gebäude aufhielt.

Er bog nach rechts und ging durch den Gang, der von einer trüben Nachtbeleuchtung erhellt wurde, zu den Treppen, die nach oben und unten führten. Die Klinik, die ihm am Nachmittag steril vorgekommen war, wirkte jetzt düster und trist.

Wo bewahrten sie das Archiv auf?

Das Erdgeschoss war den Patienten vorbehalten, im ersten Stock lagen die Büros und vermutlich auch die Behandlungsräume und Sprechzimmer. Er entschied sich für den Keller.

Die Treppe am Ende des Korridors verschwand im Dunkeln. Nathan lauschte in die Stille. Niemand. Er ging ein paar Schritte weiter und stieg die Metallplatten hinunter, die als Stufen dienten, wobei er darauf achtete, sie nicht zum Vibrieren zu bringen.

Ein langer, dunkler Raum tauchte vor ihm auf. Er ließ den Lichtkegel seiner Taschenlampe über die gefliesten Wände wandern. Zu beiden Seiten des Gangs reihte sich Tür neben Tür. Nathan las die kleinen Schilder, die an jeder von ihnen angeschraubt waren. Auf den meisten stand noch immer »Untersuchungsraum« und die Nummern eins bis sechs. Er öffnete eine aufs Geratewohl, dann eine zweite. Fliesen, die Umrisse ausgemusterter medizinischer Instrumente... Sie waren leer, nicht mehr benutzt. Endlich fand er, was er suchte. Er schlüpfte hinein und schloss behutsam die Tür hinter sich.

Der Archivraum war riesig. Eine Hölle aus Papier, Kartons, verschnürten Paketen, die übereinander gestapelt waren. An den Wänden standen Reihen bronzefarbener Karteikästen aus Metall. Auf jede Schublade hatte man ein kleines Pappschild geklebt, das einem Jahr entsprach. Nathan räumte die Akten-

stöße beiseite, die den Gang versperrten, und sah sich die Karteikästen nacheinander genauer an.
1977... 1978... 1979.
Er versuchte, die letzte Schublade aufzuziehen. Versperrt. Er nahm seinen Dolch, schob ihn in den Spalt und zerbrach den Riegel.
Große schwarze Register, nach Monaten geordnet.
Er war Anfang 1979 hier aufgenommen worden. Mit dem Finger strich er über die Einbände, nahm das Buch vom Januar heraus und blätterte es durch. Es handelte sich nicht um Krankengeschichten, wie er gehofft hatte, sondern um Berichte über die Visiten, die der Chefpsychiater mit der Hand eingetragen hatte. Jede Seite entprach einem Patienten und war in dreißig Tage eingeteilt. Die Namen waren alphabetisch geordnet.
Er setzte sich auf eine Kiste, klemmte die Taschenlampe zwischen Hals und Schulter und öffnete das Register beim Buchstaben M... Malet... Minard... Kein Martel. Er nahm die nächsten Registerbände heraus. Februar, März... Nichts. Der Name Julien Martel tauchte nirgends auf.
Er hatte das Gefühl, wahnsinnig zu werden.
»Was ist das für eine Scheiße...«
Sollte Jeanne Murneau sich geirrt haben?
Er schickte sich an, die Bände zurückzustellen, als er plötzlich eine neue Idee hatte. Er nahm sie sich wieder vor und ging sie erneut durch. Sein Name musste drinstehen. Wenn nicht, dann, weil... Er griff mit zitternder Hand nach seiner Taschenlampe und näherte sie dem Buch, während sein Finger zugleich an der inneren Bindung zwischen Malet und Minard entlangfuhr...
Und diesmal sah er es.
In der weißen Fadenheftung zwischen den Seiten steckte ein Stückchen... ein winziges Stückchen Papier...
Die Seite war herausgerissen worden.

Man hatte die Dokumente, die ihn betrafen, verschwinden lassen.

Jemand hatte die Spuren seines Aufenthalts in der Klinik verwischt. Er richtete den Lichtkegel seiner Taschenlampe auf den unteren Rand der Seite und prüfte die Unterschrift des Arztes, die mit schwarzer Tinte auf das vergilbte Papier geschrieben worden war.

Prof. Pierre Casarès

Der Psychiater hatte also bereits damals hier gearbeitet. Er würde diesem Herrn gehörig auf den Zahn fühlen, und das nicht erst morgen. Er schloss die Schubladen, verließ unverzüglich das Archiv und kehrte ins Erdgeschoss zurück. Die Schatten der Bäume, die von einem wütenden Wind gepeitscht wurden, tanzten auf den Wänden wie ausgemergelte Gestalten. Alles schien ruhig. Geräuschlos ging er an der Mauer entlang zum Ausgang, als er plötzlich ein leises Geräusch hinter sich hörte. Reflexartig drehte er sich um. Er brauchte einen Augenblick, bis er die Umrisse der schmächtigen Gestalt erkannte, die im Spalt einer Tür aufgetaucht war. Sie ging mit kleinen Schritten in die Dunkelheit hinein. Es überlief ihn eiskalt.

Ein Kind...

Nathan machte ein paar Schritte auf den Ausgang zu, dann drehte er sich noch einmal zu dem Wesen um, das auf ihn zukam.

Wie gelähmt ließ Nathan das Kind so nahe an sich herankommen, dass er seine Gesichtszüge in der Nacht erkennen konnte. Es war ein kleiner braunhaariger Junge mit zartem Gesicht, dessen blasse Haut fast durchsichtig wirkte. Seine Hände waren mit dicken weißen Verbänden umwickelt, und seine Augen glänzten wie eine hell leuchtende Flamme. Nathan betrachtete einen Augenblick die großen, feuchten Augen, am liebsten hätte er ihn hochgehoben und in seine Arme genommen... Aber als er eine Hand nach ihm ausstreckte, sah er, wie das Gesicht sich zu einer grauenhaften Fratze verzerrte und der kleine Mund sich zu einem lauten, fürchterlichen Schrei öffnete, der ihm tief ins Fleisch schnitt.

Nathan drehte sich auf dem Absatz um und ging in die Nacht hinaus. Es war Zeit, die Gespenster seiner Vergangenheit endlich abzuschütteln.

42

Nathan lief durch einen Abgrund aus Laub und Dunkelheit. Rascheln und der Geruch von Humus drangen mit dem Meeresdunst in Schwaden zu ihm heran. Er hatte seinen Wagen nahe der Straße versteckt und ging zu Fuß über den steinigen Pfad, der zum Besitz von Casarès führte.

Er wollte den Psychiater überraschen.

Wer hatte die Dokumente verschwinden lassen? Warum hatte man die Anwesenheit eines kaum zehnjährigen Jungen in einer psychiatrischen Klinik verheimlichen wollen?

Er sah jetzt das große Gebäude, das sich vor ihm im Mondlicht auf einem Hügel erhob.

Er ging näher heran.

Es war eine ehemalige mittelalterliche Festung, ein Wachposten, der das Tal und die dunklen Fluten des Mittelmeers überragte. Nathan blieb ein paar Meter entfernt unten stehen, verschaffte sich rasch einen Überblick und stürmte dann die Stufen hinauf, die ihn vom Haupteingang trennten. An der Ecke des Gebäudes bemerkte er eine Überwachungskamera.

Nathan läutete. Keine Reaktion.

Er drückte auf den Türgriff. Die Tür war nicht verschlossen. Seltsam.

Instinktiv trat er zurück und schlich um das Haus herum, um

durch die schmalen Fenster in der Fassade ins Innere zu blicken.
Mehrere Zimmer waren erleuchtet, alles war ruhig.
Er kehrte zum Eingang zurück, zögerte kurz, schob dann die Tür auf und stand in einem großen, schlicht eingerichteten Raum mit alabasterfarbenen Wänden. Was ihm als Erstes auffiel, war die Sammlung von Werken zeitgenössischer Künstler an den Wänden: die Schwarzweißfotografie eines von einer Nadel durchbohrten Fingers, ein Plasmavideoschirm, der in einer Endlosschleife eine völlig entkräftete Frau zeigte, die auf einem Haufen Tiergerippe saß und besessen jeden Knochen säuberte. Die übrigen Werke waren gegenständliche und abstrakte Gemälde. In ihrer Gesamtheit bildeten sie ein Ensemble von eigenartiger Kraft. Ein Anbranden flüssiger und organischer Stoffe, die zugleich eine Tötung, eine Zurückweisung des Lebens und die Wiedergeburt, die Rückkehr in ein anderes ungestümes Leben beschwor, das zuckte wie ein warmes Herz, das gerade eben aus einer Brust herausgerissen worden war...
In der Mitte des Raums standen sich zwei mit purpurrotem Filz überzogene Sofas gegenüber, getrennt durch einen Tisch aus Beton, auf dem eine Fotografie in einem Glasrahmen stand. Ein Paar, das durch den Wald ging... Casarès und seine Frau?
Dieser Ort ähnelte so gar nicht dem Bild, das Nathan sich von dem Psychiater gemacht hatte. Was für ein Mann war er? Und vor allem, wo war er?
Nathan machte die Runde durchs Haus, inspizierte das Arbeitszimmer, die Schlafzimmer und eine geräumige Bibliothek, in der Hunderte von Büchern standen. Niemand.
Er musste der Wahrheit ins Auge sehen: Casarès hatte sich aus dem Staub gemacht. Der Alte steckte bis zum Hals in der Sache; nach Nathans Anruf hatte er die Koffer gepackt und das Weite gesucht.
Wovor hatte er solche Angst?
Nathan beschloss, erneut jedes Zimmer zu durchsuchen, je-

des Möbelstück unter die Lupe zu nehmen. Er würde zwangsläufig auf irgendetwas stoßen. Er begann im Arbeitszimmer, durchwühlte die Schubladen, leerte die Karteikästen, sah die Papiere durch. Auch in der Bibliothek nichts, er öffnete jedes Buch, schlitzte die Matratzen, die Sofas auf... Vergeblich. Eine halbe Stunde später stand er wieder im Wohnzimmer. Nicht der geringste Hinweis.

Erneut wandte er sich der Kunstsammlung zu. Merkwürdige Skulpturen aus Filz oder geschmolzenem Bienenwachs von Joseph Beuys reihten sich in einer Vitrine aneinander. Die Gemälde... drei hingen dort. Ein Diptychon stellte eine Art Porzellanpuppe mit entkernten Augenhöhlen und allzu roten Wangen dar, deren Glieder durch Lederprothesen verbunden waren... Nathan dachte, dass dieser Mann sehr eigenartige Vorlieben hatte für jemanden, der sein Leben der Behandlung von Kindern gewidmet hatte.

Das letzte Werk betrachtete er eingehender. Auf den ersten Blick wirkte es abstrakt. Flecken, Spritzer, dünne Striche, die, wenn man zurücktrat, plötzlich eine Tiergestalt hervortreten ließen.

Plötzlich bekam die Zeichnung vor seinen Augen deutlichere Konturen...

Der schmale Hals, der gekrümmte Schnabel. Ein Vogel.

Das Bild war von dem Künstler überarbeitet worden, aber es handelte sich eindeutig um... einen Ibis... einen Ibis mit einem Kind in seiner Mitte.

Es gab keinen Zweifel. Das war die gleiche Zeichnung wie auf Rhodas Reisetasche... das Monogramm von One Earth.

Nathan spürte, wie ein heftiger Adrenalinstoß durch seinen Körper ging. Diesmal hatte er einen handfesten Beweis, dass die humanitäre Organisation in die Vorgänge verstrickt war. Vielleicht war das der Schlüssel, mit dessen Hilfe er die Ungeheuer aufspüren konnte.

Er hatte genug gesehen und beschloss, nicht länger zu bleiben. Er war auf dem Weg zum Ausgang, als er eine Tür bemerkte, die einen Spalt offen stand und durch die in Abständen Licht drang. Stufen führten in die unteren Räume des Hauses. Der Keller. Er hatte den Keller vergessen.

Er ging die Treppe hinunter und gelangte in einen schmalen Gang, der von einer weiteren Tür verschlossen wurde. Nur eine Reihe flackernder Neonröhren erhellte den Ort und tauchte ihn in Abständen immer wieder in vollkommenes Dunkel.

Sein Magen krampfte sich in einem immer stärkeren Gefühl des Unbehagens zusammen.

Ein erster Flash enthüllte zu einer Kugel zusammengerollte Kleidung auf dem Boden... Er bückte sich und hob den zerknitterten Stoff auf... Ein Morgenrock aus blauer Seide mit feinen Streifen...

Die Stille war dem dumpfen Schlagen seines Herzens gewichen, das durch die Nacht hallte. Er atmete tief ein und ging weiter.

Ein zweiter Flash erhellte seinen Weg und ließ einen grauen, klebrigen, wolligen Haufen erkennen, der ein paar Meter vor ihm auf dem Boden lag.

Er näherte sich und ging in die Hocke.

Haare.

Es handelte sich um eine Masse blutiger Haare, die noch an einem großen Fetzen weißlicher Haut hingen. Das Stück Kopfhaut strömte einen Geruch von verbranntem Fleisch aus. Nathan presste die Kiefer zusammen, unterdrückte einen Brechreiz und richtete sich wieder auf. Pfützen getrockneten Bluts verschwanden unter einer verriegelten Tür...

Er trat heftig dagegen und zerschmetterte Schloss und Türrahmen.

Ein grauenhafter Anblick ließ ihn erstarren. Im grellen Licht einer Halogenlampe lag ein nackter, bleicher Körper auf dem Boden.

Nathan näherte sich langsam.

Der Leichnam zeigte einen schlaffen Rücken und Hintern, die mit Blutergüssen übersät waren, sowie Rippen, die unter der faltigen Haut hervorstanden. Das Gesicht und die abgewinkelten Gliedmaßen lagen in einer Blutlache, die wie Wachs glänzte.

Nathan untersagte sich jede Handlung, jede Gefühlsregung, die ihn veranlassen könnten, einen Fehler zu machen.

Er fand ein Paar Gummihandschuhe, die er überstreifte, hockte sich neben den Körper und drehte ihn auf den Rücken.

Der Mann war wie ein Schwein abgestochen worden. Brustkorb und Geschlechtsteile wiesen tiefe Schnittwunden und Spuren von Verbrennungen sowie anderer Misshandlungen auf. Mechanisch wischte Nathan das Blut vom Gesicht des alten Mannes.

Die Gesichtszüge waren gealtert, entsprachen aber in allen Punkten der Fotografie im Wohnzimmer. Es war Casarès.

Nathan bemühte sich, einen klaren Gedanken zu fassen. Die Mörder waren schneller als er gewesen. Sie wussten, dass er früher oder später den Psychiater aufsuchen und ihm Fragen stellen würde, oder der Arzt hatte sie von seinem Anruf in Kenntnis gesetzt. Zwei Dinge waren klar. Erstens: Sie hatten Casarès mundtot machen wollen. Der Mann verfügte also über Informationen, die Nathan mit großer Wahrscheinlichkeit zur Wahrheit geführt hätten. War er ein unschuldiges Opfer? Vermutlich nicht. Der zweite Punkt ließ Nathan vor Angst erstarren: Er wusste jetzt, dass alles miteinander zusammenhing, dass dieser Albtraum seinen Ursprung in seiner Kindheit hatte.

Aber warum diese makabre Inszenierung, diese Welle der Gewalt? Warum hatten sie sich nicht einfach damit begnügt, ihn zu töten und verschwinden zu lassen? Erneut inspizierte er den Ort des Verbrechens, und da begriff er.

Der nackte Körper, die Foltern, das vergossene Blut...

Als er zurücktrat, erkannte er, dass die Körperflüssigkeiten verteilt, nach einer präzisen Geometrie über den Boden verschmiert worden waren.

Die Leiche von Casarès lag in der Mitte eines riesigen Blutkreises.

43

Eine Botschaft...

Ja, es handelte sich schlicht und ergreifend um eine Botschaft des Schreckens, die die Mörder ihm hinterlassen hatten. Während Nathan seit Stunden verstört dahinbrauste, ohne zu wissen, wohin, versuchte er, einen Sinn hinter seinen letzten Entdeckungen zu erkennen, die ihn in gewisser Weise ebenso sehr in die Finsternis stießen, wie sie Licht in die Sache brachten. Es fiel ihm schwer, sich zu konzentrieren und einen klaren Gedanken zu fassen.

Rhoda.

Die Erinnerung an die junge Frau ließ ihn nicht los. War sie in diese Sache verwickelt? Ihre Begegnungen im Kongo, in Paris, waren sie Zufall gewesen? Er stellte sich immer wieder dieselbe Frage: Hatte seine Reaktion, als sie sich in den Armen lagen, irgendetwas mit ihrer Beteiligung an den Verbrechen zu tun?

Und da war auch dieser Ibis. Das Bild verfolgte ihn. Er war überzeugt, dass er dieser Darstellung schon anderswo zu Beginn seiner Nachforschungen begegnet war... Es sei denn, sein Gedächtnis an die Zeit davor meldete sich zurück... Nein. Er hatte diesen Vogel gesehen, er war ganz sicher... nur wo?

Er hatte keine Zeit mehr zu verlieren. Er musste so viele Informationen wie möglich über One Earth sammeln, um die Ungeheuer innerhalb der internationalen Organisation aufspüren zu können. Die schillernden Lichter einer Tankstelle tauchten in der Nacht auf. Er setzte den Blinker, bremste ab und verließ die Autobahn.

Der Kassierer, ein Typ mit feuchter Haut in einer verdreckten Uniform, wechselte ihm zwanzig Euro in Kleingeld und zeigte ihm die Telefonzelle hinter den Kaffeeautomaten.

Nathan zögerte, sich erneut an Derenne zu wenden. Durch seine früheren Aufenthalte an den Schauplätzen von Kriegen oder Naturkatastrophen verfügte der Virologe mit Sicherheit über zuverlässige Kontakte in den Kreisen der humanitären Organisationen. Nein, es war besser, wenn er seine Informationsquellen vervielfachte und dem Forscher nicht den Namen der Organisation nannte, falls dieser auf die Idee kommen sollte, alles der Polizei zu erzählen. Er hatte eine andere Idee. Er holte ein zusammengefaltetes Stück Papier aus seinem Rucksack, steckte zwei Münzen in den Apparat und wählte eine Nummer im Ausland.

Er klingelte dreimal, dann meldete sich eine ferne weibliche Stimme.

»Hallo?«

»Doktor Willemse?«

»Am Apparat.«

»Guten Abend, entschuldigen Sie, dass ich Sie so früh anrufe. Wir sind uns vor zwei Wochen in Goma begegnet, mein Name ist Falh...«

»Nathan Falh! Ja, ich erinnere mich. Wie weit sind Sie mit Ihrem Artikel?«

»Ich komme voran. Deswegen rufe ich auch an, ich möchte Sie noch einmal um einen Gefallen bitten.«

»Wenn es in meiner Macht steht. Sagen Sie mir, worum es geht...«

Doktor Willemse war eine intelligente Frau, und die Fragen, die Nathan sich stellte, waren sehr konkret. Er konnte sich nicht erlauben, vage zu bleiben, sie würde sofort merken, dass da etwas faul war. Es gab nur eine Lösung: Er musste sie überzeugen zu kooperieren. Die Details seiner wirklichen Ermittlungen konnte er ihr trotzdem nicht enthüllen. Er dachte über eine List nach, die ihm erlauben würde, die Hinweise zu bekommen, die ihn interessierten. Nach kurzer Überlegung begann er: »Ich brauche ziemlich brisante Informationen... Das alles wird Ihnen wahrscheinlich merkwürdig vorkommen, aber... also, bei meinen Nachforschungen in Katalé bin ich auf alte Verbrechen gestoßen, die im Lager selbst begangen worden sind, unter Beteiligung von Mitgliedern einer international angesehenen Organisation...«

»Welcher?«

»One Earth.«

»Ist das Ihr Ernst? Was ist das für eine Geschichte?«

»Lassen Sie mich Ihnen erklären...«

Phindi Willemses Schweigen war für Nathan eine Aufforderung fortzufahren.

»Ich konnte in einen unterirdischen Stollen im Camp von Katalé hintersteigen, der einst dazu gedient hat, die verfolgten Tutsi über die Grenze zwischen Zaire und Ruanda zu bringen. Ich habe den Beweis, dass er während der Ereignisse von 1994 benutzt worden ist, um Hutu-Flüchtlinge gefangen zu halten und zu foltern.«

»Zu foltern?«

»Medizinische Experimente sehr spezieller Art. Ich denke, die Verantwortlichen haben das Chaos des Massakers genutzt, um ihre barbarischen Verbrechen zu verschleiern.«

»Ich nehme an, Sie sind sich der Tragweite Ihrer Anschuldigungen bewusst. Wie sind Sie auf die Verbindung zu One Earth gekommen?«

»Ein Bericht zwischen den Dokumenten, die Sie mir vor meiner Abreise gegeben haben, hat mich auf die Spur gebracht.«

»Und weiter?«

»Tut mir leid, aber ich kann Ihnen meine Quellen nicht nennen. Ich versichere Ihnen jedoch, dass es sich, so grauenhaft es sich auch anhört, um eine sehr reale Angelegenheit handelt.«

»Mir scheint, dass Sie sich von Ihrem ursprünglichen Thema entfernen...«

Sie schwieg.

»Nehmen wir einmal an, ich bin bereit, Ihnen zu helfen, was erwarten Sie von mir?«

»Ich brauche einen vollständigen Bericht über die Organisation: Entstehungsgeschichte, Struktur, Art ihrer Finanzierung, Behandlungsmethoden, die sie anwenden. Außerdem hätte ich gern genauere Informationen über ihre Aktivitäten in der Region von Goma zur Zeit des Völkermords: Organisation der Teams und, wenn möglich, Stärke und Namen des Personals vor Ort.«

»Gut...«, sagte Dr. Willemse, aber Nathan hörte Zweifel aus ihrer Stimme heraus. »Das wird nicht einfach sein, das ist eine sehr geschlossene Welt...«

»Ich verstehe Ihr Misstrauen, Doktor, aber Sie müssen mir vertrauen. Ich versichere Ihnen, dass es sehr ernst ist.«

»Ihnen vertrauen... Warum machen Sie diese Recherchen nicht selbst?«

Phindi Willemse zögerte, und sie hatte allen Grund dazu.

»Ich verfüge über keinerlei Kontakte und fürchte, dass meine Fragen die Verbrecher auf mich aufmerksam machen könnten.«

»Könnte die Sache für mich riskant sein?«, fragte sie.

»Ich denke, die Anfrage ist weniger problematisch, wenn sie von der WHO kommt. Nur ein paar Einzelpersonen sind involviert, und es besteht wenig Gefahr, dass sie über Ihre Recherchen informiert werden. Aber ich empfehle Ihnen, vorsichtig zu sein, denn sie besetzen mit Sicherheit strategische Posten. Wenn Sie einen Insiderkontakt haben, rate ich Ihnen, ihn nicht zu benutzen, es sei denn, es handelt sich um eine Person, der Sie wirklich vertrauen können. Benutzen Sie einen Vorwand, geben Sie vor, es handle sich um eine statistische Untersuchung. Und bitten Sie auf keinen Fall nur um Informationen über Ruanda, informieren Sie sich auch über Tschetschenien, Rumänien, die Erdbeben in der Türkei. Dort waren sie ebenfalls. Dadurch werden sie nicht misstrauisch.«

»Und was werden Sie anschließend tun?«

»Ich habe einen Artikel auf der Pfanne, er ist schon fast fertig«, log Nathan. »Mit den Informationen, die Sie mir liefern werden, kann ich ihn abschließen.«

»Ich brauche noch mehr Hinweise, Falh. Ich will Ihnen gern helfen, aber ich brauche etwas, um zu verstehen. Diese Anschuldigungen sind zu ernst, ich muss sicher sein, dass Sie sich da nicht in etwas verrennen.«

»Tut mir leid, aber das ist unmöglich.«

»Ich weiß nicht... ich kann nicht...«

»Hören Sie, alles, was ich Ihnen sagen kann, ist, dass diese Ungeheuer sich nicht auf diesen einen Fall beschränkt haben. Alles weist darauf hin, dass diese Praktiken sich ausgebreitet haben und dass in diesem Augenblick, während ich mit Ihnen spreche, unschuldige Opfer unter furchtbaren Qualen sterben. Ich bitte Sie nicht auszusagen, ich bitte Sie lediglich um ein paar Informationen.«

»Das ist eine Entscheidung, die man nicht so leichthin trifft... Geben Sie mir ein wenig Zeit, um darüber nachzudenken?«

»Nein, Doktor. Ich brauche jetzt eine Antwort. Wenn Sie ablehnen, werde ich mir etwas anderes einfallen lassen müssen. In beiden Fällen bitte ich Sie um Diskretion.«

Schweigen.

»Gut, ich werde sehen, was ich tun kann. Rufen Sie mich in vierundzwanzig Stunden wieder an.«

Nathan dankte ihr und wählte die Nummer von Woods Handy. Der Engländer meldete sich sofort.

»Hier ist Nathan.«

»Also, was gibt es Neues?«

»Es hängt alles miteinander zusammen, Ashley, meine Kindheit, die Verbrechen in Katalé, die Mission der *Pole Explorer*... Aber ich stecke ziemlich in der Scheiße.«

»Was ist passiert?«

Nathan erzählte ihm von seinen jüngsten Entdeckungen, vom Schock der Begegnung mit Jeanne Murneau, von den Besuchen in der psychiatrischen Klinik, dem grausigen Fund der Leiche von Casarès, der Verbindung zu One Earth...

»Das ist unglaublich! Wie lange liegt die Ermordung des Psychiaters Ihrer Meinung nach zurück?«

Die Stimme des Engländers klang unsicher, man hörte ihr die Bestürzung über die Tragweite der Enthüllungen an.

»Höchstens ein paar Stunden.«

»Haben Sie dem Personal der Klinik Ihren Namen genannt?«

»Ja, ich konnte ja nicht ahnen...«

Woods unterbrach ihn: »Sie müssen Frankreich so schnell wie möglich verlassen. Andernfalls fangen die wirklichen Probleme erst an. Ich denke, wir sollten uns unbedingt treffen, um das alles noch einmal durchzusprechen und etwas klarer zu sehen.«

»Soll ich nach Cesena kommen?«

»Nein. Das ist nicht nötig. Fahren Sie mit dem Wagen?«

»Ja.«

»Wo sind Sie?«

»In der Nähe von Perpignan.«

»Gut. Fahren Sie in aller Ruhe nach Menton und von dort weiter nach Italien. Nach der Grenze geht's weiter über Genua nach Santa Margherita Ligure. Nicht weit davon liegt Portofino, ein ruhiges Dorf. Dort werde ich mich mit Ihnen treffen.«

»Wann?«

»Morgen früh Punkt acht Uhr dreißig am Hafen.«

44

Ligurische Küste, Italien
Samstag, 13. April

Nathan folgte einer Küstenstraße oberhalb des Meeres, dessen Oberfläche ebenso samtig wie die eines Sees war. Zerklüftete Felsspitzen, deren steile Hänge mit Vegetation bedeckt waren, ragten aus den Fluten empor. Auf der Landseite entdeckte er gelbe und veilchenfarbene Häuser mit Dächern aus ockerfarbenen Ziegeln. Nathan fuhr zu dem kleinen Hafen, der buchstäblich in den Fels hineingegraben schien, und parkte seinen Wagen in einem Gässchen ganz in der Nähe. Anschließend ging er zu Fuß zur lichterfunkelnden Küste.

Er war die ganze Nacht gefahren. Zehn Kilometer nach der Grenze hatte er auf einem Autobahnrastplatz gehalten, um sich auszuruhen und sich von der Spannung, die sich angestaut hatte, und den Todesbildern, die ihn verfolgten, zu befreien. Ohne großen Erfolg.

Ein lauer und stürmischer Seewind, der geradewegs aus Afrika zu kommen schien, hüllte den beschaulichen Ort ein. Ein paar Fischer verkauften vor ihren bunten Booten silbrig schimmernde Fische. Hinter dem Hafen zeichneten sich die alten Wohnhäuser und die Fassaden der Hotels weiß zwischen dem Himmel und den Masten der Segelboote ab.

Hier hatte Woods sich mit ihm verabredet. Nathan blickte auf seine Uhr: noch zehn Minuten. Ashley würde bald kommen.

Einen Augenblick später erkannte er die geschmeidige und elegante Gestalt des Engländers, der auf ihn zukam. Er trug einen leichten, grauen Wollanzug und über der Schulter eine helle Ledertasche.

Die beiden Männer blickten sich wortlos an und ließen sich nicht anmerken, wie sehr sie sich freuten, sich wiederzusehen.

Woods schüttelte Nathan herzlich die Hand.

»Ich freue mich, Sie wiederzusehen, mein Freund! Ich fragte mich schon, ob Sie nicht geradewegs meiner Phantasie entsprungen seien.«

»Ein böser Traum?«, sagte Nathan lächelnd.

»Das ist es eigentlich nicht, was ich sagen wollte... Kaffee?«

Sie überquerten die Straße und setzten sich ohne lang zu überlegen auf eine Terrasse, die sich vor den Arkaden eines großen Gebäudes ausbreitete.

»*Due espressi*!«, rief Woods einem Kellner zu; dann wandte er sich an Nathan. Seine Augen strahlten in einem hellen Glanz. »Also, verlieren wir keine Zeit. Ich habe mit Derenne gesprochen. Ihm zufolge können mehrere Epidemien mit den Ereignissen in Katalé in Verbindung gebracht werden. Er hat mir eine Liste gegeben. Das ist eine verdammt heiße Sache, Nathan.«

Als Woods den Stoß Blätter aus seiner Umhängetasche holte, fuhr ein Windstoß in seine Jacke und ließ Nathan den Griff der Sig Sauer sehen, der aus einem am Gürtel befestigten Halfter ragte.

Nathan griff nach dem Dokument und blätterte es mechanisch durch.

»Ich höre.«

»Er hat zwanzig Fälle nicht identifizierter Viren aufgelistet«, fuhr Woods fort, »verteilt über verschiedene Gebiete der Welt. Auf den ersten Blick scheint das nicht viel zu beweisen, aber wenn man eine Vorstellung von dem Grauen hat, das sich zwischen diesen Zeilen verbirgt, dann reicht es aus, dass man bis ans Ende seines Lebens eine Gänsehaut hat.«

Nathan überflog noch immer die Seiten. Sie enthielten eine Reihe kurzer Berichte mit Datum, Ort, Zahl der Opfer und den von den Ärzten festgestellten Symptomen:

14. 2. 1992 Stradsgrad, Russland.
Isoliertes, aber unbekanntes pathogenes Virus. Die Opfer zeigen folgende Symptome: gelbliche Hautläsionen, Fieber. Hohe Sterblichkeit: 80%. Gesamtzahl der Opfer: 14. Eingegrenzte Epidemie.

16. 5. 1999, Sahiwal, Pakistan.
Isolierter, aber unbekannter Krankheitserreger. Die Opfer zeigen folgende Symptome: Fieber, Blutungen, Hypotonie, Hämatemesis, Meläna, Hautläsionen, Nekrose der Geschlechtsteile. Gesamtzahl der Opfer: 45. Eingegrenzte Epidemie.

7. 11. 1999, Provinz von Zhenjiang, China.
Nicht identifizierter Krankheitserreger. Die Opfer zeigen folgende Symptome: Fieber, Blutungen, Hypotonie, Hämatemesis, Meläna, Hautläsionen, Nekrose der Geschlechtsteile. Zahl der Opfer: 27, verteilt auf mehrere Dörfer. Eingegrenzte Epidemie.

Die Liste ging über mehrere Seiten so weiter und erwähnte auch andere Länder, wie etwa Bosnien. Nathans Entdeckungen im Kongo hatten Experimente an Menschen ans Tageslicht gebracht, und die in diesen Berichten verzeichneten Tatsachen machten deutlich, dass es sich diesmal um echte, mit chirurgischer Präzision durchgeführte Anschläge handelte.

»Wie konnte Derenne diese Viren mit unseren Ermittlungen in Zusammenhang bringen?«, fragte Nathan.

»Er hat zunächst in einer einschlägigen Datenbank, PubMed, recherchiert, in der eine sehr große Anzahl digitalisierter Artikel über mehr oder weniger alte Epidemien gesammelt sind. Nachdem er eine Suche mit bestimmten Schlüsselbegriffen durchgeführt hatte, hat er hundert Artikel analysiert, von denen dreißig vage Ähnlichkeiten mit dem Fall von Katalé aufwiesen. Jedes Mal war der betreffende Krankheitserreger unbekannt und aus dem Nichts aufgetaucht, hatte eine hohe Sterblichkeit zur Folge und war ebenso plötzlich wieder verschwunden, wie er aufgetaucht war. Hinzu kam, dass die beobachteten klinischen Symptome auf mehrere bekannte Erreger hindeuteten. Als hätten die Kranken sich doppelt angesteckt.«

»Ein bisschen dürftig, finden Sie nicht?«

Woods klopfte mit dem Finger auf den Stoß von Dokumenten, den Nathan gerade auf den Tisch zurückgelegt hatte.

»Warten Sie... In mehreren Fällen war es gelungen, die betreffenden Erreger zu isolieren: in Pakistan, in Russland und in Bosnien. Die Proben wurden Wissenschaftlern übergeben, die sie genau analysiert haben.«

»Waren es dieselben Viren?«

»Nein, sie schienen sich alle stark voneinander zu unterscheiden, aber die Ergebnisse waren sehr eigenartig. Die Viren hatten während der Epidemien zwar zu einer sehr hohen Sterblichkeitsrate geführt, aber bei den Experimenten im Labor schienen sie ihre Ansteckungskraft vollkommen verloren zu haben.«

Nathan kniff die Augen zusammen.

»Wie das?«

»Na ja, nachdem der Erreger Affen gespritzt worden war, war er vollkommen harmlos geworden. Ein Tierwärter hat sich sogar versehentlich mit einer verunreinigten Nadel gestochen, und das Virus hat keinerlei Reaktion bei ihm ausgelöst...«

»Das klingt unglaublich... Gibt es eine Erklärung dafür?«

»Einige Forscher haben die Hypothese geäußert, dass die Viren Fehler gemacht hätten, als sie sich replizierten, und immer weniger virulent geworden seien. Aber neuere Untersuchungen haben gezeigt, dass die Erreger eine große Stabilität aufwiesen und nicht von einer Generation zur nächsten mutierten. Damit fiel diese Theorie in sich zusammen.«

»Und was meint Derenne?«

»Am Anfang hielt er sich zurück, denn die wissenschaftlichen Publikationen sind für die Forscher immer schon überholtes Wissen. Sie sind eine Interpretation zu einem bestimmten Zeitpunkt, und es ist unmöglich, die Analyse der ursprünglichen Daten zu wiederholen, weil sie nicht die zugrunde liegende Krankengeschichte widerspiegeln. Aber unser Freund hat es auf einem anderen Weg versucht. Diesmal recherchierte er in den Datenbanken des Center for Diseases Control. Diese Datenbanken haben den Vorteil, dass sie die Krankenblätter der Patienten speichern, so dass die Spezialisten jederzeit die Krankengeschichten erneut analysieren können, wenn Fragen auftauchen, an die bis dahin niemand gedacht hatte.«

»Er ist also zum Ausgangspunkt zurückgekehrt.«

»Ja, und... Bingo! Es ist ihm gelungen, an die ungefilterten Ergebnisse der Untersuchungen heranzukommen, die im Zusammenhang mit den drei Epidemien in Bosnien, Pakistan und China durchgeführt worden waren, und im Licht der Informationen, die Sie ihm geliefert haben, hat er die Situation ganz neu einschätzen können. Durch den Vergleich der Daten ist er auf etwas ganz Unglaubliches gestoßen.«

»Was?«

»Eine Art gemeinsame genetische Signatur... Ihm zufolge waren die Viren, als die Studien durchgeführt wurden, nicht mehr ansteckend, weil sie gezielt auf ihre Opfer programmiert waren.«

»Wie das?«

»Indem sie jedes von ihnen dank eines Rezeptors in ihrem Organismus erkannten. Die Personen, die diese Zelle oder dieses Molekül besaßen, bildeten eine genau definierte Gruppe, für die das Virus tödlich war. Das würde erklären, warum die biologischen Krankheitserreger, nachdem sie sehr schnell und heftig zugeschlagen hatten, auf ebenso geheimnisvolle Weise wieder verschwanden, wie sie aufgetaucht waren.«

»Das ist verrückt! Wie konnten die Mörder wissen, dass diese oder jene Gruppe von Individuen diesen Rezeptor besaß? Einige der Anschläge haben fast zweihundert Todesopfer gefordert... Das ist unmöglich!«

»Sie irren sich, Nathan. Man kann diese Gruppen künstlich erzeugen, indem man den Personen, die man infizieren will, etwas verabreicht, das den Rezeptor bilden oder dazu beitragen kann, dass er auftritt. Das ließe sich über Nahrungsmittel, Medikamente oder eine Impfung erreichen. Was wäre leichter für eine Nicht-Regierungsorganisation wie One Earth? Sie brauchen bloß etwas Zeit verstreichen zu lassen, bevor sie ein hochansteckendes Scheinvirus in Umlauf bringen, das selektiv tötet. Niemand könnte die humanitäre Organisation damit in Verbindung bringen.«

Diese neue Theorie war durchaus schlüssig. Sie hatten es nicht mehr mit einer einfachen biologischen Bedrohung zu tun, sondern mit einer echten genetischen Waffe...

»Okay, okay... aber Sie lassen durchblicken, dass mehrere Krankheitserreger entwickelt worden sind. Ich verstehe nicht, warum die Mörder sich eine solche Mühe machen sollten... Ein einziger hätte doch vollkommen ausgereicht...«

»Ich bin zu dem gleichen Schluss wie Sie gekommen, aber laut Derenne würden sie, wenn man sich an die Hypothese hält, dass sie versuchen, unbemerkt zu bleiben, die Aufmerksamkeit auf sich lenken, wenn sie immer dasselbe Virus benutzen würden. Indem sie den Krankheitserreger regelmäßig auswechseln, verringern sie die Gefahr, dass die Forscher eine Verbindung zu ihnen herstellen. Auf diese Weise schützen sie sich gegen eventuelle Untersuchungen seitens des Center for Diseases Control oder des Institut Pasteur, die mit Sicherheit nicht die Politik verfolgen, Millionen auszugeben, um ein Virus zu erforschen, das hundert Personen getötet hat und vielleicht nie wieder auftreten wird.«

Nathan vertiefte sich wieder in Derennes Bericht. Die Viren waren über vier Kontinente verstreut worden, in Staaten wie Russland, El Salvador, Nigeria, Indonesien, Bosnien... Aber obwohl diese Informationen von entscheidender Bedeutung waren, musste man doch der Wahrheit ins Auge sehen: Sie lieferten nicht die Spur, die er erhofft hatte.

»Ich kann hier leider keinen Zusammenhang zwischen den Opfern erkennen, der uns helfen würde, das Motiv der Mörder zu verstehen.«

»Ich auch nicht«, gab Woods zu.

»Und doch verbirgt sich die Lösung mit Sicherheit zwischen diesen Zeilen... Hat Derenne irgendeine Idee, warum sie den Stamm der Spanischen Grippe zurückgewinnen wollten?«

»Laut ihm weist dieser Erreger mehrere Besonderheiten auf: erstens, seine starke Virulenz, zweitens, seine Fähigkeit, sich rasch und in sehr großem Maßstab auszubreiten, und drittens, und das ist gewiss die furchtbarste, es gibt dagegen keine Behandlung und keinen Impfstoff.«

Ein neuer, noch bedrohlicherer Abgrund tat sich da vor ihnen auf.

»Das würde bedeuten, dass sie ihr Ziel geändert haben«, rief Nathan. »Dass sie nicht mehr selektiv zuschlagen wollen, sondern...«

»Massiv«, beendete Woods den Satz, »und wir müssen sie demaskieren, bevor sie ihren Plan in die Tat umsetzen.«

Sie schwiegen.

Der Ort erwachte immer mehr zum Leben, je höher die Sonne am Himmel emporstieg. Spaziergänger gingen am Hafen entlang, ein Jogger lief an ihnen vorbei, in der Ferne warf ein Fischer seine Netze aus.

»Irgendetwas muss uns entgangen sein, ein Detail... ich spüre, dass wir der Lösung ganz nah sind.«

»Nehmen wir uns alles noch einmal vor«, schlug Woods vor. »Punkt für Punkt. Dann werden wir sicher auf etwas stoßen.«

Nathan nickte.

Der Kellner stellte die Kaffeetassen auf den Tisch. Während er sich entfernte, begann der Engländer: »Okay. Unsere Mörder verfügen über ein biologisches Waffenarsenal, das Bush und seine Clique vor Neid erblassen lassen würde. Wer und wie viele sind sie? Wofür setzen sie sich ein? Wir wissen es nicht. Was wir allerdings wissen, ist, dass diese Organisation bereits seit mehreren Jahrhunderten existiert und dass sie sich heute innerhalb von One Earth verbirgt.«

»Eine perfekte Tarnung.«

»Das zweite Rätsel: SIE«, fuhr Woods fort. »Die ungeklärten Verbindungen, die Sie zu ihnen haben: Ihre Anwesenheit an Bord der *Pole Explorer* und 1994 in Goma. Ganz zu schweigen von dem Elias-Manuskript, das sich in Ihrem Besitz befindet...«

»Sie vergessen meine Kindheit«, warf Nathan ein. »Wenn man diese letzten Puzzleteile berücksichtigt, könnte man zu dem Schluss kommen, dass alles während meines Aufenthalts in der Lucien-Weinberg-Klinik 1979 begonnen hat.«

»Oder vielleicht schon davor, Nathan. Was wissen Sie über Ihre Eltern? Wer sagt Ihnen, dass sie nicht mit dieser Sache zu tun hatten? Warum sollten die Mörder ein solches Interesse an einem zehnjährigen Jungen haben, dass sie die Hinweise auf seinen Aufenthalt in der Klinik verschwinden lassen?«

»Ich verstehe überhaupt nichts...«, seufzte Nathan. »Und was habe ich zwischen 1979 und 1994 gemacht?«

»Ich habe nicht die geringste Ahnung, aber versuchen wir, die Hinweise zu analysieren, die wir haben, einverstanden? Sie kennen Sie, und Sie kennen sie... Der Versuch, Sie zu ermorden, zeigt, dass Ihr verschüttetes Gedächtnis genug über sie weiß, um sie aufs Höchste zu beunruhigen.«

»Das alles ergibt doch keinen Sinn, Ashley! Es muss noch etwas anderes geben.«

»*Si!*«

Schweigen.

»Ich werde Ihnen sagen, was ich denke«, fuhr Woods fort. »Ihre Vergangenheit birgt ein Rätsel, ein schreckliches Geheimnis, in das Sie bis zum Hals verstrickt sind. Für mich verfolgen sie einen ganz bestimmten Plan, eine Art Rache... Überlegen Sie doch mal, verdammt, das ist doch sonnenklar! Alles, vom Tod Ihrer Eltern bis zu Ihrer Einweisung, weist in diese Richtung. Dadurch, dass sie Casarès ausschalteten, wollten sie die Wurzel des Übels ausreißen und die Spuren verwischen, die zu ihnen führten...«

Nathan nahm sein Gesicht zwischen seine Hände. Neue Zweifel überfielen ihn.

»Aber warum haben sie den Mord dann auf diese Weise inszeniert? Aus welchem Grund haben sie mir diese... Botschaft hinterlassen?«

»Sie haben ihre Tat signiert, um Sie zu erschrecken. Damit Sie Ihre Verfolgung aufgeben...«

»Aber sie hätten mich doch umbringen können. Ich habe ein paar Stunden zuvor mit Casarès gesprochen, sie wussten, dass ich zu ihm gehen würde. Ein Schütze hätte mich aus dem Hinterhalt abknallen können, ohne dass ich ihn bemerkt hätte.«

»Jeder hätte aufkreuzen können, Nathan. Selbst die Polizei. Der Schütze hätte auch geschnappt werden können, und dann hätten sie ganz schöne Probleme bekommen.«

»Sie haben wahrscheinlich Recht.«

»Schön. Wie wäre es, wenn wir mal über diese junge Frau sprechen würden?«

»Rhoda... Rhoda Katiei.«

»Sie haben mir nicht alles über sie gesagt, nicht wahr?«

Nathan trank einen Schluck Kaffee und stellte die Tasse zurück.

»Nein... als ich mit ihr in Paris war, hat sie versucht, mich zu behandeln, aber das ist schiefgelaufen, die Sitzung ist außer

Kontrolle geraten... Wir haben uns umarmt... Ich erspare Ihnen die Einzelheiten. Alles ging gut, bis ich durchdrehte. Ich habe rot gesehen... ich habe sie brutal zurückgestoßen. Ich kann mir noch immer nicht erklären, was in mich gefahren war.«

»Glauben Sie nicht, dass sie Ihnen folgte, dass diese Begegnung Teil des Plans der Mörder war?«

»Ich habe das lange nicht glauben wollen. Immerhin hat sie mir das Leben gerettet. Sie hat mich auf die Spur der Dämonen von Katalé gebracht. Sie hat versucht, mir zu helfen, das Gedächtnis wiederzuerlangen... Aber ich muss zugeben, dass meine jüngsten Entdeckungen meine Gewissheiten ziemlich erschüttert haben. Ich glaube, dass... Ja, es ist durchaus denkbar, dass sie in die Sache verstrickt ist.«

Zum ersten Mal formulierte Nathan klar und deutlich seine Zweifel bezüglich Rhoda. Die Erinnerung an die Stunden, die er mit ihr in Paris verbracht hatte, an ihre Augen, ihren Nacken, ihre Tränen, an die ganze Zärtlichkeit, die er in sich gespürt hatte, als sie ihn in die Arme genommen hatte... Woods' Misstrauen war mehr als begründet, aber Nathan konnte sich noch immer nicht mit dem Gedanken anfreunden, dass alles nur Manipulation gewesen sein sollte. Er schloss die Augen, um zu versuchen, die Traurigkeit zu verscheuchen, in die sich Wut mischte.

Woods begann wieder, auf seinem Notizblock herumzukritzeln und tat so, als bemerke er Nathans Verwirrung nicht.

»Wissen Sie, wo Sie mit ihr Verbindung aufnehmen können?«, fragte er und hob den Kopf. »Nathan, hören Sie mich?«

»Sie arbeitet in einem Camp für palästinensische Flüchtlinge in Jenin«, erwiderte Nathan schließlich. »Ich habe eine Handynummer.«

»Reden Sie mit ihr. Sie wissen heute viel mehr. Testen Sie ihre Reaktionen... Aber plaudern Sie nicht zu viel aus.«

Als wären sie vereint in dem Gefühl der Ohnmacht, das ihnen die Kehle zuschnürte, schwiegen sie einen Augenblick. Dann fragte Nathan: »Und wie weit sind Sie mit dem Manuskript?«

Woods lehnte sich auf seinem Stuhl zurück. »Ich komme nicht so recht weiter. Ich musste mich endgültig damit abfinden, dass ein Teil so beschädigt ist, dass man nichts mehr herausholen kann. Nur ein paar Sätze, die ich entziffern konnte, bevor ich losfuhr, scheinen darauf hinzudeuten, dass unser junger Arzt nicht mehr in Saint-Malo ist, sondern in einer Stadt am Mittelmeer. Der Text beschreibt die Überreste einer christlichen Kirche, Landschaften am Meer... Ich kann den Ort nicht identifizieren... er könnte ebenso auf Malta sein wie in Konstantinopel. Als ich jedoch das ganze Tagebuch noch einmal las, bin ich auf etwas Interessantes gestoßen. Elias spricht ganz am Anfang von einer Reise, die Roch in ebendiese Gegend gemacht hat. Er erzählt, dass sein Freund dort entführt wurde und lange in Gefangenschaft war, bevor er befreit wurde...«

»Elias hat also Nachforschungen in der Umgebung von Roch angestellt. Und er hat genügend Hinweise gefunden, um zu beschließen, diese Reise zu machen...«

»Er muss einen verdammt guten Grund gehabt haben, denn damals benötigte man für eine solche Reise mehrere Monate, und es konnte passieren, dass man niemals ankam. Ich denke, der Chirurg hat an diesem geheimnisvollen Ort eine Begegnung gehabt... Hätten wir wenigstens einen winzigen Hinweis...«

Woods letzter Satz hallte wie eine Explosion in Nathans Kopf. Er schrie beinahe:

»JETZT WEISS ICH ES!«

»Was?«

»Das Manuskript enthält noch etwas anderes... Gestern Abend hatte ich eine verwirrende Empfindung angesichts dieser neuen Darstellung des Vogels... des Ibis. Ich war überzeugt, dieses Bild schon irgendwo gesehen zu haben, ohne sagen zu können, wo. Jetzt erinnere ich mich... es war in Elias' Tagebuch. Haben Sie es dabei... haben Sie eine Abschrift da?«

Woods runzelte die Stirn. Er steckte erneut seine Hand in die Umhängetasche und holte ein gebundenes Exemplar heraus.

»Nehmen Sie.«

Nathan überflog rasch die ersten Zeilen des Textes.

»Hier, es ist in dieser Passage! Als Elias Roch am Abend des Angriffs des Höllenschiffs abholt. Hören Sie: *Ich ging durch den großen Salon, dessen Wände holzgetäfelt waren und in dem nur wenige dunkle Möbel standen. An den Eichenwänden hingen Bahnen des kostbarsten Córdoba-Leders und prächtige Wandteppiche aus Wolle, auf denen man die Apostel Christi in Gestalt merkwürdiger Tiere bewundern konnte, ein Hund, eine Schlange und eine Art Vogel mit schmalem, gekrümmtem Schnabel.*«

Nathan schlug das Manuskript zu und wiederholte: »*Eine Art Vogel mit schmalem, gekrümmtem Schnabel...* Diese Wandteppiche hingen nicht zufällig bei dem Mörder...« Er blickte zu Woods auf. Seine Augen glühten.

»Ja. Roch muss sie von dieser berühmten Reise mitgebracht haben... Das ist unglaublich, Nathan, das bedeutet, dass Elias sich in...«

»Wo?«

»In Ägypten befindet, in Alexandria!«

»Alexandria? Wie?...«

»Diese Darstellungen biblischer Heiliger in Tiergestalt sind einzigartig, Nathan. Sie sind typisch für die koptische Liturgie... Nur die Christen Ägyptens benutzen diese polytheistischen Symbole, die von Rom aufs Schärfste verurteilt und als Blasphemie angesehen werden.«

»Die Kopten?«

»Ja. Sie stellen die Apostel mit Schakal-, Schlangen- oder Vogelkopf dar, weil sie die Nachkommen des Volks des Großen Ägyptens sind. Derjenigen, die Thot, Anubis, Amun-Re anbeteten. Sie sind die Erben... der Pharaonen.«

Nathan war sprachlos. Die Erde schien sich unter ihm zu öffnen, aber dieses Gefühl war nichts im Vergleich zu seiner tiefen Erschütterung. Diese Enthüllungen schleuderten ihn in eine neue unerforschliche, geheimnisvolle, heilige Welt, die ihn erschreckte. Und doch bekam der magische und übernatürliche Charakter der Verbrechen erst dadurch seine volle Bedeutung...

»Ich habe einige Exemplare der koptischen Abhandlungen in der Malatestiana, aber das ist ein Gebiet, auf dem ich mich schlecht auskenne. Aber ich habe Kontakt zu einem hervorragenden Kenner, Dr. Darwish, er wird uns sicher weiterhelfen können...«

»Wer ist das?«

»Ein Wissenschaftler der Bibliotheca Alexandrina, der Großen Bibliothek von Alexandria. Er ist sehr...«

In diesem Augenblick erregte ein eigenartiges Detail Nathans Aufmerksamkeit.

Das Boot des Fischers. Es fuhr erneut an ihnen vorbei. Näher diesmal. Ein Lichtreflex blitzte zwischen den Netzen hervor, die am Bug lagen. Glitzerndes Sonnenlicht auf einer Glasfläche.

Nathan suchte reflexhaft die unmittelbare Umgebung der Terrasse ab. Ein Pärchen, das Hand in Hand ein paar Tische weiter saß. Zwei Wagen und ein alter Lieferwagen, die auf der anderen Straßenseite parkten. Das alles war nicht wirklich verdächtig, und doch wurde er eine bestimmte Vorahnung nicht los. Irgendetwas stimmte nicht. Die Fluten, der Wind, das ganze Viertel wirkte wie erstarrt.

»Ashley.«

Er blickte Woods an, der sofort zu sprechen aufhörte.

»Was?«

»Verschwinden wir von hier!«

»Was ist los?«

Nathan stand abrupt auf. »Wir werden überwacht. Das Boot

da draußen... Jemand ist dabei, uns mit einem Teleobjektiv zu fotografieren. Kommen Sie... schnell!«

Aber als Nathan sich zu dem Engländer umdrehte, erkannte er in den Augen seines Verbündeten einen Ausdruck, den er nie zuvor bei ihm gesehen hatte.

Dieser Blick... dieser Blick war der eines Verräters.

45

»WAS IST DAS FÜR EINE SCHWEINEREI?«, fauchte Nathan verblüfft. »WER ÜBERWACHT UNS... WER?«

Das Adrenalin breitete sich stoßweise in seinen Gliedern aus, und seine Augen bewegten sich in panischer Angst hin und her. Wie die eines Tiers, das in die Falle gegangen ist.

»Es ist nicht, was Sie glauben«, sagte der Engländer und hob beschwichtigend die Hände.

»WER SIND DIESE TYPEN?«

»Beruhigen Sie sich!«

»ANTWORTEN SIE!«

»Männer der A Squadron. Eine Spezialeinheit der SAS, des Special Air Service. Sie stehen unter dem Kommando von Staël. Wenn Sie keine Dummheiten machen, wird Ihnen nichts passieren.«

»Der britische Geheimdienst... Sie Schwein, Sie haben mich hingehängt!«

»Wir werden es allein nicht schaffen. Sie haben ausgezeichnete Arbeit geleistet, aber so wie die Situation ist, müssen wir die Verantwortung abgeben...«

»Welche Situation? Wie lange geht das schon?«

»Seit gestern. Die Situation spitzt sich zu, Nathan. Es ist etwas passiert, wovon Sie nichts wissen, wir müssen mit ihnen zusammenarbeiten...«

»Was? Was ist passiert?«

»Diese Informationen dürfen nicht an jeden weitergegeben werden. Kooperieren Sie.«

»Scheren Sie sich zum Teufel.«

Woods platzte der Kragen: »SEIEN SIE RUHIG UND HÖREN SIE ZU, VERDAMMT NOCH MAL! Es geht nicht mehr um Ihren persönlichen Fall, sondern um internationalen Terrorismus.«

»Gehen Sie zum Teufel! Ich hau ab«, sagte Nathan und schickte sich an zu gehen.

»Sie werden nirgendwo hingehen. Das Viertel ist abgeriegelt«, sagte Woods und packte Nathans Arm mit eisernem Griff. »Es ist vorbei.«

Nathan warf einen Blick in die Runde. Das Pärchen, der Jogger und zwei andere Typen bewegten sich nicht und starrten ihn an. Und weitere beobachteten sie mit Sicherheit aus ihrer Deckung heraus.

Er saß in der Klemme. Er spürte, wie sein Körper vor Hass zitterte. Er musste eine Entscheidung treffen. Kooperieren… um die Mörder aufzuhalten? Versuchen zu fliehen? Er hatte keine andere Wahl.

Er atmete tief durch und erklärte: »Okay, ich will mit Staël sprechen.«

Woods nickte einem der Männer zu, der die Information per Funk durchgab.

»Er wird gleich hier sein.«

Nach und nach tauchten immer mehr Passanten in der Umgebung des Hafens auf. Eine Limousine kam angebraust. Wagentüren knallten. Ein etwa sechzigjähriger untersetzter, weißhaariger Mann mit Bürstenschnitt kam auf Nathan zu.

Die Mitglieder des Kommandos näherten sich mit ihm.

»Das ist also der berühmte Nathan Falh… ich konnte es kaum erwarten, Sie kennen zu lernen. Jack Staël.«

Er reichte Nathan, der sich nicht rührte, die Hand.

Schweigen.

»Sie sind also bereit, mit uns zusammenzuarbeiten?«

»Wir werden darüber reden, sobald Sie Ihre Hunde zurückgepfiffen haben.«

Staël drehte sich zu seinen Männern um. »Okay, alles in Ordnung, Jungs! Ihr könnt euch zurückziehen...«

»HEY!«, rief einer der Männer in Zivil.

Innerhalb eines Sekundenbruchteils schleuderte Nathan Woods seine Tasse ins Gesicht, nutzte die Schrecksekunde und zog die Sig aus dem Halfter an seinem Gürtel. Einen Augenblick später hatte er Staël im Schwitzkasten.

In einer synchronen Bewegung zogen die Männer der SAS ihre Waffen und richteten sie auf Nathan. Schreie ertönten.

Nathan drückte die Waffe an den Hals des hohen Beamten.

»Halten Sie sie zurück. Eine falsche Bewegung, und ich puste Ihnen das Gehirn weg...«

»NICHT SCHIESSEN... BLEIBT GANZ RUHIG!«, befahl Staël.

Die Falle war sorgfältig geplant. Der Engländer hatte bewusst diesen Tisch auf der Terrasse gewählt, der ihn zu einem idealen Ziel für die Eliteschützen machte, die vermutlich hinter ihm postiert waren. Nathan wich bis zur Fassade der Bar zurück, um sich den Rücken zu decken.

»Lassen Sie ihn los!«, rief Woods.

»Halten Sie das Maul! Von jetzt an gebe ich die Befehle. Was ist passiert?«

»Lassen Sie Staël los. Begreifen Sie denn nicht, dass ich versuche, Sie zu schützen, Nathan?«

Als einzige Antwort presste Nathan den Lauf der Waffe noch etwas fester an den Hals seiner Geisel.

»Sagen Sie es ihm... sagen Sie es ihm...«, stieß der Offizier hervor.

»Okay, entspannen wir uns... Derenne hat einen Notruf vom italienischen Gesundheitsamt bekommen. Ein Typ ist gestern mit einem Flug aus München am Flughafen Rom-Fiumicino eingetroffen. Ihm war im Flugzeug plötzlich schlecht geworden.

Er hat Blut erbrochen... Der Flieger war ausgebucht, alle Passagiere sind bei der Landung sofort unter Quarantäne gestellt worden... Zehn von ihnen sind mit den gleichen Symptomen ins Krankenhaus gebracht worden. Zur Stunde schweben sie zwischen Leben und Tod, Opfer eines nicht identifizierten Virus... Spezialisten, unter ihnen Derenne, sind vor Ort geschickt worden.«

»Was ist das denn für eine Geschichte?«

»Derenne hat Kontakt zu mir aufgenommen«, fuhr Woods fort. »Er ist äußerst besorgt. Blutproben sind ins Labor im Institut Mérieux in Lyon geschickt worden. Er konnte sich die Daten beschaffen und sie analysieren. Das Profil des Virus deckt sich mit seinen Recherchen. Er fürchtet, dass es sich um eine Art Selbstmordattentäter handelt, den unsere Mörder losgeschickt haben. Um ein Haar hätte er die französische Polizei informiert. Es grenzt an ein Wunder, dass es mir gelungen ist, ihn davon abzubringen. Sie hätten einen internationalen Haftbefehl am Hals gehabt. Als Gegenleistung für sein Schweigen habe ich mich verpflichtet, Staël zu informieren, dem ich die Situation ganz offen erklären konnte, weil ich sicher war, dass er die Sache nicht an die große Glocke hängen würde.«

»Wie... wie kann er sicher sein, dass es sich um unsere Männer handelt? Hat der Kranke... geredet?«

»Er ist tot, Nathan, aber in seinem Delirium hat er unaufhörlich von einem geheimnisvollen Blutkreis gesprochen. Er reiste vermutlich unter falschem Namen, die Sicherheitsdienste haben keine Ahnung, wer er ist. Sie glauben an irgendeine Viruskrankheit, die weiß der Teufel woher aufgetaucht ist. Aber mit Sicherheit nicht an einen Terroranschlag. Die Sache ist für alle unbegreiflich, aber Sie und ich, wir wissen Bescheid... Wir wissen, was für Ungeheuer sie sind... Der Angriff hat begonnen. Sie haben ganz offensichtlich einen Fehler gemacht. Laut Derenne ist der Krankheitserreger, über den sie verfügen, nicht stabil. Wir können sie noch aufhalten...«

»Ich werde Ihnen was sagen... Den Fehler haben SIE gemacht, durch Ihr Verhalten. Ich werde nicht kooperieren, weil das der beste Weg ist, die ganze Sache scheitern zu lassen.«

»Nathan...«, beschwor Woods ihn.

»Und jetzt hören Sie mir gut zu. Diese ganze Operation ist geheim und vollkommen illegal. Wenn Sie mich aufhalten wollen, müssen Sie mir eine Kugel in den Kopf jagen, und das werden Sie nicht tun, weil Sie wissen, dass ich die einzige Person bin, die an die Mörder herankommen kann. Sie wissen, dass sie mich wollen, weil ich eine Bedrohung für den Kreis bin. Ich bin Ihre einzige Chance, sie aufzuhalten. Sie werden mich also gehen lassen, ohne Staub aufzuwirbeln. Sagen Sie das Ihren Schießbudenfiguren, bevor sie einen Fehler machen, den sie bereuen könnten.«

Nathan ließ Staël los und wich, die Sig in der Hand, zurück in Richtung Hafen, wobei er die Waffe der Reihe nach auf jeden der Männer richtete. Als er auf der Straße war, warf er die Pistole auf den Asphalt und ging zu seinem Wagen, ohne sich umzudrehen.

Die Sirenen der Polizei, die wahrscheinlich von Passanten gerufen worden war, waren bereits in der Ferne zu hören.

Nathan stieg in sein Fahrzeug und brauste los, zum Flughafen von Genua.

Er zitterte am ganzen Körper und konnte es noch kaum glauben, dass er das Spiel gewonnen hatte. Doch mit jeder Sekunde, die verging, dachte er weniger an den Verrat des Engländers und daran, dass er jetzt doppelt verfolgt wurde – vom Blutkreis und von Staëls Männern, die ihn nicht so leicht entkommen lassen würden.

Er wusste jetzt, dass er auf sich allein gestellt war, und er konzentrierte sich auf sein neues Ziel.

Sein Blick wanderte über das Meer, in Richtung Orient, zu den salzigen Nebeln des Nildeltas. Zur Erde Ägyptens.

V

46

Alexandria, Ägypten
13. April 2002

Nathan kam gegen dreiundzwanzig Uhr aus Mailand in Alexandria an. Er stieg in eines der Taxis, die auf dem Flughafenvorplatz warteten, und ließ sich auf Empfehlung des Taxifahrers zum Cecil Hotel fahren, das an der Uferpromenade des Osthafens der Stadt lag, nur ein paar Schritte von der Großen Bibliothek entfernt.

Während der Fahrt sah er fast nichts von seiner Umgebung, von den überfüllten Straßen, den Kränen, den unfertigen Betontürmen und dann, je mehr er sich dem Zentrum näherte, dem Gewirr von Straßen, die von den fahlen Glühbirnen der Verkaufsbuden nur schwach erleuchtet wurden, und der Unmenge von Menschen, die sich in malvenfarbenen und kreidigen Staubwolken drängten. Auch Gerüche drangen zu ihm: die der von der Nachmittagshitze noch warmen Gehsteige, die der beißenden Rauchschwaden der Wasserpfeifen und des verkohlten Hammelfleisches.

Der Wagen bremste vor einem hohen, luxuriösen, blauweißen Gebäude mit Spitzbogenfenstern. Nathan betrat das Hotel, checkte ein und ging dann in sein Zimmer hinauf, wo er sich mit einem Gefühl tiefer Freude auf sein Bett fallen ließ.

Am nächsten Morgen wachte er gegen neun auf. Sein erster Reflex war, das Fenster zu öffnen. Die Stadt breitete sich heiß und lärmend vor ihm aus. So weit das Auge reichte, Minarette, heruntergekommene viktorianische Wohnhäuser, Straßenbahnen, gelbschwarze Taxis, die sich hupend über die Uferpromenade schlängelten. Und dann das Blau, das Blau des Himmels und des Meeres, die ineinander übergingen, ohne dass man auch nur die Andeutung einer Horizontlinie erkennen konnte.

Er nahm schnell eine Dusche, setzte sich dann neben das Telefon und wählte die Nummer von Phindi Willemse. Nachdem es dreimal geläutet hatte, meldete sie sich.

»Dr. Willemse, hier ist Nathan.«

»Guten Tag, Nathan. Ihretwegen habe ich kalte Schweißausbrüche gehabt, aber es ist mir gelungen, einige der Informationen zu bekommen, um die Sie mich gebeten haben.«

»Und was haben Sie herausgefunden?«

»Ich habe Ihnen einen Bericht zusammengestellt. Haben Sie eine E-Mail-Adresse?«

Nathan überlegte einen Augenblick. Das wäre die einfachste Möglichkeit, aber sein Briefkasten konnte jeden Augenblick von Woods abgefragt werden, deswegen kam das nicht in Frage.

»Nein. Haben Sie keinen Zugang zu einem Fax?«

»Doch.«

»Dann machen wir es so.«

Nathan gab ihr die Nummer durch, die auf einem Prospekt des Hotels angegeben war.

»Ich schicke Ihnen meinen Bericht sofort, ich muss ihn nur noch ausdrucken. Und bitte passen Sie auf sich auf, ich möchte nicht, dass unsere Arbeit umsonst war... Melden Sie sich wieder.«

»Versprochen. Ich danke Ihnen für das Vertrauen, das Sie mir beweisen.«

»Viel Glück, Nathan.«

Nathan legte auf und wählte die Nummer der Rezeption, um sich mit der Telefonzentrale der Großen Bibliothek von Alexandria verbinden zu lassen. Eine junge Frau meldete sich in perfektem Englisch.

»Doktor Girgis Darwisch bitte.«

»Bleiben Sie dran.«

Eine Reihe von Tonzeichen, dann ertönte eine tiefe, nicht mehr junge Stimme im Hörer.

»*Aiwa?*«

»Doktor Girgis Darwisch?«, fragte Nathan.

»Am Apparat«, erwiderte den Mann auf Französisch.

»Mein Name ist Falh, Ashley Woods von der Biblioteca Malatestiana hat mir Ihren Namen genannt...«

»Er hat mir gesagt, dass Sie eventuell anrufen würden.«

»Woods?«

Verblüfft über diese Mitteilung versuchte Nathan, seine Verwirrung zu verbergen.

»Ja. Er sagte, Sie seien ›privat‹ an bestimmten Informationen interessiert. Ist es so?«

»Ja, das ist richtig... Hätten Sie im Laufe des Tages Zeit für mich?«

»Hören Sie, ich muss die Bibliothek in einer halben Stunde verlassen. Warum kommen Sie nicht heute Nachmittag nach der Messe in die San-Marcos-Kathedrale? Sagen wir, gegen dreizehn Uhr?«

»Ausgezeichnet. Wie erkenne ich Sie?«

»Sie werden mich unschwer erkennen, ich lese selbst die Messe.«

Nathan dankte ihm und legte auf.

Ein Priester. Girgis Darwisch war ein koptischer Priester... Er war genau die Person, die er brauchte.

Nathan nahm seinen Rucksack und ging in die Hotelhalle hinunter. An der Rezeption wechselte er hundert Euro in ägyptische Pfund und setzte sich dann in den Salon, einen langen weißen Raum mit großen Fenstern, die auf das ölige Wasser des Hafens gingen.

Er bestellte einen türkischen Kaffee und zündete sich eine Zigarette an.

Woods – trotz der Geschichte vom Tag zuvor hatte der Engländer ihn nicht fallen lassen, besser noch, er erleichterte ihm seine Aufgabe, öffnete ihm die Türen. Was für ein Spiel spielte er? War das eine neue List, um Staëls Männer auf seine Spur zu bringen? Oder wollte er ihn wirklich unterstützen? Ein Kellner in weißer Livree näherte sich. Mit einer Hand stellte er das kleine, glühend heiße Metalltöpfchen vor ihn auf den Tisch, während er ihm mit der anderen ein maschinengeschriebenes Dokument reichte.

Das Fax von Phindi Willemse.

Ein Vorsatzblatt und vier Blätter. Nathan goss den braunen, schaumigen Inhalt des Töpfchens in seine Tasse und begann zu lesen.

Die Nicht-Regierungsorganisation One Earth wurde 1976 von einem internationalen Finanzkonsortium gegründet und von Abbas Morquos, einem reichen ägyptischen Industriellen, geleitet.

Gleich bei der Gründung teilt ihr Sprecher mit, dass eine neue Art humanitärer Hilfe geplant sei; das Besondere sei, dass die Organisation neben der medizinischen Hilfe und der Versorgung mit Medikamenten und Nahrungsmitteln den Opfern humanitärer Katastrophen und vor allem den Jüngeren auch eine langfristige psychiatrische Betreuung zukommen lassen wolle.

Durch diese Neuerung gelingt es One Earth, sich in allen Teilen der Welt Gehör zu verschaffen; die von dieser Rede sensibilisierte internationale öffentliche Meinung mobilisiert sich und ermöglicht der Organisation, zusätzlich zu den eigenen finanziellen Mitteln, die ihnen von ihren Förderern zur Verfügung gestellt werden, ein gewaltiges Vermögen anzusammeln.

Daraufhin erheben sich Stimmen, die nicht zögern, diese Alternative zu den French Doctors als einen geschickten Schachzug der Industriellen aller Couleur anzuprangern, die das Kon-

sortium bilden, um neue Märkte in den Ländern zu erobern, in denen sie Hilfe leisten.
Aber die Kritiker stoßen auf taube Ohren, und One Earth ist bereits auf der ganzen Welt präsent, in Äthiopien, in Biafra, in Brasilien etc., wo nichts entdeckt wird, was diese Anschuldigungen stützen würde. Die Organisation entwickelt sich in der Folge zu einer der mächtigsten im humanitären Business. Ihr Sitz wird nach Liechtenstein verlegt. Heute soll sie über eine Luftflotte von sieben Militärflugzeugen und fünf Hubschraubern verfügen. Die Gesamtzahl ihrer Mitarbeiter wird auf 3500 Personen (einschließlich lokaler Helfer) in der ganzen Welt geschätzt.
Laut meiner Kontaktperson scheint die Verwaltung transparent zu sein, und die Rekrutierung der Teams zeigt keine Unregelmäßigkeiten.

Soweit war nichts wirklich Verdächtiges zu erkennen, lediglich die Verbindungen von One Earth zur Welt der Psychiatrie waren beunruhigend. Nathan blätterte die folgenden Seiten des Dokuments durch, die die wichtigsten humanitären Katastrophen aufzählten, bei denen die Organisation sich engagiert hatte. Die letzten Seiten beschrieben ausführlich die Zusammensetzung der Teams während der verschiedenen Einsätze. Er konzentrierte sich auf den Abschnitt, der die Camps im Umkreis von Goma und im Süden des Kiwu-Gebiets betraf.

Die Ärzteteams, die im Norden und Süden des Kiwu-Gebiets im Einsatz waren, setzten sich zusammen aus Zellen, die ebenfalls in jedem Lager arbeiteten:
Medizinische Zelle: fünf Ärzte, darunter ein Unfallarzt, ein Spezialist für Infektionskrankheiten, ein Narkosearzt, zwei Chirurgen und vier Krankenpfleger.
Psychiatrische Zelle: fünf Psychotherapeuten, darunter drei Kinderpsychiater und zwei Krankenpfleger.

Bis dahin schien alles in Ordnung zu sein, aber der nächste Abschnitt machte Nathan hellhörig.

Außerdem gab es noch eine fliegende so genannte »Überwachungszelle«, die aus vier Männern bestand, die mit einem Puma-Hubschrauber von Camp zu Camp flogen. Dieses Team hatte die Aufgabe, das vor Ort rekrutierte Personal zu überwachen und kriminellen Auswüchsen wie Vergewaltigung, Erpressung etc. vorzubeugen, und nebenbei half es aus bei der Versorgung und der Evakuierung der Teams, wenn die Lage zu gefährlich wurde.
N. B.: Es ist mir nicht gelungen, die Namen dieser Männer herauszubekommen. Der Einsatz solcher Teams, die an Milizen erinnern, scheint zumindest ungewöhnlich zu sein und wird in den Kreisen der humanitären Organisationen scharf verurteilt.

Vier Männer, die nach Belieben kamen und gingen, an Bord eines Hubschraubers, der geräumig genug war, um eine große Menge Material zu transportieren... Vier Männer, die über unumschränkte Autorität innerhalb der Organisation zu verfügen schienen.

Dieses Profil entsprach durchaus der Vorstellung, die er von den Dämonen von Katalé hatte.

Nathan verließ den Salon und ging zu der Reihe von Telefonzellen, die sich rechts von der Rezeption befanden. Er nahm seine Brieftasche und zog eine Visitenkarte heraus. Ein kleines Rechteck mit dem Monogramm von One Earth, das er nervös zwischen seinen Fingern hin und her drehte.

Der Zeitpunkt war gekommen, ein Gespräch mit Rhoda zu führen.

47

»Ha... hallo?«
»Rhoda?«
Die Verbindung war voller Störgeräusche.
»Na... Nathan... bist du es?«
Er antwortete nicht sofort.
»Ja.«
»Oh! Ich freu mich so sehr, dich zu hören... Ich hatte die Hoffnung schon aufgegeben, dass du mich anrufen würdest. Was passiert ist, tut mir aufrichtig leid. Ich habe oft darüber nachgedacht... Es ist allein meine Schuld, du hast dir nichts vorzuwerfen, deine Reaktion war ganz natürlich nach dem Schock, den du gerade bekommen hattest...«
Die Stimme der jungen Frau klang unbeschwert, strahlend, unschuldig wie die eines Kindes.
»Reden wir nicht mehr davon«, sagte Nathan. »Ich kann mir noch immer nicht erklären, was in mich gefahren war, und ich glaube, dass... Hör zu, ich möchte, dass du weißt, dass ich dich auf keinen Fall verletzen wollte...« Er schwieg einen Augenblick, dann erklärte er: »Ich rufe dich aus einem anderen Grund an. Ich brauche deine Hilfe.«
Erneut prasselte und knisterte es heftig.
»Erzähle. Was ist los?«
»Ich brauche Informationen, die das Camp in Katalé betreffen... über die fliegende Zelle von One Earth, die ›Überwachungszelle‹. Ich muss wissen, wer diese Männer sind.«
»Warum?«
Schweigen.
»Du glaubst, dass es einen Zusammenhang mit deinen Nachforschungen gibt, nicht wahr?«, hakte sie nach.
Nathan atmete tief ein. »Es gibt einen Zusammenhang, Rhoda. Tut mir sehr leid, aber das ist die reine Wahrheit.«

»Lass die Geheimniskrämerei, rede...«
»Ich kann dir nichts sagen. Es geht auch um deine Sicherheit.«
»Überlass das mir. Sag mir lieber, was dir durch den Kopf geht, dann werde ich dir antworten... vielleicht.«
Nathan fühlte, wie die Wut in ihm hochstieg, und sein Ton wurde schärfer: »Wenn du es so willst... Als wir uns getrennt haben, bin ich in den Kongo gereist, ich bin nach Katalé zurückgekehrt... Das Grauen, das ich entdeckt habe, ist unfassbar.«
»Was hast du entdeckt?«
»Einen unterirdischen Stollen, die Reste eines Labors für grauenhafte medizinische Experimente, die jämmerlichen sterblichen Überreste Unschuldiger, die gefoltert wurden... Die Höhle der Dämonen.«
»Du willst mir doch nicht etwa sagen, dass die Männer der ›Überwachungszelle‹ in diese Verbrechen verwickelt sind?«
»Alle Elemente meiner Nachforschungen haben mich zu One Earth geführt.«
»Was du entdeckt hast, ist wahrscheinlich nichts anderes als ein Massengrab, es gibt Hunderte davon in Ruanda, im Kongo...«
»Da gab es modernste medizinische Instrumente, Spritzen, Untersuchungstische. Diejenigen, die das getan haben, manipulieren Viren und testen sie an Menschen, sie verschleiern ihre Verbrechen im Chaos der humanitären Katastrophen. Erinnere dich, verdammt. Das Mädchen, die Dämonen...«
»Jetzt sind es Viren? Du sp...«
Nathan ließ sie nicht ausreden. »Rhoda, ich weiß, was ich gesehen habe... Und jetzt bitte ich dich, mir zu antworten. Wer sind diese Männer? Ich muss ihre Namen wissen.«
»Ich soll dir sagen... Du bist ernsthaft krank... Du...«
»Rhoda... Hast du auf irgendeine Weise etwas mit diesen Verbrechen zu tun?«

Schweigen.

»Antworte.«

»Ich denke, es ist besser, wenn du mich nicht mehr anrufst.«

»RHODA, VERDAMMT...«

Sie hatte aufgelegt.

Nathan knallte den Hörer auf den Apparat und stand auf. Er hatte Mist gebaut. Er hatte sich nicht beherrschen können und damit alles ruiniert. Wenn sie zu ihnen gehörte, würden sie in weniger als einer Stunde wissen, was er entdeckt hatte. Sein Gesicht und seine Kehle brannten. Er schnappte sich seinen Rucksack und trat ins Licht hinaus.

Ein heftiger Wind blies über der Stadt. Nathan tauchte in den Sturm ein und ließ sich von den staubigen Böen forttragen. Er sah darin nur Traurigkeit und Verrat, die verstopften Straßen, die baufälligen Wohnhäuser, die Menschen, die in ihnen wohnten, kamen ihm wie Stelen und Totenmasken vor, die in einem wilden, makabren Tanz mitgerissen wurden.

Er ging die Uferpromenade entlang bis zum Fort Kaitbai, dem ehemaligen Mameluckenpalast, der sich gegenüber dem tosenden Meer in makelloser Pracht erhob. Er, der es niemals hatte glauben wollen, hatte jetzt das Gefühl, dass Rhoda ihn von Anfang an hinters Licht geführt hatte. Aus welchem Grund? Er wusste es nicht, aber ihr Verhalten ließ ihn jetzt ernsthaft zweifeln, was ihre Rolle in dieser ganzen Sache betraf.

Als er an die Leiche von Casarès dachte, die wie ein Zeichen auf seinen Weg gelegt worden war, keimte eine neue Theorie in ihm auf. Wenn Rhoda in die Sache verstrickt war, vielleicht hatte sie ihn dann bewusst auf die Spur der Massaker gebracht... Sollte das eine weitere Botschaft sein, die die Mörder ihm zugedacht hatten?

Gegen Mittag machte Nathan sich auf den Weg zurück in die Stadt. Er ging an der großen Abu-el-Abbas-Moschee vorbei, in der die Menge sich drängte, und dann ins türkische Viertel hinein. Eine labyrinthische Enklave aus widerlichen engen Gassen, die sich auf bunte Suks und Verkaufsbuden öffneten. In der El-Nokraschi-Straße machte er eine kurze Pause am Wagen eines Straßenhändlers und schlang einen Teller dicker, salziger roter Bohnen mit Brot hinunter, Schulter an Schulter mit anderen schweigsamen Männern, die ihn anstarrten, während sie ihre tägliche Mahlzeit kauten. Seine Verabredung mit Darwisch rückte näher. Um zu dem Treffpunkt zu gelangen, nahm er die Salah-Salem-Straße, an der die Überreste des kosmopolitischen Alexandria der dreißiger Jahre, des Alexandria der fünf Nationen lagen. Armenische Juweliere, griechische Zuckerbäcker, Luxusrestaurants, Antiquitätengeschäfte, deren Schilder noch auf Französisch geschrieben waren, eine überlebte, staubige Welt von betörendem Charme. Er ging langsamer, als er an die Kreuzung der Nebi-Danyal- und der Saad-Zaghlul-Straße kam.

Und da sah er die Kuppel, die von blumengeschmückten Kreuzen gekrönten Kirchtürme, die Basreliefs. Die koptische San-Marcos-Kathedrale erhob sich vor ihm in einen vollkommen klaren Himmel.

Die Augen noch geblendet von dem Licht draußen, nahm er zuerst nichts anderes als den gutturalen Singsang wahr, der machtvoll vom Chor aufstieg, eine Psalmodie, deren Rhythmus die Schläge eines Stocks auf den Boden vorgaben. Dann tauchten nach und nach aus der Finsternis die Goldtöne, die Säulen, die mit eingelegtem Elfenbein verzierten Holztäfelungen und die goldbraunen Ikonen auf, die im karminroten Schein der Lüster lebendig zu werden schienen. Nathan bahnte sich seinen Weg durch die dicht gedrängte Versammlung der Gläubigen. Männer und Kinder auf der einen Seite, Frauen auf der anderen, alle standen aufrecht da, die Handflächen nach oben gerichtet, die Augen im Gebet verloren. Er ließ seinen Blick zum Altar wandern, und plötzlich erblickte er das eingefallene und von einem langen Bart umrahmte Gesicht von Pater Darwisch in den Myrrheschwaden und den Flammen der Kandelaber. Der alte Priester trug ein weißes, mit großen Kreuzen geschmücktes Messgewand und eine kreisrunde, gebauschte Seidenmitra in gleicher Farbe. Um ihn herum knieten die Diakone vor dem geweihten Brot und Wein. Als er seinen Segen beendet hatte, zogen die Männer und Frauen die Schuhe aus und bildeten einen stummen Zug, um den Leib und das Blut Christi zu empfangen. Den Mund mit einem Schleier bedeckt, zogen sie sich in die Meditation zurück und überließen den Frauen den Platz.

Hinter den Säulen versteckt, betrachtete Nathan dieses Bild bedingungsloser Inbrunst, die ihn an diejenige der vergessenen Mönche der Malatestiana erinnerte. Ein reiner, radikaler Glaube, der zu besagen schien, dass die Grundlagen des Lebens, des menschlichen Daseins in der Religion zu finden seien.

Als die Zeremonie sich ihrem Ende näherte, kamen die Gläubigen zu Pater Darwisch, um ihn, die Stirn seinen dunklen Händen entgegengestreckt, zu grüßen, bevor sie mit friedlichem Gesicht die Kathedrale verließen. Nach und nach verstummte das Stimmengewirr, die Lichter gingen eines nach dem andern aus und ließen Nathan im Halbdunkel zurück.

Ein Murmeln ertönte hinter ihm.

»Sind Sie gläubig, Monsieur Falh?«

Nathan drehte sich um und erblickte den Priester, der die Hände in die Ärmel seines Messgewandes geschoben hatte. Von seinem weißen Bart ging ein fahles, fast übernatürliches Licht aus.

»Ich weiß es nicht«, sagte Nathan leise.

»Was beunruhigt Sie so, junger Mann?«

»Ich glaube nicht, dass ich beunruhigt bin...«

»Was bedeutet dann diese Verzweiflung, die ich in Ihrem Blick erkenne?«

Schweigen.

Nathan beobachtete den Priester. Ein Gesicht, durchzogen von unzähligen Runzeln, die die Dunkelheit noch betonte, und seine Augen, zwei schwarze Perlen, die wirkten, als seien sie vor der Welt verschlossen, aber weit geöffnet auf die Wahrheit. Er verzichtete darauf, ein weiteres Mal zu lügen.

»Ich stelle mir gewisse Fragen.«

»Und Sie hoffen, die Antworten vom Herrn zu erhalten?«

»Nein, von Ihnen, Pater.«

»Ich höre.«

Nathan steuerte ohne Umschweife auf sein Ziel zu: »Ich interessiere mich für den magischen Glauben der Kopten, für die Verbindung, die bis heute zu den alten religiösen Kulten der Pharaonen besteht...«

Der Geistliche legte einen Finger auf seine Lippen. »Es gibt Welten, geheime Bereiche, über die man nur im Flüsterton spricht...« Er warf einen Blick zu den Diakonen, die die Utensilien der Göttlichen Liturgie wegräumten, und murmelte: »Kommen Sie...«

48

Die beiden Männer gingen zum Kirchenschiff und stiegen eine schmale Steintreppe hinab, die zwischen den Säulenjochs unter die Kathedrale führte.

Die Krypta war kühl und sehr klein. Auf dem Boden erkannte Nathan zwischen den Schatten der Kerzen breite Platten, die mit der Zeit Patina angesetzt hatten und unter denen die weißen Gebeine berühmter Geistlicher ruhten.

»Entschuldigen Sie, wenn ich einen Fehler gemacht habe...«

»Die Magie ist ein Thema, über das man in unserer Gemeinschaft nicht offen spricht. Auch wenn meine Tätigkeit als Forscher mir erlaubt, diese Fragen zu profanieren, gilt das noch lange nicht für meine Diakone. Kommen wir zu dem, was Sie interessiert.«

Der alte Priester schloss die Augen, und seine Stimme schien wie eine Saite zu vibrieren.

»Vor sehr langer Zeit kam eine Delegation aus Alexandria zu Makarius dem Alexandriner in die Wüste, um ihn anzuflehen, in die Stadt zu kommen, wo es schon seit langem nicht mehr geregnet hatte und wo die Würmer und Insekten die Felder heimgesucht hatten. ›Komm‹, sagten sie zu ihm, ›und bitte Gott, dass er Regen schickt und die Würmer und Insekten tötet.‹ Makarius begab sich also in die Stadt Alexandria, betete zu Gott, und es begann zu regnen. Als es genug geregnet hatte, betete er erneut, und der Regen hörte auf. Daraufhin riefen die Griechen: ›Ein Zauberer ist durch das Sonnentor in die Stadt gekommen, und der Richter weiß es nicht.‹«

Die Stimme des Priesters hallte im Halbdunkel der Krypta.

»Ich glaube«, fuhr er fort. »dass dieses Gleichnis, in dem einer unserer berühmtesten Heiligen auftritt, sehr schön zeigt, in welchem Maße das Wunderbare und das Übernatürliche im Alltag unseres Volkes gegenwärtig ist. Den Geistern und Dämonen, den Engeln und selbst Gott zu befehlen ist uns, den Nachkommen der Pharaonen, angeboren.«

»Auf welchem Glauben beruht diese Magie?«

»Er steht dem unserer fernen Vorfahren nahe, die Thot, den Gott mit dem Ibiskopf, anriefen. Um die Gebote zu befolgen, die die Ausübung dieser Praktiken verboten, griff man zu einfachen Mitteln: Die Namen der alten Götter wurden durch diejenigen von Christus, der Jungfrau Maria und der Heiligen ersetzt. Die Bibel und ihre Personen traten an die Stelle der Mythen des alten Ägypten.«

»Sind diese Praktiken noch immer lebendig?«

»Das sind sie.«

»Wie und wozu werden sie benutzt?«

»Um Kranke zu heilen, den bösen Blick zu bannen, die Besessenen zu exorzieren, gegen eine Person zu kämpfen, die einem Böses will...«

»Und Sie, bedienen Sie sich ihrer?«

»Wie viele andere Priester leite auch ich gelegentlich Zeremonien...«

Eine Frage brannte Nathan auf den Lippen; er wusste nicht, ob sie ihn zur Wahrheit führen würde. Leise sagte er: »Der Blutkreis...« Nach einer kurzen Pause fuhr er fort: »Rufen diese Worte irgendetwas in Ihnen wach?«

Aber Darwisch hatte die Augen bereits zusammengekniffen, als hätte Nathan soeben eine alte Wunde in ihm geöffnet.

»Wo haben Sie diese Worte gehört?«

Nathan nahm ein gewisses Widerstreben in der Stimme des Priesters wahr. Er beschloss zu schweigen.

»Fragen privater Art, ja...«

Nathan bejahte mit einem Lidschlag.

»Wie auch immer, ich spreche nicht gern darüber. Das ist ein ganz besonderer Glaube, der sich für unser Volk als sehr verhängnisvoll erweisen kann.«

»Pater, fassen Sie mein Schweigen nicht als Provokation auf. Es ist für mich sehr wichtig zu erfahren, worum es sich dabei handelt.«

Darwisch sah Nathan streng an. »Sie scheinen nicht zu verstehen. Niemand darf diese Worte aussprechen, ohne... Nein, wirklich, ich kann nicht...«

»Ich bitte Sie... Diese Informationen sind von unschätzbarem Wert für mich. Was wollten Sie sagen?«

»Dass es verboten ist, das Schweigen zu brechen. Jeder, der es tut, wird bestraft.«

»Von wem?«

»Von den Rûhani-Geistern, den Dienern der Psalmen...«

»Wer...?«

»Ich meine die Engel, wir nennen sie so.«

Der alte Gelehrte schien einen Augenblick zu zögern. Er strich mit der Hand über seinen Bart; schließlich sagte er leise: »Die Informationen, die ich Ihnen jetzt geben werde, müssen unter uns bleiben, sollten Sie jemals davon Gebrauch machen, dann bitte ich Sie, niemals meinen Namen und auch nicht den dieser Kathdrale zu nennen...«

»Ich schwöre es Ihnen.«

»Also gut... Diese Geschichte nimmt ihren Anfang in längst vergangenen Zeiten, ganz zu Beginn unserer Ära, zur Zeit der Repressionen des Römischen Reichs gegen die Christen von Alexandria. Jahrhundertelang verfolgten, folterten und ermordeten die Kaiser Tausende von Menschen, die kein anderes Verbrechen begangen hatten als das, an einen einzigen Gott zu glauben. Um diesen Massakern zu entgehen, flüchteten unsere Vorfahren unter die Erde, in die Nekropolen, in denen sie ihre Toten bestatteten, vor allem aber aus der Stadt hinaus... in die Wüste. Das war vermutlich die Geburtsstunde der ersten Mönche. Die Einsamkeit dieser Männer, ihr erzwungenes Leben fern der Stadt und der theologischen Unterweisung haben ein diffuses Konglomerat verschiedener Glaubensanschauungen entstehen lassen. Manche von ihnen haben eine Rückkehr zu den Quellen vollzogen, indem sie sich von den vornilotischen Traditionen inspirieren ließen. So erzählt man, dass sich im dritten Jahrhundert eine kleine Gruppe von Männern, genau gesagt sieben, die alle aus der Didaskaleia, der berühmten alexandrinischen Theologenschule, hervorgingen, unter der Führung eines gewissen Antonius aus Caesarea in die Wüste zurückgezogen haben sollen, um dort kein Kloster, sondern einen Stützpunkt für den Aufstand gegen Kaiser Diokletian zu gründen, der gerade eine beispiellose Welle der Verfolgung in Gang gesetzt hatte. Diese aggressive Haltung war zumindest ungewöhnlich, und schon bald ging das Gerücht um, sie seien im Besitz eines göttlichen und geheimen Talismans, eines *qalfatîr*: des Blutkreises.«

»Welcher Art war dieser Talisman?«

»Man spricht von einem von der Hand Christi geschriebenen Papyrus. Einem Text, dessen Tinte das Blut eines heiligen Ibis sein und die Geschichte des Messias, wie sie auf uns gekommen ist, in Frage stellen soll.«

Nathan spürte, wie es ihn eiskalt überlief.

»Was meinen Sie damit?«

»Angeblich enthüllt er, dass Jesus nicht der in der Bibel beschriebene Friedensbringer gewesen sei, sondern ein Kriegsführer im Kampf gegen Kaiphas und die römische Macht nach dem Vorbild der samaritanischen Aufständischen und der zelotischen Mörder. In moderner Sprache bedeutet das, dass er ein fundamentalistischer Jude gewesen wäre, der diejenigen zum Tode verurteilt hat, die sich dem Gesetz von Moses entzogen. Dieser Text wäre damit ein Aufruf zum bewaffneten Kampf. Gott soll auf der Suche nach dem Messias den Engeln befohlen haben, in die Körper von Antonius aus Caesarea und seiner Mönche zu schlüpfen, um das Werk Christi fortzuführen und diesen Kampf gegen den mit den Mächten des Bösen gleichgesetzten Unterdrücker erfolgreich zu Ende zu führen. Es gibt nur wenig Spuren der Gewaltakte, die diese Männer begangen haben, aber es heißt, sie würden jede ihrer Taten mit einem Blutkreis signieren.«

»Sprechen Sie weiter, bitte...«

»Als Kaiser Konstantin schließlich die Religionsfreiheit verkündete, sind die Kriegermönche und ihr Talisman von der Bildfläche verschwunden. Es scheint jedoch, dass diese Bewegung die folgenden Generationen beeinflusst hat, die während der Invasionen der Muslime zahlreiche gewalttätige Aufstände angezettelt haben. Aber diese Revolten wurden alle blutig niedergeschlagen und führten nur dazu, die christliche, jetzt Kopten genannte Bevölkerung mundtot zu machen, zu unterwerfen und zu versklaven.«

»Wollen Sie damit sagen, der Blutkreis ist... verschwunden?«, fragte Nathan.

»Nicht genau, er ist immer präsent, aber in anderer Form... Er war zu einer Art Fluch, zu einer Prophezeiung geworden. So wie die *Offenbarung* des Johannes verhieß er denjenigen den Tod, die das Leben der Christen in Ägypten bedrohten. Die Verfolgungen setzten schon bald wieder ein, und die Legende tauchte wieder auf. Die älteste Spur des Blutkreises in seiner prophetischen Form geht auf die Herrschaft des Despoten aus der Dynastie der Fatimiden, des Kalifen Al-Hakim bi-amr Allah, zurück. Er war einer der grausamsten Herrscher des islamischen Mittelalters, der die Kopten mit einer Inbrunst verfolgte, die an Wahnsinn grenzte. Mord, Zerstörung der Kirchen, Beschlagnahme des Besitzes... Er zwang die Christen auch, sich schwarz zu kleiden und Kreuze um den Hals zu tragen, die mehrere Pfund wogen. Aber kurz darauf sind der Kalif und viele von denen, die an den Gewalttaten beteiligt gewesen waren, an einer geheimnisvollen schleichenden Krankheit gestorben. Die Kopten standen bereits in dem Ruf, Zauberer zu sein, und manche beschuldigten sie, die Engel angerufen zu haben. Aber wen sollte man bestrafen? Man hätte ein ganzes Volk ausrotten müssen, und die Furcht vor göttlichen Repressalien spukte schon damals in den Köpfen herum. Niemand wurde für schuldig befunden, und die Christen schienen von da an von ihrer Legende beschützt zu werden...«

»Berichtet die Geschichte von weiteren ähnlichen Geschehnissen?«

»Sehr häufig starben, wenn Kopten getötet wurden, unmittelbar danach Moslems.«

»Und heute?«

»Erst kürzlich noch kam es nach Zusammenstößen zwischen Christen und Moslems zu merkwürdigen Todesfällen, aber ich erinnere Sie daran, dass wir hier von einer Legende sprechen, und ich denke, dass es sich da um einen reinen Zufall handelt.«

»Eine Legende, die Sie immerhin zu fürchten scheinen...«

Schweigen.

»Ich fürchte weniger die Legende als diejenigen, die sie am Leben halten.«

»Können Sie mir etwas über diese Ereignisse erzählen?«

»Alles hat so richtig in den achtziger Jahren unter Sadat begonnen, und dann unter Mubarak, mit dem Erwachen des militanten islamischen Fundamentalismus. Der Friede mit Israel, die ausweglose Wirtschaftskrise, für die die Fundamentalisten uns verantwortlich machen, haben zu einem Aufflammen der Gewalt geführt. In den letzten zwanzig Jahren soll der Fluch mehrmals zugeschlagen haben.«

»Bei welchen Gelegenheiten?«

»Die letzte geht auf das Jahr 2000 zurück. Die Massaker von Al Kocher haben vierzig Todesopfer gefordert, und anschließend kam es zu zwei Fieberepidemien, denen fast dreihundert Menschen innerhalb der lokalen Moslemgemeinschaft zum Opfer fielen. All diese Todesfälle wurden insgeheim dem Fluch zugeschrieben.«

»Finden Sie diese Zufälle nicht... beunruhigend?«

»Nach vielen anderen Zusammenstößen hat es keine derartigen Todesfälle gegeben, junger Mann.«

»Aber diese hat es immerhin gegeben...«

»Alexandria ist eine Grenze, unser Denken unterscheidet sich sehr von dem des Westens. Wie ich Ihnen bereits sagte, der Aberglaube ist in unserer Gemeinschaft noch immer lebendig, und die Moslems sind sehr anfällig dafür. Ich denke, dass manche Kopten an die Realität der Prophezeiung des Kreises glauben oder wollen, dass man daran glaubt, um die Fundamentalisten zu erschrecken, damit sie mit ihren Verbrechen aufhören. Ich bin kein Anhänger dieser Lösung, die nur Hass und Gewalt schürt. Meiner Ansicht nach kann nur ein echter Dialog, in dem Toleranz und Offenheit ihren Platz haben, die Lösung sein.«

Nathan wechselte jäh das Thema: »Pater, noch eine Frage... Was wissen Sie über Abbas Morquos?«

»Meinen Sie Morquos, den Gründer von One Earth?«
»Ja.«
»Er ist eine der wichtigsten Persönlichkeiten unserer Gemeinschaft.«
»Sie wollen sagen, er ist Kopte?«
»Ja, ein reicher und einflussreicher Mann, er hat viel für unsere Kirchen und Klöster getan, auch für die Ärmsten, ganz zu schweigen von seiner humanitären Organisation.«
»Und wie sind seine Beziehungen zur Macht des Landes?«
»Morquos hat stets den Ra'is nahe gestanden. Nasser, Sadat, Mubarak haben immer großen Respekt vor ihm gehabt. Er ist niemals ausgeschlossen worden wie andere koptische Persönlichkeiten. Einige Mitglieder unserer Gemeinschaft beschuldigen ihn der Kollaboration mit den Moslems, aber ich glaube, dass er so handelt, um die Ungleichheiten besser bekämpfen zu können.«
»Wissen Sie, wo er lebt?«
»Nein, er ist immer seltener hergekommen, und schließlich überhaupt nicht mehr. Wir haben ihn schon seit vielen Jahren nicht mehr gesehen...«
»Was wissen Sie über seinen Lebenslauf? Wo kommt sein Vermögen her?«
»Er hat eine bemerkenswerte Karriere im Gesundheitsdienst der ägyptischen Armee gemacht; später hat er die Leitung des von seinem Vater gegründeten Pharmakonzerns Eastmed übernommen. Er stellt sechzig Prozent der in Ägypten genommenen Medikamente her...«
»Ein pharmazeutisches Labor?«
»Richtig...«
Darwischs letzte Enthüllung knüpfte neue Verbindungen. Ein ehemaliger Militärarzt... Ein Labor... Ein furchtbares Todesnetz mit perfekt geöltem Räderwerk nahm in Nathans Gedanken Gestalt an.
»Warum interessieren Sie sich für ihn?«

»Reine Neugier.«

»Gut. Es wird Zeit für mich, mich von Ihnen zu verabschieden. Haben Sie die Antworten bekommen, die Sie erhofft hatten?«

»Mehr, als Sie sich vorstellen können, Pater, ich danke Ihnen unendlich dafür, dass Sie mir Ihre Zeit geopfert haben.«

Nathan verabschiedete sich von seinem Gastgeber und stieg die Treppe hinauf, als die vibrierende Stimme ihn nochmals zurückrief.

»Junger Mann...«

Nathan blieb stehen und drehte sich um. Das Licht der Kerzen in der Krypta schien wie flüssiges Gold über den Schmuck und das zerfurchte Gesicht des alten Priesters zu rieseln.

»Ich weiß nicht, wer Sie sind und was Sie suchen, aber seien Sie auf der Hut vor den Schatten, die auf Ihren Weg fallen...«

»Warum?«

»Weil sich unter ihnen derjenige Ihres Todes befindet.«

49

Nathan brannte darauf, den Hinweisen nachzugehen, die er gerade bekommen hatte. Zuerst dachte er daran, Rhoda anzurufen oder zu versuchen, Kontakt zu Mitarbeitern von One Earth aufzunehmen, um zu sehen, ob das, was sie sagen würden, sich mit den Informationen deckte, über die er verfügte; aber das würde ihn letztlich nicht weiterbringen. Das war eine viel zu abgeschirmte Welt. Er winkte ein Taxi heran und fuhr direkt ins Cecil Hotel zurück. Als er auf seinem Zimmer war, zog er die Vorhänge zu, um den Raum ins Halbdunkel zu tauchen.

Darwischs Enthüllungen waren hochinteressant, und Nathan war dem Gelehrten gegenüber im Vorteil: Er wusste, dass der Blutkreis nie eine Legende gewesen war. Die letzten Teile des

Puzzles hatten sich soeben in seinem Bewusstsein ineinander gefügt. Er war kurz vor dem Ziel, das spürte er.
Aber ein Detail musste er noch überprüfen.
Er schaltete seinen Laptop ein und ging über die Telefonbuchse ins Internet. Wenn sein Verdacht begründet war, würde sich das, was er bereits wusste, bestätigen. Und dann hätte er auch das Motiv der Mörder.
Als sein Navigator auf dem Monitor erschien, klickte Nathan auf seine Suchmaschine und gab anschließend mehrere Suchbegriffe ein:

Verfolgungen – Christen – Pakistan – Bosnien – Ägypten

Er aktivierte den Suchbefehl. Der Rechner arbeitete eine ganze Weile, aber als die Seite mit den Ergebnissen erschien, begriff Nathan, dass seine Vermutung richtig gewesen war. Mehrere Seiten mit Links verwiesen ihn auf Presseartikel über die Christenverfolgungen überall auf der Welt. Er ließ die Seite mechanisch vor seinen Augen abrollen und klickte schließlich auf einen Artikel der Internetausgabe der *Times* vom 26. Februar 2002.

Zunahme der Verfolgungen der christlichen Minderheiten in der Welt

Ein Bericht, den mehrere Menschenrechtsorganisationen gemeinsam verfasst haben, zeichnet ein alarmierendes Bild der Christenverfolgungen, die überall auf der Welt ständig zunehmen.

In den betroffenen Ländern – China, Indien, Pakistan, Vietnam, Iran, Nigeria, Sudan – sehen sich die Christen täglich Repressalien ausgesetzt, die von Sklaverei über Mord, Plünderung und Folter bis hin zu Nahrungsentzug reichen.

Trotz des Auseinanderbrechens des kommunistischen Blocks, der im letzten Jahrhundert angeblich eine Grenze für die Diskriminierungen der Christen war, sind diese mehr denn je eine Realität und hallen wie das furchtbare Echo einer der schwärzesten Perioden der zeitgenössischen Geschichte wider. Es handelt sich um echte Verbrechen gegen die Menschlichkeit, aber die Methode unterscheidet sich von derjenigen der Völkermorde, denn diese über die ganze Welt verstreuten Verfolgungen werden heute geschickt durch die Verfassungen und die ethnischen Kriege verschleiert und sehr oft von den Gesellschaften und selbst der Kirche ignoriert.

Aber die Autoren dieses Berichts begnügen sich nicht damit, die Tatsachen auf den Tisch zu legen, sie liefern auch eine Analyse der Vielfalt der Verfolgungsmethoden, die sich stets in einen historischen, politischen und religiösen Kontext einfügen, und unterscheiden zwischen der Verantwortung der Staaten und derjenigen fundamentalistischer Gruppen wie dem RSS (Nationales hinduistisches Freiwilligenkorps, Indien) oder dem Jamaat-e-Islami (Pakistan).

Für die zahlreichen (klandestinen) »Inlandskirchen«, die protestantischen in Honan und die katholischen in Hopei, ist die Bedrohung eine rein politische. Von Peking als »schädlicher Kult« angesehen, werden ihre Versammlungsorte zerstört und die Angehörigen des Klerus eingesperrt.

Ein anderes Gesicht der Verfolgungen: der Nationalismus. Indien, ein laizistisches Land, scheint seine Haltung geändert zu haben, seit die hinduistische Nationalpartei BJP 1998 an die Macht gekommen ist. Die Christen sind seitdem regelmäßig Opfer von regierungsnahen extremistischen Organisationen. Kirchen werden mit Plastikbomben in die Luft gesprengt, Bibeln verbrannt, Priester ermordet von den Nationalisten, die im Christentum eine ernsthafte Bedrohung für die hinduistische Kultur und die Identität des Landes sehen.

In einigen Ländern Afrikas sind die Spannungen ethnischen

Ursprungs. Das gilt für den Sudan und das Pulverfass Nigeria. In diesem Land, dessen Verfassung immerhin die Religionsfreiheit garantiert und in dem jede offizielle Religion verboten wird, nehmen die Auseinandersetzungen zwischen den Religionen zu. Seit 1999 gewinnt das islamische Gesetz in den nördlichen Staaten an Boden, was zu konfessionellen Auseinandersetzungen führt – fünfzehntausend tote Christen in Kaduna im Jahr 2000 –, die zu den schlimmsten seit dem Biafrakrieg gehören, und zu einer allgemeinen Unsicherheit, die den ganzen Norden Nigerias erfasst, in den die christlichen Bevölkerungsgruppen durch die Ölwirtschaft gelockt werden.

Auch wenn dieser Bericht nicht alle Fälle von Verfolgung aufführt – seit Monaten werden die Christen des Archipels der Molukken (Indonesien) von islamistischen Kommandos angegriffen, in Ägypten kommt es häufig zu antichristlichen Tumulten; die Aktivisten, die sich im Kampf gegen die Armut in Mittel- und Südamerika engagieren (wie die sieben 1989 in Salvador getöteten Jesuiten oder Pater Burin des Roziers, der brasilianische Anwalt, der Todesdrohungen erhalten hat), werden ebenso wenig erwähnt wie die christlichen Opfer der Massaker in Algerien –, hat er den Vorteil, die Straffreiheit der unter Beschuss genommenen Länder anzuprangern, von denen manche herzliche diplomatische und wirtschaftliche Beziehungen zu den führenden Politikern der großen westlichen Demokratien unterhalten, die ihre Hände in Unschuld waschen.

Der nächste Link führte Nathan zu einer Übersicht über Fälle von Verfolgungen, zu denen es überall auf der Welt in den letzten fünf Jahren gekommen war.

Pakistan: Ein Gesetz, das alle »böswilligen Äußerungen« über den Propheten Mohammed oder den Koran (bis hin zur Todesstrafe) bestraft, ist die Grundlage für mehr als siebzig Prozesse wegen Blasphemie zwischen 1998 und 1999. Nachdem ein

Christ im April 1998 zum Tode verurteilt worden ist, hat Monsignore John Joseph, der Bischof von Faisalabad, vor dem Gericht von Sahiwal Selbstmord begangen, um die Aufmerksamkeit der internationalen Gemeinschaft zu erregen.

China: In den Provinzen, die ihre religiöse Gesetzgebung verschärft haben (Zhejiang, Fujian), werden die Christen, die sich weigern, der patriotischen Union (Katholiken) oder der Bewegung der drei Autonomien (Protestanten) beizutreten, bedroht oder verfolgt. Die offiziellen Behörden zerstören die Kirchenhäuser und inhaftieren die Bischöfe; Monsignore Han Dingxiang im Dezember 1999; Monsignore Jacques Su Zhemin, seit 1997 im Gefängnis. Insgesamt werden vierzehn protestantische Bewegungen als »schädliche Kulte« bezeichnet und ihre Führer verhaftet.

Vietnam: Der Regierungsfeindlichkeit beschuldigt, werden ethnische Minderheiten wie die H'mong regelmäßig eingeschüchtert. Die Ordnungskräfte zwingen die Gläubigen, Geldstrafen zu zahlen und Erklärungen zu unterschreiben, in denen sie der christlichen Religion abschwören. H'mong-Christen sind in jüngster Zeit gezwungen worden, das Blut geopferter Hühner, vermischt mit Reisschnaps, zu trinken, um zum Ausdruck zu geben, dass sie ihrem Glauben abschwören.

Ägypten: Empörung in der koptischen Diaspora, als das Urteil des Strafgerichtshofs von Solah in Oberägypten verkündet wird, der zweiundneunzig der sechsundneunzig Angeklagten im Prozess über die Unruhen von Al Kocher freigesprochen hat. Im Januar 2000 waren zweiundzwanzig Personen, darunter einundzwanzig Kopten, in diesem Dorf mit mehrheitlich christlicher Bevölkerung getötet worden.

Nathan rieb sich die Augen und lehnte sich auf seinem Stuhl zurück, um zu all dem Grauen, das auf dem Bildschirm vorbeizog, auf Distanz zu gehen.

Sahiwal, Pakistan, 1998; Al Kocher, Ägypten, 2000; Provinz

Zheijang, China... Darwischs Informationen und diejenigen des Internetdokuments deckten sich völlig mit Alain Derennes Bericht. Einige der von dem Virologen identifizierten Epidemien fanden sich hier wieder, und jedes Mal waren sie kurz nach den Verbrechen aufgetreten, die an den verschiedenen christlichen Gemeinschaften begangen worden waren.

Das Geheimnis der Mörder war jetzt gelüftet, und die heilige Dimension, die mit den Viren verbunden war, bekam ihre volle Bedeutung.

Die Männer des Blutkreises rächten die Ihren. Die gleichgültige Haltung der westlichen Nationen und die Straffreiheit der beschuldigten Staaten schürten nur ihren Hass und das Bewusstsein schreiender Ungerechtigkeit. Dieser Artikel gab seinen Nachforschungen eine neue Dimension. Nathan konnte sich jetzt die Gründe erklären, die jene, die er verfolgte, dazu getrieben hatten, einen neuen Scheinvirus mit den Genen der Spanischen Grippe zu entwickeln... Die Gleichgültigkeit... Die Heuchelei der reichen Länder angesichts der Massaker unter den christlichen Minderheiten. Was bedeuteten diese Gemeinschaften schon gegenüber den wirtschaftlichen und geopolitischen Zielen der modernen Welt? Aus diesem Grund griffen die Mörder jetzt den Westen an... Dadurch, dass sie Rom als erstes Ziel wählten, trafen sie ein Symbol, das Herz der Christenheit.

Nathan hatte genug gelesen. Er wollte sein Powerbook schon ausschalten, tat es dann aber doch nicht. Instinktiv klickte er auf seinen Briefkasten. Eine neue Nachricht wartete auf ihn.

Von: Ashley Woods
An: Nathan Falh

Nathan, ich wollte Ihnen nicht schaden, sondern einfach nur helfen. Ich habe Elias' letzte Worte transkribiert. Ich bin sehr beunruhigt. Rufen Sie mich unverzüglich an. Bitte.

Nathan las die Nachricht ein zweites Mal. *Ich bin sehr beunruhigt.* Was bedeutete diese Warnung? Was war passiert? Er unterbrach die Verbindung und starrte einen Augenblick das Telefon an. Der Gedanke, den Engländer anzurufen, widerstrebte ihm, aber andererseits konnte er sich nicht erlauben, auf neue Enthüllungen einfach so zu verzichten.

Er rang sich durch, die Nummer von Woods' Handy zu wählen.

Keine Antwort.

Er hinterließ eine kurze Nachricht und die Nummer, unter der er erreichbar war. Fünf Minuten später läutete das Telefon.

»Nathan?«

»Ja.«

»Haben Sie meine Mail erhalten?«

»Ja, und ich habe auch mit Darwisch gesprochen. Was für ein Spiel spielen Sie eigentlich, verdammt?«

»Lassen Sie's gut sein, wir regeln das später. Was hat Darwisch Ihnen gesagt?«

Woods hatte den Priester also nicht ausgefragt, er hatte ihm freie Hand gelassen.

»Er hat unsere Vermutungen hinsichtlich der Kopten und des *modus operandi* der Mörder bestätigt.«

»Wollen Sie damit sagen, er weiß, was der Blutkreis ist?«

Nathan erzählte ihm kurz die Geschichte des Papyrus, von Antonius aus Caesarea und seinen Kriegermönchen und von der Legende der Engel und ihrem Kampf gegen den Unterdrücker.

»Dieser Kampf, der eine Art bewaffneter Widerstand gewesen zu sein scheint, solange die Mönche gelebt haben«, sagte er abschließend, »hat sich im Laufe der Jahrhunderte in eine Art Fluch verwandelt, der sich immer dann erfüllt, wenn die christliche Minderheit Ägyptens von den Moslems bedroht wird...«

»Und dieser Fluch ist eine geheimnisvolle Krankheit, die die Schuldigen befällt...«

»Genau. Moslems sind durch Epidemien gestorben, die nach Auseinandersetzungen ausgebrochen sind, und das ist erst jüngst im Jahr 2000 noch der Fall gewesen nach den Massakern von Al Kocher, einem kleinen Dorf im Süden des Landes... Laut Darwisch handelt es sich um eine reine Legende, aber ich habe Derennes Liste mit den verschiedenen Massakern an Christen überall in der Welt verglichen. Manche Fälle, in Pakistan, in China, decken sich in allen Punkten. Das ist zu auffällig, um Zufall zu sein.«

»Aber warum wollen sie jetzt in großem Maßstab zuschlagen?«

»Sie haben beschlossen, den Westen für seine Gleichgültigkeit zu bestrafen.«

»Das ist Wahnsinn...«

»Was ist mit den Opfern von Fiumicino?«

»Sie sterben wie die Fliegen. Es gibt drei neue Tote. Bei fünf der Passagiere, die unter Quarantäne gestellt worden sind, ist die Krankheit ausgebrochen. Anscheinend haben die Sicherheitsmaßnahmen voll gegriffen, die Epidemie scheint unter Kontrolle zu sein.«

»Und die Behörden ahnen nichts?«

»Nein. Alle, selbst die Presse, glauben an das plötzliche Auftauchen eines Virus.«

»Und Derenne?«

»Er ist hinter Ihnen her. Er glaubt, dass die Engländer immer noch beteiligt sind. Wie auch immer, er steckt in der Klemme. Wenn irgendjemand erfährt, dass er Bescheid wusste, befindet er sich ganz schön in der Bredouille.«

»Sehr gut.«

Nathan wechselte das Thema.

»Erzählen Sie mir von dem Manuskript. Was haben Sie so Beunruhigendes entdeckt?«

»Elias erzählt, dass ein Junge ihm ein eisernes Kästchen gebracht hat, das einen geheimnisvollen Gegenstand und einen kleinen Schlüssel enthielt. Er hat mehrmals vergeblich versucht, ihn zu öffnen. Dann schreibt er, dass er sich immer schlechter fühlt. Ich denke, dass der Schlüssel vergiftet war. Die Mörder müssen das Schloss so manipuliert haben, dass jedes Mal, wenn Elias versuchte, es mit Gewalt zu öffnen, das Gift in seinen Körper eindrang.«

»Sie haben...«

»Ja, Nathan, sie haben ihn gekriegt, so wie sie auch Sie kriegen werden. Je weiter ich in diese Geschichte eindringe, desto stärker habe ich das Gefühl, dass sein und Ihr Schicksal miteinander verbunden sind. Nachdem die Mörder zunächst versucht hatten, Sie zu töten, versuchen sie jetzt, Sie in eine Falle zu locken.«

»Ich verstehe Ihre Befürchtungen, aber Sie irren sich, Ashley, diesmal bin ich ihnen eine Nasenlänge voraus.«

»Sie verstehen nicht. Erkennen Sie denn nicht, wie sehr diese Geschichte an Ihre eigene erinnert? Von einem bestimmten Punkt der Nachforschungen an ist jeder Hinweis, den Elias entdeckt hat, absichtlich auf seinen Weg gelegt worden. Wie Sie ist er dem Tod entgangen, wie Sie hat er den Weg des Bösen zurückverfolgt, aber am Ende haben sie ihn gekriegt. Bald wird es Sie treffen.«

Nathan ignorierte Woods' Schlussfolgerung und fragte: »Ist das alles, was Sie über das Manuskript sagen können?«

»Nein, ich habe etwas noch viel Erschreckenderes gefunden. Und darüber wollte ich eigentlich mit Ihnen sprechen.«

»Was?«

»Als ich es unter einer Digitalkamera analysierte, die die verschiedenen Farbspektren erkennt, habe ich eine unsichtbare Schrift entdeckt, ein Palimpsest, eine neue Passage in Form eines mystischen Dialogs, der sich unter dem Text der letzten Seiten verbarg. Etwas absolut Verrücktes... Hören Sie.«

Nathan hörte das Rascheln von Seiten, die umgeblättert wurden, und dann erneut Woods' Stimme:

»›Wer bist du, o Verdammter! Ich habe auf meinem Weg niemals jemanden gesehen, der merkwürdiger aussah als du, strahlender, kommst du aus der Welt der Dschinns, der Menschen oder der Toten?‹

›Ich bin der Diener meines Herrn, der mir Macht über die Afrit gegeben hat.‹

›Was ist das für eine Macht?‹

›Die, über Leben und Tod der Feinde des Allerhöchsten Gottes zu entscheiden.‹

›Hast du mich den Lebenden entrissen, du, der du die Erde mit deinen Zähnen unterwühlst, der du im Schoß der Welt lebst? Du, der du den schlafenden Seelen den Tod gibst, indem du ihre Zunge in dich aufnimmst?‹

›O Sohn Adams, ich habe von Gott diese Macht!‹

›Wo ist dein Schutz?‹

›Auf dem Qalfatîr, der den Namen von Jesus, Sohn des Allerhöchsten Gottes, trägt, durch meine Eigenschaft und durch meinen Namen.‹

›Wie lautet dein Name?‹

›O Sohn Adams! Ich habe vierundzwanzig Namen, für dich bin ich Gafhaïl.‹

›Warum kommst du zu mir, während ich doch sterbe?‹

›Fürchte nichts mehr, ich werde dich nicht noch mehr quälen, ich bin gekommen, um dich zu befreien, trink diesen Becher.‹

›Was willst du von mir?‹

›Durch die Wahrheit Gottes, der das Mysterium und das Geheimnis kennt, habe ich dich erwählt, ich werde in dein Fleisch schlüpfen, Sohn Adams, ich werde deine Seele sein, du wirst mein Gesicht sein, du wirst der Arm sein, der das Schwert hält. Du wirst aus deiner Asche wiedergeboren werden, wir werden eins sein, und gemeinsam werden wir durch die Finsternis schreiten...‹«

»Das ist völlig verrückt... Das ist, als kehrte er ins Leben zurück«, sagte Nathan leise.

»Ja, als schlüpfte jemand, ein höherer Geist, in seinen Körper...«

»Gafhaïl...«

»Das ist vermutlich der koptische Name für den Erzengel Gabriel...«

»Das deckt sich mit der Legende von Darwisch. Elias ist einer der Ihren geworden... Er ist ein Engel geworden...«

»Was bedeuten würde, dass dieses Manuskript ihnen gehört.«

»Vermutlich, aber all das ist vor drei Jahrhunderten geschehen. Wir verschwenden unsere Zeit, ich muss wissen, wo sich die Mörder verstecken, dieser Text wird uns nicht mehr weiterhelfen.«

»Sie irren sich, Nathan.«

»Was meinen Sie damit?«

»Ich habe genauso reagiert wie Sie, aber als ich nachdachte, begriff ich, dass er uns möglicherweise nicht all seine Geheimnisse preisgegeben hat.«

»All seine Geheimnisse?«

»Wir haben der Schrift vertraut, während weitere Antworten sich anderswo verbergen, auf dem Objekt selbst.«

»Ich verstehe nicht, das müssen Sie mir erklären!«

»Ich habe eine Reihe von Proben von dem Velin genommen und sie anschließend unter dem Mikroskop analysiert. Ich habe eine Menge interessanter Dinge gefunden, Salzkristalle, Staub, Schimmel... Und bei meinen weiteren Untersuchungen bin ich auf eine große Anzahl von Blütenstaubpartikeln gestoßen, eines sehr seltenen Blütenstaubs.«

»Was für einen?«

»Die Adenium. Eine Blume... eine Wüstenblume. Damit dieser Blütenstaub auf das Manuskript gelangen konnte, muss es sich in einer Region befunden haben, wo diese Blume wächst.

Die meisten Partikel waren vollkommen ausgetrocknet und rissig, was bedeutet, dass sie sehr alt sind. Andere dagegen waren frisch, als wären sie erst vor kurzem auf das Manuskript gelangt.«

»Und das bedeutet?«

»Dass das Manuskript sich sehr lange am selben Ort befunden hat, Jahrhunderte vielleicht, und dass es erst kürzlich von dort fortgebracht worden ist.«

»Wo?«, fragte Nathan begierig.

»Theoretisch wächst die Adenium von Saudi-Arabien bis Südafrika, aber hier haben wir es mit einer ganz bestimmten Unterart zu tun, der *Adenium caillaudis*, die nur in einer ganz bestimmten Region der Erde wächst... Sie ist heimisch an den Ufern des Nils, im Süden der nubischen Wüste.«

»In Nubien...«

»Ja, diese Zone erstreckt sich ganz genau im Norden von Khartum, im Sudan... Hallo? Hallo, Nathan? Sind Sie noch dran...?«

50

Eine schwarze, gerade Straße, gesäumt von der Wüste, die bunten Schleier der Frauen, die in der Nacht zitterten, das Rauschen eines Radios, aus dem orientalische Klänge drangen... Nathan saß in dem Bus, der gen Süden brauste, der verbrannten Erde des ehemaligen Nubien entgegen.

Während der Tag sich über der Stadt neigte und die kraftvollen Gesänge der Muezzins sich einstimmig in den goldenen Sonnenuntergang erhoben, hatte Nathan seine Reisetasche gepackt und sich auf den Weg zum Busbahnhof Sidi Gaber gemacht, wo er in den Bus gestiegen war, der über Kairo nach Assuan fuhr. Von dort aus würde er den Nassersee überqueren und den Hafen Wadi Halfa im Sudan erreichen können. Im Taxi hatte er ein letztes Mal den Wellen zugeschaut, die sich an der Uferpromenade brachen, und zugelassen, dass die Gischt sich mit den Fetzen seines toten Gedächtnisses vermischte. Er hatte keine präzise Vorstellung von dem Ort, an dem sich diejenigen versteckten, die er suchte, und doch hatten Woods' jüngste Enthüllungen ihm eine neue Sicherheit gegeben, und auf eine Art, die er sich nicht erklären konnte, wusste er, dass er sie dort, irgendwo im Herzen der Wüste, finden würde.

Mehr denn je musste er sich von seinem Instinkt leiten lassen, um die allerletzte Wahrheit zu entdecken.

Der Angestellte von Upper Egypt hatte versucht, ihm diese Reise, die mehr als fünfzehn Stunden dauern würde, auszureden, aber Nathan wusste, dass dies die einzige Möglichkeit war, unbemerkt ins Land zu kommen. Woods hatte ihn gewarnt, er selbst war davon überzeugt: Die Mörder warteten auf ihn. Der Flughafen von Khartum wäre der erste Ort, wo sie versuchen würden, ihn abzupassen. Und diesen Fehler durfte er nicht begehen.

Die Fahrt dauerte zwei Stunden. Zwei lange Stunden, Schulter an Schulter mit den anderen Passagieren, zwei Stunden, in denen Nathan sich bemühte, einen klaren Kopf zu bekommen. Und doch spürte er bereits, dass Erinnerungsblöcke die bewegte Oberfläche seines Bewusstseins durchstießen. Er musste sie kommen lassen, zulassen, dass die Verwandlung sich von selbst vollzog.

Er konzentrierte sich darauf, wie er weiter vorgehen wollte: Sein Visum würde er an der Grenze gegen Geld bekommen; anschließend würde er eine Kontaktperson brauchen, um ein Fahrzeug mieten zu können, mit dem er sich frei bewegen konnte. Und er brauchte eine Waffe, eine leichte, leistungsfähige, und Munition. Dann würde er noch weiter hinunterfahren, am Nil entlang, zur Grenze Schwarzafrikas. Er wusste, dass sein Gedächtnis den Rest besorgen würde, diesmal würde es ihn nicht verraten, es würde ihn zuverlässig zu ihnen führen.

Gegen halb neun kamen im abendlichen Dämmerlicht die Vororte von Kairo in Sicht. Der Bus fuhr in Richtung Stadtzentrum zum Busbahnhof Turgoman. Nachdem er ausgestiegen war, blieb ihm gerade genug Zeit, Mineralwasser und Lebensmittel zu kaufen, dann musste er schon in ein anderes, fast leeres Fahrzeug steigen, das bereits mit laufendem Motor auf ihn wartete. Sie brauchten fast eine Dreiviertelstunde, um aus dem Verkehr herauszukommen und endlich die Wüstenstraße nach Minieh, Assiut, Al-Balyana, Queneh zu erreichen... Erschöpft und schweißgebadet lehnte Nathan sich an die schmutzige Fensterscheibe des Busses und sank in einen traumlosen Schlaf.

Als die Sonne weiß und riesig erneut die Erde glutrot färbte, hatten sie den Norden von Luxor erreicht.

Nathan fuhr sich mit den Händen über sein verschlafenes Gesicht.

Die Gerüche waren stärker geworden, und es herrschte drückende Hitze. Fellachen, arme Bauern, gingen, in ihren Wollmantel gehüllt, die Hacke in der Hand, durch den Staub zu den grünen Zungen, die sich am Nil entlangzogen. Die Gesichter hatten sich verändert, und Nathan erkannte in diesen verbrannten Gesichtern die Vorboten eines außergewöhnlichen, alten Afrika, das sich sehr von dem unterschied, das er im Kongo kennen gelernt hatte.

Kurz vor sechzehn Uhr erreichten sie Assuan. Nathan holte seine Reisetasche aus dem Kofferraum des Busses und nahm ein Taxi, das ihn im Hafengebiet absetzte, siebzehn Kilometer weiter südlich, hinter dem großen Saad-al-Ali-Staudamm. Er bezahlte die Fahrt und tauchte in die heiße, trockene Luft ein, die ihn fast erstickte. Die Reisetasche über der Schulter, ging er auf das Hauptgebäude zu, einen riesigen Hangar, in dem sich die Schalter der Schifffahrtsgesellschaften befanden.

Oben mit Stacheldraht versehene Gitter markierten die Freizone. Auf der anderen Seite waren Kähne zu erkennen, verrostete Frachter, die reglos auf dem glühend heißen Wasser des Nassersees schaukelten. Es herrschte eine rege Betriebsamkeit: Tee- und Brotverkäufer, Lkw-Fahrer. An den Kais waren Dutzende von Hafenarbeitern damit beschäftigt, Waren aller Art zu laden oder zu entladen, und überall kontrollierten Soldaten in sandfarbenen Kampfanzügen das Kommen und Gehen der Menschen.

Nathan fand sofort den Schalter der Nile Valley Navigation, die der Taxifahrer ihm genannt hatte. Eine Anzeigetafel wies darauf hin, dass ein Schiff seinen Zielort anlaufen würde, ohne allerdings Zeit und Tag anzugeben. Aus dem Stimmengewirr drang ein Ruf an sein Ohr.

»YOU GO ABU-SIMBEL? RAMSES TEMPLE?«

Er drehte sich um und erblickte einen schmalen, hoch gewachsenen Riesen mit kupferfarbener Haut, der eine Dschellaba trug, die rot von Staub war. Er kam auf ihn zu, einen dicken Abreißblock in der Hand.

Nathan antwortete auf Englisch: »*No*, Wadi Halfa.«

»Okay, Wadi morgen vierzehn Uhr. Pass, Impfbescheinigung.«

Nathan reichte ihm die Dokumente. Der Mann blätterte sie mechanisch durch und notierte sich die Informationen, die er für die Ausstellung der Fahrkarte benötigte. Seine Reaktion kam prompt.

»Wo ist das Visum?«

»Ich wollte es mir vor Ort besorgen.«

»Unmöglich, es führt kein Weg an der sudanesischen Botschaft vorbei. Kein Visum, keine Fahrkarte!«

»Gibt es hier in Assuan ein Konsulat?«

»Seit zwei Jahren geschlossen, man muss nach Kairo.«

»Nach Kairo! Da komm ich gerade her!«

»Das ist dein Problem!«

Der Riese zerriss die Fahrkarte, gab ihm seine Papiere zurück und hielt nach anderen Kunden Ausschau.

Der Ärger begann.

Nathan musste einen Weg finden, die Grenze zu passieren, und das so schnell wie möglich. Es schickte sich schon an, andere Verkäufer zu suchen, als er das zerknitterte Stück Papier bemerkte, das aus seinem Pass ragte.

Unauffällig zog er es aus dem granatfarbenen Pass und betrachtete es genauer. Der Riese hatte ihm eine kurze Nachricht geschrieben:

Zu viele Soldaten.
Sei in einer Stunde vor dem Bahnhof.
Es gibt für jedes Problem eine Lösung. Inschallah.

Um siebzehn Uhr dreißig war Nathan am Bahnhof. Der Riese erwartete ihn schon. Er nahm ihn am Arm und zog ihn in einen großen Landrover.

»Entschuldige das Theater, ich konnte nicht anders handeln. Die Armee überwacht uns, sie haben es auf die Islamisten abgesehen.«

»Mach dir keine Sorgen.«

»Ich heiße Hischam. Du bist Nathan?«

»Ja.«

»Du bist kein Tourist!«

»Nein.«

»Bist du Soldat?«

»Auch nicht. Hast du mir etwas vorzuschlagen?«

»Ja, in der Tat, es gibt mehrere Möglichkeiten. Entweder bring ich dich mit dem Wagen durch die Wüste, das geht schnell, ist aber riskant. Ansonsten können wir über den See fahren, das dauert vierundzwanzig Stunden, ist aber viel sicherer.«

»Und wenn ich drüben bin, werde ich dann keine Probleme haben, mich ohne Visum zu bewegen?«

»Du wirst eins bekommen. Ich bin Sudaner, ich werde mich um die Formalitäten kümmern.«

»Wie viel?«

»Vierhundert Dollar.«

»Und wie läuft das Geschäft ab?«

»Die Hälfte gleich, die andere, wenn wir ankommen.«

»Kommt nicht in Frage. Ich bezahle, wenn ich meinen Pass abgestempelt wiederhabe.«

»Tut mir leid, Bruder, aber das ist unmöglich.«

»Ich bin nicht dein Bruder. Wir haben unsere Zeit verschwendet. Auf Wiedersehen.«

Nathan öffnete die Tür des Landrovers.

»Okay, okay, mein Freund, du bezahlst, wenn wir ankommen!«, sagte Hischam mit breitem Lächeln.

»Wer garantiert mir, dass du nicht versuchen wirst, mich übers Ohr zu hauen?«

»Weißt du, was ein Sudaner im Monat verdient? Wir haben Ehrgefühl. Hast du dein ganzes Gepäck bei dir?«

»Ja.«

»Was hast du dort unten vor, Bruder?«

»An deiner Stelle«, sagte Nathan, »würde ich solche Fragen vermeiden.«

»Okay, du bist der Chef. Fahren wir!«

Hischam ließ den Motor an, und sie fuhren langsam auf die Piste, die am See entlangführte. Als die Nacht hereingebrochen war, bogen sie in die Wüste ab, um die Polizeisperren zu umgehen, und nahmen dann die Straße nach Abu Simbel.

Zwei Stunden später verließ der Hüne plötzlich die Piste und fuhr zu einem Fischerdorf am Ufer des Sees. Er ließ den Wagen am Eingang des Weilers stehen, und sie gingen zu Fuß die letzten Meter, die sie vom Ufer trennten. Eine blauweiße

Feluke, deren großes Segel schlaff am Mast hing, wartete am äußersten Ende einer Sandbank in der Nacht auf sie. Hischam zog die Schuhe aus, sprang an Bord und forderte Nathan auf, sich zwischen die Netze zu setzen, die nach getrocknetem Fisch rochen.

Behände machte er die Leinen los und schob das Boot mit der nackten Fußsohle vom Ufer weg. Das Segel knatterte in der leichten Brise und blähte sich. Geräuschlos entfernten sie sich über die schwarzen Wasser des Sees.

Schon bald konnte Nathan die geisterhaften Umrisse anderer Feluken erkennen, die über die Wellen glitten, und ihre kleinen Wärmepfannen, die im letzten Schatten rötlich glühten.

In diesem Augenblick dachte er an den Nil, der mehrere tausend Kilometer weiter südlich entsprang, in den schweren Wolken des Äquators mit ihren Millionen Regentropfen, die über die Erde Afrikas rannen, um sich mit den Tränen und dem Blut der Menschen zu vermischen. Er dachte an diesen gewaltigen Fluss, dessen Lauf er so lange hinauffahren würde, bis er die Wurzeln des Bösen ausgerissen haben würde.

51

Sie erreichten die sudanesische Küste am folgenden Abend gegen neun Uhr. Sie waren eine Nacht und einen Tag gesegelt, angetrieben von einer lauen Brise, die von den Vorgebirgen des Sees wehte. Das Auge unverwandt auf den Horizont gerichtet aus Angst vor den Militärpatrouillen, hatte Hischam eine Mahlzeit aus Reis und getrockneter Fischbrut zubereitet, die sie im Schatten des großen, verschlissenen Segels verschlungen hatten.

Später hatte Nathan, als er die Küste vor sich hatte auftauchen sehen, angenommen, dass sie an Land gehen würden, um auf der Straße an ihr Ziel zu gelangen, aber die Feluke hatte ihren Weg nach Süden fortgesetzt.

Zuerst ebenso weit und blau wie ein Ozean, dessen Küste man nicht sieht, hatte der See sich nach und nach verengt, während es immer dämmriger geworden war, und jetzt kamen sie in das schlammige und stehende Wasser des Nils. Der Wind ließ nach, so dass das Boot auf der Wasseroberfläche festzukleben schien. Nathan sah Hischam an, der, während er auf das grüne Laub des Ufers zusteuerte, auf irgendetwas in der Dunkelheit deutete. Nathan folgte seiner Hand mit dem Blick, konnte aber zunächst nur ein paar schwankende Lichter erkennen; dann tauchten zwanzig Meter oberhalb des Flusses die Umrisse einer gewaltigen Festung mit ockerfarbenen Erdwällen auf.

Hischam ließ seine Feluke auf das Ufer auflaufen, das von großen Bäumen gesäumt wurde. Er sprang von Bord und zog den Steven auf den Sand. Nathan nahm seine Reisetasche und ging ebenfalls an Land.

»Hier bin ich zu Hause«, sagte Hischam. »Du wirst hier bleiben, bis deine Papiere in Ordnung sind. Du wirst dich waschen, essen und schlafen können.«

»Wann werde ich mein Visum haben?«

»Heute Abend. Ich habe unser Kommen angekündigt, ein Offizier der Einwanderungsbehörde ist aus Wadi zum Fest hergekommen, er wird sich um deinen Pass kümmern.«

»Zum Fest?«

»Wir feiern eine große Hochzeit. Folge mir!«

Während sie zur Umfriedungsmauer hinaufstiegen, hörten sie, wie das rhythmische Geräusch der Musik immer lauter wurde. Das Dorf war in ausgelassener Stimmung. Männer hatten sich vor dem großen Tor versammelt, und Nathan konnte das dumpfe Schlagen der Trommeln, die Pfiffe der Schilfflöten und die heiseren Schreie der Sänger hören. Über ihm erstreckte sich, unendlich weit und sternenübersät, der Nachthimmel, und das kalte Licht des Mondes mischte sich in die bernsteinfarbene Helligkeit der Öllampen, die entlang der Mauer aufgestellt waren.

Als sie in das Dorf kamen, empfingen die Männer Hischam mit herzlichen Umarmungen. Er begrüßte sie seinerseits und zog Nathan dann in ein Gewirr von Gässchen mit gestampftem Boden. Frauen mit schwarzer, bläulich schimmernder Haut lagen auf Matten, tranken Tee und massierten sich, während sie silberhell lachten. Sie behandelten ihn, als wäre er einer von ihnen.

Hischam öffnete ein Fach, in dem sie ihre Sachen verstauten, dann kehrten sie zu dem ausgelassenen Treiben zurück.

»Hast du keine Angst, bestohlen zu werden?«

»Nein, hier gilt die Scharia: Wenn du eine Frucht stiehlst, hackt man dir die Hand ab.«

»Ganz schön radikal!«

»Aber wirksam!«

Während sie tiefer in das Dorf hineingingen, schienen die Trommeln lauter zu werden, sie schlugen jetzt im Einklang wie ein Herz. Das Stimmengewirr nahm ebenfalls zu und ließ die dünnen Wände der Häuser erzittern. Sie kamen auf einen großen, runden Platz, auf dem eine bunte und bewegte Menge im Schein der Flammen sichtbar wurde. Dort setzten sie sich unter eine Laube aus geflochtenen Palmzweigen, wo würdevoll die alten Männer saßen. Nathan tat es seinem Begleiter nach und grüßte sie einen nach dem anderen ehrfurchtsvoll. Junge Frauen brachten dampfende Schälchen, dünne Hirsefladen, Krüge mit Honigmilch oder frischem Wasser mit Hibiskusblüten. Sie aßen von den Speisen, während Hischam sich einen Augenblick mit den Männern unterhielt; dann stand er auf und sagte zu Nathan: »Ich werde mich um unsere Angelegenheiten kümmern. Brauchst du noch irgendetwas?«

»Eine Waffe.«

Sein Führer schien diese neue Forderung nicht im Geringsten zu überraschen.

»Was für eine? Kalaschnikow?«

»Nein, eine Pistole, etwas Zuverlässiges, Präzises: Glock, Walther, Sig Sauer...«

»Ich kann dir nicht garantieren, dass ich so anspruchsvolle Waffen finde... Ist das alles?«

»Bring mir auch einen Fahrradschlauch mit...«

»Ich werde sehen, was ich tun kann. Rühr dich auf keinen Fall von der Stelle.«

Er verschwand. Einen Augenblick später begann die Zeremonie.

Stille trat ein, dann teilte sich die Versammlung und bildete einen weiten, leeren Kreis. Zwei junge Männer, die Bräutigame, erschienen, stolz, in weißen Tuniken, ein tiefrotes Band um die Stirn, auf das ein goldgelbes Amulett genäht war. Auf der anderen Seite saßen die Bräute auf Thronen aus geschnitztem Holz.

Die Musik setzte wieder ein.

Die Männer begannen, um den Kreis herumzugehen. Die Trommler schlugen ihre Instrumente aus Leder und Holz, zuerst langsam, dann, während die Männer ihren Schritt beschleunigten, immer schneller. Sie schrien auf die Dorfbewohner ein, die in wilder Erregung einen Korb die Runde machen ließen, in den jeder Geld legte. Dann schloss sich die Menge dem Tanz an, während der Rhythmus immer schneller wurde.

Berauscht vom Dröhnen der Trommeln, schlugen die Männer schon bald den harten Boden mit ihren nackten Füßen, während ihnen gegenüber die Frauen, den Kopf zurückgeworfen, die Augen verdreht und ganz leicht am ganzen Körper zitternd, ihre Handflächen der Nacht entgegenstreckten, als wollten sie die heftigen Rhythmen, die durch ihre Körper gingen, durch sie aus sich herauslassen. Manchmal ließ eine von ihnen einen flötengleichen Schrei ertönen, das Verblüffendste jedoch war das heisere Keuchen, das aus ihren Kehlen kam, wie ein nicht abreißender seelischer Schmerz, ein machtvoller Klagegesang, der zum Himmel emporstieg. Gesicht und Glieder bedeckt von flüssigen, schimmernden Perlen, schienen die Musiker nach und nach diese Welt zu verlassen. Wie in Trance sprangen sie auf der Stelle, wobei sie ihre Beine hoch in die Luft hoben, und landeten dann wie verletzte Vögel wieder auf dem Boden, wobei sie Staubspiralen aufwirbelten, die sich um die Tanzenden wickelten.

Die Luft schien jetzt von dem Keuchen widerzuhallen, das immer lauter wurde. Von dem Schauspiel in Bann geschlagen, ließ Nathan sich treiben, hinauf zum Himmel und zum Wind. Die Männer um ihn herum, die ganze Umgebung verschwammen und wichen einem Abgrund aus Dunst und Sand. Der Atem der Tänzer verteilte sich in ihm und verstärkte nach und nach das Bewusstsein seiner eigenen Existenz. Seine Seele wurde fiebrig... Sein Traum... Die Bilder seines Traums kehrten jetzt deutlicher zurück, vermischt mit Empfindungen, Angstanfällen... Er schloss die Lider...

Ein flammend roter Berg gleitet unter den Mond... Er reckt sich steil dem bestirnten Gewölbe entgegen, auf seiner Spitze erhebt sich eine Felsspitze, die oben mit Gold überzogen ist... Pyramiden... kleine... ockerfarbene... kantige... Eine Stimme aus der Finsternis ruft ihn bei seinem Namen... Nathan... Nathan... Der Wind wird heftiger, wirbelt den Staub auf... Ein unterirdischer Gang, helle, keimfreie Wände, Schreie, die sich in der Nacht verlieren. Nathan... Nathan... Ein stechender Schmerz presst seinen Schädel, seine Lungen zusammen, er erstickt...

»Nathan! Nathan!«

Die Stimme rief ihn, Hände schüttelten seine Schultern, Hischam... es war Hischam, er war zurückgekommen. Nathan öffnete die Augen. Die Alten blickten ihn verblüfft an.

»Nathan, was ist los? Fühlst du dich gut?«
»Ja... ich weiß jetzt, ich weiß jetzt, was ich suche...«
Trotz seiner lauten Stimme sprach er eher zu sich selbst.
»Was? Was suchst du?«
Nathan richtete sich auf, steckte seinen Finger in den Staub und zeichnete ein paar Linien, wobei er versuchte, die Umrisse des Bergs und die kleinen Pyramiden, die ihm erschienen waren, genau wiederzugeben...
»Kennst du diesen Ort?«
»Das erinnert an...«
»DSCHEBEL BARKAL! DSCHEBEL BARKAL!«, unterbrach ihn einer der Greise und pustete die Linien fort, die Nathan gezeichnet hatte. Dann setzte er zu einer strengen Schimpftirade in nubischem Dialekt an und gestikulierte vor ihm mit seinen langen Händen, die wie vertrocknete Wurzeln aussahen.
»Wo ist das... Was sagt er?«, fragte Nathan.
»Das ist die Nekropole von Napata, in der Nähe von Karima. Er sagt, dass man dort nicht hingehen darf, dass das ein unheilvoller Ort ist...«
»Warum?«
»Ich glaube, dass er darüber nicht sprechen will...«
»Bitte ihn darum!«
Hischam tat, wie ihm geheißen. Der alte Mann verzog sein Gesicht und nahm sein weißes Käppchen ab, aber dann stürzte er sich in eine neuerliche Erklärung, die noch heftiger als die erste ausfiel. Nathan konzentrierte sich auf das schwarze, grob geschnittene, von Falten und dünnen, geschwollenen Adern durchzogene Gesicht.

Hischam übersetzte simultan: »Ein Fluch liegt auf ihm. Wegen der Geister der schwarzen Pharaonen und des Gottes Amun, die noch immer im Bauch des Bergs spuken.«
»Die schwarzen Pharaonen?«
»Er sagt, es ist Schluss, er wird nichts mehr sagen.«
»HISCHAM, VERDAMMT!« Nathan wurde sich bewusst, dass

er laut geworden war und die anderen auf sich aufmerksam gemacht hatte. Er neigte den Kopf als Zeichen des Respekts, und fuhr dann leise fort: »Ich MUSS es wissen.«

»Du darfst nicht so sprechen, dieser Mann ist ein großer Weiser, ohne seine Zustimmung darfst du nicht bleiben...«

Aber noch bevor er seinen Satz beendet hatte, hatte die gutturale und abgehackte Stimme des Alten ihren Monolog wiederaufgenommen, ruhiger diesmal.

»Diese Pyramiden«, übersetzte Hischam, »sind die Gräber der kuschitischen Könige, der schwarzen Pharaonen. Sie werden so genannt, weil sie Afrikaner und ihre Gesichter ›verbrannt‹ waren. Auf Griechisch bedeutet ›Äthiopier‹ ›der mit dem verbrannten Gesicht‹. Die Ruinen ihres Reichs erstrecken sich längs des Nils zwischen El-Kurru und Meroë. Dort finden sich die Spuren einer erstaunlichen Welt, die sich gleichzeitig mit derjenigen der Pharaonen in Ägypten entwickelt hat. Zwei Reiche, die sich ähnelten und unterschieden. Wie die Herrscher des Nordens beteten sie zu dem Gott Amun, aber auch zu ihrem eigenen schrecklichen Löwengott Apedemek.

Den Königen Ägyptens waren diese Männer ein Dorn im Auge, sie fürchteten, dass diese noch junge Kultur irgendwann zu einer Bedrohung werden könnte. Daher setzte der Pharao Thutmosis vor sehr, sehr langer Zeit, lange vor der Geburt Christi, eine beispiellose Welle der Repressionen gegen sie in Gang. Er sagt, dass von diesem Zeitpunkt an der Dschebel Barkal, der ›reine Berg‹, zu einem heiligen Ort geworden ist.«

Nathan blickte dem alten Mann tief in die Augen und forderte ihn damit auf fortzufahren.

Der Weise sprach weiter, sofort übersetzt von Hischam: »Die Ägypter haben dort eine Kolonie errichtet. Sie haben prächtige Monumente gebaut, eine Stadt, durch die die wertvollsten Waren aus Schwarzafrika gingen: Gold, Juwelen, die Pelze der großen Raubkatzen... Aber wenn der Berg auch strahlte, in seinem Schatten gärte bereits der Aufstand.

Fast vier Jahrhunderte später griffen die Kuschiten, ermutigt durch die Schwäche der Dynastie der Ramessiden, zu den Waffen, gewannen die Unabhängigkeit und wurden mit der Zeit so mächtig, dass sie beschlossen, nach Norden zu marschieren und in Ägypten einzufallen. Das war der Beginn der Pije-Dynastie; danach kamen Schabako und weitere Nachfolger bis hin zu Taharka. Die schwarzen Pharaonen, barbarische und gewalttätige Herrscher, waren die unumschränkten Herren ihres Reichs, das sich vom Mittelmeer bis zum 4. Katarakt erstreckte, und auch wenn sie in Ägypten lebten, vergaßen sie niemals ihre Wurzeln und kehrten zum Sterben in ihr Land zurück. Damals bauten sie ihre ersten Pyramiden und knüpften damit an die Tradition des alten Ägypten an.«

»Aber warum war dieser Berg heilig?«

Der Weise deutete mit dem Finger auf Nathans halb ausgelöschte Zeichnung.

»Siehst du die Felsnadel, die du hier angedeutet hast?«, murmelte Hischam. »Die hiesige Legende erzählt, dass die Pharaonen sich in die Lüfte erhoben, um sie mit Gold zu schmücken und ihre Namen darin einzugravieren... Wenn man diese Spitze im Profil betrachtet, erinnert sie an die Königsstatue, die die weiße Krone, die große Krone Oberägyptens, trägt. Wegen dieses Phänomens glaubten die Pharaonen, dass der Dschebel Barkal in seinem Innern den Gott Amun beherbergte. Deswegen hatten die Könige von Napata im Unterschied zu den ägyptischen Pharaonen, die eine Krone mit nur einer Schlange, der Kobra, trugen, zwei Schlangen auf ihrer Kopfbedeckung. Aufgrund der Tatsache, dass dieser Berg sich auf ihrem Gebiet befand, hielten sie sich für auserwählt und präsentierten ihre Herrschaft dem Volk von Ägypten als eine Rückkehr zu der ursprünglichen Form des Pharaonentums und spielten sich als die direkten Thronerben der alten großen Herrscher auf. Sie wurden ägyptischer als die Ägypter selbst.«

Nathan staunte über das Wissen des alten Mannes.

»Woher weiß er das alles?«

»Er ist ein ehemaliger Grabräuber. Er hat alle Nekropolen von El-Kurru bis Meroë erforscht. Um die Grabkammern zu finden, von denen die meisten unter dem Sand verschwunden sind, musste er die Geschichte dieser Menschen studieren. Er hat unser Dorf über viele Jahre ernährt...«

Nathan musste unwillkürlich an die Verbindungen denken, die zwischen den Kopten und den Pharaonen bestanden, an seine eigene Reise, die ihn in der Zeit zurückführte, und an seinen Weg, der zu den Quellen des Nils führte. Die Geschichte, die er soeben gehört hatte, versetzte ihn in eine andere Legende zurück, die des Blutkreises, die der alte Priester in Alexandria ihm erzählt hatte. Diese beiden Erzählungen wiesen Ähnlichkeiten auf, die er nicht ignorieren konnte: die Art und Weise, wie Antonius aus Caesarea und seine Kriegermönche in die Wüste gegangen waren; die Art und Weise, wie dieser Mann selbst eine Rückkehr zu den Wurzeln seiner eigenen Religion vollzogen hatte, indem er die Geschichte Christi neu schrieb, um sie zu seiner zu machen, dieses tiefe Verlangen nach Macht, nach Vereinigung mit dem göttlichen Wesen...

Neue Fragen stellten sich ihm.

»Frag ihn, was passiert ist, warum behauptet er, dass dieser Ort verflucht ist?«

Hischam wandte sich dem Greis zu und übersetzte ihm Nathans Frage.

»Er sagt, dass die Grabstätten vor Schätzen überquellen, aber dass die Grabräuber, die in sie eingedrungen sind, nicht zurückgekehrt sind. Er sagt, dass er nur deswegen noch am Leben ist, weil er nie dort gewesen ist.«

Nathan erschauerte. Schon wieder gab es Gemeinsamkeiten. Diesmal nicht mit den Kopten, sondern mit den Dämonen des Camps in Katalé.

»Was weiß er sonst noch über diesen Fluch?«

Mit klopfendem Herzen beobachtete Nathan, wie Hischam und der Weise ein paar Sätze wechselten.

»Nichts«, sagte Hischam, »das ist alles, was er weiß.«

»Ist er sicher, dass er niemals dort gewesen ist, dass er nichts gesehen hat?«

»Ja, Nathan, selbst die Einwohner von Karima wagen sich dort nicht hin, nur die Mönche dürfen sich den Pyramiden nähern...«

Hischams letzter Satz traf ihn wie ein Peitschenhieb.

»Was für Mönche? Wovon spricht er?«

»Er spricht von den Kopten des schwarzen Klosters, der einzigen Gemeinschaft im Sudan. Sie leben am Fuß des reinen Bergs... des Dschebel Barkal.«

52

Ein neuer Fluch, die pharaonischen Wurzeln, ein Kloster, verloren in den Ausläufern der Wüste.

Alles passte zusammen.

Die Mönche, die der Weise erwähnt hatte, konnten nur die sein, hinter denen er her war.

Die Engel der Wüste, des Windes, des Lichts und der Nacht.

Die Hüter des Blutkreises.

Eine solche geographische Lage bot ihnen ein ideales Versteck – niemand würde vermuten, dass dieses verlorene Kloster der Ort war, an dem eine echte Apokalypse geplant wurde – und zugleich eine direkte Brücke nach Schwarzafrika, wo sie ungestraft ihre Scheinviren testen konnten. Es war kein Zweifel möglich: Diese Todesengel waren für das Verschwinden der Grabräuber verantwortlich. Während des ganzen Albtraums, der schon viele Jahrhunderte währte, hatten die Mörder eine Atmosphäre der Beunruhigung, versetzt mit Elementen des Übernatürlichen, geschürt und taten es weiterhin.

Endlich hatte Nathan sie, er spürte es.

»Das Kloster... ist es weit von hier?«, fragte er Hischam.

»Sieben, acht Stunden Fahrt durch die Wüste, vielleicht mehr, wenn wir stecken bleiben...«

Es war keine Zeit mehr zu verlieren. Nathan legte Hischam die Hand auf die Schulter und flüsterte ihm zu: »Du musst mich dorthin führen.«

»Wann willst du los?«

»Heute Nacht!«

Sie dankten dem Weisen und verschwanden unauffällig, um so schnell wie möglich ihre Expedition vorzubereiten. Sie trieben zuerst einen fahrtüchtigen Landrover auf, kauften Benzinkanister und Feldflaschen mit Trinkwasser und kehrten dann zu dem Unterstand aus Zweigen und Schlamm zurück, in dem sie ihre Sachen zurückgelassen hatten.

Zwei Öllampen erhellten den Raum mit seinem Boden aus gestampfter Erde.

Sie saßen einander gegenüber auf einer Matte aus Fasern. Hischam reichte Nathan seinen Pass.

»Es ist alles geregelt, da drin ist dein Visum. Du kannst dich jetzt frei bewegen.«

Nathan steckte die Hand in seine Tasche und holte ein Bündel Dollarscheine heraus. Er zählte vier Hundert-Dollar-Scheine ab und reichte sie Hischam, der sie einsteckte, ohne eine Miene zu verziehen.

»Hast du den Rest?«, fragte Nathan.

Hischam griff in seine Schultertasche, holte drei Selbstladepistolen heraus, die sorgsam in Lumpen gewickelt waren, und packte sie eine nach der andern aus.

»Cz 85, Mauser M2, Jargjin: tschechisch, deutsch, russisch. Das ist alles, was ich auftreiben konnte. Ich habe einen Schalldämpfer und zwei zusätzliche Magazine für die Mauser, falls es dich interessiert.«

Nathan prüfte sorgfältig jede der Waffen, nahm sie rasch auseinander und prüfte die Teile: Verschluss, Abzug, Lauf, Mechanismus... Die Mauser war eine sehr wirksame Waffe, es handelte sich um die Grundversion, aber sie schien in besserem Zustand, und ihr Kaliber erlaubte, einen Büffel jäh zu stoppen, der auf einen zugerannt kam. Der Schalldämpfer, die beiden Magazine und die Munition überzeugten ihn vollends.

»Wie viel?«

»Sechshundert.«

»Ich nehme sie für fünf.«

»Sie gehört dir.«

Nathan zählte weitere fünf Hundert-Dollar-Scheine ab und reichte sie Hischam.

»Wie viel für den Wagen und deine Dienste bis Karima?«

»Nichts. Ich hab dir schon genug Geld abgeknöpft«, sagte der Hüne lächelnd.

Nathan erwiderte sein Lächeln.

Er steckte die Patronen eine nach der anderen in die Magazine der Mauser und wickelte die Waffe in den Lumpen.

»Ich brauche auch eine Tunika wie deine, einen Schal und eine Schultertasche. Ich muss unauffällig sein.«

»Nimm doch einfach meine Sachen, sie müssten dir passen. Und vergiss deinen Luftschlauch nicht.«

»Danke. Du findest eine Jeans und T-Shirts in meiner Reisetasche, sie gehören dir.« Nathan erhob sich und blickte auf seine Uhr. »Es ist zwei Uhr morgens. Wir brechen in drei Stunden auf. Ich rate dir, bis dahin ein bisschen zu schlafen.«

»Ich weiß, dass du keine Fragen magst«, sagte der Sudaner und verstaute das Geld sorgfältig in den Falten seiner Dschellaba, »aber was hast du dort vor?«

»Das ist eine lange Geschichte. Du hast mir sehr geholfen, und ich danke dir dafür, aber wenn du einen Rat willst, halte dich da raus. Sobald wir da sind, sobald du mich am Dschebel Barkal abgesetzt hast, fahr so schnell wie möglich nach Assuan zurück, und kein Wort über diese Angelegenheit. Zu niemandem.«

»Ich verstehe«, war Hischams ganze Antwort.

Sie wachten kurz vor Sonnenaufgang auf. Nathan zog Hischams Kleider über, und Hischam zog die von Nathan an. Sie blickten sich einen Augenblick an und mussten unwillkürlich lachen. Nathan packte seine neue Tasche, verstaute seine Waffe und seine übrigen Sachen, Fernglas, Fotoapparat und Dolch, darin. Dann schob er sich den Lederriemen um den Brustkorb und stand auf.

Als sie in die Kühle des Morgens hinaustraten, kamen die Gassen ihnen nach der ausgelassenen Stimmung vom Abend merkwürdig ruhig vor. Der Schlaf hatte sich auf das befestigte Dorf gesenkt. Nur ein paar Frauen kauerten vor den Flammen ihrer Reisigfeuer und erwärmten Kannen mit gezuckertem Tee, die Düfte von Kardamon und Ingwer verströmten, die sich mit dem beißenden Geruch des grauen Rauchs vermischten. Sie tranken jeder ein Glas des süßen, fast likörartigen Getränks. Dann luden sie ihre Sachen in den Wagen und verließen den Schatten der Dattelpalmen, die Sträucher und die zartgrünen Weiden, um zu der Piste zu fahren, die durch die Wüste führte. Nathan entdeckte schon bald eine Mondlandschaft, die ganz anders war als die, die er flüchtig gesehen hatte, als er sich Assuan genähert hatte. Die weiten Sandebenen hatten sich in eine endlose, rötlich ockerfarbene mineralische Fläche verwandelt, durchzogen von Dünen, die von Milliarden schwarzer Basaltsplitter und halb verdorrten Akazien übersät waren. Er saß stumm da, beunruhigt durch die zunehmende Gewissheit, dass die Landschaft immer stärker der seines Traums ähnelte, je weiter sie nach Süden kamen.

Als die Sonne senkrecht über der Wüste stand, fuhr Hischam langsamer, kontrollierte, dass sich von keiner Seite her jemand näherte, und hielt dann mitten im Nirgendwo an. Sie befanden sich zehn Kilometer oberhalb von Karima.

Die Zeit war gekommen, sich zu verabschieden.

Nathan zog es vor, den Rest der Reise allein zu machen, um nicht entdeckt zu werden. Er stieg aus, in die glühend heiße Luft. Wind war aufgekommen, und der Staub peitschte sein Gesicht. Mit einer Hand entrollte er seinen Schal, biss in das eine Ende, um es festzuhalten, und wickelte den Rest des hellen Stoffstreifens um seinen Kopf, wobei er nur die Augen frei ließ, die die Farbe des Sandes und des Felsens angenommen hatten. Als er sich anschickte zu gehen, streckte Hischam ihm eine zur Faust geschlossene Hand entgegen.

»Nimm!«

Nathan schob seine Hand unter die des Hünen, der etwas hineinlegte, was wie kleine, staubige Kiesel aussah.

»Was ist das?«

»Getrocknete Feigen, Bruder, sie werden dir die Kraft geben, deine Reise zu beenden.«

Nathan schloss die Hand über dem Geschenk, das ihn wie ein kostbarer Schatz begleiten würde.

Er winkte Hischam zum Abschied zu und ging dann in nördliche Richtung.

Während Nathan sich entfernte, spürte er, wie Hischam seinen Blick auf seinen Rücken heftete und auf die Spuren seiner Schritte, die der Wind sofort verwehte; dann verschwand der Führer wie eine Luftspiegelung.

Nathan ging immer geradeaus, unerschütterlich, ohne eine Piste zu suchen, nur den unsichtbaren Spuren vertrauend, die ihn zur Wahrheit, zu seiner Erlösung führen würden.

Der Schweiß rann über seine Stirn, seinen Rücken, seinen Oberkörper. Er dachte an nichts mehr, nur daran, mit den Elementen eins zu werden. Der Wind, der immer heftiger wurde, schien jetzt über ihn hinwegzugleiten, durch ihn hindurchzugehen, wie er durch einen Schatten gegangen wäre. Während er den vor Hitze flimmernden Horizont absuchte, hatte er bisweilen das Gefühl, Hütten aus Zweigen zu erkennen und Gestalten von Kindern mit zerzausten Haaren und Augen, glänzend wie Skarabäen, die hinter den Ziegenherden herumtollten, ohne zu wissen, ob sie wirklich existierten. Bald umfingen ihn Durst und Erschöpfung und ließen seine Lippen aufplatzen. Die Krallen der Baumgruppen zerrissen seine Kleider, zerkratzten seine Beine, aber das alles war nicht mehr wichtig.

Er begriff, dass das hier die wahre Wüste war, er begriff, warum die Engel sich hierher zurückgezogen hatten. Niemand konnte sie hier behelligen im Herzen dieses Nichts, das die Menschen abwies, das ihre Spuren verwischte und ihr Geheimnis, das Grauen ihrer Verbrechen verbarg.

Plötzlich tauchten die grünen Streifen, die Vegetation des Nils in einem Glitzern von Sand und Licht wieder auf. Der Fluss strömte majestätisch durch das Tal und öffnete auf seinem anderen Ufer einen unendlich weiten Raum, der sich bis zum Fuß des reinen Bergs erstreckte.

Alles war da. Genau wie in seinem Traum.

Die Nekropole Napata mit ihren kleinen ockerfarbenen, spitz zulaufenden, jahrtausendealten Pyramiden... Der Dschebel Barkal... flammender Leviathan, dessen Hänge der Wind geformt hatte, geradewegs dem Schoß der Wüste entsprungen.

Und in der Dunkelheit der Berghänge – das schwarze Kloster.

53

Eine Wüstenfestung – geplant und erbaut als Zufluchtsort, als echter Ort des Widerstands.

Nathan kauerte sich nieder und beobachtete die unmittelbare Umgebung des Klosters. Er war noch ziemlich weit entfernt, aber er konnte die Kuppel aus Kalkstein, die Kirche, die Ringmauern erkennen. Auch wenn er sich nicht erinnerte, schon einmal hier gewesen zu sein, hatte er doch das Gefühl, diesen Ort wiederzuerkennen.

Kein Schatten, keine Gestalt. Alles wirkte verlassen.

Und doch wusste er, dass die Feinde dort waren, verkrochen in ihrer letzten Zufluchtsstätte. Und dass sie auf sein Kommen lauerten.

Warten. Er würde die Dämmerung abwarten müssen, um sich der Höhle zu nähern. Bis dahin wollte er die Örtlichkeiten genau erkunden. Sich einen Plan für sein weiteres Vorgehen zurechtlegen und einen Fluchtplan für den Fall, dass die Dinge eine schlechte Wendung nehmen sollten.

Er musste einen besseren Beobachtungsposten finden. Er musterte die Bodenerhebungen und bemerkte einen Felskamm, der ihm eine gute Sicht über den Ort bieten würde. Als er sich aufrichtete, taumelte er... Seine Hände suchten Halt, vergeblich. Sein Unwohlsein verstärkte sich... Er stürzte auf den Schotter.

Ein entsetzliches Geschrei brach in seinem Schädel los.

Er erstickte beinahe... aber ein schwaches Licht öffnete sich in ihm wie eine Öffnung auf eine andere Welt, ein anderes Bewusstsein, Bilder verschachtelten sich und woben ein Gespinst aus undeutlichen Erinnerungen.

Die Flügel eines Hubschraubers schneiden durch die Luft, die dick wie Treibstoff ist. Verstümmelte Körper, halb weggeris-

sene, von Angst und Hass gezeichnete Gesicher... Inständige Bitten, Klagen, Flüchtlingszüge... Hunderte von Händen mit hervortretenden Adern recken sich in einem letzten Aufbäumen des Lebens zum Himmel...

Sein Gedächtnis... sein Gedächtnis kehrte langsam zurück... Ein dumpfes Summen dröhnte in seinem Schädel, andere Augenblicke, andere ältere Orte überrollten ihn wie Feuerbälle.

Gewehrschüsse knallen, seine Mutter stürzt zu Boden. Seine kleinen Kinderbeine versagen. Die schwarze Mündung eines Gewehrlaufs zielt und schießt. Das Gesicht seines Vaters, einer Wachsmaske gleich... Der Atem des Tigers...

Die Fetzen seiner Vergangenheit traten einer nach dem anderen aus dem Vergessen heraus, ohne dass er ihnen einen Sinn zu geben vermochte...

Singsang steigt zum Himmel empor... Ein junger, schwarz gekleideter Mann. Auf dem Kopf trägt er ein Käppchen. Um seinen Hals eine Lederschnur, auf seiner Brust ein schweres Silberkreuz... Ein himmlisches Licht erleuchtet die Nacht und steigt zu ihm herab.

Alles blieb verworren, undeutlich, und doch verstand er jetzt seine Reaktion, diesen plötzlichen Ekel vor Rhodas nacktem Körper... das Verlangen, das immer stärker wird und zerplatzt... die Gewalttätigkeit, die ihn gepackt hatte.

Er hatte den Schwur, das seinem Fleisch eingebrannte Gelübde nicht zu brechen vermocht.

Ja, jetzt verstand er auch, warum er im Besitz des Manuskripts aus Saint-Malo war. Sein eigenes Schicksal verschmolz mit dem des jungen Arztes von damals... Woods hatte Recht, er war wie er... denn sie waren eins.

Wie Elias war er ein auserwählter Mönch.
Wie Elias war er das Gefäß des Engels Gafhaïl.
Wie Elias war er... einer von ihnen.

54

Die Nacht brach über die Wüste herein und löschte die Hitze, die Farben des Sandes und die zerschrammten Bodenerhebungen aus. Der Zeitpunkt war gekommen, auf die andere Seite zu wechseln, die letzte Reise in die Vergangenheit zu beginnen. Nathan zog seine Kleider aus und steckte sie in seine Tasche. Dann tauchte er in die dunklen Wasser des Flusses der toten Könige und Götter ein und ließ sich, an einen Baumstamm geklammert, in der Strömung zum anderen Ufer treiben. Der Sternenhimmel war eine Feuerschale, und die kühlen Fluten beruhigten ihn. Wie Orpheus, der geradewegs in seine eigene Finsternis ging, wusste er nicht, ob er überleben, ob er je wieder das Brennen der Sonne auf seiner Haut spüren würde. Und doch fühlte er sich jetzt frei von dem Gefühl des Entsetzens, das ihn so oft gepackt hatte, seit er aus dem Koma erwacht war. Er wusste jetzt, wo er hinging und was er zerstören musste, damit seine Seele und die all jener, die gestorben waren, für immer Frieden finden würden.

Ein paar Meter vor dem Ufer suchte er mit seinen Füßen Halt im Schlick und zog sich auf die schlammige Böschung. Zitternd öffnete er seine Tasche, zog Schuhe und Kleider wieder an und wickelte dann seine Waffe aus. Mit präzisen Bewegungen schraubte er den Schalldämpfer auf das Gewinde der Mauser und schob sie dann zwischen Gürtel und Hüfte. Mit seinem Dolch schnitt er zwei Streifen aus dem Fahrradschlauch, streifte sie über seine Wade und steckte die Klinge hinein. Der Mond glitt hinter die Wolken hoch oben am Himmel. Nathan packte einen Stein in seine Umhängetasche, versenkte sie im Fluss und ging dann in den Palmenhain hinein.

Als er den Rand der Wüste erreicht hatte, sah er erneut die Umrisse des Klosters vor sich und weiter hinten die Nekropole, die sich vor dem dunklen Himmel abzeichnete. Sobald er den Schutz der Blätter verließ, würde er ungedeckt weitergehen müssen. Er dachte an den Leichnam von Casarès, an die Botschaft, die seine Brüder ihm hinterlassen hatten. Ab einem bestimmten Punkt hatten die Mönche ihn zu sich geführt. Das bedeutete, dass sie es wissen wollten... wissen, was geschehen war. Sie würden also nicht versuchen, ihn umzubringen, zumindest nicht sofort.

Eine leichte Brise wirbelte den Staub auf. Das Kloster kam näher. Ein schwaches Licht ging von den Kreuzen und den bläulich schimmernden Kuppeln aus. Zwei kleine goldene Flammen, die in der Nacht flackerten, wiesen ihm den Eingang der Festung. Er ging langsamer und folgte mit den Augen der Linie der Ringmauern.

Kein Laut, niemand.

Nathan lief weiter und kam zu einem großen Hof aus gestampfter Erde, der ebenfalls von Lämpchen erhellt wurde. Zwischen den alten Gebäuden aus Erde und Kalkstein öffnete sich ein Labyrinth enger Gässchen. Er ging in einen Gang hinein, in dessen Wänden sich eine Holztür an die andere reihte: die Zellen der Mönche. Hier, im Zentrum dieses Ortes aus einer anderen Zeit, hatte er gelebt, hatte man den Mörder aus ihm gemacht, der er heute war. Etwas weiter entfernt erblickte er ein kleines Gebäude, das aus dem Boden ragte. Der Anblick der halb in der Erde verborgenen Tür ließ ihn erzittern. Das Grab... Immer wenn ein Bruder starb, legte man den Eingang frei, um seinen Körper dort hineinzuwerfen, der dort auf die Gebeine seiner Vorgänger traf... Nathan zögerte einen Augenblick, welche Richtung er nehmen sollte, aber dann sah er, als er nach oben blickte, das Kreuz, die bernsteinfarbenen Lichtstrahlen, die aus den Fensteröffnungen nach draußen drangen, und die strahlend weiße Kuppel, die die anderen überragte.

Die Kirche... Seine Schritte hatten ihn geführt.

Dort warteten sie auf ihn.

Mit dem Druck seiner Schulter drehte er die schwere Tür in ihren kreischenden Angeln und ging dann in das Gebäude hinein. Das Erste, was ihm auffiel, waren die dicken Kringel arabischen Weihrauchs, die noch durch das Kirchenschiff zogen... Er verbarg sich im Halbdunkel. Anders als die San-Marcos-Kathedrale in Alexandria bot der Ort ein Bild äußerster Entbehrung, ganz wie die Menschen der Wüste. Die Mauern, die Gewölbe waren nackt, zerfressen, die heiligen Fresken vom Zahn der Zeit halb zerstört... Er blieb vor einem Lesepult stehen, auf dem völlig zerlesene Messbücher lagen, und fuhr mit den Händen über das glatte Holz...

Das Rascheln von Stoff ließ ihn zusammenfahren.

Die Hand am Griff der Mauser durchforschte er die Dunkelheit des Chors, und diesmal sah er...

Eine Gestalt im Schatten.

Ein massiger Mann, zusammengekauert und in eine dicke Kutte aus schwarzem Rosshaar gehüllt, die wie ein Trauergewand wirkte. Seine kräftige Hand umklammerte einen Rosenkranz aus Holz, der über dem Boden baumelte. Der nach vorn gekippte Kopf ließ die Schädeldecke sehen, die mit dem Wollkäppchen der Mönche bedeckt war. Nathan erkannte die gestickten Sterne wieder und die dicke Mittelnaht, Symbole des Kampfs des Guten gegen das Böse.

Als Nathan gerade ansetzte, etwas zu sagen, ließ ihn ein schweres Atmen, das sich wie Stöhnen anhörte, erstarren. Und dann richtete sich der ganze Körper des Mönchs auf, und das Gesicht eines Hünen wurde sichtbar: gegerbte Haut, leidende Augen, ein breiter, von Hass und Verzweiflung verzerrter Mund.

Ganz langsam öffneten sich die Lippen einen Spalt, und eine heisere Stimme ertönte: »Du bist also zurückgekommen...«

55

Diese Stimme... Diese Gesichtszüge... Der heilige Ort schwankte plötzlich und zerbröckelte um Nathan herum.

Seine Kindheit... Ebendieses Gesicht, nur jünger, hatte ihn in der Lucien-Weinberg-Klinik besucht.

Er erinnerte sich an diesen Mann...

Vor ihm stand Abbas Morquos, der Gründer von One Earth.

Die Stunden des Nahkampfs, die Abhärtung, der Umgang mit den Waffen, der Geruch des Cordits, vermischt mit dem Staub der Wüste... diese kräftigen, mit schwarzem Blut beschmierten Hände über den klaffenden Brustkörben...

Er war Michael, der erste der sieben Engel, derjenige, der den Drachen getötet hatte.

Diese kleinen Augen mit ihren tiefen, schwarzen Ringen... Die stählernen Wogen des tobenden Meeres, ein Lächeln auf der Brücke des Eisbrechers, die durchdringende Stimme aus den Lautsprechern... Der Mann der Pole Explorer, *der zusammen mit de Wilde als vermisst gemeldet worden war...*

Jacques Malignon, der Leiter der Mission HCDO2.

Die massige Gestalt, die in der Intensivstation an seinem Bett gewacht hatte, die weiten, unberührten Schneeflächen, der merkwürdige Besucher in Hammerfest...

Strøm, der falsche Psychiater.

Morquos, Michael, Malignon, Strøm waren ein und derselbe Mann...

Der Hüne war langsam aufgestanden. Schritt für Schritt kam er auf Nathan zu.

»Was hast du gemacht, Gafhaïl... Warum hast du die Deinen verraten?«, fragte er ruhig.

Nathan versuchte, in den Augen des Mönchs zu lesen, aber er begegnete nur einem leeren Blick, kalten Augenhöhlen, die nicht die geringste Gefühlsregung erkennen ließen.

»Ich habe... das Gedächtnis verloren, der Unfall im Eis... Ich erinnere mich nicht. Nach und nach kehren Bilder zurück...«

»Ich habe diese absurde Geschichte niemals geglaubt.«

»Du warst da, Michael. Du weißt, in welchem Zustand ich war. Wir haben in Hammerfest miteinander gesprochen.«

»Das war ein Täuschungsmanöver... du hast deine Rolle wunderbar gespielt.«

»Ich war aufrichtig.«

»Immerhin hast du hierher gefunden.«

»Alle Brücken waren abgebrochen, ich habe alle Hinweise verfolgt, einen nach dem andern, die verstümmelten Körper in Spitzbergen entdeckt, das Labor im Camp von Katalé, den Tod meiner Eltern, den von Casarès... Ich habe auch das Manuskript von Elias de Tanouarn... Ich habe die Wahrheit über unsere ungeheuerlichen Verbrechen herausgefunden...«

»Unsere Verbrechen... Weißt du überhaupt, wovon du sprichst?«

»Ich...«

»Warum bist du zurückgekommen?«

»Ich muss es wissen... Wer ist Gafhaïl, warum bin ich zu einem Monster geworden? Rede, danach kannst du mit mir machen, was du willst.«

Michael beobachtete ihn, als versuchte er einzuschätzen, wie aufrichtig Nathan es tatsächlich meinte.

»Ich muss es wissen... alles, von Anfang an«, flehte Nathan ihn an.

»Den Mord an deinen Eltern, ist es das?«
»Was für einen Mord... Was... was willst du damit sagen?«
Der Mönch schien einen Augenblick überrascht, dann sagte er mit leicht amüsiertem Gesichtsausdruck: »Erinnerst du dich nicht, was an jenem Abend passiert ist?«
Schweigen.
»Ich... Mein Vater hat...«
»Mein armer Junge...«
Nathans Herz bekam Sprünge wie eine Glasmurmel, die auf den Boden geworfen wird.
»REDE, REDE...«
»DU, du allein hast diese Verbrechen begangen. Du hast also sogar das vergessen. Du hast... den Tiger vergessen.«
»Hör auf... du lügst! Mein Vater... mein Vater hat meine Mutter getötet und die Waffe dann gegen sich gerichtet.«
»Das Tigerkind, so nannte Casarès dich in Anspielung auf das Phantasieungeheuer, das immer dann in dir auftauchte, wenn deine Mutter ihre Anfälle hatte oder wenn du dich mit deinen Klassenkameraden geschlagen hast. Du warst zehn, du konntest das Leid nicht ertragen, das sie dir seit dem Tod deiner Schwester zufügte, und deinen Vater, der sich hinter seiner Feigheit verschanzte. Eines Nachts hast du das Schluchzen gehört, immer dieses Schluchzen, das du nicht ertragen konntest. Du bist aufgestanden, du hast das Jagdgewehr geholt, das dein Vater in seinem Zimmer versteckt hatte, und bist ins Wohnzimmer hinuntergegangen. Dort hast du gesehen, wie sie miteinander kämpften. Du hast deine Mutter gerufen, um sie zu warnen, aber als sie sich zu dir umgedreht hat, hast du ihr kaltblütig eine Kugel in den Kopf geschossen. Anschließend wolltest du fliehen. Dein Vater hat versucht, dich einzuholen, er ist gestolpert, und du hast ein zweites Mal geschossen. Die Kugel hat ihn in den Hals getroffen.«
Tränen des Schmerzes liefen über Nathans Gesicht, seine Lippen öffneten sich in einem gebrochenen Schrei.

»Neeeiiin...«

»Die damaligen Bullen, kleine Provinzbeamte, sind sehr schnell zu dem Schluss gekommen, dass dein Vater für das Drama verantwortlich war. Aber dieser gute Casarès hat mit seiner Beharrlichkeit dein furchtbares Geheimnis schließlich entdeckt.«

»Dreckskerl... Dreckskerl... Dreckskerl...«

»Deswegen haben wir dich ausgewählt. Wir suchten, und wir suchen noch immer Kinder, die diese Art von, wie soll ich sagen... ›psychologischer Störung‹ zeigen. Nur aus diesem Grund habe ich meine Kliniken für Kinderpsychiatrie in der ganzen Welt gegründet. Du warst ein ganz besonderer Fall, ein junges, gewalttätiges und bemerkenswert intelligentes Raubtier. Die Art, wie du dein Verbrechen verschleiert hast, indem du das Gewehr deinem Vater in die Hände gedrückt hast, dieser Tiger, der von dir Besitz ergriffen hatte... Du hattest das perfekte Profil, um der Kelch zu werden, der den Geist eines der sieben Engel empfangen würde.«

»Aber Casarès...«

»Er war nur ein winziges Rädchen in der Organisation, die ich damals bereits errichtet hatte. Er wusste nichts. So wie Dutzende anderer Psychiater es noch heute tun, schickte er mir seine monatlichen Berichte, die Ergebnisse ganz banaler, aber sehr zielgerichteter Verhaltenstests, die er regelmäßig mit dir machte. Ich habe mich sehr rasch auf dich konzentriert, Gafhaïl. Du warst ein Auserwählter, und der Wille des Herrn hat dich zu mir geführt. Als ich mich überzeugt hatte, dass du geeignet bist, habe ich dich aus der Klinik herausgeholt. Du hattest keine Familie, niemand kam dich besuchen. Es war einfach, dich verschwinden zu lassen. Ich hatte keinerlei Mühe, Casarès zu überzeugen, die Spuren deines Aufenthalts zu verwischen.«

»Deswegen habt ihr ihn getötet.«

»Er war eine Memme. Dein Anruf hat ihn in Panik versetzt

Er hat uns verständigt, aber die Angst macht die Menschen gefährlich. Wir wussten, dass du ihn zum Reden bringen würdest, dass er One Earth verraten würde, wir haben dieses Problem also geregelt... Aber kommen wir wieder zu dir. Später habe ich dich in einem Internat in der Schweiz untergebracht. Du hast die beste Erziehung bekommen. Du warst privilegiert, du warst wie... mein eigener Sohn. In den Schulferien bist du zu mir gekommen, in ein Kloster in der Nähe von Alexandria, um dort zusammen mit anderen Kindern wie dir eine religiöse Unterweisung zu bekommen. Du hast dort Koptisch und Arabisch gelernt und bist mit den Werten des Blutkreises vertraut gemacht worden.«

»Tod, Gewalt, Hass...«

»Schweig! Mit achtzehn bis du in die Basis gekommen, hierher, in das schwarze Kloster. Deine Ausbildung hat vier lange Jahre gedauert: Kampftechniken, Umgang mit den Waffen, Nachrichtendienst... die Kriegsschule. 1990 warst du einsatzbereit. Und da hat Gafhaïl dich erwählt, du hast sein Wesen empfangen, du bist einer der Engel geworden.«

»Eine Horde blutrünstiger, indoktrinierter Mörder...«

Michael schenkte Nathan ein Lächeln.

»Du bist immer anders als die anderen gewesen. Du hast nie ihre Gesellschaft gesucht, du warst ein gefürchteter, einsamer Jäger. Deine Waffenbrüder mochten dich nicht, aber das spielte keine Rolle, sie fürchteten dich. Ich habe immer gewusst, dass du Probleme machen würdest, und doch habe ich mich entschieden, dich zu behalten, denn wenn es mir gelingen würde, das aus dir zu machen, was mir vorschwebte, wenn der Herr dich akzeptieren würde, dann hätte ich meinen Nachfolger gefunden. Von Anfang an hast du dich als ganz außergewöhnlicher Kämpfer erwiesen. Du hast deine Missionen mit Kaltblütigkeit und Überzeugung erfüllt. Die Deinen – diejenigen, die dich aufgenommen hatten, die deinem Leben einen Sinn gegeben hatten – zu rächen, gegen den islamischen Fanatismus zu kämpfen, schien deine wahre Bestimmung zu sein. Du hast zahlreiche Untergrundoperationen in Ägypten durchgeführt, vor allem nach den Massakern an den Kopten in Al Kocher. Ich habe dich losgeschickt, die Anstifter zu ermitteln. Du hast mehrere Wochen dort verbracht und dich unter die Bevölkerung gemischt. Du bist zu den Mördern vorgedrungen und hast so viele Informationen wie möglich über sie gesammelt: tägliche Fahrten, Umgang, Geliebte. Der Rest war ein Kinderspiel... Eine humanitäre Mission...«

»Um die Scheißvirenrezeptoren zu injizieren, und ein paar Monate später sterben dreihundert Personen an einem unbekannten hämorrhagischen Fieber...«

»Einer unserer größten Erfolge. Das Ergebnis jahrzehntelanger mühevoller Arbeit im Verborgenen. Unser erster Krankheitserreger war Ende der siebziger Jahre einsatzbereit: die Pocken. Ich ließ ihn herstellen und lagerte ihn in einem Sondertrakt in meinen Labors von Eastmed. Für die eigentlichen Operationen haben wir stets Selbstmordattentäter eingesetzt, Eremiten und Mönche aus den koptischen Klöstern Ägyptens, die aufgrund ihres Fanatismus und ihrer Aufgeschlossenheit für die Magie und das Übernatürliche rekrutiert wurden. Wir spritzten ihnen ein Virus, und sie mischten sich als perfekte Überträger unter die Menge eines Marktes oder unter die Gläubigen einer Moschee, um sich an die Schuldigen, ihnen nahe stehende Personen heranzumachen und sie auf vollkommen anonyme Weise zu treffen. Aber das war alles noch recht rudimentär und ungenau, und wir mussten zahlreiche Niederlagen hinnehmen. Wir hatten weder die Mittel noch die Kenntnisse, um die Scheinviren zu entwickeln, die wir brauchten. 1989 hat sich das mit dem Auseinanderbrechen der Sowjetunion geändert... zu unseren Gunsten.

Ich wusste, dass die Russen an zahlreichen Programmen für biologische Kriegsführung gearbeitet hatten, Tausende von Forschern hatten von der Außenwelt abgeschlossen ihr Leben in ihren Labors verbracht, und die Mittel, die ihnen bewilligt wurden, waren immens. Wir waren reich, aber nicht reich genug, um ihnen die goldenen Brücken und das neue Leben zu bieten, mit denen die britische und die amerikanische Regierung sie anlockten, einfach um sie aus dem Verkehr zu ziehen. Mit uns zu arbeiten bedeutete auch, in den Untergrund zu gehen, während die meisten von ihnen nur von einem ruhigen Leben träumten. Ich hatte trotzdem keine Mühe, diejenigen, die mich interessierten, von unseren Ideen zu überzeugen, wir hatten...«

»Eine gemeinsame Sache, nicht wahr? Wie mit Elias und Roch...«

»Der Blutkreis hat immer Kontakte zu Europa gepflegt, zu den Mitgliedern der Diaspora, zu Reisenden, zu Abenteurern. Damals war Europa zutiefst christlich, angewidert von dem Schicksal, das die Mamelucken uns zugedacht hatten. Diese Männer haben sich unserer Sache sehr schnell angeschlossen. Manche unterstützten uns finanziell, gaben uns neue Gifte, die in unseren Gegenden unbekannt waren und dem Kreis erlaubten zu töten, seine Rache zu befriedigen, ohne identifiziert zu werden und ohne neue Wellen der Repression gegen die Seinen auszulösen. Einige brillante Köpfe, die ihrer Zeit voraus waren, wie Roch und Elias, haben die Ansätze zu den ersten biologischen Waffen entwickelt... Sie sind belohnt worden, sie haben die Macht der Engel erhalten...«

»Das ist es also... nach dem Fall der Mauer hast du christliche Wissenschaftler angeworben, die Opfer des totalitären Systems waren...«

»Zahlreiche Forscher waren unterdrückte Orthodoxe, die bis dahin gezwungen waren, ihre Religion in größter Heimlichkeit auszuüben. Sie hatten miterlebt, wie ihre Kirchen niedergerissen wurden, sie wurden beschuldigt, an einen anderen Gott als das Regime zu glauben, manche waren sogar in die sibirischen Lager deportiert worden. Über Eastmed habe ich mit den Leitern des Vektor-Labors Kontakt aufgenommen, das dem Komplex Biopreparat angegliedert war, das als zivile Tarnung für das Programm für biologische Kriegsführung der Ex-UdSSR diente. Fünf von ihnen, Biologen, Virologen, Genetiker... haben sich uns angeschlossen und dienen noch heute voller Inbrunst dem Kreis. Allerdings war es nicht möglich, sie in meinen Labors zu beschäftigen, die regelmäßig von ägyptischen und amerikanischen Inspektoren kontrolliert wurden. Die Finanzkraft von One Earth hat es ermöglicht, hier, mitten in der Wüste, wo niemand sie suchen würde, ein Hochsicherheitslabor einzurichten. Wir haben die uralten unterirdischen Stollennetze benutzt, die das Kloster mit der Nekropole der Pharaonen verbinden. Generationen von Mönchen haben sich dort versteckt, um dem Joch ihrer moslemischen Henker zu entgehen. Eines Tages haben sudanesische Fundamentalisten das Kloster in Brand gesteckt. Das war ein Glücksfall. Wir haben sie gewähren lassen und den Wiederaufbau genutzt, um das notwendige Material für unsere Labors herzubringen. Seitdem haben wir keine Probleme mehr gehabt, denn Präsident Al-Baschir zeigt dem Rest der Welt dadurch, dass er uns toleriert und sogar beschützt, dass die Christen in seinem Land in Frieden leben können. Die Massaker im Süden stellt er als legitime Unterdrückung eines Aufstands hin.«

»Aber du lässt sie wie die anderen bezahlen...«

»Hast du auch nur die geringste Vorstellung, was für Verbrechen sie begehen? Die Nuba-Mönche, christianisiert seit dem sechsten Jahrhundert, werden in Massengräber geworfen, die Armee kreuzigt die Männer, die Frauen werden systematisch von den moslemischen Soldaten vergewaltigt, um Nicht-Nubanachkommen zur Welt zu bringen, Zehntausende von Menschen, Erwachsene, Kinder, sind als Sklaven verkauft worden...«

»Aber du begnügst dich nicht damit, die Schuldigen zu töten... Da gibt es auch die Experimente... wie 1994 in Goma. Wie viele, sag mir, wie viele unschuldige Menschen sind geopfert worden, wie viele Männer, Frauen, Kinder sind auf dem

Altar deines mörderischen Wahnsinns gestorben, unter dem Vorwand, deine Waffen zu testen?«

Trotz der Hitze spürte Nathan, dass ein eiskaltes Kribbeln ihn überlief.

»Deine Stimme ist voller Verachtung, Gafhaïl, aber du hast aktiv an den Experimenten in Katalé teilgenommen. Du hattest den Auftrag, dich in das Camp einzuschleusen, Opfer auszusuchen und sie mit Drogen voll zu pumpen, damit sie nachts entführt werden konnten. Du hast ein weiteres Mal ausgezeichnete Arbeit geleistet.«

»NEIN! NEIN! NEIN!«

Die Stimme von Rhoda, die sich geweigert hatte, ihm die Namen der Männer im Hubschrauber zu nennen, traf ihn mitten ins Herz.

»Der Tod der Menschen war nicht vergeblich, er hat uns vorangebracht, uns erlaubt, unsere Waffen zu perfektionieren...«

»Du bist ein Ungeheuer...«

»Ende der neunziger Jahre erlaubte mir die Finanzkraft von One Earth, meine Aufmerksamkeit anderen christlichen Gemeinschaften zuzuwenden. Die nicht tolerierbaren Gewalttaten, die die islamischen und totalitären Staaten in der ganzen Welt gegen die Christen verübt haben, haben mich sehr aufgebracht, aber die Gleichgültigkeit, ja die Nachsicht der Hunde des Vatikans und der internationalen Staatengemeinschaft haben mich zutiefst erschüttert. Der Höchste Richter hat mich angeregt zu handeln, in seinem Namen Rache zu nehmen, indem ich in größerem Maßstab zuschlage. In Europa, in den USA, damit die westliche Welt ebenfalls den Verlust der Ihren zu beklagen hat, damit sie sich des Schmerzes und ihrer Arroganz bewusst wird. Ein göttlicher Tod, ohne Schuldige, der diesmal blind zuschlägt, wie ein Fluch, gegen den man ohnmächtig ist. Wir brauchten eine neue Waffe, es ging nicht mehr darum, mit chirurgischer Präzision zuzuschlagen...

»Sondern massenhaft...«

»Genau. Die Entwicklung des perfekten Scheinvirus ist eine langwierige Sache, das Ebola-Pocken-Virus, das wir in Kiwu getestet haben, war zwar wirksam, aber leider zu typisch für Afrika, wir liefen Gefahr, demaskiert zu werden, sobald wir ihn im Westen einsetzen würden.«

»Und da bist du auf die Idee gekommen, dir eine Probe der Spanischen Grippe zu besorgen. Ein vergessenes Virus, gegen das es keinen Impfstoff gibt.«

»Ich hielt das für unmöglich. Amerikanische Militärs hatten bereits daran gedacht, aber ihre Versuche waren von Misserfolg gekrönt. Es kam für mich nicht in Frage, gewaltige Summen umsonst zu verschleudern. Trotzdem habe ich zwei meiner Männer losgeschickt, in den Hafen- und Militärarchiven mehrerer europäischer Staaten, Kanadas und Russlands zu recherchieren. Sie sollten die Dokumente gründlich studieren, um herauszufinden, ob Opfer dieses Virus im hohen Norden bestattet worden waren. Meine Rechercheure haben drei Jahre gearbeitet, ohne auf irgendetwas Interessantes zu stoßen, und dann hat ein Team kanadischer Wissenschaftler das Wrack der *Dresden* lokalisiert... Das Datum deckte sich genau mit der Pandemie der Grippe, ich habe meine Männer nach Hamburg geschickt, wo sie die Dokumente über den Untergang des Schiffes gefunden haben.«

»Den Rest kann ich mir mühelos zusammenreimen. Sie sind auf die Berichte von Überlebenden gestoßen, die darauf hinwiesen, dass ein Teil der Mannschaft mit dem Grippevirus infiziert war, als sie in Spitzbergen waren. Die Möglichkeit, dass die Körper in dem reinen Eis konserviert worden waren, ließ die Verwirklichung deines ungeheuerlichen Traums in greifbare Nähe rücken. Sie haben die Dokumente aus dem Marinearchiv gestohlen und falsche Ladungsverzeichnisse geschrieben, um Hydra glauben zu lassen, die *Dresden* habe eine Ladung Kadmium transportiert... Auf diese Weise konntest du dir ihre Unterstützung erschleichen...«

»Ohne sie wäre das alles nicht möglich gewesen. Ich habe Roubaud in Antwerpen persönlich aufgesucht. Er hat zuerst zurückhaltend reagiert, aber die Geldmittel, die ich ihm zusicherte, haben seine Vorbehalte zerstreut. Er hat beschlossen, die Geschichte mit dem Kadmium zu schlucken. An Bord waren du, ich und Surial, dein Waffenbruder, die Einzigen, die über das wahre Ziel der Expedition Bescheid wussten. Nach deinem Unfall haben wir die Körper lokalisiert und an Bord gebracht. Eines Nachts habe ich einen biologischen Schutzanzug angezogen und den Leichen die infizierten Organe, Lungen und Gehirn, entnommen. Danach habe ich von den am besten konservierten Gewebepartien Proben genommen, die ich anschließend in einem Behälter mit flüssigem Stickstoff verpackt habe. Diesen habe ich an einem sicheren Ort an Bord der *Pole Explorer* versteckt, und als wir nach Spitzbergen kamen, bin ich zusammen mit dem Arzt de Wilde und einem Seemann an Land gegangen, um die Leichen auf Wunsch der Mannschaft zu bestatten. Zunächst ging alles gut, wir hatten die Gräber am Strand ausgehoben, da bemerkte de Wilde plötzlich Reste von organischem Material an einem der Leichensäcke. Ein unverzeihlicher Fehler meinerseits, sie waren mir wahrscheinlich entgangen, als ich die Körper wieder eingepackt hatte. Er hat ihn geöffnet und sofort bemerkt, dass da etwas nicht stimmte, dass die Körper der Soldaten, während sie an Bord des Eisbrechers waren, manipuliert worden waren. Als er sich zu mir umdrehte, zerschmetterte ich ihm mit dem Eispickel den Schädel. Ein Seemann, ein Bulgare, hat versucht zu fliehen, ich habe ihn eingefangen... Von da an musste alles sehr schnell gehen, ich konnte nicht mehr an Bord zurück, und es blieb mir nur eine Stunde, bis der Kapitän der *Pole Explorer* den Hubschrauber auf die Suche nach uns schicken würde. Ich musste die Leichen der Soldaten beerdigen und dann die Körper von Stoichkow und de Wilde verschwinden lassen. Ich habe sie auf offener See versenkt, den Zodiac versteckt und mich dann in den alten Baracken von Horstland verborgen. Der Hubschrauber der *Pole Explorer* hat fast zwei Stunden patrouilliert. Als der Weg frei war, kehrte ich zur Küste zurück, schickte den Zodiac auf den Grund des Meeres und bin dann zwei Tage nach Longyearbyen marschiert. Von dort konnte ich unter neuer Identität nach Europa und dann in den Sudan zurückkehren.«

»Wie habt ihr den Behälter zurückgebracht, der die virusinfizierten Gewebe enthielt?«

»Es war alles geplant. Surial, der an Bord geblieben war, konnte ihn problemlos von der *Pole Explorer* zu einem Container von One Earth bringen, der in Antwerpen stand und voll mit medizinischer Ausrüstung war. Zwei Tage später flog er mit einem Transportflugzeug nach Khartum. Wir brauchten ihn nach der Landung nur in Empfang zu nehmen und hierher zu bringen. Die Biologen haben sofort mit der Arbeit begonnen. Die Erfolgsaussichten waren gering, denn diese Art von Virus ist empfindlich. Aber das Ergebnis war überraschend. Sie konnten zahlreiche Virenstämme in den aus den Lungen entnommenen Proben isolieren. Das Eis hatte eine Dehydrierung bewirkt, die fast einer Gefriertrocknung gleichkam. Der Erreger der Spanischen Grippe war unversehrt, bereit, genetisch neu zusammengesetzt zu werden. Wir wollten ihn nicht als solchen verwenden, sondern in einen Scheinvirus integrieren, der in unserem Labor schlummerte. Dank der Forschungen eines amerikanischen Biologen wussten wir, dass das Virus dem der Schweinepest ähnelte, mit dem wir bereits gearbeitet hatten, wir brauchten ihn nur zu ersetzen und zu stabilisieren. Aber wir wussten, dass du uns auf der Spur warst, bereit, alles durch deinen Verrat zu zerstören. Wir haben daher Hals über Kopf unseren ersten Überträger nach Rom geschickt, aber der Krankheitserreger war nicht stabil, und der Überträger ist viel früher als vorgesehen gestorben. Alles hätte perfekt funktioniert, wenn wir etwas mehr Zeit gehabt hätten... WENN DU UNS NICHT AN DIE BULLEN VERRATEN HÄTTEST, AN DIESEN SCHEISSKERL WOODS!«

Nathans Herz blieb fast stehen in seiner Brust.

»Woods... wie... wie habt ihr ihn identifiziert?«

»Das Handy, das du in Paris verloren hast, als deine Brüder dich verfolgten. Wir haben es gefunden, es war nicht schwierig, seine Spur zu finden.«

Ein Schauer des Entsetzens ging durch Nathans Körper.

»Wo ist er? Was habt ihr mit ihm gemacht?«

»Ich wusste, dass du früher oder später zurückkommen würdest. Ich hatte vorsichtshalber die Zugänge ins Land überwachen lassen. Einer unserer Männer hat ihn gestern am Flughafen von Khartum erkannt, wir haben ihm nichts getan. Das wäre ein enormes Risiko gewesen: Wir hätten dich verlieren können. Er war unsere einzige Verbindung zu dir, nachdem du uns in Paris entwischt warst...«

Michael schloss die Lider, und sein ganzer Körper schien von flammender Wut geschüttelt.

»WAS IST NUR IN DICH GEFAHREN? DU HAST ALLES ZERSTÖRT... DEINE NACHFORSCHUNGEN, DER TOD VON SURIAL UND RUFAIL, DEINEN BRÜDERN, ICH MUSSTE DAS LABOR, DAS KLOSTER RÄUMEN, ICH MUSS WIEDER GANZ VON VORN ANFANGEN...«

Alles war jetzt vollkommen klar.

Während Michaels Bericht hatten die Bilder, die Nathan verfolgten, einen Sinn bekommen. Die Details seiner Vergangenheit hatten sich mühelos ineinander gefügt... Er verstand jetzt seine Begegnung mit Woods, die Zwiespältigkeit seiner Gefühle... Es blieben zwar noch Dunkelzonen, er hing immer noch in der Luft, aber er hatte immerhin ein paar Antworten bekommen...

Er blickte dem alten Mönch tief in die Augen.

»Es ist vorbei, Michael. Dein Ende war vorprogrammiert. Ich bin zurückgekommen, um alles zu zerstören. Ich habe aus Überzeugung an deiner Seite gekämpft. Aber als du deine

Pläne geändert hast, hat sich für mich alles verändert. Es war unvorstellbar, für diese neue Sache zu marschieren, bei der Tausende Unschuldiger gestorben wären. Ich wollte es dir sagen, aber du hast die Augen verschlossen, Michael. Überzeugt von meiner Loyalität, hast du nicht begreifen wollen, dass ich alles zerstören würde. Seit Jahren schon wollte ich das Massaker beenden, die Organisation denunzieren. Wenn ich die Mission. von Spitzbergen mitgemacht und das Elias-Manuskript gestohlen habe, so geschah das nur aus dem Grund, weil ich Beweise gegen dich, gegen uns sammeln wollte. Als ich mit Woods Kontakt aufnahm, damit er den Text transkribiert, hatte ich allerdings keine Ahnung von seiner Verbindung mit dem britischen Geheimdienst.

Sobald das Manuskript entziffert gewesen wäre, wäre es der letzte Beweis gewesen, derjenige, der meine Enthüllungen untermauert und den Kreis verurteilt, ihn für immer vernichtet hätte... Das alles ist nichts als ein Lügengespinst, das Werk eines Verrückten. Die Viren, der Papyrus, ich musste diesen Wahnsinn beenden... Christus war ein Prophet, ein Friedensbote, kein blutrünstiger Henker, wie die Deinen seit Jahrhunderten behaupten. Die Gewalt ist der Weg der Schwachen. Erinnere dich an seine Worte, Michael: ›Denn wer das Schwert nimmt, der soll durchs Schwert umkommen.‹«

»›Ich bin nicht gekommen, Frieden zu bringen, sondern das Schwert.‹«

»Diese Worte sind nur ein Gleichnis, das Schwert symbolisiert den Bruch, den Riss, den das Auftauchen einer neuen Religion verursacht. Hör auf, die Worte Christi zu pervertieren, wie fanatische Generationen es vor dir getan haben.«

»Bleib auf der Seite der Feigen und sieh zu, wie die Deinen sterben, wenn du willst. Der Kreis ist eine Wahrheit, ein geheimer Text, der der Elite vorbehalten ist. Selbst die Evangelien enthalten seine Botschaft und enthüllen sie dem, der sein Gesicht nicht verhüllt. Die Jünger waren bei der Gefangennahme in Gethsemane bewaffnet, der Meister hat sich in eine Peitsche verwandelt, um die Händler aus dem Tempel zu vertreiben. Wie hätte er sonst in diesem wie eine Festung bewachten Ort vorgehen sollen? Jesus hat den Tempel regelrecht besetzt. Er hat gesagt: ›Des Menschen Sohn wird seine Engel schicken, die alles Anstößige und jene, die Böses tun, aus seinem Reich entfernen werden. Sie werden sie in den Glutofen werfen, in dem Weinen und Stöhnen herrschen.‹ Wir sind auserwählt worden, Gafhaïl, wir sind die Botschafter der Heiligen Schriften. ›Und es wird eine Not sein, wie es sie seit Anbeginn der Welt bis zum heutigen Tag nicht gegeben hat und niemals mehr geben wird.‹«

Michaels Gesicht verzerrte sich plötzlich in einem Ausdruck von Hass, in den sich Wahnsinn mischte. Drei Männer in schwarzen Overalls, Kapuzen über den Kopf gezogen und ein Nachtsichtgerät vor den Augen, tauchten jetzt aus der Dunkelheit der Kirche auf und richteten ihre Kriegswaffen, HKMP5 mit Schalldämpfer, auf Nathan.

»Du musstest wirklich das Gedächtnis verlieren, um zu glauben, dass ich dich so einfach davonkommen lassen würde«, fauchte der Hüne. »Du wirst sterben, für deinen Verrat bezahlen, und ich werde mich persönlich um dich kümmern.«

56

In einem Halbkreis kamen die Engel auf Nathan zu. Die funkelnden Lichtpunkte ihrer Laserzielgeräte waren auf sein Gesicht, seinen Oberkörper gerichtet... Nathan ließ seinen Blick auf der Suche nach einem Fluchtweg durch die Kirche schweifen.

Zur Tür zu gelangen schien unmöglich.

Wenn er auch nur die Andeutung einer Fluchtbewegung

machte oder zu seiner Waffe griff, würden sie ihn erschießen.

»Beweg dich ja nicht«, schrie Michael, als könnte er in seinen Gedanken lesen.

Er war tot...

Etwas jedoch irritierte ihn. Was hatte der Mönch damit gemeint, dass er sich persönlich um ihn kümmern wolle? Die Bilder der Entführung in Hammerfest, des Angriffs auf ihn in Paris tauchten wieder auf... Die Killer wählten die gleiche Strategie. Warum nahmen sie das Risiko auf sich, ihm auf die Pelle zu rücken, während sie ihn problemlos aus der Entfernung abknallen konnten? Diesmal war Nathan sich sicher, dass sie ihn lebendig wollten. Warum? Er wusste es nicht.

Er ging rückwärts auf die Seitenwand zu. Der alte Mönch rührte sich nicht, sondern starrte ihn nur mit einem Blick an, aus dem tiefste Verachtung sprach. Die Killer kamen ihm immer näher. Diesmal hatte sein letztes Stündlein geschlagen.

»Entwaffnet ihn!«, rief Michael.

Sie wollten ihn lebendig... dieser Gedanke ließ ihn nicht los...

Wenn er sich nicht irrte, gab es noch Hoffnung. Nathan ließ ein letztes Mal seinen Blick prüfend durch den Raum wandern. Rechter Hand entdeckte er ein riesiges, kreuzförmiges Kirchenfenster über dem Altarraum.

Seine einzige Chance, heil herauszukommen.

Für den Bruchteil einer Sekunde begegnete er Michaels Blick, der sofort begriff, was geschehen würde.

»ACHTUNG! ER WILL... FLIEHEN!«

In diesem Augenblick stürzte Nathan nach vorn, prallte mit voller Wucht gegen einen der Männer und riss die Lesepulte um. Salven aus den MP5 prasselten durch den Raum und prallten von den Wänden, den Bodenplatten, den Säulen ab.

»HALTET IHN AUF... LASST IHN NICHT...«

Aber Nathan war bereits auf das Sanktuarium geklettert und

stand jetzt vor dem Kirchenfenster, in dem die goldenen Reflexe der Kerzen schimmerten. Mit einer herausfordernden Bewegung drehte er sich um und betrachtete Michaels abgespanntes Gesicht und die schwarzen Münder der Läufe, die auf ihn gerichtet waren.

Die Zeit schien stehen zu bleiben.

Als die granatfarbenen Lichtkegel sich erneut auf seine Brust richteten, verbarg Nathan sein Gesicht in seinen Armen und warf sich gegen das Kreuz aus Licht...

Die Glasfacetten zersplitterten mit einem gewaltigen Getöse. Tausende scharfer Splitter flogen durch die Luft und begleiteten Nathan in seinem Fall.

Er schlug mit dem Rücken dumpf auf dem Boden auf. Der Aufprall hatte eine solche Wucht, dass der Schmerz sich in Wellen in seinem Körper ausbreitete.

Als er die Augen öffnete, sah er die gestampfte Erde und die weißen Gebäude. Er war draußen, auf der Nordseite der Kirche. Völlig außer Atem gelang es ihm, sich zwischen den Glassplittern auf die Knie zu erheben. Er tastete sein Gesicht, seine Gliedmaßen ab... Es war nichts gebrochen. Nur seine Hände waren aufgeschürft, und er entdeckte einen Glassplitter in seinem Unterarm, den er mit einer ruckartigen Bewegung herauszog. Seine Angreifer würden jeden Augenblick auftauchen. Er stand auf und versuchte, klar zu denken. Die Killer waren zahlenmäßig im Vorteil. Wenn er hier blieb, wäre er ein leichtes Ziel. Er musste die Festung verlassen, seine einzige Chance war, zu den Grünstreifen zurückzukehren. Zu den Ufern des Nils.

Noch immer war der Mond hinter den Wolken verborgen. Das würde ihm erlauben, sich ohne Deckung zu bewegen. Ohne Sternenlicht waren die Nachtsichtgeräte seiner Gegner praktisch nutzlos, aber er wusste, dass diese Galgenfrist, die der

Himmel ihm schenkte, nicht lange dauern würde. Sobald er die Bäume erreicht hatte, zog er sich in den Schatten zurück und lief zum Strand, von dem er gekommen war. Die dünne Wolkendecke hatte sich nach und nach aufgelöst, und er konnte jetzt deutlich die Konturen der Landschaft erkennen.

Er ging ins Wasser hinein und bewegte sich am Ufer entlang, bis er auf ein Schlammloch stieß. Dort zog er seinen Pullover aus, tauchte seine Hände in den fetten Schlick und begann, seinen Körper, sein Gesicht, seine Kleider einzuschmieren. Auf diese Weise würde er die Nachtsichtgeräte täuschen und die thermischen Sichtgeräte, falls sie welche benutzten...

Einer gegen drei, allein gegen alle. Die Jagd konnte beginnen.

Mit gebeugten Knien, Pistole in der Hand, bewegte Nathan sich zwischen den Bäumen vorwärts. Der süße Duft der Erde, vermischt mit dem Gestank von Tierurin, lag in der Luft. Die drei Engel mussten damit gerechnet haben, dass er zum Fluss fliehen würde. Das bedeutete, dass sie vermutlich schon da waren und irgendwo in der pflanzlichen Dunkelheit auf ihn lauerten. Er spürte es.

Ihn im Rücken angreifen... Ihn in die Wüste zurückdrängen, um die Situation wieder zu ihrem Vorteil zu wenden und ihn unschädlich zu machen, das war vermutlich ihre Strategie. Als sie sich dem Palmenhain genähert hatten, waren sie gewiss ausgeschwärmt. Zwei hatten sich zum Ufer begeben, der dritte war irgendwo als Nachhut auf dem Wüstenplateau geblieben. Um ihn würde er sich zum Schluss kümmern, erst einmal musste er die anderen aufspüren, bevor sie ihn fanden.

Sich so wenig wie möglich bewegen, eins werden mit der Landschaft, auf der Lauer sein. So würde er sie kommen sehen.

Nathan durchforschte die Dunkelheit auf der Suche nach einem Beobachtungsposten. Ein Feld mit hohem Gras öffnete sich zwischen den dornigen Büschen. Der Ort war frei, eine leichte Brise wehte und schuf eine Wellenbewegung, wodurch er nur schwer zu erkennen sein würde. Dort postierte er sich, ein Knie auf dem Boden, die Mauser in der Hand, und wartete.

Die erste Gestalt tauchte fünfzig Meter entfernt in Richtung Nil auf. Der Mann war allein und bewegte sich leicht wie ein Schatten parallel zum Fluss, wobei er verstohlene Blicke nach links und rechts warf. Nathan legte auf ihn an und verfolgte ihn mit der Waffe, bereit zu schießen... Zu weit entfernt. Er verzichtete. Einen Augenblick später war die Gestalt verschwunden.

Nathan hatte zwar das Gefühl, ihnen taktisch überlegen zu sein, aber die Engel waren extrem gut ausgerüstet und benutzten gewiss ein Sprechfunksystem, wahrscheinlich waren sie sogar in ständigem Kontakt mit Michael. Der kleinste Fehler konnte tödlich sein.

Er warf erneut einen Blick in die Runde, als ein Rascheln seine Aufmerksamkeit erregte.

Jemand bewegte sich ganz in seiner Nähe in der Finsternis. Das war genau das, womit er gerechnet hatte.

Er legte sich ins Gras, seine Selbstladepistole auf der Brust, und konzentrierte sich auf die Schritte, die sich in konzentrischen Kreisen näherten... Das Adrenalin sickerte in die Tiefen seines Körpers.

Das Klicken einer Waffe, Atmen.

Der Engel war direkt über ihm... er schien Nathan nicht entdeckt zu haben.

Der Schweiß rann in Strömen über seinen Körper. Eine einzige Bewegung, und er war tot.

In dem Augenblick, in dem der Killer sich wieder in Bewegung setzte, hob Nathan seine Waffe mit beiden Händen hoch, zielte, drückte ein einziges Mal den Abzug und zerschmetterte ihm die Kniescheibe. Nathan warf sich brüllend zu Boden, bäumte sich dann auf und feuerte zwei weitere Kugeln aus nächster Nähe ab.

Eine in den Hals und eine mitten ins Gesicht.

Der Körper wurde von Zuckungen geschüttelt. Das Gesicht war nur noch ein warmer Brei aus Blut und Knochensplittern. Nathan konnte ihm gerade noch sein Gewehr entreißen, da brach bereits ein Regen von Metall über ihn herein. Es hagelte Leuchtspurkugeln, Feuerfäden gleich, um ihn herum.

Der andere... der Schrei hatte ihn herbeigerufen. Nathan erwiderte das Feuer mit zwei Salven und machte sich aus dem Staub in Richtung Osten, in die Wüste.

Es war ihm zwar nicht gelungen, seinem Angreifer die gesamte Kriegsausrüstung abzunehmen, aber seine Gegner würden es glauben, und da sie es nicht genau wussten, würden sie nicht das Risiko eingehen, es zu überprüfen. Sie konnten sich nicht mehr ohne Deckung bewegen, und ihr Sprechfunksystem war zerstört.

Die Regeln hatten sich geändert. Jetzt war er derjenige, der sie verfolgte.

Er postierte sich am Rand des Palmenhains. Wenn der dritte Killer auf dem Felsplateau Position bezogen hatte, würde er ihn jeden Augenblick auftauchen sehen. Die Wolken hatten sich aufgelöst, er hatte jetzt freie Sicht auf die Ebene aus Sand und Felsen, die sanft zum Dschebel Barkal anstieg; er sah ebenso gut wie am helllichten Tag.

Einen Augenblick später erblickte er eine menschliche Gestalt vor dem Nachthimmel. Der Mann kam den Hügel heruntergerannt. Nathan ging in seine Richtung, um ihm den Weg abzuschneiden.

Er hatte ihn in seiner Visierlinie. Der Typ hatte die Richtung geändert und rannte jetzt direkt auf ihn zu. Er ließ ihn noch ein paar Meter herankommen... drückte mit seinem Zeigefinger leicht auf den Abzug...

Plötzlich ein Brennen wie Feuer in seiner linken Schulter.

Man hatte auf ihn geschossen.

Zwei weitere Salven zerrissen die Nacht.

Nathan warf sich zu Boden und kroch zu einem Busch.

Der Schmerz war schier unerträglich. Er hatte zwei Kugeln ins Schultergelenk bekommen und war kurz davor, das Bewusstsein zu verlieren. Nicht jetzt – wenn er ohnmächtig würde, wäre er verloren. Aber er hörte bereits die Schritte zwischen den Büschen, das Flüstern der Engel, die seine Spur verfolgten.

Er warf das Gewehr fort, rappelte sich hoch und ging, die Mauser in der Hand, in die Dunkelheit hinein. Er fühlte sich außerstande, mit ihnen zu kämpfen, er musste sich verstecken, einen sicheren Ort finden, um die Kugeln herauszuholen.

Es gab nur eine Möglichkeit: zum anderen Ufer des Nils hinüberschwimmen. Um ihn herum war nichts als Dunkelheit, und doch spürte er die Kühle des Wassers, hörte er das leise Plätschern ganz in seiner Nähe... schließlich nahm er das dunkle Schimmern wahr...

Ein Stoß mit dem Gewehrkolben in die Leber ließ ihn zu Boden stürzen. Er prallte auf seine verletzte Schulter, der Schmerz strahlte in seinen Körper aus, er krümmte sich und brüllte wie am Spieß. Eine schlammige Sohle drückte sich auf sein Gesicht und ließ ihn in den porösen Schlick beißen. Er begriff, dass es jetzt nicht mehr darum ging, ihn lebendig einzufangen.

Er sah, wie die Gewehrläufe sich auf seinen Schädel richteten, wie sie auf ihn zielten... Die malvenfarbenen Wasser des Nils flossen vor seinen tränennassen Augen.

Er würde krepieren.

Plötzlich vibrierte der Boden, Nathan spürte, wie die Erde unter ihm wegsackte, und dann stürzte plötzlich ein Stück der Uferböschung mit lautem Getöse zusammen. Er bäumte sich reflexhaft auf, packte das Bein des Killers und riss ihn mit seinem ganzen Gewicht in seinem Sturz zum Fluss mit. Der Mann versuchte sich umzudrehen, kippte um, und seine Fingernägel kratzten durch den Schlamm, aber Nathan hielt ihn eisern fest. Sie fielen mehrere Meter hinab. Als sie das Wasser berührten, stürzte Nathan sich auf ihn und schlug ihn mit aller Kraft auf den Hals, ins Gesicht, auf das Brustbein... aber er war geschwächt und seinen Schlägen fehlte die Kraft. Der Killer richtete sich mit einem Ruck auf und zerschmetterte ihm mit einem Schlag seines Kopfes die Nase.

Nathan hatte das Gefühl, sein Schädel würde platzen, er schwankte und fiel nach hinten in die Strömung. Er hatte nicht mehr die Kraft zu kämpfen. Das Leben verließ ihn... Er spürte, wie seine Lungen sich leerten und sein Körper nach und nach in den lauen Fluten versank...

NEIN, nicht jetzt. Er musste es zu Ende bringen...

Er erinnerte sich. Langsam ließ er seine Hand an seinem Bein entlanggleiten und spürte das Metall seines Dolchs auf seiner Haut. Er packte den Griff und bewegte die Klinge hin und her, um die Gummibänder durchzuschneiden, die sie hielten. Dann stützte er sich auf den Grund des Flusses, sammelte seine letzten Kräfte und katapultierte sich blitzschnell an die Oberfläche.

Als er ihn in einer Gischtfontäne hervorschießen sah, griff der Killer nach einer Schrecksekunde zu seinem Revolver. Zu spät. Der Dolch sauste bereits auf ihn zu. Nathan hörte das Knirschen des Stahls, der in den Brustkorb eindrang.

Er hatte ihn mitten ins Herz getroffen.

Der Killer brach zusammen... Nathan musste unbedingt an eine Waffe kommen. Mühsam arbeitete er sich gegen die Strömung an den Körper heran. Er hatte ihn fast erreicht, als der Leichnam plötzlich in die Tiefe gezogen wurde.

Er versank.

Das Gewicht seiner Ausrüstung zog ihn nach unten.

Nathan würde ihn verlieren. Er atmete tief ein und tauchte in einer letzten Anstrengung nach dem Toten, den er mit einer Hand packte, während die andere an dem leblosen Bein entlangglitt. Der Revolver steckte noch in seinem Halfter. Nathan zog ihn heraus und erkannte an der Berührung sofort das Modell: eine Smith & Wesson, Kaliber 357 Magnum, sechsschüssig. Ein Krampf erschütterte seinen Körper, der Sauerstoffmangel, er musste dringend an die Oberfläche zurück...

Was er sah, als er auftauchte, ließ ihn erstarren.

Der letzte Killer stand weniger als einen Meter entfernt vor ihm, die Mündung einer Pumpgun auf sein Gesicht gerichtet.

Nathan schloss die Augen.

Eine erste Detonation, dann flammte die Nacht durch seine Lider auf. Die Lichtwelle breitete sich bis in sein Herz hinein aus, bestrahlte es mit jedem Aufflackern ein wenig mehr. Die Schockwelle schleuderte ihn nach hinten und schaltete all seine Sinne aus...

Es war zu Ende...

...für den Killer. In einem letzten Überlebensreflex hatte Nathan als Erster geschossen, in einer blitzschnellen Entscheidung seine ganze Trommel auf einmal in den Kopf seines Gegners abgefeuert, der das Feuer zwar erwidert hatte, aber nicht mehr richtig hatte zielen können.

Verstört richtete Nathan sich auf. Der Leichnam lag vor ihm, sein Gesicht war nur noch ein glühend heißer Krater, ein undefinierbares Magma aus Knochensplittern und von geschmolzenem Schießpulver geschwärztem Gewebe. Er durchsuchte den schmutzigen Kampfanzug, nahm eine Taschenlampe und seine Mauser an sich, stieß die Leiche dann in die Strömung und sah zu, wie sie im schlammigen Wasser des Nils verschwand.

Er hatte überlebt. Er hatte die Engel vernichtet... Das Wichtigste blieb aber noch zu tun: Michael zu töten.

Den apokryphen Text zu zerstören, mit dem alles angefangen hatte.

Er musste die Verbindung durch die Jahrhunderte abreißen lassen. Damit würde er die Legende zerstören.

57

Die Hand auf seine verletzte Schulter gepresst, schleppte sich Nathan durch den Sand zu der Nekropole zurück.

Nachdem Michael den Funkkontakt mit seinen Männern verloren hatte, hatte er mit Sicherheit begriffen, wie die Jagd ausgegangen war. Sein Reich war ins Wanken geraten, aber so schnell würde er sich nicht geschlagen geben.

Und Nathan wusste, dass von den sieben Engeln er der gefährlichste war.

Die Pyramiden waren seine einzige Chance, sich unbemerkt zu nähern. Er würde die unterirdischen Gänge benutzen, die sie mit dem Kloster verbanden. Manche waren zugemauert und in Labors verwandelt worden, aber andere waren noch gangbar und führten direkt in das Schiff der Kirche.

Endlich tauchten die Pharaonengräber vor ihm auf, für die Ewigkeit errichtet auf der Felskuppel, die sich an dem reinen Berg entlangzog. Die meisten waren teilweise zerstört oder durch die Jahrhunderte verwittert. Vor jedem Grab konnte man noch immer große ockerfarbene Steinblöcke sehen, in die in meroitischer Schrift die Beschwörungsformeln eingraviert waren, die magischen Texte, die die Toten ins Jenseits begleiteten.

Nathan schlich zwischen das Geröll und instinktiv zur letzten Pyramide, die sich am östlichen Ende der Nekropole erhob.

Er ging um das Bauwerk herum bis zu einer schmalen Treppe, die in der Dunkelheit verschwand; bevor er leise ins Reich der Toten hinunterstieg, knipste er seine Taschenlampe an.

Die Felstür, die den Eingang des Grabs versperrte, war von Grabräubern eingeschlagen worden und bot einen schmalen Zugang ins Innere. Trotz seiner Verletzung gelang es Nathan, sich durch die Öffnung zu schieben und in die Grabkammer einzudringen.

Der helle Schein seiner Taschenlampe entweihte die jahrtausendelange Nacht.

Nathan befand sich in einem winzigen Raum, dessen Boden halb unter dem Sand begraben war und dessen Wände mit weißlichem Kalk bedeckt waren. Von den Schätzen, die einst hier eingeschlossen worden waren, waren nur noch ein paar tönerne Urnen übrig und die Reste der Gebeine irgendeines vergessenen Königs. Als Nathan den Lichtkegel umherwandern ließ, tauchten eigenartige, fast unversehrte Hieroglyphen auf, gezeichnet in Blau, Purpur und Gold... die Planetengötter Amun-Re und Osiris begleiteten den verstorbenen König in ihrer heiligen Barke auf der letzten Reise zu seiner Auferstehung.

Durch die Schändung dieses Grabs kam Nathan Michaels Wahnsinn ganz nahe... Er begriff, dass das, was ihn antrieb, nicht nur Rache war und der Blutkreis viel mehr als nur ein einfacher Papyrus, nämlich ein Geheimnis, das durch die Hände Dutzender von Generationen von Mystikern gegangen war, der Schlüssel zu einem Wissen, das durch die Zeiten gewandert war. Die Tatsache, dass er sein Hüter war, machte ihn zu einem Auserwählten, auf gleicher Stufe mit den Pharaonen. Das Materielle interessierte ihn kaum, sein ganzes Werk war nur auf eines ausgerichtet, die Suche nach dem Absoluten, seine eigene Gottwerdung, sein Verschmelzen mit der göttlichen Energie, aus der seine eigene Unsterblichkeit strahlen würde.

Er musste ihn aufhalten.

Die Falltür. Er musste die Falltür wiederfinden.

Nathan ging in eine Ecke des Raums und begann, mit seinem gesunden Arm wie wild im Sand zu graben. Einen Augenblick später hatte er eine Granitplatte freigelegt, die mit einem Metallring versehen war. Er klammerte sich daran fest, und mit übermenschlicher Anstrengung gelang es ihm, sie zu bewegen. Er atmete tief durch und stieg in den Bauch der Wüste hinab.

Mit kleinen Schritten ging er an den Felswänden des unterirdischen Gangs entlang. Auf jeder Seite waren Nischen in den Fels gegraben, in denen die verfolgten Christen ihre Toten begraben hatten, aber seine Aufmerksamkeit war bereits auf etwas anderes gerichtet.

Der Blutkreis.

Obwohl Michael den Ort, wo der Papyrus verwahrt wurde, immer geheim gehalten hatte, hatte Nathan doch eine sehr genaue Vorstellung, wo er ihn finden würde – er war dem Versteck bereits ganz nahe gewesen.

Es befand sich direkt in der Kirche, unter dem Hauptaltar, der sich im Sanktuarium erhob. Im Gegensatz zu den meisten Riten der östlichen Christen, die in ihm die Reliquien ihrer Heiligen einschlossen, sollte der Altar in der koptischen Tradition wirklich das Grab Christi »sein«. Nur eine als göttlich angesehene Reliquie konnte darin verwahrt werden.

Nathan entdeckte eine in die Wand gehauene, steile Treppe, die nach oben führte. Er war seinem Ziel ganz nahe. Wenn er sich nicht täuschte, würde er in die unterirdischen Gewölbe des Klosters gelangen. Er stieg die Stufen bis zu einer neuen Falltür hinauf, erreichte den letzten Treppenabsatz, stützte sich mit den Beinen ab und schob die Platte mit seiner gesunden Schulter beiseite.

Grelles Licht blendete ihn. Weiß gefliese, keimfreie Wände ... eine Sicherheitsschleuse. Hinter einem breiten Glasfenster erkannte Nathan die Abdeckhauben, die Inkubatoren für die Zellkulturen, die Zentrifugen, die Taucheranzüge ... Das Labor ... Er befand sich mitten in dem Labor, in dem die Virologen ihre Scheinviren entwickelten. Aber er würde sich dort nicht weiter aufhalten.

Ein weiterer Gang, eine Leiter.

Nathan schlüpfte in den Stollen, kletterte die Sprossen aus Stahl hinauf und drehte den runden Griff, der eine weitere Falltür schloss.

Diese öffnete sich auf die Kirche, unter dem Schiff...

Das Licht der Kerzen fiel auf sein Gesicht. Er blieb einen Augenblick auf der Leiter stehen. Kein Laut. Alles war ruhig und friedlich. Er stieg aus dem Loch, zog seine Pistole und ging, die Hände fest um die Waffe geschlossen, zum Chor. Zuerst sah er die Splitter des Kirchenfensters, das er bei seiner Flucht zerbrochen hatte, die umgestürzten Lesepulte... alles war, wie er es verlassen hatte. Nathan ging schnurstracks auf das Sanktuarium zu. Es war ein außergewöhnlicher Raum mit drei Altären, geschützt von einem Zaun aus Edelholz, das über und über mit eingelegtem, ziseliertem Perlmutt und Elfenbein verziert war und geschmückt mit Ikonen und Trauben von Straußeneiern, Symbol des Lebens und des Schutzes.

Ein dicker, dunkler Wollvorhang verschloss den zentralen Eingang. Nathan zog die Schuhe aus und trat ein.

Er kam in eine echte Schatzkammer.

Der mit einem weißen Leinentuch bedeckte Altar wurde von einem riesigen Baldachin gekrönt, auf dem Christus und die Engel dargestellt waren.

Die silbern und karminrot schimmernden liturgischen Utensilien waren sorgfältig vor ihm angeordnet: Kelch und Hostienteller, Elfenbeinschatulle für die Evangelien, geschnitzte Fächer, geschmückt mit prächtigen Pfauenfedern.

Michael konnte jeden Augenblick auftauchen, Nathan durfte keine Zeit verlieren. Er kniete sich hin, hob das Tuch an und entdeckte eine kleine Nische, in der der Papyrus verwahrt wurde.

Die Tür stand einen Spalt offen.

Sein Herz schlug schneller und tönte wie ein Gong in seiner Brust. Ohne lange zu überlegen, steckte er die Hand in die Öffnung... sie schien sehr tief hineingegraben worden zu sein. Als er sich weiter vorbeugte, erkannte er eine Form... ohne sie identifizieren zu können. Er steckte den Kopf in den Hohlraum, knipste seine Taschenlampe an...

Ein Kopf... Ein abgetrennter Kopf, ein von der Folter aufgedunsenes Gesicht... Silbriges Haar... Es war...

...der Kopf von Ashley Woods.

Nathan schrie aus tiefster Seele.

Die Augenhöhlen waren entkernt worden, und die Zunge des Engländers hing schwarz zwischen Lippenfetzen und den Resten eingeschlagener Zähne heraus.

Dieses Schwein von Michael hatte gelogen. Die Wachen hatten ihn in Khartum abgefangen und zu Tode gefoltert, um zu erfahren, wo er sich aufhielt...

Er erstarrte... die Stille, es war zu ruhig.

Plötzlich drehte er sich um und erblickte den Mönch, der sich wie ein unerschütterlicher Fels vor ihm erhob.

»Dieser Scheißbulle hat dich nicht verraten, er hat nichts ausgespuckt.«

Nathan wollte aufstehen, aber seine Kräfte hatten ihn verlassen. Er sah, wie Michaels Hand wie eine Klaue auf ihn zusauste und sich wie ein Schraubstock um seinen Kiefer schloss.

Dann versank er im Nichts.

58

Ein purpurrotes Licht sickerte durch seine geschlossenen Lider. Ein metallischer, klebriger Geschmack drang durch seine Lippen, strömte in seine Kehle...

»*Ich flehe dich an, o allmächtiger Meister! Ich, dein Diener unter den Engeln. Ich beschwöre dich bei deiner Wunderbaren Geburt und den fünf Nägeln, die deinen Heiligen Körper durchbohrt haben...*«

Koptische Beschwörungsformeln ertönten in seinem erwachenden Bewusstsein wie Grabgesang. Als er die Augen öffnete, nahm er zuerst verschwommene Bilder, zerkratzte Konturen wahr, dann sah er es:
Das Blut.
Das dicke Blut, das in Strömen über sein Gesicht und seinen nackten Oberkörper lief und in grausigen Spiralen über die Arme des verrückten Mönchs rann, der vor ihm stand.
Michaels schwarze Augen, sein hassverzerrtes Gesicht.
Der heilige Ibis, der sich wütend wehrte, als das Ungeheuer ihm die Kehle durchschnitt. Er opferte das Tier.

»Ich beschwöre dich, o Abendstern, bei deinem erhabenen Namen Surdidial! Ich beschwöre dich, o Zweiter Himmel! In Wahrheit Adunai, Herr Zebaoth Jesus, mein geliebter Meister, und ich werde nicht aufhören, dich anzuflehen, bis du mich erhört hast...«

Nathan wollte sich aufrichten, aber er war auf dem kalten Stein festgeschnallt. Er konnte deutlich die gewölbten Wände und die Flammen der Kandelaber erkennen. Michael hatte ihn in die Krypta geschleppt, um... ihn zu exorzieren.

»Bei den vierundzwanzig himmlischen Greisen, Messias Adunai, höre die Stimme meiner Klage und trage sie zur Macht des Vaters. Auf dass er durch die Kraft dieses Gebets die Macht von Gafhaïl zu sich rufe...«

Er war ein gefährlicher Irrer.
Er betete, er rief den Meister an, damit der Engel seine körperliche Hülle verlasse... Aus diesem Grund hatte er ihn lebendig haben wollen, aus diesem Grund hatten seine Brüder ihn in Paris nicht getötet, hatten sie ihn in der Kirche nicht niedergeschossen. Ohne diese Zeremonie hätte er riskiert, Gaf-

haïl, der Nathans sterbliche Überreste in die Finsternis begleitet hätte, für immer zu verlieren.

»Ich beschwöre dich beim Zeichen des Kreuzes und bei den Vier Körperlosen Tieren: Gabraral, Sarafital, Watatal und Dunial. Ich werde weiterhin deine Heilige Mission erfüllen, ich werde den Ruhm des Blutkreises erneuern, damit die Rache sich gegen alle Dämonen, Feinde und bösen Geister erhebt und sie für immer aus deinem Reich verjagt werden...«

Dann schwieg Michael und steckte seine Hand unter seine blutbesudelte Tunika. Ein Gefühl eisiger Kälte und des Entsetzens packte Nathan. In dem ruhigen Blick des Mönchs las er, dass das Ende der Zeremonie nahe war. Der Engel verließ den Körper des Verräters. Er konnte endlich sterben. Die Hand kam wieder zum Vorschein, bewaffnet mit einem ziselierten Dolch.

Nathan wurde von Krämpfen geschüttelt, er krümmte sich auf dem Tisch, die Fesseln gruben sich in seine Haut. Aber schon schnitt die Klinge in sein Fleisch...

Er brüllte vor Entsetzen.

Der Engel wollte ihm das Herz bei lebendigem Leib herausschneiden.

Plötzlich verzerrte sich Michaels Gesicht, sein Mund rundete sich in einem Ausdruck der Verblüffung, begleitet von einem Röcheln, eine karminrote Rose deutete sich auf seinem Hals an, erblühte... dann schoss plötzlich eine schwarze Spitze in einer Fontäne aus Blut, Gewebe- und Knochensplittern aus seiner Kehle. Er schlug um sich, wollte schreien, aber seine Stimme erstickte in einem blutigen Gurgeln. Seine Arme streckten sich ein letztes Mal zum Himmel, dann kippte er vornüber.

Nathan glaubte zu delirieren, zu halluzinieren, aber als er den Kopf hob, erblickte er Rhoda, über eine Lanze aus Stahl gebeugt, die im Nacken des Mönchs steckte.

59

Die Hand der jungen Frau löste sich langsam von der erlösenden Waffe, und ihr tränenfeuchter Blick tauchte in den von Nathan. Mit einer Handbewegung trocknete sie ihre Wangenknochen und löste dann die Ledergurte, die Nathan fesselten. Ihre Hände zitterten immer wieder.

»Was... was haben sie nur mit dir gemacht...«

Sie fuhr mit den Fingern über den blutgeröteten Kopf des Ibis. Nathan versuchte, sich aufzurichten. Seine Schulter brannte wie Feuer.

»Ich bin sehr beunruhigt, Nathan. Ich muss dir etwas sagen... Hast du gesehen...«

»Woods ist... tot. Er...«

Erneut liefen Tränen über Rhodas Gesicht. »Wie... das ist nicht wahr...«

»Sie haben ihn... gefoltert.«

Mehr brachte Nathan nicht heraus.

»Er hat dich also hergeführt?«

»Ich... ich habe ihn gestern in Khartum wiedergesehen. Wir haben uns überlegt, wie wir vorgehen könnten. Aber später ist er weggegangen... und er ist nicht mehr zurückgekommen. Oh, mein Gott, nein! Nathan...«

Eine Welle von Schluchzern schüttelte sie. Sie hielt sich an dem kalten Stein fest.

»Die Killer haben ihn gleich bei seiner Ankunft entdeckt und dann den richtigen Augenblick abgepasst und ihn entführt. Sie wollten ihn zum Sprechen bringen, erfahren, was ich vorhatte.«

»Ich hätte ihn gestern Abend davon abhalten sollen, allein wegzugehen. Alles, was passiert ist, ist meine Schuld.«

»Du hättest dich selbst zum Tode verurteilt. Ashley war sich vollkommen bewusst, wie gefährlich es für ihn war, hierher zu kommen, er wusste, zu welcher Barbarei diese Männer fähig waren... Hilf mir... hilf mir aufzustehen... Der Papyrus, der Blutkreis...«, sagte Nathan stöhnend. »Ich muss ihn finden...«

Rhoda legte ihren Arm um Nathans Rücken und half ihm auf die Beine. Er beugte sich über Michaels Leichnam.

Der Hüne lag auf der Seite, das Gesicht auf dem Boden, in einer Lache schwarzer Flüssigkeiten.

Rhoda hockte sich neben Nathan, packte die Haare des Henkers und hob seinen Kopf hoch. Sein Gesicht war in einem Ausdruck tiefer Verblüffung erstarrt.

»Das ist Morquos, das ist Abbas Morquos!«, rief sie.

»In Person. Der große Wohltäter der Armen und Bedürftigen.«

Nathan riss die Lanze aus dem noch warmen Hals und drehte den Mönch mit Rhodas Hilfe auf den Rücken; dann tauchte er seine Hände in die Falten seines Gewandes. Schon bald berührten seine Finger das Metall. Er zog die Rolle heraus.

»Er hatte ihn an sich genommen, er hatte ihn bei sich...«

Rhoda berührte mit einem Knie den Boden und näherte ihr Gesicht dem von Nathan. Er spürte ihren Atem auf seinem Nacken.

»Öffne sie, öffne sie...«

Nathan entfernte vorsichtig den Verschluss, zog das dünne, bräunliche, geriffelte und brüchige Blatt heraus und entrollte es langsam. Nach und nach erschienen die feuerfarben auf den scharlachroten Kreis geschriebenen Buchstaben.

»Es wird behauptet, das sei das Blut eines heiligen Ibis...«, murmelte Nathan. »Und der Text ist in einer frühen Form des Koptischen verfasst... dem Bohairischen, der Sprache des Deltas, die direkt aus dem alten Ägypten stammt.«

»Was sagt er? Kannst du ihn entziffern?«

Nathan konzentrierte sich einen Augenblick und begann dann mit tiefer Stimme:

»›O mein Vater, Herrgott, Großer und Heiliger Mächtiger König, der du im Licht wohnst, stärke die Macht deines Sohnes Zebaoth Jesus, der so oft das Schwert der Gerechtigkeit erhoben hat, um gegen alles Anstößige und all jene zu kämpfen, die Böses tun und sich vom Gesetz des Gottes Abrahams, des Gottes Isaaks, des Gottes Jakobs abwenden.
Ich bin müde, und ich fühle, dass der Augenblick, zu Dir zurückzukehren, bereits nahe ist. Ich bin den Schritten von Judas, Sohn von Sariphäa, und von Matthias, Sohn von Margaloth, den Rebellen, gefolgt. Ich habe in deinem Herrlichen Namen den ungerechten Unterdrücker bestraft, denjenigen, der die Söhne Adams und die jungfräulichen Töchter Evas mit seinem Hass verfolgt hat.
Verlass mich nicht, verlass sie nicht.
O mein Vater, möge durch die Anrufung dieses Blutkreises durch deinen Zwang die Macht der Engel und des vergifteten Feuers herabsteigen und ihren Zorn gegen all deine Feinde wenden, möge durch Deinen Willen das geschmolzene Blei in ihren Mund gegossen werden, möge ihr Körper in ein Korsett aus Kupfer geschnürt werden und ihr abgeschlagener Kopf in den Staub rollen.
Ich beschwöre dich bei deinem Ruhmreichen Thron, alles, worum ich dich bitte, anzuhören und zu erfüllen.‹«

»Wer hat diese Worte geschrieben?«

»Antonius aus Caesarea, einer der ersten Eremiten, derjenige, mit dem alles begonnen hat... Er hielt sich für einen Propheten, Inhaber einer göttlichen Botschaft, aber es war reine Blasphemie, Christus diese Worte in den Mund zu legen. Es ist ein einziges Lügengespinst. Mit diesem apokryphen Text, dadurch dass er Jesus in die Nachfolge von Judas dem Gauloniten gestellt hat, hoffte der Autor, seine Gewalttaten zu rechtfertigen. Er war einfach nur ein Ketzer unter anderen.«

Schweigend betrachteten sie einen Augenblick das Manuskript. Ein einfacher Text, Ausgeburt des Bewusstseins eines Mörders. Ein paar Worte, die durch die Jahrhunderte gewandert waren und den Tod Tausender Unschuldiger verursacht hatten...

Schließlich erzählte Rhoda, dass sie nach ihrem letzten Telefonat von seinen Enthüllungen über Katalé ganz durcheinander gewesen sei: das unterirdische Labor, die »Überwachungszelle«... Zuerst hatte sie sich geweigert, den Dingen ins Gesicht zu sehen, dem ganzen Grauen, aber dann war sie doch gezwungen gewesen, diese Wahrheit, die Gestalt annahm, zu akzeptieren. Sie hatte versucht, Nathans Spur zu finden. Die Erinnerung an ihr Gespräch in Paris hatte sie über die Malatestiana zu Woods geführt. Sie hatten eine Vereinbarung getroffen, und der Engländer hatte ihr als Gegenleistung für Informationen über One Earth die ganze Geschichte erzählt, die Manipulationen der Viren, Nathans Kindheit, die Lucien-Weinberg-Klinik, sein plötzliches Verschwinden, die Legende des Blutkreises... Mit immer größerem Entsetzen hatte sie eine Verbindung zwischen diesen Fakten und den Informationen über die jungen Patienten hergestellt, die sie selbst jedes Trimester an den Sitz der Nicht-Regierungsorganisation weitergab. Auch wenn sie von diesen Machenschaften keine Ahnung gehabt hatte, fühlte sie sich trotzdem als Komplizin dieser Verbrechen. Sie hatte beschlossen zu handeln.

Woods hatte ihr daraufhin den Fehler gebeichtet, den er gemacht hatte, als er Staël einschaltete. Denn Nathans makabre Entdeckungen mochten zwar belastend scheinen, was die Verstrickung von One Earth in diese Verbrechen betraf, aber vor dem Gesetz hatten sie sich als unzureichend erwiesen. Ein Manuskript aus dem 17. Jahrhundert, Leichen von Soldaten des Ersten Weltkriegs und ein Massengrab in Afrika reichten nicht aus, um eine Operation zu rechtfertigen oder internationale Haftbefehle auszustellen. Eine Organisation wie der MI 5 brauchte Fakten, unwiderlegbare Beweise. Im Fall des Attentats von Fiumicino hatte es keinen Hinweis gegeben, der erlaubt hätte, eine Übereinstimmung mit Nathans Entdeckungen zu erkennen. Staël war dennoch entschlossen, eine Untersuchung einzuleiten, aber die Verwicklung einer angesehenen Nicht-Regierungsorganisation, einer bereits verfolgten religiösen Gemeinschaft wie die der Kopten und von Krisenstaaten wie dem Sudan und der Demokratischen Republik Kongo in den Fall würden monatelange Verhandlungen bedeuten, und das hätte die Ermittlungen erheblich behindert. Wenn diese berühmten Beweise wirklich existierten, würden die Verbrecher sie verschwinden lassen und untertauchen. Die Gefahr, sie zu verlieren, war mehr als groß.

Woods hatte sich das ganze Material noch einmal vorgenommen und die Verbindung zwischen dem auf dem Elias-Manuskript gefundenen Blütenstaub und dem Kloster am Dschebel Barkal hergestellt. Er fühlte sich zutiefst schuldig an dem, was er selbst letzten Endes doch als Verrat empfand. Da er sich nicht damit abfinden konnte, Nathan allein handeln zu lassen, hatte er beschlossen, ihm zur Hand zu gehen. Als Rhoda darauf beharrt hatte, sich ihm anzuschließen, hatte der Engländer mit Nachdruck abgelehnt. Aber die junge Frau hatte ihre eigenen Schuldgefühle wegen der Berichte, die sie verfasst hatte, und ihre Verbindung zu Nathan angesprochen. Seine militärische Erfahrung und die Kenntnisse, die er an den Schauplätzen humanitärer Katastrophen gesammelt hatte, hatten ihn schließlich veranlasst nachzugeben. Sie hatten daraufhin verabredet, sich in Khartum zu treffen.

Als sie in der islamischen Stadt eintraf, hatte Rhoda einen zu allem entschlossenen Mann angetroffen. Ashley hatte sich einen Geländewagen besorgt und eine Kontaktperson aufgetrieben, über die er Waffen kaufen konnte, die er noch am selben Abend bekommen sollte. Außerdem war es ihm gelungen, ein Abhörsystem ins Land zu schmuggeln, mit dem sie Radiosendungen abhören und entschlüsseln konnten. Woods wusste, dass die Hoffnung, Kontakt zu Nathan aufnehmen zu können, illusorisch war. Mit Hilfe einer Karte hatte er daraufhin seinen Plan erklärt, der darin bestand, sich in das Gebiet des Klosters zu begeben, sich dort zu verstecken, zu warten und die Abhöranlage einzuschalten. Sie durften erst dann einschreiten, wenn Nathan selbst in Aktion getreten wäre. Aber alles hatte sich geändert, als Woods fortgegangen war, um die Waffen zu holen, und nicht zurückgekommen war.

Plötzlich ohne Partner und ohne Ausrüstung, war Rhodas erste Reaktion Panik gewesen. Aus einem Gefühl der Ohnmacht heraus hatte sie daran gedacht, alles hinzuschmeißen. Aber die Bilder der von den Henkern begangenen Gräueltaten, die Vorstellung, dass Nathan allein gegen diese Ungeheuer kämpfte, hatten sie schließlich davon abgebracht. Ohne weiter zu überlegen, war sie in den Landrover gestiegen und losgefahren. Mit dem Touristenvisum für die Gegend von Meroë, das Woods sich besorgt hatte, war sie problemlos durch die Straßensperren im Norden der Stadt gekommen. Anschließend hatte sie die Wüste durchquert und in der Dämmerung Karima erreicht. Nachdem sie das Fahrzeug versteckt hatte, war sie zu Fuß zur Nekropole gegangen und hatte sich in der Nähe des Klosters versteckt. Sie hatte nichts bemerkt bis zu dem Augenblick, als sie die Schüsse gehört hatte, die Nathan aus der Smith & Wesson abgefeuert hatte und deren Echo von den Hängen des Bergs zurückgeworfen worden war. Und da hatte sie beschlossen, in die Festung einzudringen. Im Innern hatten ihre Schritte sie in die Kirche geführt. Dort hatte sie Spuren eines Kampfs entdeckt und dann Michaels Beschwörungen gehört. Sie hatte sofort entdeckt, woher sie kamen. Da sie keine Waffe hatte, hatte sie einer Statue des heiligen Michael eine Stahllanze entrissen und war nach unten in die Krypta gelaufen.

Den Rest kannte Nathan. Er erzählte ihr jetzt die letzten Details seiner Geschichte. Anschließend half Rhoda ihm, sich zu säubern, und bestand darauf, die Kugeln aus seiner Schulter zu holen, damit die Wunde sich nicht entzündete. Die für die Operation notwendigen Skalpelle und Pinzetten fand sie im Labor.

Michael war durch die Lanze gestorben, er würde in den Flammen verschwinden.
Das Feuer.
Sie würden alles verbrennen.
Sie errichteten einen Scheiterhaufen, indem sie alles Holz zusammentrugen, das sie finden konnten, und im Kloster verteilten; dann gossen sie aus großen Kanistern, die sie aufgestöbert hatten, das Benzin, das dazu bestimmt war, die Stromaggregate des Klosters zu versorgen, über den Boden, die Wände und in die unterirdischen Räume. Drei volle Kanister ließen sie mitten im Labor stehen.

Als alles vorbereitet war, stürzte Nathan in das Sanktuarium, um die sterblichen Überreste von Ashley an sich zu nehmen. Er legte den verstümmelten Kopf in ein Kästchen aus Elfenbein... Er sollte nicht das gleiche Schicksal erleiden wie das Ungeheuer.

Einen Augenblick später ging alles in Flammen auf.

Zuerst tanzten sie in Form einer prasselnden, orangefarbenen Krone, und der Rauch drang in schwarzen Wolken aus den Öffnungen. Dann loderten Feuerzungen zum Himmel empor und umzüngelten die Kuppeln und Kreuze in einem apokalyptischen Schein.

Rhoda und Nathan betrachteten verstört das Schauspiel, das sich ihnen bot. Schwaden glühend heißer Luft schlugen ihnen ins Gesicht, und Funken tanzten in ihren starren Pupillen, die vor Müdigkeit und Helligkeit brannten. Die Bilder der letzten Wochen stürmten auf Nathan ein. Aber durch die reinigende Kraft der Flammen verblaßten sie sofort wieder. Die einzigen Bilder, die für immer seinem Gedächtnis eingebrannt bleiben würden, waren die seiner Schutzengel, der tiefen Bande zwischen ihnen und des letzten Opfers von Woods. Der Ausgang seiner Nachforschungen hatte eine neue Gewissheit in ihm heranreifen lassen: Durch Rhodas bewaffneten Arm hatte ein Teil des Engländers ihn gerettet und einen Schlussstrich gezogen unter einen jahrhundertelangen Albtraum grausiger Verbrechen.

Rhoda fragte leise: »Was wirst du mit dem Text machen... dem Blutkreis?«

Nathan näherte sich daraufhin dem Flammenmeer und streckte die Hand aus, in der er den Papyrus hielt. Die nahe Hitze ließ eine scharlachrote Flamme auflodern. Er brannte. Die Buchstaben zerfielen einer nach dem andern, und die Fasern knisterten und krümmten sich unter der Einwirkung der starken Hitze...

Übrig blieb nichts als Asche.

Epilog

*Wüste von Wadi Rajan, Ägypten
September 2003*

Im Herbst wird das Licht weicher. Es hat nicht mehr die Farbe des Feuers, sondern des Bernsteins. Die kupfernen Konturen der Gebirgsketten vereinigen sich mit dem bleichen Himmel, und der Wind bläst heftiger und weht die Klänge, die Düfte, die Schatten fort...

Rhoda und Nathan hatten Paris mittags verlassen und waren spätabends in Kairo gelandet. Sie hatten am Flughafen einen Wagen gemietet und dann die Straße nach Süden Richtung Bibah genommen. Sie waren die ganze Nacht am Nil entlanggefahren. Nach und nach näherten sie sich dieser Welt außerhalb von Raum und Zeit, fern der Geschichte der Menschen.

Im Morgengrauen tauchte die Wüste wie im Traum vor ihnen auf. Eine endlose Weite, ockerfarben, gelb, grau, scharfkantige Felsen, eine weiße Sonne am Rand des leeren Himmels. Langsam fuhren sie die unsichtbare Piste entlang, die ins Tal hineinführte. Der Sand floh vor den Reifen des Jeeps, leicht, lichtdurchflutet, zwischen den zerzausten Disteln. Ihre Blicke verloren sich in der Ferne.

Sie schwiegen.

In den Tagen nach dem Brand des Klosters vom Dschebel Barkal hatte Khartum im Blickpunkt der Medien gestanden. Mehrere westliche Regierungen, der Vatikan und das Patriarchat der koptischen Kirche in Alexandria hatten die islamistische Regierung von Omar Al-Baschir angegriffen und anhand dieses Verbrechens neuerlicher Christenverfolgungen beschuldigt. Der Präsident hatte sämtliche Vorwürfe zurückgewiesen und das Attentat scharf verurteilt. Die Situation hatte sich zugespitzt, als die Generaldirektion von One Earth enthüllt hatte, dass sich der Gründungspräsident ihrer Organisation, Abbas Morquos, zum Zeitpunkt der dramatischen Ereignisse in dem Kloster aufgehalten hatte, dessen Wohltäter er gewesen war. Kurz darauf hatte der Sprecher des sudanesischen Innenministeriums verlautbart, dass eine obskure fundamentalistische Splittergruppe verdächtigt werde und die Polizei aktiv nach den Schuldigen suche. Am Sitz der humanitären Organisation in Liechtenstein war eine Gedenkfeier für Morquos organisiert worden. Eine erneute Flut von Artikeln und Reportagen war weltweit veröffentlicht worden, um das Werk des Wohltäters der Menschheit zu ehren.

Nathan war unbehelligt nach Frankreich zurückgekehrt. Als er Kontakt zu Jack Staël in London aufnahm, erfuhr er, dass die französische Polizei, die im »Fall Casarès« ermittelte, einen internationalen Haftbefehl gegen ihn ausgestellt hatte. Da Staël sich des Risikos bewusst war, das er einginge, falls Nathan verhaftet werden würde, hatte er sofort Kontakt zu seinen Kollegen der DST aufgenommen und Nathan gedeckt. Die Ermittler gingen daraufhin der Hypothese nach, dass es sich um ein »sadistisches Verbrechen« handeln könnte, und hatten im Umkreis der ehemaligen Patienten des Psychiaters ermittelt, aber ihre Ermittlungen waren ergebnislos verlaufen. Die Sache entwickelte sich allmählich immer mehr in Richtung »unaufgeklärter Fall«. Das Attentat von Fiumicino hatte siebenundzwanzig Todesopfer unter den hundert Passagieren gefordert, die sich an Bord der Maschine aus München befunden hatten. Es war kein weiterer Fall von Infizierung gemeldet worden. Das Virus war verschwunden.

Nathan hatte Staël das Ergebnis seiner Nachforschungen mitgeteilt, einen Punkt dabei allerdings ausgespart: seine eigene

Rolle. Im Licht dieser Enthüllungen hatte der Offizier des britischen Geheimdienstes beschlossen, die Akte zu schließen.

Ashley Woods sterbliche Überreste ruhen für immer im roten Sand, irgendwo zwischen Karima und Khartum.

In der Erde der Pharaonen.

Eines Morgens im Juni war Rhoda bei Nathan in Paris aufgetaucht, wo er eine Wohnung in unmittelbarer Nähe der Place des Vosges gemietet hatte. Die Aussicht auf ein neues Leben hatte sich ihm geboten: golden wie Honig, voller Lachen und Annehmlichkeiten, fern von all dem, was er sein Leben lang gekannt hatte. Die Wochen waren vergangen, und er hatte sich ihr mit Leib und Seele hingegeben, ohne sich dagegen zu wehren. Er hatte sich von diesem Gefühl tragen lassen, das er stets zurückgewiesen hatte. Die schmerzlichen Bilder seiner fernen Vergangenheit hatten sich eins ums andere wieder in sein Gedächtnis eingefügt und waren dann nach und nach verblasst.

Er liebte sie zutiefst, diese Frau, die sich in sein Herz geschmiegt hatte, aber immer wenn die Nacht hereinbrach und seinen Augen das Licht der Milchstraße schenkte, spürte er, wie eine gewaltige kalte Leere sich in ihm ausbreitete, ähnlich der, die er empfunden hatte, als er in Hammerfest aufgewacht war. Ein Gefühl der Einsamkeit, eine Traurigkeit aus Asche und Glut, die schon ein Seufzer wieder anfachte. Er schloss dann die Augen, und wenn er nichts mehr spürte als das Blut, das in seinen Adern pochte, dann strömte durch seine Handflächen, seine Augen, seinen Bauch eine Kraft in ihn hinein, die den Schmerz, das Verlangen, den Hass auslöschte...

Und da wusste er Bescheid.

Das Licht wurde immer strahlender, je länger sie fuhren. Der Wind wirbelte Staubwolken auf. Der Jeep holperte über die verbrannte Piste. In der Ferne konnten sie die ausgetrockneten

Wadis erkennen, in denen zerzauste Graskugeln im Wind segelten.

Die Landschaft war, so weit das Auge reichte, ein vergessener Garten Eden, dessen einziger Spiegel der Himmel war. Eine Akazie mit krummen Ästen tauchte in der glühenden Hitze auf.

Hier war es. Der Augenblick war gekommen.

Rhoda bremste und hielt neben dem Baum. Sie stiegen aus dem Wagen und gingen zu Fuß in den schmalen Durchgang, der sich in einer schwindelerregenden dunklen Spalte öffnete. Der Schweiß rann über ihr Gesicht. Sie gingen gegen die Sonne. Die glühend heiße Luft verbrannte ihre Lungen. Sie kletterten hinauf. Als sie oben auf dem Hügel angekommen waren, gingen sie einen Pass entlang und dann einen Hang hinunter, der an eine Mondlandschaft erinnerte. Die Landschaft veränderte sich allmählich und öffnete sich auf graue Dünen, deren Kämme sich bewegten. Ohne müde zu werden, marschierten sie zwischen den funkelnden Feuersteinen und den scharfdornigen Büschen im Rhythmus des Sandes und der Steinchen, die unter ihren Schritten wegrutschten.

Dann blieben sie stehen.

Das Kloster des heiligen Markalaus war zwischen zwei Bergkämmen aufgetaucht, weiß, mit ockerfarbenen Flecken, in hellem Glanz erstrahlend. Sie hörten nur noch ihren Atem, der in der Ruhe vibrierte, und das Geräusch des Sandes, der in dünnen Strömen über die Rundung der Kuppeln und die dicken Mauern lief. Die einzige Tür aus genageltem Holz bildete einen Schattenmund, der sie anzog.

Mit schwereren Schritten gingen sie weiter über den Schotter. Sie vermochten ihren Blick nicht mehr von der Festung zu lösen, die sich in den unendlich blauen, glühenden Himmel zu erheben schien. Hier hörten der Wind, das Tosen der Meere, das Gemurmel der Menschen auf. Hier begann die bestirnte Herrschaft der Nacht, der wirkliche Kampf, der des einsamen Herzens.

Das war Nathans wahre Welt.

Er gehörte zu dieser grenzenlosen Erde, dieser Erde der Stille, der Steine, des Sandes und der Sterne. Ein Ort der Wahrheit, wo die Sprache keine Gültigkeit mehr hat und die Lebenden nur Schatten sind, die Schritt für Schritt ihrem Tod entgegengehen.

Die Tür öffnete sich, und die schwarze und stumme Gestalt eines Mönchs erschien. Die Haut seines Gesichts war dunkel und schimmerte kupfern. Er deutete ein Lächeln an, als wollte er sie einladen, zu ihm zu kommen.

Aber diesmal ging Nathan allein weiter.

Die junge Frau streckte ihre Hand aus, um ihn zurückzuhalten, denjenigen noch einmal zu berühren, der sie verließ, aber die Haut entglitt ihr bereits, wie Sand, der durch die Finger rinnt.

Als er den ausgemergelten Schatten des Mönchs erreicht hatte, drehte Nathan sich um und verband wortlos ein letztes Mal seine Seele mit Rhodas Augen, smaragdgrünen Tränen, als wollte er ihr den Abdruck des Lebens, des freien Windes, einer längst vergangenen Zeit einprägen.

Danksagung

Ich möchte all denen danken, die mir geholfen und mich beim Schreiben dieses Buches unterstützt haben: meinen Kindern Lila und Maé, Irina Karlukowska, Lidwine Boukié, Alain und Christiane Delafosse, Blaise Delafosse, Claude, Franklin und Tristan Azzi, Dominique Lattès, Domitille d'Orgeval, Jérôme und Agnès Samuel, Mathilde Guilbaud und Virgile Desurmont, Loïc J. Lamoureux, Hélène Darroze, Stéphanie und Stanislas Lequette, Virginie Luc und Jean-Christophe Grangé, Yifat Katiei, Éric Clogenson, Thierry Marro, Stéphane Rybojad, Christophe Merlin, Mariana Karlukowska, Dom, Marius und Greg, Patrick Hilbert, David Servan-Schreiber.

Didace Nzigorohiro und Didier Kakunze für ihre Augenzeugenberichte über den Völkermord in Ruanda und Burundi.

Dem Tropenmedizinischen Institut des Sanitätsdienstes der französischen Armee: Professor Jean-Paul Boutin, Leiter der Abteilung für öffentliches Gesundheitswesen, und Professor Hugues Tolou, Leiter der Einheit für Tropenvirologie, für ihre wertvollen Informationen über die Manipulationen von Viren und über ihre Erfahrungen in der humanitären Notfallmedizin. Der Presseabteilung des Verteidigungsministeriums, Chefarzt Christian Estripaud und Bataillonskommandeur Pascal Le Testu. Und den Männern des GIGN und dem Kommando für Sonderoperationen der französischen Armee, denen ich bei Dreharbeiten zu Dokumentarfilmen begegnet bin.

Mein aufrichtigster Dank gilt schließlich meinen Verlegern Nicole Lattès, Françoise Delivet und Leonello Brandolini für ihre Aufmerksamkeit und das Vertrauen, das sie mir geschenkt haben.

Lust auf Lesen

Andreas Wilhelm

Projekt Babylon

Roman, *413 Seiten, gebunden.*

Eine mysteriöse Höhle in Südfrankreich – die Wände übersät mit rätselhaften Schriftzeichen aus allen Weltkulturen. Tief in ihrem Inneren – ein eigenartiges Leuchten. Und jeder, der sich nähert verfällt in Wahnsinn…
Ein englischer Historiker, ein französischer Archäologe und eine junge deutsche Sprachwissenschaftlerin arbeiten im Auftrag der UN fieberhaft an der Erforschung der geheimnisvollen Stätte.
Auch verschiedene Geheimbünde haben die Witterung aufgenommen. Bald schon rückt die Lösung des Mysteriums in greifbare Nähe. Doch das bedeutet höchste Gefahr. Nicht nur für die Forscher…

»Ein deutscher Autor, der ein faszinierend gutes Debüt hinlegt!«
Bild am Sonntag

www.limes-verlag.de